**DONGSUH MYSTERY BOOKS 25**

THE HOUSE OF THE ARROW

독화살의 집

앨프레드 메이슨/김우종 옮김

동서문화사

옮긴이 김우종(金宇鍾)
서울대문리대 졸업. 충남대·경희대 교수 역임. 1957년 〈현대문학〉에 평론 〈은유법논고〉〈이상론〉 등으로 추천을 받고 문단에 나온 뒤 〈난해시의 본질〉〈비평문학의 존엄성〉〈새 세대 새 문학〉〈도피와 참여의 도착〉 등 많은 평론을 발표. 지은책에 《한국현대소설사》《작가론》 수필집 《내일이 오는 길목에서》《우리들만의 운명》 등이 있다.

## DONGSUH MYSTERY BOOKS 25
### 독화살의 집

앨프레드 메이슨 지음/김우종 옮김
초판 발행/1977년 12월 1일
중판 발행/2003년 1월 1일
발행인 고정일/발행처 동서문화사
창업 1956. 12. 12. 등록 16-345(윤)
서울강남구신사동540-22 ☎ 546-0331~6 (FAX) 545-0331
www.epascal.co.kr

\*

이 책의 출판권은 동서문화사(동판)가 소유합니다.
의장권 제호권 편집권은 저작권 법에 의해 보호를 받는 출판물이므로
무단전재와 무단복제를 금합니다.

편찬·필름·제작 일체 「동판」 자본으로 이루어짐에 따라
출판권 소유권자 「동판」에서 제조출판판매 세무일체를 전담합니다.
사업자등록번호 211-90-02201
ISBN 89-497-0106-5 04840
ISBN 89-497-0081-6 (세트)

# 독화살의 집
차례

까닭 있는 편지……11
도움을 청하는 소리……23
'행운 여신'의 하인……34
베티 헐로우……52
물음에 답하는 베티……62
제임스, 숙소를 바꾸다……81
와베르스키의 퇴장……93
독물학 책……115
비밀……134
벽장 위의 시계……149
새로운 의문……160
봉인을 떼고……175
시몬 헐로우의 보물실……184

하나의 실험과 하나의 발견······ 198
화살의 발견······ 214
아노, 크게 웃다······ 227
장 클라델의 가게에서······ 241
하얀 알약······ 262
무너진 계획······ 279
지도와 목걸이······ 293
비밀의 집······ 303
코로나 타이프라이트······ 314
시계의 수수께끼······ 331
앤 압코트의 이야기······ 343
27일밤의 일······ 358
노트르담 대성당의 정면······ 371

심리적 탐정의 선구 메이슨······ 387

등장인물

**제레미 허즐릿**  헐로우 집안의 재산 관리인. 변호사
**제임스 플로비셔**  허즐릿의 공동 경영자
**시몬 헐로우**  잔느 부인의 죽은 남편
**잔느 마리 헐로우**  살해된 부인
**베티 헐로우**  헐로우 부인의 양녀
**앤 압코트**  베티의 이야기 친구
**보리스 와베르스키**  베티를 협박하는 친척
**잔느 보던**  간호사
**프랜시느 로라르**  하녀
**장 클라델**  독약 전문가.
**베크스**  공증인
**지럴드**  디종 경찰서장
**모리스 테브네**  지럴드의 비서
**니콜라 모로**  순경
**아노**  파리 경시청의 탐정

## 까닭 있는 편지

러셀 광장 동쪽으로 그 이름이 알려진 플로비셔 앤드 허즐릿 법률 사무소에 사건을 가지고 오는 의뢰인 가운데에는 프랑스로 건너가서 사업을 시작한 사람들이 많았다. 사무소에서도 프랑스 방면의 일거리를 자랑으로 여기고 있었다.

제레미 허즐릿은 곧잘 자랑하곤 했다.

"우리 사무소는 역사 속에 확실하게 씌어져 있을 정도요. 어쨌든 프랑스에 있는 영국인과의 관계는 1806년 이래 죽 계속되고 있으니까요. 그즈음 나폴레옹 1세의 칙령으로 수백 명이나 되는 영국인이 프랑스에 억류되어 있었는데, 때마침 이 사무소를 내고 있었던 수완 좋은 제임스 플로비셔라는 사나이가 영국으로 돌아갈 수 있도록 애를 써 주었지요. 그래서 이 사무소는 우리나라 정부로부터 감사장을 받고, 고맙게도 그 뒤 내내 이 방면으로 관계가 계속되고 있는 거지요. 그래서 프랑스 쪽 일은 내가 직접 맡고 있습니다."

그런 까닭으로 허즐릿이 날마다 받는 우편물 다발 가운데에는 봉투에 짙은 감색 프랑스 우표를 붙인 편지가 꽤 많이 섞여 있었다. 그러나 4월이 된 지 아직 얼마 안 된 이날 아침, 프랑스에서 온 편지는 한 통밖에 없었다. 그로서는 아직 본 적이 없는 거미가 기어가듯 거친 글씨체로 받는 사람의 이름이 씌어져 있었다. 소인은 디종. 허즐릿은 재빨리 편지를 뜯었다. 디종에는 미망인인 헐로우 부인이라는 의뢰인이 있는데, 요즈음 건강이 좋지 않다는 소문을 듣고 있었던 것이다. 과연 이 편지는 부인이 사는 구르넬 저택에서 온 것이었으나, 부인의 필적은 아니었다. 그는 봉투를 뒤집어 편지 보낸 사람의 이름을 보았다.

"와베르스키?" 그는 자기도 모르게 얼굴을 찡그렸다. "보리스 와베르스키?"

그러고 나서야 그는 겨우 이름을 생각해 낸 듯했다.

"아아, 그랬지, 맞아!"

그는 의자에 앉아 편지를 읽기 시작했다. 편지의 앞부분은 듣기 좋은 인사말을 잔뜩 늘어놓았지만, 둘째 페이지 중간쯤에 이르자 편지의 목적이 유리알처럼 명백해졌다. 다시 말해서 500파운드이다. 허즐릿 노인은 싱글벙글 읽어 내려가며 편지를 쓴 사람과 멋대로 대화를 계속하고 있었다.

보리스가 "나는 그 돈이 꼭 필요하오. 그런데다가" 하고 말한다.

그러면 "물론 그러시겠지요." 허즐릿이 대답한다.

"나에게 소중한 누님이신 잔느 마리 헐로우 부인은?"

"처형이시지요." 허즐릿이 바로잡는다.

"이제 얼마 더 사실 것 같지도 않습니다. 물론 나는 말할 수 없이 주의깊게 간호하고 있습니다만. 그런데 아시다시피 부인은 재산의 대부분을 나에게 남겨 주기로 하셨습니다. 그러므로 그것은 이미 내 것이라고 해도 지나친 말이 아닐 것입니다. 슬픈 사실이지만, 우리는 눈을 감고 못 본 체할 수는 없으니까 말입니다. 그러니 어떻게 해서든지 내 재산을 조금이나마 신용 있는 기관을 통해 보내 주시도록 간절히 부탁드립니다."

허즐릿의 싱글벙글거림이 너털웃음으로 바뀌었다. 분명히 그는 서류 상자 속에 디종의 프랑스 공증인에 의해 작성된 잔느 마리 헐로우 부인의 유서를 복사한 사본을 보관하고 있었다. 그러나 그 유서에 의하면, 부인은 모든 재산을 무조건 세상을 떠난 남편의 조카딸이자 양녀인 베티 헐로우에게 물려 주기로 되어 있는 것이다. 허즐릿은 이 프랑스에서 온 편지를 하마터면 찢어 버릴 뻔했다. 편지를 아무렇게나 구겨 쥔 힘찬 손끝이 편지 끝부분을 실제로 찢었다. 그 아슬아슬한 고비에서 그는 문득 마음이 달라졌다.

"잠깐만, 이 보리스 와베르스키가 어떤 인물인지 모르니까."

그는 편지를 개인용 금고 속에 집어넣었다.

예상했던 대로 그로부터 3주일 뒤〈타임스〉신문의 사망 광고란에 헐로우 부인의 사망 통지가 실리고, 이어서 베티 헐로우로부터 디종에서 장례식을 올리니 참석해 주십사는 가장자리에 폭넓게 검은 테를 두른 프랑스식 커다란 카드가 보내져 왔다. 물론 이것은 형식상의 초대장으로서, 당장 떠난다 해도 디종의 장례식에 대어 갈 수 없었다. 그래서 그는 상속인인 처녀에게 짤막한 애도의 편지를 쓰고, 또 프랑스의 공증인 앞으로 이쪽에서는 베티를 위해 어떠한 수고도 아끼지 않겠다는 뜻을 써보내는 것만으로 끝냈다. 그리고는 기다리고 있었다.

"그 와베르스키 선생이 뭐라고 말해 오겠지."

과연 1주일도 채 안 되어 편지가 날아들었다. 전보다 더 거미가 기어가는 것 같은 거친 필적으로 너무 흥분하고 화난 나머지 도무지 알아볼 수 없는 영어로 씌어져 있었다. 또한 요구도 두 배로 늘어나 있었다.

"참으로 뜻밖입니다. 부인은 그토록 친절을 다한 동생의 남편에게 전혀 아무 것도 남기지 않았습니다. 여기에는 바람직하지 못한 사정이 있습니다. 지금 곧 신용 있는 기관을 통하여 1천 파운드의 돈을 보내 주셔야겠습니다.

'가엾은 보리스, 당신은 이제까지 여러 가지로 괴로운 꼴을 당해 왔지만 내 유언으로 잘 되도록 해 드리겠어요.'

처형께서는 눈물을 가득히 머금고 이렇게 말했습니다. 그런데 이제와서 한 푼도 내 손에 들어오지 않는다니! 물론 나는 조카에게 말해 주겠습니다. 그 아이는 내 얼굴에 대고 손가락을 탁 퉁기는 일쯤은 아무 것도 아니게 여깁니다. 얼마나 괘씸한 일입니까? 부탁입니다. 부디 1천 파운드를 보내 주십시오. 그렇지 않으면 귀찮게 될 것입니다. 이 보리스 와베르스키에게 손가락을 퉁기는 그런 여자에게는 반드시 답례를 해줄 것입니다. 1천 파운드를 나누어 주시든지, 그렇지 않으면 귀찮은 일을 당하든지 둘 중 하나를 택하십시오."

더욱이 이번 편지에는 맨 끝의 인사말을 빼 버리고 편지지 가득히 와베르스키라고 휘갈겨 쓴 서명이 있을 뿐이었다. 정평 있는 허즐릿도 이 편지에는 빙글빙글 웃고 있을 수만은 없었다. 그는 천천히 두 손바닥을 마주 비볐다.

"이렇게 되면 이쪽에서도 귀찮은 일을 시작해야 할 것 같군."

그는 내쏟듯이 말하고 나더니 두 번째 편지를 지난번과 같은 장소에 집어넣고 잠갔다. 그러나 허즐릿으로서는 이번 일이 좀 어려울 것 같이 여겨졌다. 디종의 크나큰 저택에서 어린 처녀가 의지할 사람도 없이 어찌할 바를 모르고 있는 것이다. 그는 의자에서 벌떡 일어나 복도를 가로질러 젊은 공동 경영자가 있는 사무실로 갔다.

"짐, 자네가 이번 겨울 몬테카를로에 갔었지?"

"1주일쯤 다녀왔습니다" 제임스 플로비셔가 대답했다.
"분명히 자네에게 우리 의뢰인의 별장에 들렀다 오라고 부탁했을 텐데, 헐로우 부인의 별장 말일세."
제임스 플로비셔는 고개를 끄덕였다.
"들렀습니다. 하지만 부인께서는 병환중이었고 조카딸은 외출중이었지요."
"그럼, 아무도 만나지 못했나?"
"그렇지는 않습니다." 제임스가 바로잡았다. "묘한 사람이 현관에 나타나 헐로우 부인은 편찮으시다면서 면회를 거절하더군요. 러시아 사람이었습니다."
"보리스 와베르스키라고 하던가?"
"네, 그런 이름이었습니다."
허즐릿은 의자에 앉았다.
"그에 대해서 이야기해 주게, 짐."
제임스 플로비셔는 한동안 멍청한 표정을 지었다. 이 젊은이는 지난해 허즐릿의 공동 경영자 지위를 이어받은 26살의 변호사였다. 일을 재빨리 처리해야 할 때에는 꽤 민첩하지만 다른 사람의 성격을 평가할 때에는 신중하게 도사리는 성격이었다. 더욱이 허즐릿 노인을 존경하는 나머지 사무실에서는 타고난 신중성이 두 배로 늘어나 있었다. 그는 가까스로 대답했다.
"키가 크고 휘청휘청하는 걸음걸이의 사나이로 이마가 좁고 눈초리가 아주 거칠었으며, 철사 같은 흰 머리카락이 이마 위에 뻗쳐 있었습니다. 어쩐지 잘 다루어지지 못하는 인형극의 인형처럼 움직이더군요. 얼마쯤 격렬해지기 쉬운 감정적인 사람 같았습니다. 담배로 더러워진 손끝으로 자꾸만 쉬지 않고 콧수염을 잡아당기고 있더군요. 언제 어느 때라도 위험한 곳에 뛰어들 수 있을 것 같은 사나이였습니다."

허즐릿은 미소지었다.

"실로 내가 생각한 대로군."

"그 사나이가 무슨 시끄러운 일이라도 일으켰습니까?"

"아니, 아직까지는. 그러나 부인이 세상을 떠난 지금에는 한바탕 싸움을 일으킬지도 모르지. 도박을 하던가?"

"네, 상당히. 그 사나이는 틀림없이 헐로우 부인을 이용하고 있었을 것입니다."

"아마 그럴 테지." 허즐릿은 잠시 잠자코 있다가 입을 열었다. "자네가 베티 헐로우를 만나지 못해서 매우 유감스럽군. 나는 5년 전쯤 남프랑스에 갔을 때 다종에 들른 일이 있는데, 그 무렵에는 아직 부인의 남편이 살아 있었지. 베티는 긴 다리에 검은 비단 양말을 신은 소녀였는데, 얼굴빛이 희고 밝았으며 검은 머리카락에 눈이 아주 크고 아름다웠다네."

허즐릿은 의자 위에서 거북스러운 듯이 몸을 움직였다. 밤나무와 무화과나무가 있는 커다란 정원이 달린 낡은 저택. 거기에 외로운 처녀가 혼자 살고 있다. 그녀에 대해 귀찮고 복잡한 일을 꾸미고 있는 반미치광이인 불평꾼과 함께. 상상하는 것만으로도 허즐릿은 견딜 수 없는 심정이 되었다.

"짐." 갑자기 그가 말했다. "어쩌면 자네에게 좀 갔다 와 달라고 부탁하게 될지도 모르겠네. 언제라도 갈 수 있도록 지금 하는 일을 처리해 두게."

제임스는 깜짝 놀라며 얼굴을 들었다. 셰익스피어 연극에나 나오는 것 같은 소동은 원칙적으로 플로비셔 & 허즐릿 법률사무소에서는 인정되지 않았다. 이곳의 일상 생활용품이 오래된 것처럼 여기에서 하는 방법은 위엄 있는 것이었다. 비록 의뢰인이 굉장히 서두르는 일이라도 서두르느니 허둥대느니 하는 말은 이 사무소에서 쓰인 적이 없었다. 모퉁이를 돌아 그 부근으로 가면 허둥대는 의뢰인에게 동정해줄 만한 변호사를 한 사람이나 두 사람쯤 언제든지 찾을 수 있었다. 그럼에도 불구하고 지금 절반은 어린아이 같고 절반은 아주 총명해 보이는 백발 동안(童顔)의 허즐릿 씨가 호기심을 불태우면서 명령이 떨어지는 대로 프랑스로 갈 수 있도록 준비하라고 젊은 공동 경영자에게 말한 것이다.

"알겠습니다." 제임스가 대답했다. 허즐릿은 잘 했다는 듯한 표정으로 그를 지켜보고 있었다.

제임스 플로비셔는 그를 잘 아는 사람이나 친구들로서도 겉으로밖에 알 수 없는 듯한 조금 색다른 성질을 지니고 있었다. 그는 고독한 사람으로 이제까지 아주 적은 수의 사람들과 교제를 가졌다. 그 얼마 안 되는 사람조차 없으면 없는 대로 괜찮은 정도였다. 자기의 생활과 생활 수단이 좀 수준 높은 것들로 이루어진 것이기는 하지만 다른 사람의 덕을 입지 않고도 해 나가려고 하는 게 그의 신조였다. 여유가 생기면 그는 몇 달이고 이 신조를 만족시키기 위하여 썼다. 일인승 반갑판(半甲板) 돛단배, 얼음 절벽에 발판을 새기는 아이스 액스(얼음 깨는 도끼), 엽총, 《반지와 책》처럼 아무리 읽어도 끝이 없는 한두권의 흥미진진한 책. 이러한 것들은 자신의 사상처럼 별하늘과 더불어 그가 종종 시도하는 고독한 탐험여행의 길동무였다. 그러다 보니 그의 풍모에는 기묘하게 초연한 빛이 더해져서 얼른 보기에 주위 사람들과 다르게 보였다. 이 풍모는 곧잘 사람을 속이기도 하는데, 그 까닭은 아무 근거도 없이 사람에게 신뢰하는 마음을 일으키게 하기 때문이다. 허즐릿이 지금 '와베르스키 같은 남자와 교섭하게 하기에는 안성맞춤인 사나이다'라고 생각한 것도 이 믿음직한 풍모 때문이었다. 그러나 입으로는 이렇게 말했다.

"어쩌면 갈 필요가 없을지도 몰라. 베티 헐로우에게는 프랑스의 공증인이 딸려 있고, 그 사람은 물론 빈틈이 없을 테니까. 더욱이," 그는 와베르스키의 두 번째 편지에 씌어 있던 글귀가 떠올라 빙글거리면서 말을 이었다. "베티는 꽤 똑똑한 모양이야. 좀더 두고 보기로 하지."

허즐릿은 자기 사무실로 돌아왔다. 디종에서는 그 뒤로 1주일쯤 아무런 소식도 없었다. 사건에 대한 근심이 거의 없어져 가던 무렵 갑자기 생각지도 못했던 방면에서 놀라운 소식이 들려 왔다. 그 소식을 가지고 온 것은 제임스 플로비셔였다. 그가 허즐릿의 방으로 뛰어들어갔을 때 이 나이 많은 공동 경영자는 서기에게 아침에 와 닿은 편지에 대한 답장을 한창 엄숙히 구술하던 참이었다.

"허즐릿 씨!" 하고 제임스는 외쳤으나 서기가 있었으므로 입을 다물었다. 허즐릿은 제임스의 예사롭지 않은 묘한 표정을 재빨리 알아차리고 서기에게 말했다.

"잠시 일을 미루기로 하세."

서기는 속기록을 들고 방을 나갔다. 허즐릿은 곧 제임스 플로비셔 쪽으로 돌아앉았다.

"뭔가? 짐, 나쁜 소식인 모양이군?"

제임스가 다급하게 소리쳤다.

"와베르스키가 베티를 고발했습니다. 살인죄로!"

"뭐라고?"

허즐릿은 깜짝 놀라 펄쩍 뛰었다. 믿을 수 없다는 마음과 분한 마음 가운데서 어느 쪽이 노인의 가슴 속에서 더 우세했는지 제임스로서는 알 수 없었다. 믿을 수 없다는 마음은 그의 이맛살에 나타나 있었고, 분한 마음은 불타오르는 눈 속에서 빛나고 있었다.

"그 어린 베티를?"

허즐릿의 목소리에는 의심이 가득했다.

"그렇습니다. 와베르스키는 디종 경찰서장에게 정식으로 고발했습니다. 4월 27일 밤에 헐로우 부인을 독살했다는 겁니다."

"그래서 베티는 구속되었나?" 허즐릿이 소리쳤다.

"아닙니다. 그러나 감시를 받고 있습니다."

허즐릿은 테이블 앞의 팔걸이의자에 털썩 앉았다. 어이없는 녀석이다! 정상 궤도를 벗어났어! 이런 형용사조차도 보리스 와베르스키에게는 너무 점잖다. 그 무뢰한의 마음 속에서는 악마를 닮은 본성과, 상상할 수 있는 가장 비열한 복수심이 움직이고 있는 것이다.

"어떻게 그것을 알았나, 짐?" 갑자기 노인이 물었다.

"오늘 아침 디종에서 편지가 왔습니다."

"자네에게?" 허즐릿이 소리쳤다.

사실대로 말하면, 이 의문은 제임스 플로비셔에게까지 덮쳐 그를 굉장히 당황하게 했다. 처음으로 이 사실을 알았을 때는 너무 놀랐기 때문에 이 무서운 소식을 빨리 알리는 것 말고는 아무 일도 염두에 없었는데, 지금 와서 보니 어째서 이 소식이 헐로우 집안의 재산 관리인인 허즐릿 씨가 아니라 자기에게로 왔는지 이상스럽게 생각되기 시작했다.

"정말 묘합니다. 게다가 또 하나 이상한 일은, 이 소식은 베티 헐로우가 알려 온 것이 아니라 베티의 친구인 앤 압코트라는 사람에게서 왔습니다."

허즐릿은 조금 마음이 놓였다.

"그럼, 베티에게 친구가 있었군. 다행이야." 그는 테이블 너머로 손을 내밀었다. "편지를 보여주게나."

플로비셔는 줄곧 손 안에 움켜쥐고 있던 편지를 제레미 허즐릿에게 건네 주었다. 여러 장으로 길게 쓴 편지였다. 허즐릿은 포개진 편지지의 가장자리를 엄지손가락 끝으로 하나하나 밀어젖혀 보았다.
 "이것을 다 읽어야 하나?"
 그는 원망스러운 듯이 중얼거리면서 그 엄청난 일을 시작했다. 편지의 내용은——보리스 와베르스키가 처음엔 정면으로 베티를 범인이라고 따졌으나, 베티는 경멸하는 태도로 그런 터무니없는 트집에는 대답하려고도 하지 않았다. 그러자 와베르스키는 곧 경찰서장에게로 달려갔다. 그는 한 시간쯤 뒤에 되돌아왔는데 거친 몸짓과 손짓을 하며 큰 소리로 혼잣말을 떠들어댔다. 앤 압코트에게 자기의 후원자가 되어 달라는 부탁까지 했다. 그런 다음 자기의 소지품을 가방에 챙겨 넣고 거리의 호텔로 옮겨갔다. 그 상황은 와베르스키의 거칠고 미친 사람 같은 말을 인용하여 자세히 씌어 있었다. 그리고 허즐릿 노인이 편지를 읽어 내려감에 따라 제임스 플로비셔는 차츰 불안해져서 마음을 가라앉힐 수가 없게 되었다.
 그는 광장이 내려다보이는 큰 창문 곁에 앉아 허즐릿의 분노와 경멸이 어서 터지기를 이제나저제나 조마조마하게 기다리고 있었다. 그러나 노인의 얼굴에는 근심스러운 표정만 떠올라 있었으며, 편지를 읽어 내려가는 내내 사라지지 않았다. 무엇인가를 생각해 내려는 듯이, 또는 뭔가를 발견해 내려는 듯이 그는 여러 번 읽기를 멈추곤 했다.
 '그러나 사정은 완전히 명백해' 제임스는 조바심하며 생각했다. 그러나 허즐릿이 30년 동안 날마다 쓸데없이 이 팔걸이의자에 앉아 있었던 것은 아니다. 이 30년 동안 얼마나 많은 사람들이 저마다 한탄과 재해와 고백을 남몰래 감추고, 창문 밑으로 난 길을 가로질러 조용한 장방형의 이 방으로 가지고 들어왔던가! 그리고 이 노인의 지식을 충실케 하고 그 위트를 풍부하게 하기 위해 저마다 또 얼마나 조금씩 공헌하고는 다시금 방 밖으로 나갔던가! 그런데도 허즐릿이 곤혹을 느끼고 있는 것으로 보아 신출내기 제임스로서는 미처 깨닫지 못한 점이 편지에 씌어 있는 것임에 틀림없다. 그가 될 수 있는 대로 편지 내용을 정확하게 생각해 내려고 하는데, 허즐릿이 편지를 내려놓았다.

"분명히 이것은 명백한 협박 사건이지요?" 제임스가 외쳤다.

허즐릿은 잠에서 깨어난 것처럼 어깨를 흠칫했다.

"협박? 아, 물론 그렇지."

허즐릿은 일어나서 열쇠로 금고를 열더니 와베르스키가 보낸 두 통의 편지를 꺼내어 제임스에게 건네주었다.

"이것이 그 증거일세. 그는 말할 수 없이 비열한 사나이야."

제임스는 편지를 다 읽고 나자 기뻐하며 외쳤다.

"이 무뢰한 녀석은 자기 스스로 죄를 고백하고 있지 않습니까?"

"그렇지."

그러나 허즐릿에게는 뭔가 석연치 않은 점이 있는 모양이었다. 그는 편지 내용 뒤에 숨은, 겉으로 나타나 있지 않은 무엇인가를 찾고 있었다.

"대체 무엇이 그토록 마음에 걸리시는 겁니까?" 제임스 플로비셔가 물었다. 허즐릿은 난로에 등을 돌리고 닳아빠진 융단 위에 버티고 섰다.

"제임스, 이런 사건에는 99퍼센트 뭔가 감추어진 비밀이 있는 법이라네. 입 밖에는 내지 않지만 표면에 나타난 비난의 뒷면에 협박자가 단단히 쥐고 있는 비밀 말일세. 대개 대수롭지 않은 부끄러운 비밀이나 집안 명예에 관한 추문 같은 것이지만, 공적인 재판 사건이 되면 순식간에 표면화되고 만다네.

와베르스키의 경우도 그런 종류의 사실이 숨겨져 있을 게 틀림없어. 그 사나이의 고발이 터무니없이 맹랑하면 맹랑할수록 그는 헐로우 집안 사람들이 남모르게 덮어 두고 싶어하는 집안 명예에 관계되는 사실을 쥐고 있는 것이 확실해. 다만 그 괘씸한 사실이 과연 무엇인지 나로서는 도무지 짐작이 안 가네만."

"뭔가 하찮은 일이겠지요." 제임스가 말했다. "와베르스키는 미친 사람 같은 사나이니까 과장되게 생각하고 있는지도 모릅니다."

"그럴지도 모르지." 허즐릿은 고개를 끄덕였다. "있지도 않은 나쁜 일을 마음 속에서 꾸미고 있는 건지도 몰라. 어쨌든 제정신이 아닌 조금 유별난 사나이니까. 틀림없이 그런 일이겠지, 짐."

제레미 허즐릿의 목소리가 생기를 되찾았다.

"아무튼 그 집안에 대해 잘 생각해 보기로 하세."

그는 제임스 플로비셔와 마주보고 앉을 수 있도록 창문 가까이로 의자를 끌고 왔다. 그가 채 앉기도 전에 조심스러운 노크 소리가 들리고 서기가 손님이 찾아왔음을 알리러 들어왔다. 찾아온 손님의 이름을 말하기 전에 허즐릿이 말했다.

"아직 우리의 볼일이 끝나지 않았네."

"알겠습니다."

서기는 물러갔다. 플로비셔 & 허즐릿 법률사무소의 일하는 방법은 언제나 이런 식이었다. 법률사무소로서는 일류이다. 이 방법이 마음에 들지 않는 사람은 모퉁이를 돌아 그 부근의 다른 변호사를 찾아가면 된다. 일류 재봉사를 바라는 사람은 그 재봉사의 독특한 재단 방법에 잔소리며 불평을 해서는 안 된다. 그와 마찬가지인 것이다. 허즐릿은 다시 제임스 쪽으로 돌아앉았다.

"어디 우리의 지식을 정리해 볼까?"

## 도움을 청하는 소리

"부인의 남편인 시몬 헐로우 씨는" 허즐릿은 말을 시작했다. "디종 동쪽의 황금 해안에 유명한 클로 듀 프랑스 포도원을 소유하고 있었지. 노퍽에는 땅을 가지고 있었고, 디종에 구르넬 저택이 있으며 몬테카를로에도 별장이 있었어. 그러나 대개 디종에서 지내는 일이 많았지. 그는 45살에 잔느 마리 라비아르라는 프랑스 여자와 이곳에서 결혼을 했다네. 두 사람이 함께 살기까지는 틀림없이 굉장한 로맨스가 있었으리라고 생각돼. 잔느 마리는 이미 결혼했었는데, 그때 남편과는 별거중이었네. 그래서 시몬 헐로우 씨는 라비아르 씨가 죽을 때까지 10년 동안이나 한결같이 기다렸다는 걸세."

제임스 플로비셔는 성급하게 방 안을 돌아다니기 시작했다. 허즐릿은 고개를 숙인 채 마치 융단의 무늬에서 이 이야기를 읽어내고 있는 것 같았다.

"자네 생각은 잘 알아." 그는 제임스가 방 안을 서성거리는 것을 보고 한 마디 했다.

"두 사람이 세상에 거리낌없이 공공연히 결혼할 수 있도록 될 때까지에는 분명히 뭔가 대수롭지 않은 비밀이 있었겠지. 하지만 제임스, 내가 젊었을 때와는 달라서 요즈음 사람들은 이런 문제에 대해 비교적 너그럽게 생각하게 되었어. 게다가 그 비밀이 와베르스키의 돈줄이 되려면 그것이 베티에게 관계가 있는 경우에만 한정되지. 세상에 알려지면 베티에게 파멸이 온다고까지는 하지 않더라도, 아무튼 베티가 남에게 알려지게 되는 것을 꺼리고 있을 정도의 비밀이 아니면 이야기가 되지 않아. 그런데 베티 헐로우는 시몬과 잔느 마리가 결혼하여 2년쯤 지난 뒤에도 아이를 낳지 못했다는 사실을 알게 될 때까지는 무대에 등장하지 않네. 그러니까 이 시몬 헐로우 씨의 연애 사건은 우선 문제삼지 않아도 되겠지."

제임스는 얼마쯤 부끄러워져서 얼굴을 붉히며 자신의 생각을 체념하기로 마음먹었다.

"내가 어리석은 생각을 했나 봅니다."

"아니, 그렇지 않아" 허즐릿은 명랑하게 대답했다. "모든 가능성을 생각해 보세. 그것이 진상에 부딪치는 유일한 방법이지. 자, 다시 조금 전의 이야기로 돌아가면 시몬 헐로우 씨는 골동품 수집가였네. 그 수집열은 굉장히 범위가 넓었어. 구르넬 저택의 그의 거실은 정말 보물실이었지. 물론 아름다운 것만 있는 게 아니라 그 중에는 꽤 묘하고 괴상한 것도 있었다네. 그는 그러한 골동품 속에서 살았고, 그 속에서 일하기를 좋아했지. 그의 결혼 생활은 오래 계속되지 못했어. 지금부터 5년 전 51살로 세상을 떠났지."

허즐릿의 눈은 융단의 소용돌이 무늬 사이에서 다시 한 번 기억을 찾아냈다.

"시몬 헐로우 씨에 대해 내가 알고 있는 일은 그뿐이야. 그는 매우 좋은 사람이었지만 그다지 사교적이지는 못했어. 아무래도 이것으로는 어떤 단서도 잡기 어렵겠군."

허즐릿은 생각에 잠기면서 눈길을 창문으로 돌렸다.
"잔느 마리 헐로우 부인에 대해서는 나 스스로 생각해 보아도 이상하리만큼 아무 것도 모르네. 하긴 모르는 게 당연하지. 노퍽의 땅을 판 뒤로 부인은 몬테카를로와 디종과 황금 해안의 포도원 안에 있는 작은 별장에서만 내내 살았으니까."
"부인에게 남겨진 재산은 막대한 것이었겠지요?" 플로비셔가 물었다.
"물론 굉장한 것이었지." 허즐릿이 대답했다. "클로 듀 프랑스 포도원에서 만들어지는 포도주는 아주 평판이 좋다네. 그리 양이 많지는 않지만."
"부인은 영국에 온 일이 없습니까?"
"으음, 없어. 디종에 만족했던 것 같아. 프랑스의 시골 도시란 굉장히 심심할 텐데도 말이야. 아무튼 부인은 그러한 생활에 익숙해져 있었어. 그러다가 심장이 나빠져서 요 2년 동안은 줄곧 누워 지냈지. 그러나 이런 이야기 역시 그다지 우리의 단서가 될 것 같지는 않군."
허즐릿은 의견을 묻기라도 하듯이 제임스를 바라보았다.
"그렇게 생각되는군요." 제임스가 말했다.
"그러면 남는 것은 양녀인 베티 헐로우와 아참, 그리고 자네에게 그 긴 편지를 보낸 앤 압코트가 있군. 앤이란 대체 어떤 사람일까? 어디의 누구일까? 어째서 구르넬 저택에 있는 것일까? 자, 젊은이, 무엇이든지 생각한 대로 말씀 좀 해보시구료." 허즐릿은 장난스럽게 말하며 교활한 눈으로 변호사를 바라보았다. "어째서 보리스 와베르스키는 앤의 도움을 청한 것일까?"
제임스는 크게 가슴을 펴고 대답했다.
"도무지 모르겠는데요. 나는 그 사람을 만난 적도 소문으로 들은 일도 없습니다. 앤이라고 서명된 편지가 오늘 아침 와닿기까지 나는 그 존재조차도 알지 못했으니까요."

허즐릿은 깜짝 놀란 표정을 지으며 방을 가로질러 자기의 책상으로 다가가서 코 위에 안경을 걸치고 편지 위로 몸을 수그렸다.

"하지만 이 편지는 자네에게로 온 것이 아닌가, 짐?" 그는 항의했다. "버젓이 플로비셔님 귀하라고 씌어 있네. 사무소로 온 것이 아냐."

허즐릿은 제임스가 자기가 한 말을 취소해 주기를 기다리듯이 그를 뚫어지게 바라보고 있었다. 그러나 제임스는 고개를 저으며 말했다.

"정말 묘한데요. 나는 도무지 영문을 알 수가 없습니다."

이렇게 되니 허즐릿으로서도 그의 말을 의심할 수가 없었다. 이 젊은이는 정말로 단순하고 솔직하게 당혹감을 느끼고 있었던 것이다.

"어째서 앤 압코트는 나에게로 편지를 썼을까요? 이 반시간 동안 나는 그 일만 생각하고 있었습니다. 그리고 또 한 가지, 어째서 베티 힐로우는 여러 가지로 돌보아 주시는 당신에게 이 문제에 대하여 편지를 쓰지 않았을까 하고 말입니다."

"아아!"

이 마지막 의문에 허즐릿은 한 가지 설명이 생각난 듯했다. 그의 표정이 활기를 띠고 움직였다.

"자네의 그 의문에 대한 대답은 와베르스키의 두 번째 편지 속에 있다네. 베티는 그가 일으키는 복잡한 일 따위에는 손가락을 탁 퉁긴다고 씌어 있으니 말일세. 자기에게 돌려진 혐의 같은 것은 문제 삼고 있지 않는 거야. 그러한 일의 처리는 프랑스의 공증인에게 맡겨 둘 생각인 모양이지. 으음, 이것으로 앤 압코트가 자네에게로 편지를 보낸 설명도 되네. 누구나 다른 나라의 법률이 형식투성이라는 데는 정나미가 떨어질 터이며, 이 사람도 물론 그렇겠지. 베티라면 이 4년 동안 조금은 익숙해졌겠지만 말일세. 그러니까 앤은 플로비셔 & 허즐릿 법률사무소의 첫 이름을 따서 단순히 플로비셔에게로, 다시 말해서 개인에게로 편지를 쓴 걸세. 그게 틀림없어."
노인은 만족스럽게 손바닥을 비볐다.
"알겠나? 법률사무소니 하는 추상적인 존재에 대해 편지를 써 보아야 겁에 질려 있는 그녀의 마음이 편해질 리 없지. 그녀는 살아 움직이는 사람과 교섭을 갖고 싶었던 걸세. 그래서 플로비셔님 귀하라고 쓴 거네. 틀림없어."
허즐릿은 자기 의자로 돌아갔다. 그러나 앉지도 않고 주머니에 손을 찔러넣은 채 플로비셔의 머리 너머로 창문 밖을 바라보고 있었다. 그는 원망스럽게 말했다.
"하지만 이런 일은 와베르스키가 베티를 고발한 내면의 정체를 알아내는 데 아무런 도움도 되지 않네. 단서가 되지 않아."
그러나 그의 그다지 뛰어나지도 발랄하지도 못한 평범한 사실의 설명으로는, 이 작은 드라마에 등장하는 인물의 성격에 아무런 빛도 비출 수 없다는 것을 두 사람 다 잘 알고 있었다. 그러나 진상은 여기에 있었다. 와베르스키의 움직임에 대해서뿐만 아니라 바야흐로 젊은 제임스를 끌어들이려는 공포와 비밀에 싸인 이 기묘한 진상은 바로 여기에 있었던 것이다. 정신이 뒤흔들린 채 그가 다시 손을 놓은 사무실의 일거리로 되돌아갔을 때 제임스는 이 사실을 알고 있어야만 했던 것이다.
제임스의 머리 너머로 창 밖을 바라보고 있던 허즐릿은 이때 전보 배달 소년이 광장을 힘차게 가로질러 와 아래 큰길에서 망설이고 있는 것을 보았다.
"이리로 오는 전보라면 좋겠는데" 허즐릿이 중얼거렸다. 그것은 곤란한 일에 부딪친 사람이 무엇이든지 도움될 만한 사건이 일어나

판세를 좀 기운차게 해주었으면 좋겠다고 희망적인 관측을 내리는 것과도 비슷했다. 제임스는 얼른 창문 쪽을 돌아보았다. 소년은 아직도 큰길에서 서성거리며 집 번지를 살펴보고 있었다.

"우리도 입구에 놋쇠 표찰을 달아야겠는데요?" 제임스가 초조해 하며 말했다. 허즐릿의 눈썹이 이마 한복판께까지 흰 머리칼 쪽으로 치켜져 올라갔다. 그는 이 와베르스키 사건에 머리를 앓고 있기는 했으나 공동 경영자가 말한 이 괘씸한 생각은 그에게 신성함을 모독한 것과도 같은 일격을 주었다.

"젊은이, 굉장한 착상이신데!" 그는 제임스를 나무랐다. "나는 나름대로 새로운 시대의 흐름에 발맞출 수 없는 미련하고 케케묵은 늙다리는 아니라고 생각하네. 자네도 알다시피, 요전에 서기의 방에 전화를 놓기로 한 것도 바로 내가 제안한 일이었네. 하지만 입구에 놋쇠 표찰을 달겠다니! 제임스! 그건 할리나 사우댐턴 거리에서 하는 짓이야. 이크, 저 전보는 우리에게로 오는 것인가 보군."

제모를 쓰고 빨간 끈 장식이 달린 제복을 입은 조그마한 전보 배달 소년이 겨우 어딘지 알아낸 듯 아래의 홀로 모습을 감추었다. 이윽고 전보가 2층으로 배달되자 허즐릿은 서둘러 봉투를 뜯었다. 몇 초 동안 맥빠진 듯이 전보문을 보고 있더니 매우 걱정스러운 표정으로 말없이 제임스 플로비셔에게 그것을 건네주었다. 전보문은 다음과 같다.

부디 저를 돕도록 한시 빨리 누구든지 보내 주세요. 경찰은 파리 경시청의 유명한 아노 탐정을 불렀습니다. 저를 유죄라고 여기고 있는 것이 틀림없습니다.

베티 헐로우

전보는 그의 손가락 사이에서 방바닥으로 나풀나풀 떨어졌다. 그것은 깊은 밤 멀리서 도움을 청하는 외침 소리와도 같았다.

"오늘밤 배로 가야겠는데요." 제임스가 말했다.

"그래야겠지." 허즐릿은 건성으로 대답했다. 그러나 제임스는 두 사람 몫의 열의를 가지고 있었다. 그의 기사적인 의협심은 고독한 사람이 언제나 그렇듯이 상상력이 멋대로 그려 낸 이미지에 의해 더욱 불타올랐다. 어린 베티! 몇 살일까? 21살! 겨우 21살이다. 여자답고 더욱이 젊디젊은 프라이드가 가지는 무관심한 마음으로 그녀는 계속 살아왔던 것이다. 그러다가 갑자기 배신자가 파 놓은 함정에 빠진 것을 알아차리고 주위를 둘러보고 있다. 몸을 에는 듯한 두려움, 그리고 도움을 청하는 소리.

"젊은 처녀란 위험 신호를 알아차리지 못하는가 보군요." 제임스가 말했다. "무턱대고 함부로 걸어가서 재난 한복판에 뛰어드니 말입니다."

보리스 와베르스키가 어둠 속에서 대체 어떤 교활한 거짓 증거로 된 올가미를 생각해 내어 때를 엿보아 그것으로 그녀의 손과 발을 얽어매려 하고 있는지는 아무도 상상할 수 없는 일이다. 이 점을 생각하면 제임스로서는 그만 풀이 죽어 버리고 말았다.

"우리는 소송 사건에 대해 우리 영국의 형사소송조차 그다지 잘 알고 있다고 말할 수 없으니까요." 제임스는 분한 듯이 중얼거렸다.

"고마운 일이지" 허즐릿은 조금 신랄하게 말했다.

그에게 있어서는 첫째도 사무소, 둘째도 사무소였다. 플로비셔 & 허즐릿 법률사무소는 이제까지 한 번도 형사 재판소에 관계되었던 일이 없었다. 법률 소송은 어떤 것이라도 이맛살을 찌푸릴 만한 것으로 생각해 왔다. 실은 나이 지긋하고 수완 있는 서기의 지도 아래 이런 종류의 일거리에 종사하는 전문 스탭도 있었으나, 그들은 큰 저택 안에 살고 있는 세상에 대해 얼굴이 부끄러운 친척이나 연고자와 같이 2층에 남모르게 숨어 있었다. 일거리를 맡는다 하더라도 그것은 조상 대대로 내려오는 의뢰자에게만 한정되었으며 더욱이 은혜를 베푸는 듯한 것이었다.

"그런데" 허즐릿은 제임스의 불안스러운 태도를 알아차리고 말했다. "자네가 필요한 일은 무엇이든지 해치우는 사람임은 의심하지 않네. 하지만 짐, 이 사건의 배후에 뭔가 우리가 알 수 없는 사정이 숨어 있다는 것을 잊어서는 안되네."

제임스는 얼마쯤 거칠게 몸의 위치를 바꾸었다. 노인은 언제나 이 말을 앵무새처럼 여러 번 되풀이하여 이제는 귀에 못이 박혔을 정도였다. 그가 지금 생각하고 있는 것은 디종의 처녀에 대한 일이었으며, 듣고 있는 것은 도움을 청하는 그녀의 가련한 외침이었다. 그녀는 바야흐로 '손가락을 탁 퉁기고' 있지는 않은 것이다.

"이것은 상식적인 문제이네" 허즐릿은 주장했다. "어디 비교해 보세. 우리나라에서는 이런 종류의 사건인 경우, 이를테면 배스 같은 시골 도시가 런던 경시청에 사건을 부탁해 오는 일은 절대로 없을 걸세. 첫째로 범죄의 확실성, 다음에 범인으로 생각되는 인물에 대한 짙은 혐의, 이것이 필요해. 그래야만 검시(檢屍)와 의사를 필요로 하는 사건이라고 부르기에 충분한 것이지. 만일 그들이 아노라는 탐정을 불렀다면……."

허즐릿은 바닥에 떨어진 전보를 주워 다시 한 번 읽어보았다.

"그래, 아노로군." 그는 되풀이하여 말했다. 그의 얼굴은 희미한 기억을 생각해 내려고 애쓰는 것처럼 개었다 흐렸다 했다. 그러나 마침내 단념해 버린 것 같았다.

"뭐, 괜찮아, 짐. 갈 때에는 와베르스키의 편지 두 통과 앤 압코트의 긴 편지와 베티의 전보를 잊지 않는 게 좋을 걸세." 그는 필요한 편지류를 길다란 봉투에 넣으면서 말했다. "2, 3일 안에 자네가 싱글 벙글하면서 돌아오게 되면 좋겠는데. 그 편지의 설명을 요구받았을 때 보리스 선생 얼굴을 보고 싶군."

허즐릿은 제임스에게 봉투를 건네주고 초인종을 눌렀다.

"누군지 기다리고 있는 사람이 있었을 텐데……?" 그가 서기에게 말했다. 서기가 말한 것은 어느 대지주의 이름이었다. 이 사람은 아까부터 먼지 하나 없는 대기실에서 금이 간 유리 책상에 들어 있는 법률 서적과 얼굴을 맞댄 채 반시간이나 구두 뒤꿈치를 차면서 기다리고 있는 것이다.

"이제 만날 수 있네." 허즐릿은 제임스가 자기 방으로 물러가는 것을 보며 말했다. 이윽고 대지주가 들어오자 그는 조금 나무라는 듯한 목소리로 맞아들였다.

"미리 약속을 하시지 않으셨군요?"

이 상담에서 허즐릿이 말한 충고는 확실히 정확하기 이를 데 없는 것으로 이 사무소의 명성에 어울리는 명쾌한 것이었지만, 그의 마음 속에서는 내내 여전히 멍한 기억과 숨바꼭질이 계속되고 있었다. 흘끔 모습을 보였다가는 사라져 갈 때마다 기억 속의 그 치맛자락의 가장자리 장식을 순간적으로 눈에 잡으면서…….

'기억이라는 건 여자와도 같군' 하고 그는 생각했다. '만일 이쪽이 뒤쫓아가지 않으면 저쪽에서 저절로 찾아오거든.'

하지만 그는 여자에 대해 아주 평범한 남자의 입장에 있었다. 다시 말해서 여자의 뒤를 쫓지 않고는 못 배겼다. 그렇지만 지주와 상담이 끝나 갈 무렵 그는 어깨와 머리를 흠칫하며 종이쪽지에 하나의 낱말을 썼다. 의뢰인이 가 버리자 얼른 몇 줄 적어 답장을 받아 오라고 말하여 심부름꾼에게 들려 보냈다. 오래지 않아 그가 돌아오자 허즐릿은 제임스 플로비셔의 방으로 달려갔다. 제임스는 몇몇 서기에게 사무를 인계하고 막 책상 서랍을 잠그는 참이었다.

"짐, 그 아노라는 이름이 어디선지 들은 것처럼 여겨졌었는데 이제야 겨우 생각났네. 자네는 줄리어스 리카도를 만난 일이 있지? 우리의 의뢰인 가운데 한 사람일세."

"네, 만난 적이 있습니다." 제임스가 대답했다. "기억합니다, 글로브너 광장의 좀 아니꼬운 사나이지요?"

"그래, 그일세. 그가 아노의 친구인데, 아노와 교제하는 걸 굉장히 자랑삼고 있었지. 분명히 에이스 레 반에서 몇 해 전에 일어난 추악한 범죄 사건에 그와 아노가 관계한 일이 있는 것 같아. 됐어! 이 리카도가 아노에게 줄 소개장을 써 줄 테고 그에 대한 것을 뭔가 가르쳐 줄 걸세. 자네가 오늘 5시에 글로브너 광장에 간다면 말일세."

"그거 참, 고맙군요!" 제임스가 말했다.

그는 약속한 시간에 떠났다. 그리하여 첫째로 얼마나 황송하게 여겨야 하는가를 배웠고, 두 번째로 불쾌한 생각에 펄쩍 뛰었고, 세 번째로 우롱당하고, 네 번째로 굉장한 예의바름과 우정으로 맞아졌다. 제임스는 리카도의 열의를 좀 깎아내려 생각하기는 했지만 그래도 소개장을 받아들고 그날 밤 안으로 프랑스로 떠났다. 해협을 건너면서 그는 아노가 만일 저명한 인물이라면 비록 급한 일이라 할지라도 곧 시골로 달려갈 만큼 한가하지는 않을 것이라는 생각이 들었다. 그래서 디종으로 가기 전 파리에 들러 그날 아침 안으로 재판소 바로 뒤편의 오를로쥬 강변에 있는 경시청을 찾아갔다.

"아노 씨 계십니까?" 제임스는 눈을 빛내며 묻고는 접수계에 자신의 이름과 소개장을 내놓았다.

역시 명탐정은 아직 파리에 있나 보다 생각하며 제임스는 마음을 놓았으나 초여름다운 밝은 아침인데도 전등을 켜 둔 어둡고 긴 복도로 안내되어, 거기서 유치인(留置人)이며 경찰관들과 나란히 앉아 반시간이나 기다리는 동안에 완전히 자신을 잃고 말았다. 이윽고 벨이 울리고 사복 경찰관이 그의 앞에 섰다. 복도 한쪽에 문이 죽 늘어서 있었다.

"이쪽으로 오십시오."

사복 경찰관은 그를 안내하여 문을 열고 한쪽 편에 섰다. 제임스 플로비셔는 가슴을 펴고 안으로 들어갔다.

## '행운 여신'의 하인

플로비셔가 안내된 곳은 장방형의 방 한쪽 구석이었다. 맞은편에 창문이 둘 있고 번쩍번쩍 빛나는 세느 강을 사이에 두고 건너편 기슭에 큰 샤트레 극장이 보였다. 왼편에는 질서정연하게 서류가 쌓인 큰 테이블이 있고, 몸집이 크고 튼튼해 보이는 사나이가 그 앞에 앉아 있었다. 플로비셔는 결투장에서 새로 온 자가 상대하게 된 숙달된 검객을 보는 듯한 눈초리로 그 사나이를 바라보았다. 그러나 상대가 겉으로 보기에 여느 사람과 조금도 다름이 없음을 알고는 조금 실망했다. 한편 아노 쪽에서는 플로비셔를 전혀 보고 있는 것 같지 않았으나, 처음으로 입을 열었을 때 그가 빈틈없이 손님을 관찰하고 있었음이 명백해졌다. 그는 일어나서 가볍게 인사를 하며 말했다.

"매우 많이 기다리시게 했습니다, 플로비셔 씨. 내 친구 리카도는 당신께서 오시는 용건을 편지에 쓰지 않았으므로 아마도 파리의 어둠이 들여다보고 싶으신 건가 하고 생각했습니다만, 뵙고 보니 뭔가 좀더 중대한 용건인 것 같군요."

아노는 진한 검은 머리의 신사로 동그란 얼굴에 수염을 깨끗이 면

도한 것이 마치 희극배우 같아 보였다. 조금 두툼한 눈까풀 밑에 있는 매우 밝은 빛의 눈만이, 적어도 호의를 갖고 대하는 첫대면의 경우에만 진지한 느낌을 주고 있을 뿐이었다. 그는 의자를 가리켰다.

"앉으십시오. 나는 그 리카도 씨에게 진심 어린 우정을 품고 있으니…… 뭐, 그런 인사는 아무래도 좋겠지요. 그래, 중요한 용건이란 무엇입니까?"

제임스 플로비셔는 모자와 지팡이를 옆의 작은 탁자에 올려놓고서 아노의 책상을 향해 자리를 잡았다.

"저는 런던에서 법률사무소를 하고 있는데, 의뢰인 가운데 디종에 사는 영국인 가족이 있습니다."

제임스의 말이 끝나자 아노의 얼굴에서 생기 있고 발랄하던 표정이 완전히 사라져 버렸다. 조금 전까지는 점잖고 친절한 상대였으나 지금은 표정이라고는 하나도 없는 중국 사람을 보고 있는 것 같았다.

"그래서요?"

"그 가족 이름은 헐로우라고 합니다." 제임스는 덧붙였다.

"호오!"

아노의 감탄사에는 조금의 놀라움도 흥미도 나타나 있지 않았다. 그러나 제임스는 물고늘어졌다.

"그리고 그 유족 가운데 베티 헐로우라는 21살 된 처녀가 있는데, 그녀가 살인죄로 기소되었습니다. 고발한 것은 친척인 보리스 와베르스키라는 러시아 사나이입니다."

"호오!" 아노가 말했다. "그런데 어째서 그런 문제로 나를 찾아오신 거지요?"

플로비셔는 탐정을 똑바로 보았다. 그가 어째서 여기에 왔는지 그 이유는 아노 자신이 잘 알고 있을 것이다. 하지만 새삼스레 질문을 받고 보니 자기의 입장에 자신을 가질 수가 없게 되었다. 아노는 책상 서랍을 열더니 서류를 집어넣기 시작했다.
 "그래서요?" 그는 마치 똑똑히 듣고 있다고 말하는 것처럼 독촉했다.
 "결국 이것은 잘못인지도 모르겠습니다만, 저희 사무소에 아노 씨께서 이 사건을 맡으신다는 소식이 들려 왔기 때문에……."
 한순간 아노는 꼼짝도 하지 않았다. 서류를 손바닥에 올려놓은 채 마치 그 무게를 재어 보기라도 하는 것처럼 조용히 앉아 있었다. 그의 표정에 낭패 이상의 것이 떠오른 것을 제임스는 순간적으로 알아차렸다. 이윽고 아노는 서류를 서랍에 집어넣고 조용히 닫았다. 그리고 역시 조용히 말했는데, 그 매끄러운 목소리에 실로 놀라움을 느낀 듯한 어조가 머금어져 있었다.
 "그런 소식을 들었습니까, 플로비셔 씨? 더구나 런던에서! 게다가 오늘은 아직 수요일이오. 요즈음은 그런 소식이 굉장히 빨리 전해지는군요. 좋습니다. 당신의 법률사무소는 정확한 조사망을 가지고 있군요. 축하합니다. 승부의 첫 득점은 당신 것입니다."
 제임스 플로비셔는 재빨리 이 말을 물고늘어졌다. 제임스는 이곳으로 오는 도중 어떤 식으로 탐정에게 접근해야 할까 몹시 걱정스러웠는데, 아노의 괴로워하는 듯한 말이 오히려 그에게로 접근할 기회를 주었다.
 "천만에요, 아노 씨. 저는 당신과 경쟁할 마음이 조금도 없습니다." 그는 열심히 주장했다. "고맙게도 우리 사이에는 조금도 맞서야 할 일이 없다고 생각합니다. 만일 당신과 경쟁해야 하는 엄청난 일이 있다면 제게 그처럼 불리한 일도 없겠지요. 당신은 이 사건의 진상을 잡으려 하시고, 한편 나는 당신이 부하로 여겨 주시기를 바라고 있습니다. 그러므로 제가 조금이나마 도움이 될 수 있으면 다행이겠습니다."

아노의 얼굴에 살짝 미소가 스치고, 아까의 상냥함이 조금 되돌아왔다.

"듣기 좋게 겸손한 말을 하는 것은 언제나 좋은 습관이지요. 그런데 어떤 일을 도와주시겠다는 말씀입니까?"

"아노 씨, 와베르스키에게서 온 편지가 두 통 있습니다. 하나는 돈을 청구한 것이고, 두 번째는 협박입니다. 둘 다 그가 고발하기 전에 우리 사무소로 보낸 것입니다만, 물론 답장은 보내지 않았습니다."

그는 길다란 봉투에서 편지를 꺼내어 책상 너머로 아노에게 건네주었다. 탐정은 머릿속에서 영어를 프랑스어로 번역하며 천천히 편지를 읽어 내려갔다. 플로비셔는 그의 얼굴에 안도감이나 만족스러움 같은 표정이 나타나지 않을까 열심히 지켜보고 있었으나 얼굴빛이 조금도 달라지지 않아 몹시 실망했다. 마지막으로 아노는 재미없다는 듯이 거의 불만스러운 표정으로 편지를 돌려주었다.

"확실히 두 통의 편지에 중요한 점이 씌어져 있긴 합니다만, 결코 과장해서는 안됩니다. 이 사건은 매우 어려우니까요."

"어렵다고요?" 제임스는 초조해 하며 소리쳤다. 멍텅구리의 돌대가리를 몇 번이나 헛되이 두드리고 있는 것 같았다. 그러나 그의 앞에 있는 사나이는 결코 멍텅구리가 아니었다.

"무슨 말씀을 하시는 건지 모르겠는데요." 제임스는 크게 소리쳤다. "이건 너무나도 명백한 공갈이 아닙니까?"

"공갈이라는 것은 듣기 좋은 말이 아니로군요." 아노가 말했다.

"게다가 정말 좋지 않은 내용입니다" 제임스가 말했다. "아노 씨, 보리스 와베르스키는 프랑스에 사는 사람입니다. 그에 대해서 뭔가 알고 있는 게 없습니까? 조사 서류 같은 것이라도 가지고 있지 않습니까?"

아노는 잘됐다는 듯이 제임스의 말에 덤벼들었다. 얼굴에 미소가 번지고, 그는 집게손가락으로 손님을 가리키며 말했다.
"하하하, 조사 서류라고요? 그렇게 말씀하시리라고 생각했습니다. 조사 서류의 전설을 말입니다! 플로비셔 씨, 당신도 저 사랑스러운 신앙을 가지셨군요. 프랑스의 유명한 조사 서류라는 신앙을 말입니다. 만일 프랑스에 석탄이 없어지면 대신 조사 서류를 태워서 몸을 녹여도 되겠지요.

해협을 건너 칼레에 처음 상륙하기가 무섭게 조사 서류부터 작성하셨겠지요, 그렇지 않습니까? 당신은 리츠 호텔에서 저녁 식사를 합니다. 그런 다음 가서는 안 되는 장소에 가시지요. 그리고 밤늦게 호텔에 돌아오시는데, 매우 불쾌한 생각을 하게 됩니다. 왜냐하면 밤이 이슥한 거리 어디에선가 녹색 갓을 씌운 램프를 손에 든 검은 수염을 기른 경찰관이 여섯 명이나 숨어 있다가 당신에 대한 것을 하나하나 자세하게 이른바 조사 서류를 써넣어 버렸으리라고 당신네들은 분명 그렇게 생각할 테니까요. 하지만 말입니다……,"
그는 갑자기 일어서더니 손가락을 입술에 대고 눈을 커다랗게 부릅떴다. 제임스는 이토록 신비스럽고 이토록 거드름부리는 사람은 이제까지 본 적이 없었다. 그는 덩치 큰 남자치고는 놀랄 만큼 가벼운 몸짓으로 살금살금 발소리를 죽여 문으로 다가갔다. 새 같은 눈초리로 제임스에게 눈짓하며 조심스럽게 소리나지 않도록 가만가만 손잡이를 돌렸다. 그리고 재빨리 문을 안쪽으로 확 잡아당겼다. 희극이나 소극(笑劇)에서 곧잘 보게 되는, 몰래 남의 말을 엿듣는 현장을 잡는 그 고전적인 행동이었다. 그 흉내가 너무 교묘하여 제임스는 경시청 건물 안에 있으면서도 불의의 습격을 받은 심부름꾼 아이가 앞으로 넘어지는 장면을 머릿속에 떠올렸을 정도였다. 그러나 문 밖에는 사람의 그림자라고는 없었고, 사람들이 참을성 있게 기다리고 있는 전등이 켜진 볼썽사나운 복도가 보일 뿐이었다. 아노는 그제야 겨우 마음이 놓이는 것처럼 다시 문을 닫고 목소리를 낮추어 가만가만 말했다.

"총리대신이 몰래 엿듣고 있지는 않군요. 우리는 안전합니다."

그는 플로비셔의 곁으로 발소리를 죽여 가만히 다가가더니 당혹해 있는 젊은이의 귀에 몸을 수그리고 소곤거렸다.

"조사 서류의 정체를 가르쳐 드리겠습니다. 그 90퍼센트는 말 많은 문지기의 가십거리이지요. 다만 그것은 인간을 누구나 감옥에 넣어 두는 편이 좋다고 생각하고 있는 경찰관의 용어로 번역했을 뿐입니다. 문지기가 이렇게 말한다고 합시다. 플로비셔 씨라는 사람은 화요일 오전 1시에 집으로 돌아왔다, 목요일에는 오전 3시에 화려한 변장복을 입고 돌아왔다, 그러면 이것이 경찰관의 보고로는 이렇게 됩니다. '플로비셔 씨는 품행이 나쁜 도락가로 방탕한 생활을 하고 있다'. 그리고 이것이 이른바 조사 서류 속에 기입되는 겁니다. 그래요! 정말로 이와 마찬가지입니다. 그러나 이 경시청——이크, 참으로 언짢은 말이군요——에서는 당신의 베티 헐로우 양처럼 그런 조사 서류 따위는 '손가락 끝으로 탁 퉁겨' 버린답니다."

제임스 플로비셔의 두뇌는 질서정연했으므로, 어떤 기분에서 다른 기분으로 바뀌기 위해서는 생각의 변화가 필요했다. 이제 그는 완전히 어찌할 바를 몰라 머릿속이 혼란되어 버렸다. 1분 전만 해도 아노는 엄한 '정의'의 대행자였다. 그런데 뜻밖에도 갑자기 크게 떠들어대며 어릿광대 연극을 하기 시작한 것이다. 절반은 장난꾸러기, 절반은 어릿광대처럼. 제임스는 이 어릿광대의 모자에 달린 방울이 아직도 계속 울리고 있는 것처럼 여겨졌다. 멍하니 바라보고 있는 동안에 아노는 슬퍼 보이는 엷은 웃음을 띠고 제자리로 돌아갔다.

"디종에서 함께 일하게 되면" 그는 조금 유감스럽다는 듯이 말했다. "에이스 레반에서 친구 리카도와 함께 일했을 때처럼 즐겁게 일할 수 있을 것 같지 않군요. 아니, 정말입니다! 이런 팬터마임을 그에게 보여 주게 되면 그는 눈을 커다랗게 뜨고 '내일 아침에는 자네의 방문 밖에 총리대신이 정찰하러 올 걸세!'라고 속삭이며 뼛속까지 덜덜 떨겁니다. 그런데 당신은 돌처럼 차디찬 눈으로 나를 빤히 지켜보며 '이 아노라는 녀석은 어이없는 희극배우로군' 하고 생각하시거든요."

"천만에요!"

제임스는 진심으로 말했으나 아노는 웃음을 터뜨리며 그의 말을 부정했다.

"아니, 사실 조금도 상관없습니다."

"기쁘군요." 제임스가 말했다. "왜냐하면 조금 전에 당신이 함께 일을 해도 좋다는 듯한 말씀을 하셨기 때문입니다. 설마 그 말씀을 취소하시지는 않겠지요?"

아노는 책상에 팔을 괴고 앞으로 몸을 내밀며 다정하게 말했다.

"들어보십시오. 당신은 나에 대해서 솔직하고 정직하므로 안심시켜 드리지요. 이 와베르스키 사건을 디종 경찰에서는 그다지 중요하게 여기고 있지 않습니다. 그 점에 있어서는 나도 마찬가지입니다. 물론 살인 혐의니까 주의깊게 조사할 필요는 있겠지만."

"물론입니다."

"더욱이 사건 뒤에는 무엇인가가 숨겨져 있는 것이 틀림없습니다."

아노의 이 말이 전날 허즐릿이 한 말과 똑같았으므로 플로비셔는 조금 놀랐다. 다만 한 사람은 영어로 말했고 다른 한 사람은 프랑스어로 말했지만.

아노는 말을 계속했다.

"당신도 법률가니까 아시겠지만, 이 뒤에는 경찰에 비밀로 해 두고 싶은 불쾌한 사실이 분명 있을 겁니다. 그러나 이것은 단순한 사건이며, 또한 당신께서 가져오신 두 통의 편지로 일은 더욱더 간단해졌습니다. 와베르스키에게 편지며 그밖의 일에 대해서 되도록 설명해 달라고 말해 보겠습니다. 마음을 놓을 수 없는 사람이지요, 이 사나이는. 헐로우 부인의 시체는 오늘 찾아낼 겁니다. 검시가 끝나면 이제 사건은 해결된거나 마찬가지이므로 마음껏 와베르스키를 요리할 수 있을 겁니다."

"그 배후의 비밀이란 무엇일까요?" 제임스가 물었다. 아노는 어깨를 움찔했다.

"물론 밝혀지겠지요. 하지만 취조하는 관계관에게만 알려질 터이고, 외부로는 새어나갈 리가 없으니 상관없지 않습니까?"

"그렇겠지요." 제임스는 고개를 끄덕였다.

"아무튼 경찰에서는 그다지 활기를 띠지 않고 있습니다. 당신의 귀여운 의뢰인은 결코 억울하고 불공평한 일을 당할 염려가 없습니다. 베개를 높이 베고 두 다리를 쭉 뻗고 잘 수 있을 겁니다."

"고맙습니다, 아노 씨!" 플로비셔는 소리쳤다. 그는 저도 모르는 사이에 놀랄 만큼 완전히 마음을 놓을 수 있게 되었다. 커다란 저택 안에 자기의 편이라고는 같은 나이 또래의 처녀가 한 사람 있을 뿐 오직 혼자서 머리가 돌아 버린 무뢰한에게 위험한 일을 당할는지도 모르는 알지 못하는 처녀에게 제임스는 연민의 정을 느끼고 있었던 것이다.

'정말 다행이야.' 제임스는 생각했다. 그러나 그 생각이 머릿속을 스쳐 지나가기가 무섭게 마주앉아 있는 사람의 성의가 조금 수상스럽게 여겼다. 아무리 경험이 없다고는 하지만, 제임스는 어리석은 물고기처럼 낚싯밥에 걸려 낚일 마음은 없었다. 그는 아노를 뚫어지게 바라보며 마음 속으로 망설였다. 이 사나이가 지금 보여 준 상냥함은 그의 다른 기분보다 진실함이 깃들여진 것일까? 그는 이 탐정을 정확하게 평가하지 못하고 있었다. 어느 때는 가까이 하기 힘든 재판관, 어느 때는 장난꾸러기, 지금은 친구! 어떤 말이 농담이고 어떤 말이 진심일까? 다행스럽게도 농담인지 진담인지를 구별할 수 있는 말이 하나 있었다. 어제 허즐럿이 창문으로 러셀 광장을 내려다보며 했던 말이다. 제임스는 그 말을 따라해 보았다.
"사건은 간단하다고 말씀하시는 거지요?"
"네, 아주 간단합니다."
"그렇다면 아노 씨, 어째서 디종의 예심판사가 파리 경시청의 거물급 탐정에게 원조를 의뢰할 필요가 있었을까요?"
이 질문은 예상하고 있었던 것이며 동시에 대답하기 힘든 것임에 틀림없었다. 아노는 두어 번 고개를 끄덕였다. 그는 '으음'하고 신음하며 참으로 결심하기 어려운 듯 우물우물했다. 어떤 물건을 선택할 때와 같은 눈초리로 제임스를 바라보더니 이윽고 그는 기운차게 대답했다.
"모든 것을 이야기해 버리겠습니다. 그 대신 아무에게도 말씀하지 않겠다고 약속해 주십시오. 중대한 일이니까요."
이 순간 제임스는 아노의 성의와 그의 친절을 의심할 수가 없었다! 그것은 이 사나이의 얼굴 속에서 마치 불꽃처럼 빛나고 있었다.
"약속하겠습니다."
제임스는 테이블 너머로 손을 뻗쳤다. 아노가 그의 손을 잡았다.
"그럼, 염려하지 않고 이야기하지요."
아노는 새카만 잎담배가 들어 있는 푸른 꾸러미를 꺼내어 권했다.
"피우시겠어요?"
두 사람은 잎담배에 불을 붙였다. 아노는 파란 연기를 내뿜으며 설명하기 시작했다.

"내가 디종에 가는 것은 정말은 전혀 다른 용건 때문입니다. 이 와베르스키 사건은 다만 구실일 따름입니다! 나를 부른 예심판사는 뭐랄까……? 그렇지, 좋은 말이 생각났습니다." 아노는 자랑스럽게 영어로 말했다. "히 세이브 히스 페이스(그는 체면을 세우다)! 이것이 분명 당신네 나라의 함축성 있는 관용구겠지요? 체면을 세운다. 더욱이 그로서는 체면을 세울 필요가 많으니까요. 사실 그 예심판사의 일을 생각하면 진땀이 날 정도입니다."

아노는 손수건을 꺼내어 이마를 닦고 문장의 순서를 따르기 위해 프랑스어로 되돌아갔다.

"작은 시골 도시를 생각해 봐 주십시오. 아무도 그다지 유쾌한 생활을 하고 있지도 못하며, 이웃의 일에 흥미와 관심을 가질 만큼 겨를이 남아돌아가는 그러한 시골 도시에는 그에 걸맞는 여러 가지 죄악이 있게 마련이지요. 그 가운데에서도 가장 악질적인 것이 이름을 밝히지 않는 편지로, 별안간 불쑥 하늘에서 돌림병처럼 쏟아져 내려와 도무지 변명할 수 없는 심한 중상(中傷)이며 때로는 진짜 범죄를 여러 가지로 늘어놓는 것입니다. 이러한 옳지 못한 편지는 당분간은 편지꽂이에 모이기만 할 뿐, 어느 누구도 말 한 마디 하지 않습니다. 만일 돈을 요구하면 잠자코 내줍니다. 이름을 밝히지 않은 사람이 그야말로 뱃속이 시커먼 생각을 하고 있는데도 그 편지로 상처를 입은 사람은 침묵을 지킵니다. 그 대신 모두들 서로 이웃 사람을 의심하는 눈으로 보게 되므로 사회 생활이 무너지게 되지요. 무겁고 괴로운 공포가 도시를 휩싸, 우편배달부의 노크 소리가 들리면 여느 때는 기뻐할 터이지만 오히려 부르르 몸서리를 치게 됩니다. 그리고 마지막에는 끔찍스러운 일이 일어나는 것입니다."

아노의 어조가 아주 엄숙하고 침착했으므로, 제임스는 강의 수면에 반짝이는 햇빛이 보이고 파리 거리의 웅성거림이 들려 오는 이 방에 있으면서도 저도 모르게 부르르 몸을 떨지 않을 수 없었다. 거리의 소음 속에서 우편배달부의 날카로운 노크 소리가 들리고, 어떤 흰 얼굴이 한층 더 창백해지며 움푹 꺼진 눈이 절망한 나머지 커다랗게 뜨여지는 것이 눈 앞에 뚜렷이 보이는 것 같았다.

"이런 돌림병이 벌써 1년 전부터" 하고 아노는 말을 이었다. "디종에서 맹위를 떨치고 있었습니다. 경찰은 파리에 원조를 청하려 하지 않았지요. 이런 문제는 자기 힘으로 처리해야 한다고 생각한 것입니다. 그러나 익명의 편지가 여전히 날아오고, 서민들은 줄곧 투덜투덜 불평을 터뜨렸습니다. 그래서 경찰은 '당국에는 이미 계획이 서 있다. 조금만 더 기다려 달라'고 말하고 있지만 편지는 여전합니다. 1년이 지나자 하늘의 도우심인지 와베르스키 사건이 일어났습니다. 몇 사람의 경찰 관계자들이 머리를 맞대고 '이 간단한 사건을 구실삼아 아노를 부르기로 하자. 그가 편지를 쓴 사람을 찾아내 주겠지. 만일 마을 사람들이 그를 발견하고 놀라면 와베르스키 사건을 취조하러 온 것이라고 말하면 되는 거다. 그렇게 하면 편지를 쓴 사람도 조심스러워하지 않을 터이고 우리도 체면이 서지 않겠는가'라고 결국 이렇게 결정내린 겁니다." 그리고 나서 아노는 열띤 결론을 내렸다.

"그러나 1년 전에 나를 불렀어야 했습니다. 1년이라는 시간을 헛되이 보내 버리고 말다니!"

"그 동안 뭔가 무서운 일이라도 일어났습니까?"

제임스가 물었다. 아노는 분개하는 태도로 고개를 끄덕였다.

"날마다 호텔에서 식사를 하고 거리의 찻집에서 커피를 마시는 아무 죄도 없는 홀아비 노인이 급행열차에 뛰어들어 죽었답니다. 그리고 공원의 숲 속에서 한 쌍의 남녀가 권총 자살을 했습니다. 또 젊은 처녀가 무도회에서 돌아와 현관 앞에서 친구에게 힘차게 안녕하고 인사를 했는데 이튿날 아침에는 무도복을 입은 채 침실 벽에 박힌 못에 목을 매고 죽어 버렸습니다. 그 방의 난로에는 편지 한 통이 타다 만 재가 되어 남아 있었습니다. 이 불쌍한 처녀는 막다른 처지에 놓이게 될 때까지 대체 몇 통이나 그런 편지를 받았을까요? 아무튼 관계자들은 아까도 말했듯이 체면을 세울 필요가 있는 것입니다."

아노는 책상 서랍을 열고 녹색 커버를 씌운 서류철을 꺼냈다.

"보십시오, 이것이 그 귀중한 편지 가운데 두 통입니다."

그는 타자기로 친 두 통의 편지를 서류철에서 떼어 플로비셔에게 건네주었다. 그는 상대의 얼굴에 싫은 빛이 나타나는 것을 보고 덧붙였다.

"그다지 식욕을 돋울 만한 것은 아닐 겁니다. 그렇지요?"

"참으로 괘씸한 짓이로군요!" 제임스가 말했다. "설마 이런 일이……," 그 때 갑자기 조그마한 외침이 새어나왔다. "잠깐만, 아노 씨!"

제임스는 종이 위에 몸을 수그리고 두 장을 비교해 보면서 하나하나의 문장을 조사했다. 그가 재빨리 깨달은 것은 두 군데에서 타자기를 잘못 친 부분이었다. 이것이 어찌 된 실수일까? 적어도 얼마쯤 경험이 있고, 보는 눈이 있는 사람이라면 곧 알아볼 수 있는 것이었다. 이것으로 수사의 범위가 좁아질 게 틀림없다!

"아노 씨, 조금 도움될 만한 말을 할 수 있을 것 같습니다" 제임스는 열띤 어조로 말했다. 그는 탐정이 갑자기 히죽이 웃는 것을 깨닫지 못하고 있었다. "편지를 쓴 사람을 발견하는 지름길을 찾았습니다."

"그래요?" 아노가 소리쳤다. "빨리 가르쳐 주셨으면 좋겠습니다.

너무 애타게 하지 마십시오. 하지만 설마하니 당신이 발견한 것이, 이 편지는 코로나 타자기로 친 것이라는 따위의 말은 아니겠지요? 그 일이라면 우리는 벌써 알고 있으니까요."

제임스는 얼굴이 새빨개졌다. 자기의 두뇌가 명석하다는 것을 자랑스럽게 생각하며 그가 알아본 것은 바로 그 점이었던 것이다. 문장 속의 대문자 D가 필요한 자리에 퍼센트 표시(%)가 쳐져 있고, 페이지 아래쪽의 대문자 S가 놓여야 할 곳에 달러 표시($)가 쳐져 있었다. 제임스는 코로나 타자기에 익숙해 있었으므로 대문자의 스톱 대신 잘못하여 숫자의 스톱을 사용하면 이런 잘못이 생긴다는 걸 알고 있었던 것이다. 그와 마주앉은 아노의 기뻐하는 얼굴——지금의 그는 개구쟁이였다——을 보고 제임스는 비록 디종의 관계자는 이 두 가지 표시를 못 알아차렸다 하더라도 경시청 당국은 결코 못 볼 리가 없을 것이라고 깨닫지 않을 수 없었다. 그는 웃음을 터뜨렸다.

"아까 말해 두길 잘했습니다." 제임스는 편지를 상대에게 돌려주었다. "당신과 경쟁할 입장이 아니어서 다행이라고 말씀드린 것은 정말 현명했습니다."

아노의 얼굴에서 장난꾸러기 같은 표정이 사라졌다.

"너무 지나치게 평가하지 말아 주십시오. 머잖아 실망하실 테니까요." 그는 매우 진지한 태도로 말했다. "우리는 아무리 뛰어난 사람이라도 '행운 여신'의 하인이지요. 우리의 수완이란 고작 '행운 여신'의 치맛자락이 한순간 눈 앞에 얼씬거렸을 때 그것을 재빨리 포착하는 데 있습니다."

아노는 익명으로 된 편지 두 통을 녹색 커버의 서류철에 끼우고 나서 서랍에 넣었다. 그런 다음 보리스 와베르스키의 편지 두 통을 한데 모아 플로비셔에게 돌려 주었다.

"당신은 디종에서 이 편지가 필요하시겠죠? 오늘 떠나십니까?"

"네, 오늘 오후에……."
"그거 잘되었군요! 나는 밤 급행을 탑니다."
"저도 밤에 가도 좋습니다."
아노는 고개를 저었다.
"같은 기차를 타거나 같은 호텔에 머물지 않는 편이 좋습니다. 당신이 헐로우 양의 법률고문이라는 사실이 곧 알려지게 될 테니까요, 당신과 함께 있으면 나까지 주목받게 됩니다. 그런데 내가 이 사건을 맡게 된 것을 런던의 당신이 어떻게 알게 되었지요?"
"전보가 왔었습니다."
"호오, 대체 누구에게서?"
"베티 헐로우 양이 보냈더군요."
이것으로 두 번째인데, 아노는 완전히 낭패한 표정으로 어찌할 바를 몰라하는 게 제임스의 눈에도 뚜렷했다. 마치 화석이 된 것처럼 잎담배를 입으로 가져가다 말고 오랫동안 잠자코 있었다. 이윽고 그는 제임스를 뚫어지게 쏘아보며 쓸쓰레하게 웃었다.
"내가 지금 무엇을 생각하고 있는지 아십니까, 플로비셔 씨? 수수께끼입니다. 맞춰 보십시오! 이 세상에서 가장 강한 정열은 무엇일까? 물욕인가? 사랑인가? 증오인가? 아니, 그런 것이 아닙니다. 한 관리가 큼직한 곤봉으로 동료의 머리를 뒤에서 쾅 하고 때려 주고 싶다는 정열입니다. 실은 아무도 모르게 디종으로 가기로 되어 있습니다. 그렇지 않으면 성공할 가망이 없으니까요. 그렇게 결정된 것이 토요일입니다. 그런데 재빠르게도 월요일에 동료가 그 소식을 퍼뜨리고 말아서, 헐로우 양이 화요일 아침 당신에게로 전보를 칠 수 있었던 것입니다. 재미있지 않습니까? 전보를 보여 주시겠습니까?"
플로비셔가 길다란 봉투에서 전보를 꺼내 건네주자 아노는 흥미로운 듯이 받아들여 두 사람 앞의 책상 위에 펴놓았다. 그는 아주 천천히 전보를 읽었으므로, 제임스는 이 사람 역시 자기가 들은 것과 똑같은 도움을 청하는 가련한 목소리를 전화 수화기에서 듣는 것처럼 전보에서 듣고 있는 것이 아닐까 생각했을 정도였다. 실제로 다 읽고 얼굴을 들었을 때 아노의 얼굴에서 아까의 그 씁쓰레한 표정이 완전히 사라졌다.

"불쌍하게도 이 처녀는 겁에 질려 있군요. 이제는 점잖게 손가락을 퉁기고 있을 수가 없게 된 것 같습니다. 뭐, 2, 3일만 지나면 우리가 어떻게든지 해줄 수 있겠지요."

"그렇고말고요." 제임스는 잘라 말했다.

"그런데 이 전보는 찢어 버리는 게 좋겠군요." 아노는 전보를 내밀었다. "내 이름이 씌어 있으니까요. 당신에게는 아무래도 상관없겠지만 가지고 계서 봐야 아무 소용없을 겁니다. 여기에 찢어서 버리면 밤에는 모두 태우기로 되어 있지요. 어떻습니까?"

그는 제임스의 눈 앞에서 전보를 나풀나풀 흔들어 보였다. 제임스가 대답했다.

"좋으실 대로 하십시오."

아노는 곧 전보를 찢었다. 그리고 찢어진 것을 다시 한 번 찢어 휴지통에 집어넣었다.

"이것으로 됐습니다! 그런데 구르넬 저택에는 또 한 사람의 영국인 처녀가 있지요?"

"앤 압코트입니다"라고 대답하며 제임스는 고개를 끄덕였다.

"그 처녀에 대해서 좀 가르쳐 주십시오."

제임스는 허즐릿에게 말한 것과 같은 대답을 아노에게 되풀이했다.

"저는 아직 한 번도 그녀를 만난 일이 없고, 어제까지는 이름을 들은 적도 없습니다."

허즐릿은 이 말을 듣고 몹시 놀랐는데, 아노는 한 마디도 하지 않았다.

"그렇다면 우리는 둘 다 디종에서 그 사람을 알게 되겠군요."

아노는 빙그레 미소지으면서 의자에서 일어났다. 플로비셔는 불쾌한 형편으로 시작된 두 사람의 만남이 따뜻해졌다가 다시 차가워져서 마지막에는 좋지 않게 끝난 것을 느꼈다. 아노의 태도에 기묘한 변화가 일어났다. 친밀함이 줄어든 것은 아니었다. 그러나…… 제임스는 이렇게 달라진 태도를 정의내리는 데 아노의 문구를 사용할 수밖에 없었다. 다시 말해서 아무래도 아노는 한순간 시야 속에 번뜩인 '행운의 여신'의 치맛자락 주름을 포착한 모양이었다. 그러나 언제 그것이 번뜩였는지 제임스로서는 알 수가 없었다. 그는 모자와 지팡이를 집어들었다. 아노는 벌써 문손잡이에 손을 대고 있었다.

"잘 가시오, 플로비셔 씨. 정말 잘 와 주셨습니다."

"디종에서 또 뵙겠습니다."

"네." 아노는 미소지었다. "여러 가지 일로 뵙게 되겠지요. 아마 법정에서도, 그리고 틀림없이 구르넬 저택에서도."

제임스는 불만스러웠다. 바로 조금 전 아노는 자기가 협력하는 것을 승낙했을 뿐만 아니라 바라기까지 했던 것이다. 그런데 지금은 그것을 피하려 하고 있는 것이다.

"그러나 함께 일을 한다면?" 제임스는 넌지시 떠보았다. "당신은 나에게 재빠르게 따라붙으려 하실 테고, 나도 그다지 재빠르지는 못해도 몰래 당신에게 따라붙으려 하겠지요. 그러므로……?"

아노는 마음 속으로 질문을 되풀이한 다음 "당신은 구르넬 저택에서 머무르시겠지요?" 하고 물었다.

"그렇지 않습니다." 제임스는 아노가 실망하는 것을 보고 조금 통쾌하게 여겼다. "그럴 필요가 없으니까요. 와베르스키가 더 이상 복잡한 일을 일으킬 수는 없을 터이므로 두 처녀는 안전합니다."

"그렇겠지요." 아노는 고개를 끄덕였다. "그러시다면 다르시 광장에 있는 큰 호텔에 머무십시오. 나는 좀더 작은 호텔에 가명으로 머물겠습니다. 되도록 사람들에게 알려지고 싶지 않으니까요."

그는 그 작은 호텔의 이름도 말하지 않았고 사용하려는 가명도 알려 주려고 하지 않았다. 그러나 제임스는 그것을 물어 볼 만큼 어리석지 않았다. 아노는 문손잡이를 잡은 채 유심히 플로비셔의 얼굴을 들여다보며 말했다.

"내 잔재주를 가르쳐 드리지요." 기분 좋을 때의 따뜻한 미소가 그의 얼굴을 밝게 했다.

"당신은 영화를 좋아하십니까? 네, 나는 아주 좋아한답니다. 그래서 어디를 가나 틈만 있으면 영화관에 가곤 하지요. 어둠 속에서 훌륭한 구경거리를 볼 수 있습니다. 더욱이 어둠 속에서 구경하며 친구와 몰래 이야기할 수도 있거든요. 영화! 관객이 끊임없이 바뀌고, 자칫하면 남의 무릎에 앉을지도 모를 만큼 캄캄합니다. 어떻습니까, 아주 그럴 듯한 방법이지요? 그러나 이런 비밀을 다른 사람에게 말하거나 하시지는 않겠지요?"

탐정은 말을 끝내고 싱긋 웃었다. 젊은이는 아노가 또 새로운 이야기를 털어놓았기 때문에 기운이 솟아나는 듯했다. 그는 러셀 광장의 그 차분하기 그지없는 장중한 사무소에서 무척 멀리까지 왔다고 생각하자 이상하리만큼 자랑스러운 기분이 들었다. 마릴르본 거리 변두리 영화관의 어두운 한구석에서 플로비셔 & 허즐릿 법률사무소의 변호사가 의뢰인과 만나고 있는 그림을 머릿속에 그리는 일은 도저히 불가능하다. 그의 사무소의 방법에는 이런 책략이 없다. 제임스는 이 변화를 생각하자 마음이 들뜨는 것 같았다. 아마도 플로비셔 & 허즐릿 법률사무소는 좀 낡아빠진 것 같다고 그는 반성했다. 이윽고 플로비셔는 그럴싸한 명문구를 하나 생각해 냈다. '우리 사무소에는 경찰 관계의 오존(신선한 공기라는 뜻)이 모자라다'고.

"물론 비밀은 지키겠습니다." 제임스는 조금 떨리는 목소리로 말했다. "그런 멋진 만남의 장소가 있으리라고는 생각지도 못했습니다."

"그럼, 달리 지장이 없는 한 매일 밤 9시에 그랑드 다벨느 극장의 관객석에 앉아 있겠습니다. 역에서 광장을 가로지른 모퉁이에 있으니까 찾기 쉬울 겁니다. 관객석 왼쪽의 영사막에서 가장 가까운 당구실 쪽 끝자리에 있겠습니다. 휴식 시간에 나를 찾아선 안됩니다. 그리고 만일 내가 누군가와 이야기를 하고 있거든 절대로 가까이 오지 말아 주십시오. 아시겠습니까?"

"알겠습니다." 제임스는 대답했다.

"이제 당신은 나의 비밀을 두 가지 쥐고 있는 셈입니다." 아노의 얼굴에서 미소가 사라졌다. 표정이 묘하게 날카로워지고 밝은 빛 눈이 엄숙하고 침착해졌다. "그 점을 잘 알아 두십시오. 우리 두 사람이 디종에서 다시 파리로 돌아올 때까지는 여러 가지 색다른 일에 부딪칠 것이라고 생각합니다."

엄숙한 시간이 지나갔다. 제임스 플로비셔는 가볍게 인사하고 문을 열었다. 그러나 그는 복도로 나가면서 또다시 생각했다. 이 만남 중 어느 순간에 탐정은 '행운 여신'의 펄럭이는 치맛자락을 손으로 잡지는 못했다 하더라도 적어도 흘끔 보았음에 틀림이 없다고.

# 베티 헐로우

 그날 밤 제임스 플로비셔는 디종에 도착했다. 사람을 방문하기에는 조금 늦은 시각이었다.
 이튿날 아침 9시 반, 그는 흥분으로 가슴을 두근거리면서 샤를르 로베르 거리의 골목을 돌아가고 있었다. 이 길 한쪽에는 정원의 높은 담이 주욱 이어지고, 그 담에 싸인 무화과며 큰 밤나무의 가지와 잎이 산들바람에 곱게 흔들리고 있었다. 길의 막다른 곳에서 담이 끝나자 르네상스 식의 화려하고 아름다운 창문이 문 위로 쑥 튀어나온 저택이 있고, 그 조금 앞에 정교하게 만들어진 철문이 있었다. 그 문 앞에서 제임스는 걸음을 멈추고 구르넬 저택의 가운데뜰을 바라보았다. 그러는 동안에 흥분이 사라져 그는 조금 부끄러워졌다. 그만큼 주위가 조용했으며, 흥분할 것이라고는 아무 것도 없었던 것이다.
 덥고 조용한 맑게 갠 아침이었다. 가운데뜰 왼쪽에서는 한 줄로 늘어선 방 앞에서 하녀들이 바쁘게 일하고 있었다. 마지막으로 제임스는 차고의 자동차 두 대 사이를 거닐고 있는 운전수를 보았다. 그는 명랑하게 휘파람을 불고 있었다. 오른편에 큰 건물이 높이 솟아 있고, 노란 빛으로 밝게 칠한 우람하고 큰 다이아몬드 모양의 슬레이트 지붕이 급한 경사를 이루어 우뚝 서 있었으며, 열려진 창문으로 아침 해가 비쳐들고 있었다. 부채꼴로 도려낸 유리 장식 아래로 현관 홀의 문이 활짝 열려 있고, 철문도 한쪽 문이 절반쯤 열려져 있었다. 저택 앞에 서 있는 흰 바지 차림의 순경은 사실 감시하고 있다기보다는 높은 담 그늘에서 햇살을 피하고 있는 것처럼 보였다. 이러한 모든 것들이 건전한 생활을 밝게 보여 주고 있는 이상, 이 집이나 또는 이 집에 사는 사람들이 누군가에게 협박받고 있다고는 도저히 믿어지지 않았다.

'사실 협박 같은 건 받고 있지 않다.' 제임스는 생각했다. '아노도 그렇게 말했지.'

그는 문을 밀고 들어가 정면 현관 앞에 섰다. 나이 든 하인이 '베티 아가씨께서는 손님을 만나시지 않습니다'라고 말하며 거절했으나, 제임스가 명함을 건네주자 받아들고 큰 정사각형 홀의 오른편 문을 노크했다. 문이 열리자 홀에 있는 제임스에게 서재의 안쪽 창문이 맞바로 보였다. 창문을 등지고 남녀의 그림자 두 개가 움직였다. 남자는 뭔가 항의하고 있는 것 같았다. 말투며 몸짓이 영국인 기질의 제임스에게는 조금 지나치게 난폭한 것으로 여겨졌다. 처녀는 그 항의에 웃음짓고 있었다. 높고 날카로우며 멀리까지 잘 들리는 웃음소리로서 조금 잔혹한 울림이 있었다. 프랑스 어로 말하는 남자의 항의가 두서너 마디가 제임스의 귀에 들렸는데, 묘하게도 금속적인 악센트를 띠고 있었다.

"난 퍽 오랫동안 당신의 노예였습니다!" 그는 소리쳤다.

문이 활짝 열리고 늙은 하인이 은쟁반에 명함을 올려놓은 채 우뚝 서 있는 것을 처녀는 알아차렸다. 그녀는 재빨리 다가와 명함을 집어 들더니 기쁜 듯이 소리치며 홀로 뛰어나왔다.

"당신이었군요!" 처녀는 눈을 빛내며 소리쳤다. "용케도 이렇게 빨리 와 주셨군요."

그녀는 두 손을 내밀었다. 제임스는 이 처녀가 허즐릿이 말한 그 '어린 처녀'라는 것을 곧 알 수 있었다. 키는 그다지 작지 않았지만 '어린 처녀'라는 형용사가 꼭 들어맞을 정도로 호리호리하고 가냘픈 처녀였다. 전등빛을 받아 희미하게 붉은 빛을 띤 암갈색 머리를 한쪽에서 갈라 자그만 머리 둘레에 모양 좋게 빗어올려서 묶고 있었다. 넓은 이마와 달걀 모양의 얼굴은 파르스름하게 해맑아서 입술의 선명한 분홍빛을 돋보이게했다. 커다란 잿빛 눈동자는 도깨비에 홀리기라도 한 듯 괴로운 표정이 깃들어 있었다. 그녀는 따뜻한 감사의 마음을 담아 손을 내밀어 그의 손을 잡았는데, 그때 제임스에게는 그녀가 미묘한 불꽃으로 만들어진 생물같이 보였으며, 또 아름다운 질그릇처럼 깨어지기 쉬운 물건 같았다. 그녀는 그를 재빠르게 알아보고 후유하며 작은 안도의 숨을 내쉬었다.

"이제부터 제 걱정거리를 모두 당신에게 넘겨 드리겠어요." 그녀는 방그레 미소지으며 말했다.

"그렇고말고요. 그 때문에 제가 온 것이니까요." 제임스가 대답했다. "그러나 저를 특별히 만들어진 우수한 사람으로 생각하시면 곤란합니다."

베티는 미소지으며 그의 옷소매를 잡고 서재로 데리고 갔다.

"에스피노자 씨에요." 그녀는 그 낯선 사나이를 제임스에게 소개했다. "스페인의 카탈로니아에서 태어났지만 디종에 오래 살고 계시기 때문에 이곳 사람이나 다름없어요."

카탈로니아 인은 튼튼해 보이는 새하얀 잇바디를 보이며 가볍게 인사했다.

"나는 스페인의 큰 포도원 회사 대표입니다. 우리는 이 땅에서 포도주를 사다가 저쪽의 고급 포도주와 섞습니다. 그리고 싼 물건과 섞어 여기서 팔고 있지요."

"장사에 대한 내막 이야기를 털어놓으실 필요는 없습니다." 제임스는 짤막하게 대답했다. 그는 에스피노자에게 그다지 호감을 가질 수 없었으며 그 기분을 감추려고 하지도 않았다. 에스피노자는 꽤 사치스러워 보이는 사람이었다. 검게 빛나는 머리와 검게 빛나는 눈을 가진 어깨 폭이 넓고 몸집이 큰 사나이로서, 화사한 살빛에 돌돌 말린 콧수염을 길렀으며 손가락에는 번쩍이는 반지를 여러 개 끼고 있었다.

"플로비셔 씨는 당신과는 전혀 다른 볼일로 런던에서 오셨어요." 베티가 말했다.

"그러십니까?" 하고 스페인 사람은 한 발자국도 물러서지 않겠다는 듯이 도전적으로 대답했다.

"그래요." 베티는 대답하며 그에게 손을 내밀었다. 에스피노자는 내키지 않는 듯이 그녀의 손을 잡고 키스했다.

"돌아가실 때 또 만나요." 베티는 문으로 가면서 말했다.

"나간다 하더라도 베티 양, 돌아갈지 어떨지는 모릅니다." 에스피노자는 버티었다. 그리고 그는 제임스를 돌아다보며 공손하게 인사하고 방에서 나갔다. 그 때 베티가 두 사나이를 날카롭게 비교하는 듯한 눈으로 흘끔 본 것을 제임스는 알아차렸다. 그녀는 문을 닫고 친한 사이처럼 얼굴을 찡그려 보이면서 돌아왔다. 제임스로서는 그다지 불쾌하지 않았다. 다른 남자와 비교되어 좋은 인상을 준 이상 아무리 조심성 있는 젊은이라도 기분이 나쁠 리는 없는 것이다.

"귀찮은 일이군요, 헐로우 양. 그러나 이런 복잡한 일은 앞으로도 줄곧 당신을 괴롭히겠지요." 제임스는 미소지으며 말했다.

그는 그녀의 옆으로 다가갔다. 두 사람은 가운데뜰을 향한 창가에 나란히 섰다. 베티는 창문 아래의 의자에 앉았다.
 "하지만 저는 저 사람에게 감사해야만 해요. 절 웃음짓게 해주었는걸요. 꽤 오랫동안 전 웃은 일이 없었어요."
 그녀는 창문 밖을 바라보고 있었는데, 그 눈에 갑자기 눈물이 가득 괴었다.
 "아아, 왜 그렇게……?" 제임스는 난처한 듯이 소리쳤다. 베티의 입술에 다시 달콤한 미소가 떠올랐다.
 "저는 울지 않아요."
 "아까 당신의 웃음소리를 듣고 나는 몹시 기쁘게 생각했습니다. 허즐릿 씨에게 보낸 그 가엾은 전보를 본 뒤이므로 내가 좋은 소식을 말씀드리려는 참이었으니까요."
 베티는 눈도 깜박이지 않고 그를 올려다보았다.
 "좋은 소식이라고요?"
 플로비셔는 길다란 봉투에서 와베르스키가 사무소로 보낸 두 통의 편지를 또 한 번 꺼내어 베티에게 건네주었다.
 "읽어보십시오. 날짜에 주의하여……."
 베티는 글씨체를 보고 소리쳤다.
 "보리스 씨에요!"
 그녀는 창가의 의자에 앉아 차분히 편지를 읽기 시작했다. 까만 드레스에 까만 비단 양말을 신은 다리를 포개고 편지 위에 머리와 흰 목덜미를 수그린 모습이 여학교를 갓 나온 소녀 같았다. 그러나 그녀는 이 편지의 가치를 모를 만큼 바보가 아니었다.
 "보리스 씨가 돈을 필요로 한다는 것은 알고 있었어요. 큰어머니의 유서를 읽고 전재산이 제 것이 된다는 걸 알았을 때, 당신께 의논드려서 그 사람에게도 얼마쯤 나눠 주려고 생각했었지요."
 "하지만 그럴 의무는 없습니다. 그 사람은 어떻게 보면 친척도 아니거든요. 다만 헐로우 부인의 여동생과 결혼했을 뿐인 겁니다."
 "그건 그렇지만" 베티는 미소지었다. "그 사람은 제가 '아저씨'라고 부르지 않고 '보리스 씨'라고 부른다고 언제나 불평했어요. 아무튼 전 유산을 나눠 드려야겠다고 생각했어요. 그런데 그 사람이 기다려 주지 못한 거에요. 초조하고 안타까우니까 절 못살게 군 거지요. 정말 시달린다는 것은 싫은 일이에요. 그렇잖아요, 플로비셔 씨?"
 "그렇겠지요."
 베티는 다시 한 번 편지를 읽었다.
 "이것은 틀림없이 그 사람에게 손가락을 탁 퉁겼을 때의 이야기에요." 그녀는 기쁜 듯이 희미하게 목을 울렸다. "이 편지를 보낸 뒤에 그토록 무시무시한 고발을 한 거예요. 이제 새삼스럽게 그 사람을 위해서 어떻게 한다면 저의 유죄를 증명할 뿐이라고 생각해요."
 "당신이 옳습니다. 와베르스키가 할 만한 짓이지요."
 제임스는 진심으로 동의했다. 바로 조금 전까지도 플로비셔의 마음 밑바닥에는 이 처녀가 와베르스키에 대해 얼마쯤 가혹하게 대한 것이 아닌가 하는 의문이 있었다. 보리스는 사실 베티에 대하여 아무런 권리도 없는 식객이며 무뢰한임에 틀림없다. 그러나 한편 베티에게 재산을 물려 준 헐로우 부인은 생계를 꾸려나갈 수단을 갖지 못한 그를 돕는 일에 만족했다. 그러나 이제는 그런 의문도 없어졌다. 그녀의 솔직한 이야기 덕분에 가슴에 품고 있던 약간의 의혹은 사라져 버린 것이다.
 "그럼 이것으로 완전히 끝나겠군요." 베티는 한숨을 내쉬고 편지를 제임스에게 돌려주면서 서글픈 미소를 띠었다. "하지만 저는 이번에 정말로 무서웠어요. 왜냐하면 호출을 받고 예심판사로부터 심문당했는걸요. 심문 자체는 두렵지 않았지만, 그 판사가 어찌나 무서웠던지! 직업이 직업이니만큼 엄한 얼굴을 짓는 것이 당연하겠지만, 그러나 그토록 터무니없이 엄한 표정을 짓는 것은 자신의 어리석음이 남에게 알려질까봐 두렵기 때문이 아닐까 하고 생각했답니다. 어리석은 사람들이란 위험한 존재예요!"

"정말 혼나셨군요." 제임스는 맞장구를 쳤다.

"그리고 자동차를 타서도 안된다는 말을 들었어요. 마치 제가 달아나지나 않을까 생각하는 것 같았어요. 또 재판소에서 돌아오는 길에 만난 친구는 죄가 없는데도 억울하게 형을 받은 사람들의 이야기를 길다랗게 늘어놓더군요."

제임스는 그녀를 뚫어지게 바라보며 소리쳤다.

"그건 너무 심하군요!"

"친구들이란 모두 그런 거예요." 베티는 철학자인 체 대답했다.

"하지만 제 친구들은 특히 지독해요. 가장 우수한 변호사에게 의뢰하지 않으면 안된다느니, 제가 헐로우 부인의 양녀이니만큼 어머니를 죽인 죄가 되는가 어떤가 라는 말도 거침없이 한답니다. 그리고 경우에 따라서는 정상 참작이 없다느니, 길로틴에 목이 잘릴 때에는 머리에 검은 베일을 쓰고 맨발이 되어야만 한다느니." 그녀는 제임스의 얼굴에 미워하고 화내는 표정이 떠오르는 것을 보고 그에게 손을 내밀었다. "그래요, 시골 사람들이란 아무튼 버릇이 없어요. 하지만……" 그녀는 반짝거리는 슬리퍼를 신은 갸름한 발을 들어올려 들뜬 기분으로 내려다보았다. "막상 목을 잘릴 때에 가서 비싼 구두나 양말을 신느니 맨발이니 하는 일로 머리를 괴롭히고 싶지는 않아요."

"굉장히 언짢은 말을 하는군요." 제임스가 소리쳤다.

"이것으로 짐작이 가실 거예요. 재판소에서 돌아왔을 때 제가 마치 한 대 맞은 것처럼 되어 있었다는 것을." 베티는 말을 계속했다.

"그래서 그 어리석고 영문을 알 수 없는 전보를 쳤던 거예요. 저는 다시 한 번 생각해 보고는 전보를 취소하고 싶었어요. 하지만 이미 때가 너무 늦었기 때문에······."
 목소리가 조금 흥분하는가 싶더니, 갑자기 말을 멈추고 숨을 삼켰다.
 "저게 누구지요?"
 전혀 다른 목소리였다. 이제까지는 조용하고 느릿느릿하게 공포의 원인에 대해 거의 유머러스한 어조로 이야기했는데, 갑자기 다급하게 묻는 그 말투에는 불안스러운 빛이 감돌았다.
 "저어, 누구이지요?" 그녀는 되풀이해서 물었다.
 떡 벌어진 큰 몸집의 사나이가 철문을 어슬렁어슬렁 지나쳐 갑자기 가운뎃뜰 안으로 뛰어들었다. 바로 조금 전까지는 태평스럽게 좁은 길을 어슬렁거리고 있었는데, 벌써 현관의 큰 부채꼴로 도려낸 유리 장식 아래로 모습을 감추고 있었다.
 "아노 탐정입니다." 플로비셔가 대답했다. 베티는 용수철처럼 벌떡 튀어 일어나 어쩔 줄 몰라하며 서 있었다.
 "걱정없습니다. 그에게 와베르스키의 편지 두 통을 보여주었지요. 저 사람은 어디까지나 당신 편입니다. 자, 들어보십시오. 어제 파리에서 저에게 이렇게 말했습니다."
 "어제 파리에서······?" 베티가 갑자기 물었다.
 "네, 저 사람을 만나러 어제 경시청에 갔습니다. 그가 한 말을 아주 잘 기억하고 있으니까 그대로 전할 수 있습니다. '당신의 귀여운 의뢰인은 결코 억울하고 불공평한 일을 당할 염려가 없습니다. 베개를 높이 베고 두 다리를 쭉 뻗고 잘 수 있을 겁니다'라고 말입니다."
 그때 정면 현관의 벨이 온 집 안에 울려퍼졌다.
 "그럼 어째서 아노 씨가 디종에 왔을까요? 어째서 이 집에 왔을까요?" 베티는 고집스럽게 되풀이했다. 그러나 이 질문에는 대답할 수가 없었다. 제임스는 아노가 털어놓은 이야기를 들었다. 그러나 그 이야기를 다른 사람에게 말하지 않겠다고 약속했다. 요 얼마 동안은 베티에게 아노가 디종에 머무르는 것은 와베르스키의 고발을 조사하기 위해서이며, 이것은 절대로 구실이 아니라고 믿도록 해 둘 필요가 있다.

"아노는 명령에 따르고 있습니다. 여기 온 것도 단순히 명령을 받았기 때문입니다."

그녀는 제임스의 이 대답으로 충분히 마음을 놓은 듯했다. 베티는 사실 그로서는 알 수 없는 문제에 마음을 빼앗기고 있었던 것이었지만……

"당신은 파리에서 아노 씨를 찾아가 주셨군요." 그녀는 진정어린 미소를 띠었다. "저를 돕기 위해 하나에서 열까지 빈틈없이 손을 쓰셨군요." 열어젖힌 창틀에 한 손을 올려놓으며 그녀는 말을 이었다.

"제가 허둥대며 런던으로 보낸 전보를 읽고 아노 씨는 몹시 우쭐했겠군요."

"저분은 당신이 너무 힘을 잃고 있는 데 동정했을 뿐입니다."

"전보를 보여 주셨나요?"

"보였더니 찢어 버렸습니다. 그 전보와 편지가 저 사람을 만나는 구실이었으니까요."

베티는 다시 창문 밑의 의자에 앉아 아무 말도 하지 말라는 듯이 손가락을 들어올렸다. 문 밖에서 이야기 소리가 들리더니 곧이어 늙은 하인이 문을 열고 들어왔다. 이번에는 명함을 올려놓은 쟁반을 들고 있지 않았으며 어쩐지 좀 침착하지 못한 것 같았다.

"아가씨……,"

베티가 그의 말을 가로막았다. 불안한 빛이 흔적도 없이 사라지고 그녀는 벌써 완전히 자신을 되찾고 있었다.

"알아요 가스통. 곧 아노 씨를 모셔 오도록 해요."

그러나 아노는 벌써 방에 들어와 있었다. 그는 베티에게 상냥스레 가벼운 인사를 하고 플로비셔와 진심에서 우러난 악수를 했다.

"아가씨, 정원을 지나서 이리로 오는 도중 플로비셔 씨가 벌써 함께 계시는 것을 보고 마음을 놓았습니다. 제가 옛날 이야기에 나오는 사람 잡아먹는 도깨비가 아니라는 것은 이 사람에게서 이미 들으셨겠지요?"

"하지만 당신은 한 번도 이쪽 창문을 보시지 않았어요."

베티가 이상한 듯이 말했다. 아노는 기쁜 미소를 띠었다.

"아가씨, 얼굴을 돌리지 않고도 창문 저쪽에서 무슨 일이 있는가를 아는 것이 제 장사술이랍니다. 실례합니다."

그는 모자와 지팡이를 방 한복판에 있는 큰 테이블 위에 올려놓았다.

## 물음에 답하는 베티

"하지만 아무리 창문이 크다 해도 2주일이나 전에 일어난 일을 내다볼 수는 없지요. 귀찮으시더라도 조금 질문을 하도록 해주십시오."

"무슨 일이든 물어 주세요." 베티는 얌전하게 대답했다.

"허물없이 대해 주셔서 기쁩니다. 그런데……" 아노는 점잖게 말했다. "앉아도 괜찮겠습니까?"

베티는 창백한 얼굴을 살짝 붉히며 일어났다.

"어머나, 실례를 했군요. 자, 앉으세요."

플로비셔는 이 대수롭지 않은 예의를 잊은 것으로 보아 그녀의 신경이 몹시 흥분되어 있음을 알 수 있었다. 그 일이 없었다면 그는 베티가 나이에 어울리지 않는 침착함을 가지고 있다고 생각했을 것이다.

"뭐, 염려하지 마십시오." 아노는 빙그레 웃었다. "우리 경찰 관계의 사람들은 아무리 상냥하고 다정해도 여러분을 불안스럽게 만드는 모양입니다."

그는 테이블 쪽에서 의자를 끌어당겨 베티와 마주앉았다. 세심하게 신경써서 그녀에게 유리한 위치를 주어 그녀의 얼굴이 방 안쪽으로 향하고 아침의 강한 광선이 자기의 얼굴에 비치도록 자리를 잡았다.
"그럼 우선 지금 정해져 있는 간단한 차례를 이야기해 두겠습니다. 힐로우 부인의 시체는 어젯밤 당신의 공증인이 입회한 가운데 발굴되었습니다."
베티는 오싹 소름이 끼치는 듯 몸서리를 쳤다.
"사실," 아노는 재빨리 말을 이었다. "이런 일은 비록 필요하다고 해도 그리 달갑지 않습니다. 하지만 우리는 힐로우 부인께 해를 끼치려는 게 아니라 남은 사람, 다시 말해서 베티 양 당신을 생각하여 혐의가 가지 않도록, 또 당신과 가까운 사람들에게도 혐의가 가지 않도록 사실을 확인해야만 합니다. 그래서 몇 가지 질문을 드리겠습니다. 이것만 끝나면 해부한 보고를 기다릴 뿐입니다. 그리고 예심판사가 당신에게 듣기 좋은 말을 늘어놓고, 운만 좋다면 저는 아름다운 베티 양의 서명이 들어 있는 사진을 가슴에 안고 심심한 파리로 돌아가게 될 것입니다."
"그것으로 모든 일이 다 처리될까요?" 베티는 고마워하는 표정으로 팔짱을 끼며 외쳤다.
"당신에게는 그렇게 되겠지요. 하지만 저 보리스 선생이라면 모든 일이 끝났다고 할 수가 없습니다." 아노는 다음 일을 생각하고 짓궂게 빙긋 웃었다. "실은 저는 그 근성이 비뚤어진 선생과 30분쯤 만나 이야기를 하는 게 즐거움입니다. 절대로 빼기거나 하지 않습니다. 절대로 조심하겠습니다. 어쨌든 우리 친구 플로비셔 씨가 그 자리에 함께는 있지 않을 테니까요. 이 사람이 만일 거기에 있으면 제 즐거움을 고스란히 빼앗아가 버리고 말 겁니다. 노처녀 아주머니같이 찡그린 얼굴로 나를 바라보며 '이거 참, 사람 죽이는군! 어릿광대 같은 꼴이라니…… 이게 무슨 짓이람! 볼꼴 사납군' 하고 이 사람은 생각할 겁니다. 그리고 저는 틀림없이 볼꼴 사나운 짓을 하겠지요. 그 대신 디종에서 파리로 돌아가는 길에 저는 웃음을 멈추지 못할 겁니다."

아노는 벌써 정말로 웃어대기 시작했다. 베티도 갑자기 함께 웃음을 터뜨렸다. 그녀는 높고 잘 울리는 소리로 웃었다. 제임스는 열어 놓은 문에서 홀로 울려 왔던 조금 전의 웃음소리가 생각났다.

"아아, 이거 좋은데!" 아노가 소리쳤다. "당신은 저의 바보 같은 이야기를 듣고도 웃을 수 있으시군요, 아가씨. 플로비셔 씨를 여기에 붙잡아 두어 무엇보다도 신성한 이 웃음의 기술을 익히게 될 때까지 런던으로 돌려보내서는 안되겠는데요."

아노는 의자를 조금 끌어당겼다. 그것을 보고 플로비셔는 매우 불쾌한 광경을 머릿속에 떠올렸다. 의사들이 꼭 이런 식으로 재주껏 우스갯소리며 농담을 짜내면서 중환자의 침대 옆으로 의자를 끌어당기는 법이다. 그가 이러한 생각을 머리에서 떨쳐 버리는 동안 아노는 벌써 질문을 시작하고 있었다.

"자, 일을 시작하기 전에 순서를 분명하게 따져서 사실을 생각하기로 합시다."

"그렇습니다"라고 말하며 제임스도 조금 의자를 가까이 가져갔다. 그는 자기가 사건의 진상을 거의 모른다는 것을 스스로 좀 묘하게 생각하고 있었다.

"그럼 묻겠는데, 헐로우 부인은 밤 사이에, 그것도 침대 속에서 매우 조용하게 세상을 떠나셨다지요?"

"네." 베티가 대답했다.

"4월 27일 밤이었지요?"

"네."

"그날 밤 부인은 자기 방에서 혼자 주무셨나요?"
"그렇습니다."
"언제나 그런 습관이 있었습니까?"
"네."
"꽤 오래 전부터 심장이 나쁘셨다던데요?"
"요 3년 동안 줄곧 편찮으셨어요."
"믿음직한 간호사가 늘 붙어 있었겠지요?"
"네."
아노는 고개를 끄덕였다.
"그럼, 간호사는 어디서 잤습니까? 옆방이었나요?"
"아니오. 이쪽으로 죽 이어져 있는 복도 맨 끝방이에요."
"얼마나 떨어져 있지요?"
"큰어머니의 방에서 두 방쯤 떨어져 있어요."
"모두 큰방인가요?"
"네. 1층에 있는 방이니까 객실이라고 해도 좋을 만한 방이지요. 하지만 큰어머니가 심장이 나빠진 뒤로는 계단이 위험하기 때문에 침실을 2층에서 아래로 옮겼어요."
"하긴 그렇겠군. 큰 객실이 두 개나 사이에 있고 게다가 당연히 벽이 두꺼웠겠지요. 최근에 지은 집이 아니니까. 그렇다면 아가씨, 밤에 온 집 안이 모두 잠들어 조용할 때에 환자가 소리를 지르면 간호사의 방에 들릴까요?"
"들리지 않으리라고 생각해요. 하지만 환자의 침대 옆에 벨이 있어서 간호사의 방으로 통하도록 되어 있어요. 그다지 팔을 뻗치지 않더라도 벨을 누를 수 있었을 거예요."
"아아, 네. 특별히 환자용으로 장치한 벨이군요?"
"네."

"손 닿는 곳에 있는 벨. 과연 정신을 잃고 있지만 않으면 굉장히 중요한 것이지요. 하지만 기절이라도 했다면 아무 소용도 없을 겁니다. 좀더 가까운 곳에 간호사가 잘 수 있는 방은 없었나요?"
"문만 열면 큰어머니의 방 옆으로 잘 수 있는 방이 있어요."
아노는 알 수 없다는 듯이 의자 등받이에 기대앉았다. 제임스 플로비셔는 슬슬 말참견을 해도 좋을 무렵이라고 생각했다. 두 사람의 문답을 듣고 있는 사이에 그는 조금씩 침착성을 잃어갔다. 질문에 막히지 않고 대답하고 있다고는 하지만 이렇게 베티를 괴롭힐 필요는 없다고 생각했다.
"저어, 아노씨" 제임스가 참견했다. "우리가 직접 보러 가는 편이 시간을 허비하지 않을 게 아닙니까?"
아노는 홱 돌아다보았다. 그는 감탄하여 눈을 빛내며 놀란 듯이 젊은 상대를 뚫어지게 바라보았다.
"그거 참, 좋은 생각이로군요! 좋은 생각이오, 정말 영리하오! 참으로 훌륭해요. 플로비셔 씨. 당신이 그것을 생각해 냈군요! 당신의 머리에 경의를 표합니다." 그리고 그는 목소리를 낮추어 말했다. "하지만 참으로 유감스러운 일이 있단 말이오."
아노는 자기가 이처럼 한숨을 내쉬는 까닭을 제임스가 묻기를 기다렸으나 젊은이는 얼굴을 붉혔을 뿐 아무 말도 하지 않았다. 분명히 제임스는 어리석을 말을 꺼내어 그를 구원자라고 생각하고 있는 아름다운 베티의 눈 앞에서 조롱당하고 있는 것임에 틀림없었다. 제임스는 이 얼빠진 장면을 영리한 체 구경하고 있는 아노를 참으로 괘씸한 녀석이라고 생각했다. 아노는 겨우 설명을 시작했다.
"플로비셔 씨. 좀더 빨리 방을 조사할 수 있었더라면 좋았을 걸 그랬군요. 이 지방 경찰이 방마다 문을 모조리 봉인해 버려서 서장이 입회하지 않으면 이제 그 봉인을 뗄 수가 없답니다."

신 대로 환자이며, 특별 침대차를 타고 1년에 한 번 몬테카를로의 별장으로 가실 때 말고는 한 걸음도 정원 밖으로 나가지 않으셨어요. 그런데도 자기가 병들었다고 생각하시지 않는 거예요. 고집이 세고 누구에게도 지기를 싫어하는 사람이었지요. 이제 곧 좋아진다, 2, 3주일만 지나면 낫는다고 생각하셨기 때문에 중환자처럼 흰 옷을 입은 간호사가 열어 놓은 방 바로 밖에서 대기하고 있는 것을 말할 수 없이 싫어하셨어요."

베티는 여기서 일단 말을 끊었다.

"물론 위험한 발작이 일어났을 때에는 간호사를 곁에 있게 했어요. 그렇게 하도록 마음을 썼지요. 하지만 발작이 가라앉으면 곧 멀리 가 있게 하고 말아요. 큰어머니는 늘 그러셨어요."

제임스는 이 설명을 잘 알아들을 수 있었다. 이처럼 솔직하게 이야기하는 것을 듣고 있으려니까 고집스럽고 완고한 늙은 부인이 눈 앞에 보이는 것 같았다. 그녀는 지고 싶지 않았다. 병의 신(神) 앞잡이를 몸 가까이에 두고 싶지 않았다. 그래서 다른 늙은이와 마찬가지로 자기 방에 혼자 누워 있고 싶었던 것이다. 제임스는 베티의 한 마디, 한 구절을 이해하고 또한 믿었다. 그러나 어쩐지 그녀는 무엇인가를 감추고 있었다. 대체 무엇일까? 그녀가 한 말은 모두 사실이지만 그 밖에도 좀더 할 말이 있는 것 같았다. 이야기 도중에 베티는 망설였다. 너무 말을 조심스럽게 골랐다. 그리고 망설인 만큼 그 자리를 메우려는 것처럼 재빠르게 이야기했다…… 제임스는 탐정의 얼굴을 살폈으나 아노는 꼼짝도 하지 않고 베티의 얼굴을 빤히 바라보며 자신의 냉정한 마음에 눌려서 상대가 한층 더 떠들어 대기를 바라고 있었다. 제임스는 이 두 사람이 어떤 비밀의 둘레를 쫓고 쫓기고 있는 것을 느꼈다. 그 비밀이란, 아노나 허즐릿에 의하면 와베르스키의 앞뒤 생각 없이 덤비는 고발 뒤에 반드시 있으리라는 세상의 눈에 띄지 않도록 감추고 싶은 집안의 수치였다. 베티의 태도에 대해 깊은 생각에 잠겨 있던 제임스는 갑자기 처녀의 입에서 튀어나온 격렬한 외침에 깜짝 놀랐다.

"어째서 저를 그렇게 보시는 거지요?"

그녀의 눈은 창백한 얼굴 속에서 반짝였으며 입술이 부들부들 떨리고 있었다. 그녀는 대드는 것처럼 목소리를 높였다.

"저를 믿지 않으시는 건가요 아노 씨?"

아노는 두 손을 들어 상대의 말을 가로막으며 의자 등받이에 기대어 날카로운 눈초리를 부드럽게 하고 자세를 바로 했다.

"실례했습니다, 아가씨." 그는 진심으로 미안한 듯한 목소리로 말했다. "믿지 않는 게 아닙니다. 다만 몇 번씩 질문을 하여 당신을 괴롭히기가 싫어서 두 귀로 열심히 듣는 겁니다. 잇따른 불행으로 당신의 신경이 고통받고 있다는 것을 잊은 제가 나빴습니다. 용서해 주십시오."

겨우 이것으로 폭풍우가 지나갔다. 베티는 머리를 뒤의 창문틀에 기대고 얼굴을 조금 쳐들었다.

"괜찮아요, 아노 씨. 저야말로 사과를 드려야겠군요. 마치 히스테리를 일으킨 여학생 같았는 걸요. 자, 질문을 계속하세요."

아노는 다정하게 말했다. "이런 일은 단숨에 끝내는 것이 좋습니다. 27일 밤 이야기로 되돌아가기로 합시다."

"네."

"그날 밤 부인의 용태는 여느 때와 마찬가지로 좋지도 나쁘지도 않았습니까?"

"어느 쪽인가 하면 좋은 편이었어요."

"그래서 당신은 마음놓고 친구의 댄스 파티에 가셨군요?"

제임스는 깜짝 놀랐다. 그러니까 베티는 문제의 그날 밤 집에 있지 않았던 셈이다. 그녀에게는 유리한 사실이었다. 그는 저도 모르게 '댄스 파티!'하고 소리쳤는데, 아노가 한 손을 들어 가로막았다.

"플로비셔 씨, 부디 아가씨에게 이야기를 하게 해주십시오!"

"네. 저는 마음놓고 갔어요." 베티는 설명했다. "모든 일을 여느 때와 다름없이 할 필요가 있었어요. 다시 말해서 제가 여느 때와 다른 일을 해서는 안되었던 거예요. 큰어머니는 너무 지나치게 마음을 쓰는 성격으로, 자신이 중태라는 것을 인정하고 싶지 않으면서도 마음 속으로는 혹시나 하고 생각하시기 때문에 우리가 좀 색다른 짓을 하면 병이 위중하지나 않을까 하고 걱정하셨답니다."

"이를테면 당신이 가려고 한 댄스 파티에 가지 않거나 하면 부인이 쓸데없이 마음을 쓰리라는 말이군요? 과연, 네 잘 알았습니다."

아노는 플로비셔를 뒤돌아보고 미소지었다.

"베티 양이 댄스 파티에 간 사실을 당신은 알지 못했지요? 아마 우리 친애하는 와베르스키 씨도 틀림없이 몰랐을 거요. 그렇지 않으면 그런 터무니없는 고발을 할 까닭이 없지요. 그래요, 아가씨는 가장 흉악한 범죄가 저질러졌다고 생각되는 그 시각에 친구와 춤을 추고 계셨습니다. 그런데 27일 밤 와베르스키는 어디에 있었습니까?"

"외출하고 집에 없었어요." 베티는 대답했다. "25일에 우슈 강 가까이 있는 마을로 송어를 낚으러 가서 28일 아침까지 돌아오지 않았어요."

"오, 그래요! 성급하게 헐로우 양을 걸어넣으려던 그물보다 더 훌륭한 송어잡이 그물을 그는 갖고 있겠군요. 그렇지 않다면 사흘이 걸렸다 해도 잡은 것이라곤 뻔하지요."

탐정이 웃자 베티도 어렴풋이 미소를 지었다. 아노는 다시 질문을 시작했다.

"그래서 당신은 댄스 파티에 가셨군요. 어디서 파티가 열렸었지요?"
"티에르 거리의 드 프이약 씨 댁이었어요."
"몇 시에 가셨습니까?"
"9시 5분 전에 집을 나갔어요."
"분명합니까?"
"네."
"집을 나가기 전에 헐로우 부인을 만나셨습니까?"
"네, 떠나기 바로 전에 병실로 가 보니 큰어머니는 언제나처럼 침대 속에서 저녁 식사를 하고 계셨어요. 저는 이번 겨울에 몬테카를로에서 사들인 새 무도복을 입고 있었으므로 그것을 보여 드리려고 했죠."
"혼자 계시던가요?"
"아니오, 간호사가 곁에 있었어요."
그러자 아노는 교활하게 히죽 웃었다.
"그것은 알고 있었습니다, 아가씨." 그는 매우 친한 사이기라도 한 듯이 웃음 띤 얼굴로 말했다. "알고 있으면서 잠깐 함정을 파 본 것입니다. 여기에 간호사 잔느 보던의 증언이 있습니다."
아노는 주머니에서 타자기로 친 종이를 한 장 꺼내었다.
"이와 같이 예심판사는 간호사를 불러 진술을 들었습니다."
"전혀 몰랐어요." 베티가 말했다. "잔느가 장례식이 있던 날 휴가를 받아 돌아간 뒤로 한 번도 그녀를 만난 적이 없어요."
그녀는 미소지으며 아노에게 한두 번 고개를 끄덕여 보였다.
"저는 당신에게 아무 것도 감추고 싶지 않아요." 그녀는 감탄한 듯이 말했다. "도저히 감출 만한 상대가 아닌걸요."
아노는 이 아첨의 말에 아주 기분이 좋아진 것 같았다. 마치 풋내기 같다, 싸구려 풋내기 탐정 같다고 제임스는 생각했다.

"말씀하신 바와 같이" 그는 소리쳤다. "요컨대 저는 아노니까요, 아노는 이 세상에 한 사람밖에 없습니다." 그는 가슴을 주먹으로 두드리며 얼굴을 빛냈다. "아니, 저런! 당신은 다만 듣기 좋으라고 하신 말씀이었군요. 그러면 다시 문제로 돌아갑시다. 이것이 간호사의 진술입니다."

아노는 손에 든 종이쪽지를 읽었다.

"아가씨는 은실로 짠 옷감으로 지은 새 옷과 은빛 무도화를 마님에게 보이기 위해서 침실로 오셨습니다. 베개를 고쳐 드리고, 침대 곁에 언제나처럼 책과 음료가 있는지 어떤지 살펴보셨습니다. 그런 다음 '안녕히 주무세요'라고 밤 인사를 하고 예쁜 드레스를 사락거리며 들뜬 걸음으로 방에서 나가셨습니다. 문이 닫히자 곧 마님께서는 나를 보시고——."

아노는 갑자기 읽기를 멈추고 "여기는 별것이 없습니다" 하고 빠른 어조로 말했다. 베티는 깜짝 놀라 몸을 앞으로 내밀고 아노의 얼굴을 빤히 쳐다보며 물었다.

"별것이 없다고요?"

그녀의 뺨이 점점 붉게 물들어 왔다. 아노는 종이를 착착 접었다.

"그렇습니다."

"문이 닫히자 곧 큰어머니가 나에 대해 뭐라고 말씀하셨다고 씌어 있나요?" 베티는 천천히 끈질기게 물었다. "저, 아노 씨. 제게는 알 권리가 있어요."

"별것이 아니라고 말씀드렸잖습니까? 이렇습니다." 아노는 다시 읽기 시작했다. "마님은 내 쪽을 향해 시계를 보면서 '베티는 빨리 떠나는 편이 좋아. 디종은 파리와 달라서 빨리 가지 않으면 댄스의 상대가 없어지니까' 라고 말씀하셨습니다. 그때가 9시 15분 전이었습

니다."

아노는 히죽이 웃으며 종이쪽지를 베티에게 건네주었다. 그녀는 과연 그가 읽은 대로 씌어 있는지 어떤지 의심스러운 듯이 재빨리 종이를 살펴보았다. 방에서 나간 뒤 부인이 자기에 대해서 뭐라고 말했는지 무서워서 견딜 수 없는 모양이었다. 그러나 그녀는 흘끔 보았을 뿐 곧 종이를 상대에게 돌려 주었는데, 그때에는 이미 태도가 완전히 달라져 있었다.

"고맙습니다." 그녀는 매우 불쾌한 어조로 말했다. 움푹 들어간 눈이 원망스럽게 번쩍번쩍 빛나고 있었다.

제임스는 그녀가 그처럼 달라진 것을 알아차리고 그녀에게 동정했다. 아까 탐정은 함정을 파 놓았다고 했지만, 그때에는 사실 함정 따위가 없었던 것이다. 다시 말해서 집을 나서기 전에 간호사가 보는 앞에서 부인을 만나 '안녕히 주무세요'라고 밤인사를 한 것 따위에는 조금도 겁먹을 필요가 없었다. 그런데 아노는 바로 뒤에 정말로 함정을 파 놓았다. 그리고 베티가 보기 좋게 걸려든 것이다. 그녀가 침실을 나간 뒤 부인이 그녀에 대한 욕을 말했는지도 모르는 일이고, 어쩌면 그녀가 두려워하는 말을 했는지도 모른다. 그러한 불안을 베티는 탐정의 속임수에 걸려 드러내 놓아 버린 것이다.

"아시는 바와 같이 여자들이란 서로 마음이 넓다고는 말할 수가 없어요. 그래서 어떤 때에는 상상력이 부족한 탓으로 자기가 다만 조금 사람을 중상하려고 한 말이 중대한 결과가 될 수도 있는 것이지요. 잔느 보던과 저는 그런대로 사이가 좋았지만 그래도 믿을 수는 없어요. 그래서 당신이 진술서를 착착 접어 버리셨을 때 저는 그 다음 말을 몹시 듣고 싶어했던 거예요." 베티는 냉랭하게 말했다.

"그렇고말고요." 제임스가 말참견을 했다. "간호사가 심술사나운 말을 덧붙인다는 것은 있음직한 일이지요. 증명도 할 수 없거니와 반박할 수도 없는 그런 말을 말입니다."

"제 잘못이었습니다." 아노는 용서를 비는 것처럼 말했다. "다시는 이런 잘못을 되풀이하지 않도록 하겠습니다."

그는 다시 진술서를 집어들었다.

"이것에 의하면, 당신은 침대 옆에 책과 음료가 있는지 어떤지를 살펴보았다는데 그것이 틀림없습니까?"

"네."

"음료는 무엇이었지요?"

"한 잔 가득히 담긴 레모네이드였어요."

"매일 밤 테이블 위에 놓아둡니까?"

"네."

"수면제를 섞는 일은 없었습니까?"

"네, 없었어요. 만일 잠을 못 주무시는 일이 있으면 큰어머니께서는 간호사에게 아편으로 된 알약을 달라고 하셨어요. 어떤 때에는 아주 조금 모르핀을 주사하곤 했지요."

"그날 밤에는 그런 일이 없었다는 말씀이지요?"

"제가 알고 있는 한에서는 없었어요. 만일 그런 일이 있었다면 제가 나간 뒤였을 거예요."

"좋습니다." 아노는 진술서를 접어서 주머니에 집어넣었다. "이것으로 이 종이쪽지는 임무가 끝났습니다. 아가씨는 밤 9시 5분 전에 집에서 나가셨고, 부인은 여느 때와 같은 상태로 침대에 누워 계셨습니까?"

"네."

"자아!" 하고 아노는 태도를 바꾸어 말했다. "이번에는 당신의 댄스 파티입니다. 집으로 돌아올 때까지 내내 드 프이약 씨 댁에 계셨습니까?"

"네."
"누구하고 춤을 추셨는지 기억하시겠습니까? 춤춘 상대의 이름을 말해 주실 수 있을까요?"
베티는 일어나 책상 앞으로 가서 앉았다. 종이를 한 장 끌어당기고 연필을 집어들었다. 연필 끝을 입술에 대고 있다가 기억을 더듬어서 몇 개의 이름을 적었다
"이것이 전부라고 생각해요."
아노에게 종이를 건네주자 탐정은 주머니에 집어넣었다.
"고맙습니다."
그는 매우 만족스러운 듯했다. 그는 다시 차례차례 질문을 계속해 갔는데, 베티의 대답은 어느 것이나 예기했던 그대로인 듯했다. 엄밀한 취조를 열심히 하고 있다기보다는 하는 수 없이 심문하는 형식을 취하여 그것을 완전히 수행하려는 것 같았다.
"그럼, 아가씨 댁으로 돌아오신 것은 언제였습니까?"
"1시 20분이 지나서였어요."
"확실합니까? 손목시계를 보셨나요? 현관의 시계를 보셨던가요? 아니면 다른 시계인가요? 어떻게 구르넬 저택에 1시 20분에 도착한 것을 아셨지요?"
아노는 의자를 더욱 앞으로 끌어당겼다. 그녀는 곧 대답했다.
"현관에는 시계가 없고 저는 손목시계를 갖고 있지 않았어요. 다른 여자들은 곧잘 손목시계를 차지만 저는 싫어요. 손목에 무엇을 감는 것이 싫어서요."
그녀는 마치 팔찌를 낀 것이 생각나기라도 한 것처럼 팔을 흔들었다.
"게다가 곧잘 잊어버리고 놓고 오기 때문에 핸드백에는 시계를 넣지 않았어요. 그래서 집에 돌아온 것이 몇 시였는지 잘 몰라요. 저

는 운전수 죠르주에게 여느 때보다 늦게까지 일을 시켰는지도 모른다는 생각이 들었어요. 그래서 이렇게 늦을 줄은 몰랐다고 사과했지요."

"과연, 그러면 집으로 돌아온 정확한 시각을 알려 준 사람은 죠르주였군요?"

"네."

"그 죠르주란 분명히 제가 아까 뜰을 가로질렀을 때에 본 운전수겠지요?"

"네. 죠르주는 제가 조금 들떠 있는 것을 보니 기쁘다고 했어요. 그리고 웃으면서 자기의 회중시계를 꺼내 보여 주었어요."

"그것은 현관에서였나요, 아니면 저 큰 철문이 있는 곳에서였습니까?"

"현관이에요. 문지기가 없기 때문에 누구든 외출해 있을 때에는 문을 열어 놓아 두지요."

"어떻게 집으로 들어가셨지요?"

"열쇠로 열었어요."

"으음, 그 점은 매우 명확하군요."

그러나 베티는 아노가 만족했다고 하여 마음을 놓지는 않았다. 그녀는 거침없이 대답해 갔으며 태도가 반항적이었다. 제임스는 그것이 좀 걱정스러워지기 시작했다. 베티는 좀더 타협적이 되어야 한다. 성을 내는 것은 신중한 태도가 못된다.

'잘 알아차리지 못하다가는, 베티가 이 사나이를 적으로 돌리게 될지도 모른다.'

제임스는 불안한 심정이었다. 그러나 흘끔 탐정을 훔쳐보고는 마음을 놓았다. 왜냐하면 베티도 성만 내지 않았으면 어떤 젊은 여자라도 마음을 누그러뜨릴 것이 틀림없는 반은 절친한 듯한, 반은 유쾌한 듯한 미소를 띠고서 아노가 그녀를 지켜보고 있었기 때문이다. 제임스는 곧 냉정을 되찾았다.

'결국 조심성 없는 그 자체가 계산에 의한 태도보다도 더 그녀의 명백함을 이야기해 주고 있는 것이다. 죄를 지은 사람이라면 이렇게 행동하지 못할 것이다.'

제임스는 속으로 이렇게 생각하고 마음을 가라앉혔다. 그리고 심문이 다음 단계로 옮아가기를 기다렸다.

"당신은 오전 1시 반까지 구르넬 저택으로 돌아오셨다고 말씀하셨는데……" 아노는 다시 말을 이었다. "그 다음에는 어떻게 하셨지요?"

"곧장 2층의 내 침실로 갔어요."

"당신의 하녀는 자지 않고 기다리고 있었습니까?"

"아니오, 늦어질 테니까 옷은 혼자서 갈아입을 테니 먼저 자도 좋다고 말해 두었어요."

"그건 참으로 너그러우신 배려로군요. 당신의 마음이 활짝 개면 하인들이 기뻐하는 것도 무리가 아닙니다."

상냥한 말을 들어도 베티의 성난 마음은 풀어지지 않았다.

"네?" 하고 되묻는 그녀의 목소리는 비단결처럼 매끄러웠지만, 호된 항의보다도 더한 적의가 담겨 있었다. 그러나 아노는 성난 빛을 보이지 않았다.

"그럼, 헐로우 부인이 세상을 떠나셨다는 말은 언제 들으셨지요?"

"이튿날 아침 7시에 하녀인 프랜시느가 내 방으로 뛰어들어와서 알려 주었어요. 간호사 잔느가 발견한 바로 뒤였어요. 저는 가운을 걸치고 아래로 뛰어내려갔어요. 정말로 세상을 떠나신 것임을 확인하자 곧 주치의 두 분께 전화를 걸었어요."

"레모네이드 잔을 주의해 보셨나요?"

"네, 비어 있었습니다."
"하녀는 지금도 있나요?"
"네, 프랜시느 로라르라고 하는데 볼일이 있으시면 불러 드리지요."
아노는 어깨를 움찔해 보이고 의심스러운 듯한 미소를 지었다.
"아닙니다. 볼일이 있다 하더라도 나중에 만나 보지요. 우선은 당신의 행동에 대해 당신으로부터 이야기를 듣는 것이 중요하니까요."
그는 의자에서 일어나며 꾸벅 절을 했다.
"여러 가지로 미주알고주알 캐물어서 아주 귀찮으셨겠습니다. 그러나 세상의 의혹을 깨끗이 털어놓는 것은 아가씨에게도 필요한 일이지요. 조금만 더 참으십시오."
"천만에요. 당신이야말로 귀찮으셨겠어요."
그녀는 톡 쏘는 것처럼 말했다.
아노가 일어나자 제임스는 이 지루한 심문이 완전히 끝났다고 생각하여 기뻐했으나 베티는 도무지 아무 관심도 없었다.
"두 가지만 더 묻겠습니다. 저는 이제까지 공명정대하지 않은 질문은 하지 않았다고 생각합니다. 그렇지요?"
베티는 고개를 조금 숙여 보이며 말했다.
"그 두 가지 질문을 해보세요."
"첫째로, 당신이 부인의 모든 재산을 상속받게 되는 겁니까?"
"네."
"모든 재산을 상속할 수 있다고 생각하고 계셨습니까? 그러니까 부인의 그런 생각을 알고 계셨나요?"
"아니오. 저는 상당한 금액이 보리스 씨의 것이 되리라고 생각했어요. 큰어머니에게서 무슨 말씀을 들은 건 아니지만 보리스 씨가 언제나 그렇게 말하고 있었으니까요."

"아마 그럴 겁니다." 아노는 가볍게 말했다. "당신에 대해서 부인은 언제나 호기롭게 대하셨나요?"

"네, 무척." 그녀는 낮은 목소리로 말했다. "저는 해마다 어김없이 천 파운드씩 받아 왔어요. 이런 시골에서는 다 쓸 수 없을 정도였지요. 게다가 좀더 필요한 경우에는 조르기만 하면 되었어요."

베티의 목소리가 갑자기 흐느끼는 듯한 소리로 변했다. 제임스로서는 뜻밖일 정도의 배려를 보이며 아노는 얼굴을 돌려 책장의 책을 바라보았다. 그는 그녀가 마음을 가라앉히는 동안 한두 권의 책을 뽑아 들고 들뜬 어조로 말했다.

"과연 시몬 헐로우 씨의 책장이니만큼 다르군."

아노는 갑자기 입을 다물었다. 별안간 문이 홱 열리며 한 처녀가 방으로 들어왔던 것이다.

"베티!" 하고 처녀는 말하려다가 말고 두 손님을 번갈아 보며 걸음을 멈추었다.

"앤, 이분은 아노 씨야."

베티가 아무렇게나 손을 내밀어 소개하자, 앤은 종잇장처럼 얼굴이 새하얘졌다.

아아, 바로 이 아가씨가 앤 압코트로군, 하고 플로비셔는 생각했다. 그에게 편지를 보낸 여자, 그가 두 번씩이나 모른다고 말했던 여자, 이 사람하고라면 전에 바로 옆자리에 나란히 앉았던 적도 있고, 말을 걸어 온 일도 있었다. 앤은 방을 가로질러 그에게로 가까이 왔다.

"잘 오셨습니다! 틀림없이 와 주실 것으로 생각하고 있었어요."

제임스는 그녀의 반짝반짝 빛나는 금발, 사파이어 같은 두 눈, 미묘한 빛이 어린 얄미우리만큼 귀엽고 윤기 있는 얼굴을 보았다.

"물론 왔습니다."
 약하디 약한 목소리로 대답하는 그를 아노는 미소지으며 바라보았다. 그 미소는 마치 이 젊은이는 런던으로 돌아갈 때까지 여러 가지 꼴을 당하겠구나 라고 말하고 있는 듯했다.

## 제임스 숙소를 바꾸다

 서재는 널따란 직사각형의 방으로 가운데뜰을 향한 두 개의 높은 창문과 막다른 곳에 큰길을 내려다보는 큰 창문이 있었다. 그 창문 가까이에 있는 문은 다음 방으로 통하고 높은 창문의 맞은편에는 큼직한 난로가 있었다. 그 밖의 벽이라는 벽은 빽빽하게 책이 꽂혀 있는 책장으로 되어 있었는데, 군데군데 책을 뽑아 낸 자리가 비어 있었다. 아노는 들고 있던 책을 제자리로 되돌려 놓으면서 말했다.
 "이것이 수집가 시몬 헐로우 씨의 서재라는 것은 한눈에 금방 알 수 있습니다. 나는 늘 사람이 사들이거나 읽는 책을 비교하여 연구할 겨를만 있으면 그 인물에 대해 상당히 여러 가지 일을 알 수 있을 거라고 생각하고 있지요. 하지만 운나쁘게도 그럴 겨를이 없어서……"
그는 유감스러운 듯이 제임스 플로비셔를 뒤돌아보았다.
"이리 와서 나와 나란히 서서 보십시오, 플로비셔 씨. 책의 표지를 훑어보기만 해도 뭔지 모르게 얻는 바가 있답니다."
제임스는 아노와 나란히 섰다.

"여기에 고대 영국의 도금술에 대해서 쓴 책이 있습니다. 그리고 이것은, 잠깐 이 책의 제목을 읽어 주겠습니까?"

제임스는 아노가 손가락으로 가리키는 책의 제목을 입 속으로 읽었다.

"《도자기 상표의 문자도안》."

아노는 그 발음을 입 속으로 되풀이한 다음 옆의 책장으로 옮겨갔다. 그는 베티가 있는 창문 왼쪽의 가슴 높이쯤 되는 선반에서 얇고 큰 종이표지의 판화집을 집어 책장을 넘겨보았다. 영국의 유약에 관한 가제본이었다.

"이 책에는 제2권이 있을 겁니다." 제임스는 책장을 주욱 훑어보며 말했지만, 그다지 내키지 않는 말투였다. 그로서는 영국의 유약에 대한 책 같은 것은 아무래도 좋았다. 그는 아노가 어째서 자기를 옆으로 부른 것일까 생각하고 있었다. 두 아가씨가 남모르게 둘만의 눈짓이라도 주고받거나 하도록 전혀 모르는 체하기 위해서일까? 그러나 그런 생각이라면 탐정은 실망했을 것이다. 왜냐하면 베티와 앤은 아노의 날카로운 눈이 감시하고 있지 않은 지금 서로 아무런 눈짓도 주고받지 않고 있었기 때문이다. 그러나 아노는 완전히 책에 정신을 빼앗기고 있는 듯이 제임스에게 대답하였다.

"그렇군요. 정말 제2권이 있을 것 같지만 이 한 권으로 완결되어 있습니다."

그는 책을 다시 제자리로 돌려 놓았다. 그 옆에 마침 똑같은 정도로 얇고 큰 책을 넣을 만한 틈이 있었다. 아노는 그 빈틈에 손가락을 댄 채 무언지 전혀 다른 문제를 생각하고 있는 듯했다.

베티의 목소리가 그를 현재의 상황으로 다시 끌고 갔다.

"아노 씨." 베티는 창가에 앉아 조용한 목소리로 말했다. "질문이 두 가지 있다고 말씀하셨는데, 아직 한 가지밖에 물어보지 않으셨어요."

"그렇습니다. 잊고 있는 것은 아닙니다."

아노는 묘하게 재빨리 방향을 바꾸어 두 아가씨와 마주보는 위치에 섰다. 베티는 그의 왼편 창가에, 앤 앞코트는 오른편으로 조금 떨어져 선 채 겁먹은 태도로 그를 지켜보고 있었다.

"베티 양, 디종에는 이름을 밝히지 않은 편지가 나돌고 있는 모양인데, 와베르스키가 고발한 뒤로 그런 편지를 받은 일이 있으십니까?"

"한 번 있어요." 베티가 대답하자 앤은 깜짝 놀라 얼굴을 들었.

"네, 일요일 아침에 받았어요. 물론 저를 중상하고 있었지만 대수로운 일은 아니었어요. 다만 저의 주의를 끈 것은 그 편지에 아노씨가 이 사건을 조사하기 위해 파리에서 오신다고 씌어 있었어요."

"오!" 아노는 매우 부드럽게 말했다. "편지를 받은 것이 일요일 아침이었다고요? 그 편지를 좀 보여 주시겠습니까?"

베티는 고개를 저었다.

"안돼요."

아노는 빙그레 웃었다.

"그러실 겁니다. 물론 그런 편지는 찢어 버리셨겠지요?"

"아니오, 아직 가지고 있어요. 제 거실 책상 서랍에 넣어 두었는데 방이 봉인되어 있거든요. 서랍 속에 지금도 있어요."

아노는 이 진술에 매우 만족했다.

"그렇다면 발이 생겨 달아나는 일은 없겠군요." 그는 만족스럽게 말했으나, 곧 그 기분을 지워 버렸다. "당신의 방까지 봉인하다니 경찰도 좀 지나치군요."

베티는 어깨를 으쓱했다. 그녀는 괴로운 듯이 말했다.

"하지만 결국 기소된 것은 저니까요. 게다가 그 방에는 제 물건이 여러 가지 있거든요!"

그러나 앤 압코트는 그 정도로 만족하지 않았다. 베티에게 한 발 다가서더니 아노를 뚫어지게 보면서 말했다.

"하지만 그 방이 봉인된 것은 그것 때문만이 아니에요. 베티의 방은 헐로우 부인의 침실 옆은 아니지만 그 방과 이어져 있고, 현관 홀로 나가는 맨 마지막 방이지요. 그런 이유로 다른 방과 함께 봉인해야만 한다고 서장님께서 말씀하셨어요."

"고맙습니다." 탐정은 앤에게 미소지어 보였다. "그렇다면 봉인하는 것도 무리가 아니겠군요." 그는 창가에 앉아 있는 베티를 흘끔 보며 말을 이었다. "유감스럽지만 아무래도 제가 베티 양을 성나게 하고 만 것 같군요. 여기서 귀찮은 시간적 관계를 똑똑히 밝혀 두고 싶은데, 대답해 주시겠습니까? 헐로우 부인이 매장된 것은 토요일 아침, 지금부터 열 이틀 전 일이었지요?"

"그렇습니다." 앤 압코트가 말했다.

"그리고 장례식이 끝나고 집으로 돌아가자, 공증인이 유서를 개봉하여 읽었군요?"

"맞아요."

"보리스 와베르스키도 입회했나요?"

"네."

"그리고 꼭 1주일 뒤인 5월 7일 토요일에 와베르스키가 경찰서로 뛰어들었군요?"

"네."

"그리고 우편으로 익명의 편지가 온 것이 일요일 아침이지요?"

아노가 베티를 돌아보자 그녀는 고개를 끄덕여 보였다.

"그리고 그날 아침 한참 뒤에 서장이 와서 문을 봉인했지요?"

"네. 정각 11시였어요." 앤이 대답했다. 아노는 깊숙이 머리를 숙였다.

"아가씨들 두 분 다 머리가 좋습니다. 일이 일어난 시각을 정확하게 기억하고 계시는군요. 이것은 보기 드문 재능이어서 저 같은 사람에게는 크게 도움이 되지요."

앤 압코트는 하나하나 대답해 감에 따라 여유 있는 태도를 보였으며, 이제는 터놓고 웃을 수 있을 정도로 되어 있었다.

"그래요, 아노 씨. 저는 뭐든지 정확해요. 천성적으로 그렇게 태어났나 봐요. 뒤로 밀어 놓은 의자며 흩뜨려 놓은 책이며 시간이 맞지 않는 시계며 융단에 떨어져 있는 핀이며 뭐든지 금방 알아차리게 되고, 알아차리게 되면 제대로 잘해 놓지 않으면 안 되는 성격이에요. 그러니까 서장님께서 현관의 벨을 누른 것은 정각 11시가 틀림없어요."

"봉인하기 전에 방을 조사했나요?"

"아니오. 우리는 둘 다 서장님께서 조사하지 않으셔서 이상스럽게 생각했어요." 앤이 대답했다 "하지만 나중에 예심판사가 현장을 손대지 말고 그대로 두라고 희망했다고 말하더군요."

아노가 기분좋은 듯이 웃었다.

"그것은 제가 와서 조사할 때까지 손을 대지 말라는 뜻입니다. 파리에서 아노가 오면 확대경으로 어떤 놀라운 일을 발견하지 않으리라고 말할 수 없으니까요. 어쩌면 치명적인 지문! 타다 남은 편지! 하하하, 그러나 말해 두겠습니다만 아가씨, 만일 이 집 안에서 범죄가 행해졌다 하더라도 범행이 있은 뒤 2주일 동안이나 집안 사람들이 드나든 방에서 뭔가 놀라운 발견을 할 수 있으리라고는 아무리 아노 탐정이라도 기대할 수가 없지요. 그러나" 그는 문 쪽으로 걸어가면서 말했다. "제가 여기에 온 이상……."

베티가 번개같이 재빠른 동작으로 일어났다. 아노는 걸음을 멈추고 도전적인 엄한 눈으로 흘끔 그녀를 보았다.
"봉인을 지금 떼나요?" 그녀는 묘하게 숨을 헐떡이면서 물었다.
"그렇다면 저도 함께 가도록 해주세요. 부탁이에요! 고발된 것은 저니까 입회할 권리가 있다고 생각해요."
베티의 목소리는 거의 외치는 것 같았다.
"마음놓으십시오, 아가씨." 아노는 다정하게 말했다. "당신을 속여서 앞지르는 일은 하지 않습니다. 봉인도 떼지 않습니다. 이것은 지금도 말했듯이 이곳의 책임자인 서장님의 권한에 속하는 일입니다. 서장님도 검시가 끝나기 전에는 손을 내밀지 않을 겁니다. 전 다만 이 아가씨께서" 그는 앤을 가리켰다. "봉인되어 있는 객실 주위나 그 밖의 곳을 보여 주시기 바랐을 뿐입니다."
"그러시지요." 베티는 다시 창가의 자리에 앉았다.
"그럼 안내를 부탁드리겠습니다. 걸으면서 와베르스키를 어떻게 생각하시는지 말씀해 주십시오." 아노는 앤 앞코트를 돌아다보며 말했다.
"뻔뻔스러운 사람이에요." 앤이 소리쳤다. "고발한 다음 어슬렁어슬렁 이 집으로 돌아와 저더러 편들어 달라고 말했을 정도니까요."
앤은 아노의 앞에 서서 방을 나가고 있었다. 제임스 플로비서는 두 사람을 내보낸 다음 문을 닫았다. 이 마지막 몇 분 동안의 상황으로 그의 마음은 완전히 차분해져 있었다. 탐정이 진정으로 노리고 있는 것은 이름을 밝히지 않은 편지를 쓴 사람인 것이다. 편지에 대한 질문을 시작하자 그의 태도는 완전히 달라져 멋들어진 잔소리도 없고, 무관심한 태도도 보이지 않았으며, 베티의 불쾌해 하는 태도를 재밌어 하는 미소도 완전히 사라져 버리고 주의깊고 냉정하게 일을 시작하고 있었다. 제임스는 다시 제자리로 돌아와 주머니에서 담뱃갑을 꺼냈다.

"실례합니다."

제임스는 베티를 돌아다보며 말했는데, 갑자기 깜짝 놀란 얼굴을 하며 입을 열지 못했다. 그녀는 비극의 가면처럼 얼굴이 굳어져서 눈에 노골적으로 공포의 빛을 드러낸 채 제임스를 지켜보고 있었다.

"아노 씨는 절 범인이라고 생각하시는 거예요." 그녀는 나직한 목소리로 말했다.

"그렇지 않습니다"라고 말하며 제임스는 그녀의 곁으로 가까이 다가갔다. 그러나 베티는 그의 말을 들은 척도 하지 않았다.

"아니, 그래요. 그 사람에게는 범인을 찾아낼 책임이 있잖아요? 일부러 파리에서 파견되었을 정도인걸요. 자기의 평판을 위해서라도 돌아갈 때까지 틀림없이 범인을 잡아낼 거예요."

제임스는 하마터면 아노와의 약속을 깨뜨릴 뻔했다. 파리에서 탐정이 온 진정한 이유를 말해 주기만 하면 베티는 마음을 놓을 것이 틀림없었다. 그러나 그럴 수는 없는 일이었다. 그의 도덕적인 관습이 그에게 침묵을 명령하고 있었다. 차마 와베르스키 사건은 다만 구실에 지나지 않는다고 그녀에게 말해 줄 수는 없었다. 잠깐 동안만 베티를 불안한 채로 내버려 두자. 그는 베티의 어깨에 다정하게 손을 얹었다.

"베티, 절대로 그렇지 않습니다!" 그는 지금 자신이 말하고 싶은 설명에 비하면 이런 위로의 말이 얼마나 맥없는 것인가 생각해 보았다. "저는 아노를 관찰하며 그가 하는 말을 주의깊게 들었습니다만, 그는 당신이 질문에 대하여 어떤 대답을 할는지 처음부터 알고 있었습니다. 왜냐하면 아무도 말 한 마디 하지 않았는데도 시몬 힐로우 씨가 수집열에 사로잡혔던 일까지 알고 있지 않습니까? 아노는 당신이 어떻게 대답할까 하고 질문한 겁니다. 자기 스스로도 말했던 대로 이따금 함정을 파 놓으면서……."

"그래요," 베티는 떨리는 목소리로 말했다. "처음부터 끝까지 함정투성이에요."

"그리고 당신이 대답할 때의 그 태도를 보기만 해도 당신의 결백은 더욱더 분명해집니다."

"아노 씨도 그렇게 생각했을까요?"

"그렇고말고요, 확실합니다."

베티는 그의 팔을 잡아 두 손으로 받치고 머리를 기대었다. 윗옷 소매를 통해서 그는 비로드 같은 처녀의 뺨을 느꼈다.

"기뻐요," 그녀는 속삭였다. "고마워요, 제임스."

그의 이름을 부르며 그녀는 미소지었다. 그의 말이 확신에 차 있었기 때문이라기보다 그에게 기대고 있는 데에 위로받고 있는 듯 그녀는 감사해 하고 있었다.

"아마도 저는 쓸데없는 일을 지나치게 생각하나 봐요. 아노 씨에 대해서도 너무 완고한 것 같아요. 하지만 저분은 범죄니 죄인이니 하는 것에 둘러싸여 생활하고 있어요. 유죄 선고를 받은 사람이 어둠과 공포 속에 삼켜져 들어가는 것을 너무 많이 보아 익숙해져 있는 게 틀림없어요. 그러니까 죄가 없는 사람이든 죄가 있는 사람이든, 다른 사람이 형을 받는 것을 아무렇지 않게 보고 있을 수 있을 거예요."

"저는 그렇게 생각지 않는데요," 제임스는 다정하게 말했다.

"그렇군요, 지금 한 말을 취소하겠어요." 베티는 그의 팔을 놓았다.

"그렇더라도 제임스, 제가 믿고 의지하는 것은 아노 씨가 아니라 당신이에요."

베티는 웃음지었는데, 그 어렴풋이 떨리는 웃음소리가 견딜 수 없이 매력적이어서 그의 마음을 송두리째 휘저어 놓았다.

"고맙게도 당신은 아무에게도 믿고 의지할 필요가 없습니다."

제임스의 말이 채 끝나기도 전에 앤 압코트가 혼자 방으로 돌아왔다. 그녀는 베티와 거의 키가 같았고 나이도 비슷했으며, 둘 다 그 나이 또래의 여자에게서 흔히 볼 수 있는 남자아이 같은 늘씬한 몸매를 하고 있었다. 그러나 그밖의 점에서는 옷 빛깔에 이르기까지 두 사람은 정반대였다. 앤은 옷도 구두도 모두 흰빛이었으며, 커다란 금빛 모자를 쓰고 있었으므로 모자와 머리카락을 분간할 수 없을 정도였다.

"아노 씨는?" 베티가 물었다.

"혼자 돌아다니고 계셔." 앤이 대답했다. "방을 모두 보여 드리고 방을 쓰고 있는 사람도 가르쳐 드렸어. 그랬더니 그분 혼자 살펴보겠다면서 나를 이리로 돌려보냈어."

"응접실 봉인은 떼었어?" 베티 헐로우가 물었다.

"아니, 서장님께서 입회하지 않으면 안 떼겠다고 말했었잖니?"

"그렇게 말하기는 했지만 본심으로는 어떻게 할 생각인지 모르겠어." 베티는 냉담하게 말했다.

"어머나, 아노 씨는 조금도 무섭지 않아" 하고 앤이 말했다. 마치 탐정을 사람좋은 아저씨처럼 여기는 것 같다고 제임스는 생각했다. 앤은 맨 처음 탐정이 나타난 것을 알았을 때의 긴장에서 완전히 벗어나 있었다. 앤은 창가의 베티 곁에 앉아 믿음직스러운 듯이 제임스를 바라보며 말했다. "그리고 말야…… 이제 우리는 마음놓아도 된단다."

제임스는 난처한 듯이 손을 벌려 보였다. 그의 좀 색다르게 초연한 모습을 보고 아까 베티가 잘못 생각한 것처럼, 지금 앤 압코트도 잘못 알고 있는 것이다. 만일 이 두 아가씨가 쾌속용 오픈 요트에서 별안간 소나기를 만났을 때라든가 높은 산의 얼음 절벽을 기어오를 때

라든가 나일 강변의 숲 속에서 돌진해 온 무소에게 습격 받았을 때 그에게 구원을 요청한다면, 그는 그 믿음에 대해 결코 망설이지 않았을 것이다. 그러나 지금은 전혀 달랐다. 두 아가씨는 은근히 그를 부추겨 아노에게 대항시키려 하고 있는 것이다.

"당신들은 절대로 안전합니다. ……아노 씨는 적이 아닙니다. 게다가 저는 이런 일에는 경험도 없거니와 재능도 없습니다."

제임스는 달리 할 말이 없었다. 처녀들은 둘 다 그의 말 같은 것은 조금도 믿고 있지 않다는 듯이 미소지으며 그를 빤히 지켜보고 있었다.

'이거 야단났는데. 나를 재치있고 재빠른 사람으로 생각하고 있나 보군!' 하고 그는 생각했다. '내가 나 자신의 무능함을 주장하면 더욱 빈틈없는 사나이로 생각하겠지.'

그래서 그는 모든 생각을 중지하고 입을 열었다.

"물론 될 수 있는 데까지 도움을 아끼지 않겠습니다."

"고마워요" 베티가 말했다. "호텔에서 짐을 가져다가 우리 집에서 머무시지 않겠어요? 괜찮겠지요?"

그는 모처럼 권해 주는 것을 승낙하고 싶었다. 그러나 한편 그랑드 다벨느 극장에서 아노를 만나고 싶었고, 아노 역시 그를 만나고 싶어 할지도 모른다. 더욱이 극장에서 몰래 만났다는 것을 남에게 알려서는 안 되는 것이다. 그러려면 어디든지 마음대로 갈 수 있도록 호텔에 있는 편이 좋다.

"아닙니다. 댁에 폐를 끼칠 필요도 없고 그럴 생각도 없습니다. 전화만 걸어 주시면 5분 안으로 여기 오도록 하지요."

베티는 더 이상 권해야 할지 어떨지 망설이고 있는 것 같았다.

"그러면 손님에 대한 예의가 아닌 것 같아서……."

그때 문이 열리고 아노가 들어왔다.

"모자와 지팡이를 여기에 두었기 때문에……."

그는 모자와 지팡이를 집어들자 아가씨들에게 가볍게 고개를 숙였다.

"모두 보셨나요, 아노 씨?" 베티가 물었다.

"모두 다 보았습니다. 검시 해부에 관한 보고가 손에 들어올 때까지 다시는 시끄럽게 하지 않겠습니다. 그럼, 안녕히 계십시오."

베티는 얼른 일어나 현관 홀까지 그를 배웅하러 갔다. 아까 불쾌한 표정을 보인 것을 미안스럽게 여기어 그녀가 상냥하게 대하려 마음먹고 있는 것이라고 플로비셔는 생각했다. 복도에서 들려 오는 그녀의 목소리에도 얼마쯤 변명하는 듯한 말투가 담겨 있는 것 같았다.

"검시 보고서를 보시면 곧 내용을 가르쳐 주세요." 베티는 부탁했다. "제가 어려운 입장에 있는 것은 누구보다도 당신이 잘 아실 거예요."

"물론입니다." 아노는 엄숙하고 무게 있게 대답했다. "곧 마음놓을 수 있도록 노력하겠습니다."

햇빛이 비쳐드는 홀에 서 있는 두 사람을 복도 너머로 지켜보면서 제임스는 문득 팔에 뭔가 닿는 것을 느꼈다. 홱 돌아보니 앤이었다. 앤의 얼굴에서는 활기 있고 발랄한 표정도 성싱한 빛도 모두 사라지고, 그 눈 속에 거의 절망적인 호소가 담겨 있었다.

"이 집에 머물러 주세요. 네, 부탁이에요!" 앤이 속삭이듯 말했다.

"난 거절했습니다. 들으셨겠지요?"

"네, 들었어요." 앤은 혀가 굳어 말이 잘 나오지 않는 것 같았다.

"하지만 다시 생각해 주세요, 네! 난 너무너무 무서워서 뭐가 뭔지 도무지 알 수 없게 되어 버렸어요. 아아, 정말 무서워요!"

앤은 애원하는 것처럼 두 손을 모았다. 제임스는 이제까지 이토록 창가에 있던 베티가 어렴풋이 몸을 움직여 아주 짧은 한순간 보일 듯 말 듯한 미소를 입가에 띠었다. 그러자 아노는 밤중에 무슨 소리를 들은 경비견처럼 몸을 굳혔다.
"재미있어 하시는 건가요, 아가씨?"
"천만에요."
또다시 미소가 그녀의 얼굴에 떠올랐는데, 어떤 생각에 잠겨 있는 표정처럼 보였다.
"저 린네르 띠가 달린 봉인을 지금 곧 떼어 주셨으면 좋겠어요. 저의 변덕스러운 마음 탓인지는 몰라도 저것을 보면 무서워요. 집 전체에 사용금지 딱지를 붙인 것 같아서……."
아노는 곧 태도를 바꾸었다.
"당연히 그러시겠지요. 봉인을 떼도록 노력해 보겠습니다. 사실 부인이 돌아가신 지 열흘이나 지나서, 고발당했다고 저런 봉인을 해봐야 그다지 도움이 되지도 않으니까요."
그는 제임스를 돌아보았다. "그러나 우리 프랑스 사람들은 아무래도 관청 형식에 묶여 있지요. 그런데 제가 생각하는 것은 방의 상황이나 그런 것이 아닙니다. 아가씨, 문제는 결국 이렇습니다." 그는 다시 베티 쪽으로 돌아섰다. "헐로우 부인은 간호사가 딸려 있는 환자였습니다. 그런데 간호사는 어째서 문에 붙어 있는 옆방에서 자지 않았을까요? 어째서 부르는 소리도 들리지 않는 곳에 있었을까요?"
베티는 고개를 끄덕였다. 이 질문에는 확실한 대답이 필요했다. 그녀는 몸을 일으켜 주의깊게 말을 골라가면서 이야기하기 시작했다.
"누구나 그렇게 생각하겠지만 그 까닭을 설명하려면 큰어머니의 성격을 잘 알고, 그분의 입장이 되어 보지 않으면 안돼요. 한번 큰어머니가 되어서 생각해 보세요. 큰 어머니는 아까 당신께서 말씀하

노골적으로 공포에 질린 얼굴을 본 일이 없었다. 바로 아까 본 베티의 눈에도 이토록 심한 공포는 나타나지 않았다. 앤의 얼굴은 공포 때문에 완전히 아름다움을 잃고 한순간 여윈 할머니처럼 되고 말았다. 그러나 그가 대답하기 전에 홀의 돌바닥 위에서 지팡이 넘어지는 소리가 크게 들렸다. 두 사람은 권총 소리라도 들은 것처럼 벌떡 일어났다.

제임스가 복도 너머로 내다보니, 아노가 몸을 굽혀 지팡이를 집어들고 있었다. 베티도 주우려고 했으나 아노 쪽이 빨랐다.

"고맙습니다, 아가씨. 저는 이래봬도 발 끝까지 몸을 굽힐 수가 있답니다. 아침마다 잠옷을 입은 채 다섯 번씩 몸굽혀펴기 체조를 하고 있으니까요."

그는 껄껄 웃으며 두 단의 돌층계를 뛰어내려가 묘하게 빠른 걸음으로 정원을 가로지르자 순식간에 샤를르 로베르 거리로 나갔다. 제임스가 앤 쪽으로 돌아섰을 때에는 그가 자신의 눈을 의심할 만큼 그녀의 얼굴에서 공포의 빛이 완전히 사라져 있었다.

"베티, 플로비셔 씨는 여기서 머무르시게 되었어"

앤이 명랑하게 소리쳤다. 방으로 들어오면서 베티는 기묘하게 미소지으며 대답했다.

"나도 그렇게 될 거라고 생각했어."

## 와베르스키의 퇴장




 그날 제임스 플로비셔는 더 이상 아노를 만나지도 않았고 소문을 듣지도 못했다. 그는 호텔에서 짐을 날라와 베티 헐로우와 앤 압코트와 함께 구르넬 저택에서 저녁을 보냈다. 저녁 식사가 끝나자 모두 홀 뒤의 큰 문으로 돌층계를 내려가 뒤뜰에서 커피를 마셨다. 모두들 약속이라도 한 듯이 와베르스키의 고발에 대한 이야기는 입밖에 내지 않았다. 지금으로서는 시체 해부에 관한 보고를 기다리는 수밖에 어쩔 도리가 없었다. 그러나 머리 위에 즐비하게 닫혀 있는 높은 창문의 줄――바로 그 객실 창문들――을 보면 잊으려 해도 완전히 잊어버릴 수가 없었다. 그 때문에 세 사람의 대화는 이따금 말없이 조용한 침묵 속으로 빠져들고 말았다. 이 어두운 정원은 서늘했으며 무화과나무 숲 속에서 새가 날갯짓하는 소리에 깜짝 놀랄 만큼 조용했다. 가끔 좁은 샤를르 로베르 거리를 지나가는 사람의 발소리가 마치 마법의 잠에서 깨어난 것처럼 울려퍼질 따름이었다. 한두 번 앤이 갑자기 앞으로 몸을 내밀고 어두운 잔디밭과 높은 나무들이 우거진 숲으로 통하는 빛나는 오솔길 저쪽을 가만히 응시하는 것을 제임스는 알아차렸다. 그녀의 눈이 나무 줄기 사이에서 뭔가 움직이고 있는 것을 발견한 것 같았다. 그러나 그때마다 앤은 아무 말 없이 거의 알아들을 수 없을 정도로 나직이 한숨을 내쉬며 의자 등받이에 몸을 기대었다.

"큰길에서 정원으로 들어올 수 있는 문이 있습니까?"

플로비셔가 물었다. 베티가 대답했다.

"아니오. 집 끝쪽의 객실 아래가 되는 곳에 정원사가 쓰고 있는 통로가 있어서 가운데뜰로 통하지만, 그밖에는 뒤의 홀을 지나는 입구가 있을 뿐이에요. 이 오랜 옛집은 옛날 성처럼 지어진 것이기 때문에 입구가 적으면 적을수록 안전했지요."

큰 시계가 많은 이 도시의 모든 시계가 한꺼번에 11시를 치기 시작하여 거리의 탑이며 지붕 위에서 일제히 경쟁하는 것처럼 울려퍼졌다.

"어떻든 이제 하루가 지났어." 베티가 일어서며 말했다. 그러자 앤도 한숨을 포옥 쉬며 고개를 끄덕였다. 이 두 아가씨——매일매일이 어지럽도록 화려하게 지나갈 터인 이 아가씨들이 오늘 하루가 지난 것을 남모르게 거의 감사라도 하듯이 기뻐하는 것을 보고 제임스는 측은하게 여겨져 견딜 수가 없었다.

"오늘 이후로 언짢은 날은 이제 두 번 다시 없을 겁니다."

그러자 베티는 재빠르게 뒤돌아보며 어둠 속에서 큰 눈을 반짝반짝 빛냈다.

"안녕히 주무세요 짐."

그녀의 목소리는 그의 이름에서 애무하는 것처럼 흐릿하게 여운을 남겼다. 그녀는 그에게 손을 내밀며 말했다.

"퍽 심심하실 거예요. 하지만 우리는 모두들 제멋대로니까 당신이 가버리시는 것이 싫어요. 당연한 일인지도 모르지만 모두들 우리를 멀리하고 있는 걸요. 당신이 함께 계셔 주시면 아주 도움이 될 거예요." 그녀는 얼마쯤 밝은 목소리로 덧붙였다. "덕분에 오늘밤엔 좀 잘 수 있을 것 같아요."

베티는 돌층계를 뛰어올라가서 홀에서 비치는 빛을 등지고 잠깐 걸음을 멈추었다. '검은 비단 양말을 신은 늘씬하게 다리가 긴 소녀'라고 허즐릿은 5년 전의 그녀를 설명했는데, 그 말은 지금의 그녀에게도 꼭 들어맞았다.

"안녕히 주무십시오, 베티." 제임스가 말했다.

어깨를 비트는 것처럼 하여 앤도 그녀의 뒤를 쫓았으나 다시 되돌아왔다. 엷은 비단 드레스에 흰 양말과 비단 구두를 신고 돌층계 위에 서 있는 앤의 모습은 마치 화사한 은세공과도 같았다.

"집 안으로 들어오실 때 문에 빗장을 걸어 주세요."

정원에 튼튼하고 높은 담장이 둘러쳐져 있는데도 이상스러우리만큼 걱정스러운 말투로 그녀는 부탁했다.

"염려 마십시오. 걸겠습니다."

제임스로서는 이 앤 압코트가 무슨 일에든 노골적으로 공포의 빛을 드러내 보이는 것이 어쩐지 이상스럽게 생각되었다. 지금은 이미 한 줄로 늘어선 높은 창문이 활짝 열리고 이 저택과 그 주인들로부터 불쾌한 금지령이 풀려도 좋을 만한 시기였다. 제임스는 내일이라도 그렇게 되기를 바라면서 조용히 어둠에 싸인 정원 안을 거닐었다. 객실 2층인 베티의 방에는 아직도 불이 켜져 있었다. 덕분에 오늘밤엔 잠을 잘 수 있을 것 같다고 말하긴 했지만. 그리고 집 끝의 한길로 향한 앤 압코트의 방에도 불이 켜져 있었다. 제임스의 가슴 속에서는 보리스 와베르스키에 대한 분노가 불타올랐다.

제임스가 집 안으로 들어가서 문에 빗장을 걸었을 때는 이미 밤이 이슥해져 있었다. 더구나 그가 잠든 시간은 더욱 늦었다. 그러나 한 번 잠에 빠지자 깊이 잠들었다.

 눈을 뜨니 활짝 열린 창문으로 아침 해가 비쳐들고 머리맡의 커피는 벌써 식어 있었다. 늙은 하인 가스톤이 방 안으로 들어왔다.

"아노 씨가 서재에서 기다리십니다."

제임스는 침대에서 벌떡 일어났다.

"벌써 오셨습니까? 지금 몇 시지요?"

"9시입니다. 목욕물을 준비해 놓았습니다." 하인은 침대 곁의 탁자에서 쟁반을 집어들었다. "커피를 새로 가져오겠습니다."

"고맙소. 그리고 아노 씨에게 지금 곧 간다고 말해 주시오."

"알겠습니다."

제임스는 옷을 갈아입으면서 커피를 마시고 급히 서재로 내려갔다. 아노는 방 한복판의 큰 테이블 앞에 앉아 침착하게 신문을 읽고 있었다. 그러나 제임스가 나타나자 그는 재빠르게 말하기 시작했다.

"역시 다르시 광장의 호텔에서 나오셨더군요. 아름다운 압코트 양 때문에……. 그녀가 한숨을 쉬며 두 손 모아 빈 것만으로도 이렇게 되다니! 나는 그때 홀에서 다 보았습니다. 하긴 젊은 사람이라면 당할 수 없지요! 그런데 와베르스키의 편지 두 통을 지금도 가지고 있습니까?"

"네, 가지고 있습니다."

제임스는 앤의 부탁을 받아들여 구르넬 저택에 머물기로 했지만, 정말은 베티를 걱정한 나머지 취한 일이었다. 그러나 그는 탐정에게 그 까닭을 일부러 설명할 필요는 없다고 생각했다.

"그거 아주 잘됐군요. 와베르스키를 부르러 보냈습니다."

"여기로 오는 겁니까?"

"네, 이제 곧 도착할 겁니다."

"그거 참 잘됐군요!" 제임스는 소리쳤다. 그는 주먹을 쥐고 휘두르며 유쾌하게 덧붙였다. "저도 만나겠습니다. 나쁜 사람 같으니! 때려 주고 싶을 정도입니다."

"지금 당신이 만나봐야 그다지 효과가 없을 겁니다. 오늘 일은 나에게 맡겨 두십시오," 아노는 퉁명스럽게 말했다. "당신이 그 두 통의 편지를 내밀면 그 고발은 힘을 못쓰게 됩니다. 그는 고발을 취소하겠지요. 여러 가지로 변명하며 불평을 늘어놓기도 하고 욕설을 퍼부을 뿐 아무 것도 끌어낼 수가 없을 겁니다. 그래서는 재미가 없습니다."

"무엇을 끌어내려고 하시는 겁니까?" 제임스는 초조해 하며 물었다.

"아마도 중대한 일을 끌어낼 수 있을 겁니다. 어쩌면 그렇게 안될지도 모르지만 말입니다." 탐정은 어깨를 으쓱했다. "파리에서 말씀드렸듯이 내가 디종에 온 데에는 또 다른 목적이 있습니다."

"이름을 밝히지 않은 편지 말입니까?"

"그렇습니다. 어제 당신도 함께 있었지만, 헐로우 양이 내가 파리에서 불려온다는 것을 어떻게 알았는지 이야기해 주었지요. 그것에 의하면, 그런 소식을 퍼뜨린 것은 이곳 경찰 사람들이 아닙니다. 내가 여기에 와 있다는 것은 아직 아무도 알고 있지 않지요. 비밀을 퍼뜨린 것은 편지를 쓴 녀석입니다. 일이 이렇듯 까다롭게 되면 어떤 단서라도 놓칠 수가 없습니다.

내가 불려오는 것을 와베르스키는 알고 있었는가, 토요일에 고발장을 내러 경찰에 갔을 때 들었는지 아니면 그날 예심판사에게 들었는지, 만일 그렇다면 예심판사를 만난 시간과 편지가 우편함에 넣어진 시간 사이에 그는 누구에게 그런 말을 했는가——편지는 일요일 아침에 도착했으니——하는 것이 내가 풀어야 하는 의문입니다. 그러므로 처음부터 두 통의 편지를 내밀고 따져물으면 비밀을 알아낼 수 없게 됩니다. 나로서는 친한 듯한 태도로 와베르스키를 대해야만 하지요. 아시겠습니까?"

제임스는 하는 수 없이 승낙했다. 그러나 그는 아노가 맹렬한 기세로 와베르스키에게 덤벼들어, 마구 욕을 퍼부으며 불량배 같은 방법으로 와베르스키를 공격하는 것을 보고 싶었던 것이다. 아노는 그렇게 해보이겠다고 그에게 약속했었다. 그런데 이제 와서 매우 침착하고 장중하기 이를 데 없는 표정으로 베티 헐로우의 명예 회복 따위는 아예 제쳐놓고 있었다. 익명의 편지를 쓴 사람에게 정신을 빼앗기고 있는 것이다. 제임스는 어쩐지 속은 것 같았다.

"그러나 저는 그를 만날 생각이었습니다. 잊으시면 곤란합니다."

"잊을 리가 있겠습니까." 아노는 큰 창문에서 가까운 문을 열었다. "이 방에서 기다리고 계십시오." 그는 제임스가 낙담하는 것을 보고 덧붙였다. "아, 문은 열어 두어도 좋습니다. 의자를 이리로 가져다 놓고, 그렇습니다. 문을 반쯤 열어 놓으십시오! 이렇게 해 놓으면 이쪽에서는 들을 수도 있고 볼 수도 있지만 저쪽에서는 보이지 않지요. 만족하십니까? 아니, 그다지 만족하지 않으시는 것 같군요. 당신은 배우로서 무대에 나가기를 바라시는 겁니까? 하기야 누구나 다 그렇겠지요. 당신도 어떤 역할을 맡고 있지 않은 것은 아니니까요."

아노는 친숙하게 싱긋 웃어 보이고는 테이블로 돌아갔다. 단정하지 못하게 질질 끄는 듯한 발소리가 정원에서 들려왔다.

"자, 이제부터 한바탕 담판을 해야겠군." 아노는 낮은 목소리로 말했다. "시베리아의 대초원으로부터 우리의 주인공이 등장했습니다."

제임스가 문 입구에서 머리를 들이밀었다.

"아노 씨!" 그는 흥분하여 속삭였다. "아노 씨! 정원으로 난 창문을 활짝 열어 놓는 것은 현명한 일이 못됩니다. 방 안에서도 이렇게 발소리가 들릴 정도가 아닙니까? 방 안의 이야기 소리가 정원으로 고스란히 들리고 맙니다."

"정말 그렇군요!" 아노는 속삭이는 듯한 목소리로 대답하며 참으로 바보스럽다는 듯이 주먹으로 자기의 이마를 때렸다. "하지만 곤란하군요, 이렇게 더워서야 창문을 닫으면 증기탕 같을 겁니다. 아가씨들이나 와베르스키나 모두 쓰러지고 말걸요. 게다가 나는 정원에 아무도 들어오지 못하도록 사복 경찰관을 한 사람 망보도록 해 두었지요. 그러니 창문은 열어두겠습니다."

제임스는 물러났다.

'저 사나이는 누구의 충고도 좋아하지 않아.' 그는 화내며 말했지만 그 말은 입 밖으로 나오지 않았다.

별안간 벨이 울리고 잠시 뒤 가스톤이 들어왔다.

"보리스님이십니다."

"으음" 아노는 고개를 끄덕였다. "아가씨들에게 나오시라고 말씀드려 주시오."

보리스 와베르스키는 키가 크고 등이 구부정했으며 무릎이 꺾인 볼품없는 다리를 한 사나이로 검은 양복차림에 손에 검은 소프트 펠트 모자를 들고 휘청휘청 방으로 들어왔는데, 아노를 보고는 깜짝 놀라며 걸음을 멈추었다. 아노가 고개를 조금 숙여 인사하자 와베르스키도 인사했다. 이리하여 두 사나이는 우뚝 선 채 서로 마주보고 있었다. 아노는 어디까지나 상냥하게 웃음을 띠고 있었으나, 와베르스키는 디종 교회의 둥근 기둥에 조각되어 있는 중세기의 음침한 익살그림처럼 불안스럽고 괴상한 모습을 하고 있었다. 그는 탐정 앞에서 우물쭈물 눈을 껌벅거리며 담배로 더러워진 길다란 손가락으로 잿빛 수염을 비틀었다.

"앉으십시오." 아노는 예의바르게 말했다.

"아가씨들도 곧 이리로 오실 겁니다."

그는 큰 테이블 앞의 의자를 가리켰는데, 그것은 왼편 문의 반대쪽에 있었다.

"아무래도 이상하군요." 와베르스키는 의심스러운 듯 말했다. "나는 예심판사가 나를 불러낸 것이라고 생각했습니다만……?"

"내가 대리입니다. 나는……" 아노는 말하다 말고 갑자기 "네?" 하고 되물었다. 보리스 와베르스키는 눈을 동그랗게 뜨고 말했다.

"나는 아무 말도 하지 않았습니다."

"미안합니다. 나는 아노라고 합니다."

그는 재빨리 자신의 이름을 말했으나 상대는 놀라지도 않았고 경의를 나타내는 태도도 없었다.

"아노 씨라고요?" 와베르스키는 고개를 저으며 빙그레 웃었다. "실례지만 솔직하게 말해서 도무지 생각이 나지 않는데요."

"파리 경시청의 아노입니다."

그러자 와베르스키는 뒤늦게나마 몹시 놀라는 것 같았다.

"아아!" 그는 매우 놀란 듯이 달아나야 할 것인가 어떤가를 생각하는 것처럼 문을 돌아다보았다. 그러나 아노가 다시 의자를 손으로 가리키자 "네" 하고 중얼거리며 얼른 앉았다.

숨어서 이런 상황을 엿보고 있던 제임스는 어떤 일에 대해 확신을 얻었다. 다시 말해서 베티에게 익명의 편지를 쓴 것은 와베르스키가 아니며, 또 편지를 쓴 사람에게 아노에 대한 정보를 제공한 것도 그가 아니라는 사실이었다. 처음에는 아노의 이름을 모르는 체하는 것이라고 생각되기도 했지만 아노가 신분을 밝혔을 때 그가 놀란 모습은 연극치고는 너무 참다웠다.

"당신은 헐로우 양을 고발하셨는데, 이처럼 중대한 일은 말할 것도 없이 엄중한 조사가 필요합니다." 아노는 조금도 빈정거리는 어조를 섞지 않고 말을 이었다. "그래서 이 사건을 맡은 예심판사가 파리에 있는 나에게 도움을 청한 것입니다."

"그렇습니다. 굉장한 문제입니다." 보리스 와베르스키는 마치 시뻘겋게 단 철판에 올라선 순교자처럼 몸부림치며 말했다.

제임스는 몹시 난처한 표정을 짓고 있는 사나이를 물끄러미 바라보며, 곤란한 것은 바로 와베르스키 자신의 입장이라고 생각했다. 플로비셔 & 허즐릿 법률사무소에서 그가 낸 협박장에 대해 아무런 회답이 없자 견딜 수가 없게 된 와베르스키는 경찰에 뛰어들어 얼마쯤 돈을 주면 고발을 취소할 수도 있으리라고 생각하여 화나는 김에 소장을 낸 것이다. 그런데 지금 경시청의 명탐정이 증거를 보이라고 따져 묻고 있다. 자신이 예기했던 이상의 일이 일어나고 만 것이다.

"그래서" 아노는 싹싹하고 소탈하게 말을 이었다. "속기사나 비서는 필요없이 당신과 두 아가씨와 너무 딱딱하지 않은 이야기를 나눠 보려고 합니다."

"글쎄요."

와베르스키는 아직도 꺾이지 않을 자신이 있다는 듯한 표정을 지었다.

"물론 이 의논은 예비적인 것입니다." 아노는 냉정하게 덧붙였다. "좀더 중대하고 필요불가결한 소송 수속에 대한 예비적인 단계에 지나지 않습니다."

와베르스키의 한 가닥 희망이 사라져 버렸다.

"네······." 그는 여윈 목 언저리를 신경질적으로 쥐어뜯으며 중얼거렸다. "물론 수속이 필요하겠지요."

"그 때문에 두 아가씨에게 와 달라고 한 것입니다." 아노가 매정하게 말했다. 마침 그때 서재의 문이 열리더니 베티가 들어오고 뒤따라 앤 압코트가 들어왔다.

"부르셨어요?" 베티는 아노에게 묻고 나서 보리스 와베르스키에게로 눈길을 돌렸다. 작은 머리를 뒤로 젖히고 있는 그녀의 눈에 불꽃이 타올랐다. "보리스 씨는" 그녀는 다시 아노 쪽을 보며 이야기했다. "받을 것을 받으러 오신 거로군요?" 그리고 그녀는 제임스 플로비셔를 찾아 온 방 안을 둘러보았으나 없는 것을 알고는 당황하여 소리쳤다. "하지만 내 생각으로는……"

그러나 플로비셔의 이름을 입밖에 내기 직전에 아노가 그녀를 가로막았다.

"일에는 순서가 있습니다. 차례차례 해 나갑시다."

베티는 언제나 앉는 창가에 자리를 잡았다. 앤은 문을 닫고 다른 사람들로부터 조금 떨어진 곳에 놓인 의자에 앉았다. 아노는 신문을 접어서 옆에 놓았다. 이제까지 신문으로 가려졌던 책상 위에 제임스가 경시청에서 본 그 초록색 서류철이 놓여 있었다. 아노는 그것을 펴서 맨 위의 한 장을 집어들더니 엄한 태도로 와베르스키 쪽으로 돌아섰다.

"4월 27일 밤, 베티 헐로우 양이 양어머니이며 은인인 잔느 마리 헐로우 부인에게 고의적으로 과량의 수면제를 주어 살해했다고 당신은 말씀하시는 것이지요?"

"네, 그렇습니다." 와베르스키는 대담하게 말했다. "말씀하신 그대로입니다."

"어떤 수면제인지 알고 계십니까?"

"모르핀일 거라고 생각합니다만 확실하지는 않습니다."

"이 서류에 틀림이 없다면 당신은 그 약이 언제나 헐로우 부인의 머리맡에 놓아두는 레모네이드 잔에 들어 있었다고 진술하고 있는데요?"

"네, 그렇습니다."

아노는 들고 있던 둘로 접은 종이를 다시 아래에 내려놓았다.

"간호사 잔느 보던을 공범으로 고소하지는 않습니까?"

"천만에요!" 와베르스키는 무서운 듯이 소리쳤다. 눈이 커다랗게 뜨여지고, 눈썹이 철사 같은 흰 머리카락이 나 있는 데까지 치켜올라갔다. "잔느는 조금도 의심하지 않습니다, 아노 씨. 이 점은 명확히 해 두셔야 합니다. 부당한 혐의를 씌워서는 안됩니다. 정말 오늘 여기에 오기를 잘했군. 잔느 보던! 나는 내일이라도 병에 걸린다면 그런 간호사를 두고 싶습니다."

"그 말씀만으로도 충분합니다." 아노는 엄하고 무게 있게 동정을 담아 말했다. "나는 다만 아가씨가 밤 인사를 하고 새로운 무도복을 보이기 위해 부인의 침실로 갔을 때 잔느 보던이 함께 있었다고 했으므로 물어 보았던 것뿐입니다."

"그래요……? 그렇겠지요."

와베르스키는 점점 자신이 생기는 듯했다. 경시청의 아노는 다정하고 친절한 사람이지 않는가.

"그러나 그 문제의 약이 넣어진 것은 확실히 잔느 보던이 보고 있지 않은 사이의 일입니다. 어떻게 그 사람을 고소할 수 있겠습니까? 약을 넣은 건……," 이때 그의 목소리가 떨리기 시작하고 입이 경련하며 일그러졌다. "저 베티 힐로우입니다. 약을 넣고, 그런 다음 댄스 파티에 가서 양어머니가 죽어가는 동안 아침까지 내내 춤을 추었습니다. 끔찍한 일입니다, 아노 씨! 불쌍하게도 누님은……!"

"처형님이에요." 문에서 가까운 팔걸이의자에 기대앉아 있던 앤이 침착한 태도로 신랄하게 바로잡아 주었다.

"내게는 누님이오!" 와베르스키는 음울한 목소리로 소리치고 나서 아노 쪽을 보았다. "나는 자책감에 견딜 수가 없습니다. 시골로 낚시질 따위를 하러 가다니. 만일 그때 집에 있기만 했더라면…… 글쎄, 생각 좀 해보십시오……." 그는 갈라진 듯한 목소리로 덧붙였다.

"그러나 당신은 돌아오셨습니다." 아노가 말했다. "그것이 내가 이상스럽게 생각하는 점인데, 당신은 처형 되시는 분을 사랑하셨습니다. 그것은 분명합니다. 눈물 없이는 이야기할 수도 없을 정도니까요."

"그, 그렇고말고요." 와베르스키는 손으로 눈을 가렸다.

"그런데 당신은 어째서 처형님을 사랑하면서 한참 뒤에야 그 복수를 시작하셨습니까? 틀림없이 분명한 이유가 있겠지만, 나로서는 알 수가 없으므로 묻는 겁니다."

아노는 어깨를 으쓱해 보였다.

"날짜에 주의해 주십시오. 처형께서 돌아가신 것이 4월 27일 밤, 당신이 집에 돌아오신 것이 28일. 그리고 당신은 아무것도 하지 않고 계셨습니다. 부인은 30일에 매장되었는데, 그 뒤에도 당신은 아무것도 하지 않고 느긋하게 앉아 계셨습니다. 당신이 베티 헐로우 양을 고발하신 건 매장한 지 1주일이나 지난 뒤입니다. 어째서입니까, 와베르스키 씨? 그렇게 내 얼굴을 몰래 훔쳐보지 마십시오. 내 얼굴에 대답이 씌어 있는 것은 아니니까. 와베르스키 씨, 부디 이 어려운 문제를 좀 설명해 주십시오."

아노는 이제까지와 다름없이 상냥하고 친절한 목소리로 말을 맺었다. 와베르스키는 이마에서 손을 떼고 얼굴을 붉히면서 고쳐 앉았다.

"대답하겠습니다. 처음부터 나는 여기서" 그는 주먹으로 가슴을 두드리며 말했다. "알고 있었습니다. 살인이라는 것을 말입니다. 그러나 여기서는 아직 몰랐습니다." 그는 이번에는 이마를 두드렸다.

"그래서 나는 여러 모로 깊이 생각했습니다. 살인의 이유와 그 동기는 절로 알게 되었습니다. 생각해 보십시오. 아름답고 세련되기는 했으나 이해하기 어려운 기묘한 성격을 지닌 어린 처녀, 화려한 쾌락과 권력에 굶주려 있으며 더욱이 그녀의 아름다움이면 그런 것은 당장에라도 얻을 수 있는데 자신의 욕망을 시치미뗀 얼굴 뒤에 감추고 있는, 범인은 이런 처녀입니다. 저 베티 헐로우는 그런 처녀란 말입니다."

조사가 시작된 뒤 이때 처음으로 베티가 관심을 나타냈다. 이제까지는 얼음 같은 표정으로 자존심을 내세우며 얕보는 듯한 자세로 꼼짝도 않고 앉아 있었는데, 갑자기 활기를 띠며 몸을 앞으로 내밀어 포개 놓은 무릎에 한쪽 팔을 세우고 그 손에 턱을 올려놓고 와베르스키를 뚫어지게 쏘아보았다. 자기를 분석하는 듯한 그의 말에 흥미를 나타내어 엷은 웃음을 띠고 있었는데 그 미소가 오히려 얼굴을 활기 있고 발랄하게 보이도록 만들었다.

한편 문 뒤에 숨어 있는 제임스 플로비셔로서는 와베르스키의 말이 마치 자기를 모독하고 있는 것 같은 심정이었다. 어째서 아노는 이런 말을 하도록 내버려 두고 있을까? 그는 와베르스키로부터 정보를 끌어내고 싶다고 했지만, 이 비공식 재판이 시작될 때부터 정보를 얻을 단서 따위는 전혀 없다는 것을 알고 있었다. 와베르스키가 익명의 편지와 관계가 없는 것은 분명한 사실이다. 그렇다면 어째서 아노는 이 사기꾼이 베티를 비방하는 것을 내버려 두는가? 어째서 그의 고발에 진실성이 있는 것처럼 지나치리만큼 진지한 얼굴로 질문을 계속하는 것인가? 요컨대 어째서 아노는 이 문을 활짝 열어 놓고 플로비셔 & 허즐릿 법률사무소로 보낸 공갈장을 사기꾼에게 들이대는 것을 허용하지 않는 것인가? 그리고 바랐던 대로 잔느 보던의 간호가 필요한 상태가 되도록 보리스 와베르스키가 제임스에게 당하는 것을 피하려 하는 것인가? 제임스는 실제로 아노에 대해 몹시 화나 있었다. 그는 자신이 아노를 너무 과대평가한 것이라고 생각했다.

베티가 몸을 앞으로 내밀자 와베르스키는 신경질적으로 잠깐 입을 다물었다가 다시 계속했다.

"그런 처녀에게 있어 디종은 매우 심심한 곳입니다. 1년에 한 달쯤 몬테카를로에 가지만, 그것은 담배를 몹시 피우고 싶은 사나이가 겨우 담배 한 대를 얻은 것과 마찬가지로 욕망을 더욱 자극시킬 뿐입니다. 그리고 또 디종으로 돌아옵니다. 이 디종은 브르고뉴 공작 시절의 디종도 아니거니와 혁명의회 시절의 디종도 아니며, 오늘날에는 오직 평범하고 심심한 프랑스의 시골 도시로 옛날의 화려함은 낡고 신기한 건물과 주민들의 야유조의 기분 속에 조금 남아 있을 뿐입니다. 상상해 보십시오. 그 처녀는 이 보리스가 집에 없는 동안 굳게 마음만 먹으면 하룻밤 사이에 재산과 자유를 차지할 수가 있는 것입니다! 그뿐입니까? 그녀의 양어머니는 보살펴 주어야 할 환자였습니다. 확실히 귀찮은 환자였습니다."

와베르스키는 흥분하여 눈을 반쯤 감고 교활하게 고개를 끄덕였다.

"환자란 몹시 까다롭습니다. 사람 좋은 처형님에게도 그 나름대로 결점이 있습니다. 그러므로 형벌을 가볍게 하게 되더라도 절대로 이 점을 잊어서는 안됩니다."

그는 점잖게 팔을 높이 들었다.

"나는 판결이 내릴 때 중죄 재판소의 판사에게 맨 먼저 이 일을 말씀드려서 형의 가벼움을 탄원하겠습니다."

베티 헐로우는 다시 냉담하게 의자에 몸을 기대었다. 문에서 가까운 팔걸이의자에 앉은 앤이 소리내어 웃었다. 아노도 엷은 웃음을 띠었다.

"과연 그렇습니다. 하지만 와베르스키 씨, 중죄 재판소 이야기는 좀 너무 이른 것 같군요. 그 범행은 당신의 마음 속에서만 인정될 뿐이고, 머리 쪽에서는 아직 확실히 모르고 있는 것 같으니까요."
와베르스키는 활발하게 말했다.
"그런데 5월 7일 토요일 나는 경찰에 고발했습니다. 왜냐하면 그날 아침 나는 확신을 얻었으니까요. 마침내 여기서 알았기 때문입니다."
그는 이마에 손을 갖다대며 의자에서 몸을 앞으로 내밀었다.
"그날 아침 나는 간베타 거리에 갔습니다. 작고 새로운 변화가인데 조그만 가게들이 죽 늘어서 있어 그다지 평판이 좋은 곳은 아닙니다. 10시쯤 급히 그 거리를 지나가고 있을 때 2, 3야드 앞의 작은 가게에서 뛰어나오는 처녀는 틀림없는 내 조카였습니다."
갑자기 상황이 바뀌었다. 제임스는 실제로 그 자리에 있지는 않았지만 새로운 긴장과 기대로 숨을 삼켰다. 몸짓손짓으로 이야기하고 있는 와베르스키는 바로 조금 전까지 우스꽝스러운 사람이었으며, 노골적인 비웃음의 대상이기까지 했다. 그의 목소리는 여전히 신경질적으로 높아졌다 낮아졌다 했으며 몸도 손가락으로 다루는 인형처럼 부드럽지 않고 꿈틀거렸다. 그럼에도 불구하고 바야흐로 그는 모두의 주목의 대상이 된 것이다. 모두라고는 하나 베티 헐로우는 제외되겠지만. 그는 이미 애매한 말을 하고 있는 것이 아니라 명확한 시각과 장소와 거기서 일어난 확고한 사실에 대해 이야기하고 있는 것이다.
"그렇습니다. 그 수상한 거리에서 베티를 본 것입니다. 나는 내 눈을 의심하며 좁은 골목으로 들어가 길모퉁이에서 내다보았습니다. 이 눈으로 말입니다."
와베르스키는 손가락 두 개로 자기의 두 눈을 가리켰다. 팔꿈치로 본 것이 아니라 눈으로 보았다는 사실을 특별히 강조하려는 것처럼.
"틀림없이 잘못 본 것은 아니었습니다. 나는 베티가 보이지 않게 될 때까지 기다렸다가 그처럼 더럽고 지저분한 거리의 어떤 가게에 볼일이 있었던 것일까 생각하며 골목에서 어슬렁어슬렁 나왔는데 글쎄, 그 가게의 문에 '약초 전문——장 클라델'이라고 씌어 있는 것이 아니겠습니까!"

그는 의기양양하게 말을 끝맺고는 의자에 깊숙이 몸을 기대면서 짧은 침묵이 흐르는 동안 거칠게 머리를 끄덕였다. 아노가 입을 열 때까지 방 안은 물을 끼얹은 듯이 조용했다.

"나로서는 잘 모르겠습니다만" 아노가 부드럽게 말했다. "장 클라델이란 어떤 사람입니까? 어째서 아가씨가 그 가게에 들어가서는 안 되는 것이지요?"

"이거 참, 실례했습니다. 당신은 디종에 살고 있지 않지요. 만일 이곳에 사시는 분이라면 그런 질문은 하지 않았을 것입니다. 장 클라델은 그가 살고 있는 거리의 이름과 아주 잘 어울리는 녀석입니다. 이 거리의 사람들에게 그에 대해서 물어 보십시오. 입에 담아서는 안되는 어떤 말에 부딪친 것처럼 모두들 입을 다물고 어깨를 흠칫해 보일 겁니다. 아니, 그보다도 아노 씨, 경찰에 물으시는 편이 더 빠를 겁니다. 장 클라델! 그는 당국에서 금지하는 약을 팔아서 두 번이나 재판을 받았던 사나이입니다."

아노는 더 이상 차분히 앉아 있을 수가 없었다. 그는 날카롭게 소리쳤다.

"뭐라고요?"

"그렇습니다, 두 번입니다. 하지만 두 번 다 용케 빠져나왔지요. 잘 통하는 친구가 여럿 있는 데다가, 감쪽같이 자취를 감추어 증인들과 몰래 만나는 겁니다. 아무튼 유명한 사내지요."

"장 클라델, 간베타 거리의 약초 전문이라……?" 아노는 천천히 되풀이했다. 그는 태평스러운 표정으로 의자에 기대앉으며 덧붙였다.

"아침 10시라면 대낮입니다. 아무리 어리석다 해도 옳지 않은 목적을 가진 사람이 그런 시간을 택하리라곤 생각할 수 없습니다."

"나도 그렇게 생각했습니다" 와베르스키는 재빨리 말했다. "아까도 말했듯이 나는 내 눈을 의심했습니다. 그러나 이것은 의심할 여지가 없는 사실입니다. 그래서 나는 아무리 빈틈없는 사람이라도 범죄자란 늦건 이르건 얼빠진 짓을 함으로써 범행을 드러내고 마는 법이라고 생각했지요. 그렇지 않습니까? 때에 따라서는 너무 지나치게 주의깊기 때문에 터무니 없는 짓을 해 버리지요. 아무튼 범인은 반드시 실패하며 정의가 언제나 이기는 법입니다."

"아, 당신은 범죄학자이시군요!"

아노는 빙그레 웃었다. 그는 베티를 돌아다보았다. 이 조사가 시작된 뒤로 아노가 베티를 똑바로 보는 것은 이것이 처음임을 알고 제임스 플로비셔는 묘한 혐오감을 느꼈다.

"이 이야기를 어떻게 생각하십니까, 아가씨?"

"거짓말이에요!" 베티는 냉정하게 대답했다.

"5월 7칠 아침 10시쯤 간베타 거리의 장 클라델에게 가지 않으셨다는 말입니까?"

"네, 가지 않았어요."

와베르스키는 수염을 비틀며 빙긋 웃었다.

"물론 부정하는 게 당연합니다. 누구라도 자기 자신은 귀중한 법이니까요."

"하지만 와베르스키 씨" 아노가 말을 가로막았다. 그의 목소리는 와베르스키의 자기 만족을 완전히 뒤엎을 만큼 거칠었다. "5월 7일이라면, 헐로우 부인이 돌아가신 지 열흘이나 지났다는 것을 잊어서는 안됩니다. 무엇 때문에 베티 양이 장 클라델의 가게에 갈 필요가 있었겠습니까?"

"돈을 치르기 위해서입니다" 와베르스키는 재빨리 대답했다. "장 클라델의 약은 비싸기 때문에 한 번에 돈을 치를 수가 없었을 겁니다."

"정확히 말해서 약이란 독약을 말하는 것입니까?"

"그렇습니다."

"다시 말해서 힐로우 부인을 죽인 독약으로 사용된 것이란 말이지요?"

"맞습니다." 와베르스키는 잘라 말하고 팔짱을 꼈다.

"과연 그렇겠군요."

아노는 녹색 서류철에서 종이 두 장을 꺼냈다. 훌륭한 필체로 씌어졌으며 관청의 도장이 찍혀 있었다.

"하지만 만일 내가, 부인의 시체는 이미 발굴되었다고 말한다면 어떻게 하시겠습니까?"

본디 혈색이 나쁜 와베르스키의 얼굴이 새파래졌다. 그는 아노를 뚫어지게 바라보면서 신경질적으로 입을 우물거렸으나 말은 한 마디도 하지 못했다. 아노는 말을 계속했다.

"그리고 만일 내가 해부 결과 모르핀은 1회 분량밖에 검출되지 않았으며, 그밖에 독약도 검출되지 않았다고 한다면 어떻게 하시겠습니까?"

와베르스키는 입을 굳게 다물고 주머니에서 손수건을 꺼내어 이마의 땀을 닦았다. 승부는 결정되었다. 그는 끝까지 밀고 나가려고 했지만 서투른 방법으로 협박하고 있다는 사실이 드러나 버렸다. 그는 자기가 고발한 사실을 조금도 믿고 있지 않았던 것이다. 이렇게 되면 그가 취할 길은 오직 하나, 고발을 취소하고 처형을 사랑한 나머지 이런 잘못을 저질렀다고 사과하는 수밖에 없었다. 그러나 보리스 와베르스키는 절대로 그렇게 할 사나이가 아니었다. 그는 이따금 작은 악당을 실패시키고 마는 교활함을 여느 사람 이상으로 가지고 있었다. 그리하여 그는 어리석게도 아노 역시 그러한 수법을 쓰고 있는 것이라고 믿어 버린 것이다. 와베르스키는 테이블 쪽으로 의자를 조금 끌어당기고 자못 본심을 털어놓는 듯한 소리 없는 웃음을 띠며 아노에게 고개를 끄덕여 보였다.

"'만일 내가' 하고 당신은 말하실 뿐 단언하시지는 않았습니다. 뿐만 아니라 당신은 이렇게 말하고 싶은 것이겠지요. '와베르스키 씨, 이건 어려운 문제입니다. 세상에 발표되면 굉장한 스캔들이 되지요. 어떤 결과가 일어날지 알 수 없습니다. 뒤가 켕기는 일은 뚜껑을 덮어 두는 게 낫지 않을까요?'라고 말입니다."

"내가 그렇게 말하고 싶어한다는 겁니까?" 아노는 기분 좋은 미소를 띠며 물었다.

와베르스키는 더욱 자신이 생긴 듯했다.

"그렇습니다. 더욱이 당신의 생각으로는 '당신은 부당한 취급을 받아 왔는데, 만일 저 베티와 의논해 보아서…….'"

갑자기 와베르스키는 의자를 책장 쪽으로 홱 잡아당기며 총알이라도 맞은 것처럼 입을 떡 벌렸다. 아노가 벌떡 일어나더니 테이블 위로 몸을 기울였기 때문이다. 아노의 얼굴은 흥분으로 어둡고 창백해졌다.

"무슨 말을 하고 있는 겁니까!" 그는 소리쳤다. "이 아노가 살인 사건을 둘러싼 더러운 거래에 입회하기 위해 파리에서 일부러 디종까지 온 줄 아십니까! 그렇다면 가르쳐 드리지요. 이걸 읽어 보십시오." 아노는 앞으로 몸을 숙이고 관청의 도장이 찍혀 있는 종이 한 장을 내밀었다. "이것이 검시 보고서입니다. 자, 읽어보십시오."

와베르스키는 떨리는 손을 내밀었으나 종이를 만지는 것도 무서워하는 것 같았다. 가까스로 집어들기는 했으나 부들부들 떨려 읽을 수가 없을 정도였다. 그러나 어차피 그 자신도 이 고발을 확신하고 있지 않았으므로 읽거나 읽지 않거나 마찬가지였다.

"알겠습니다." 그는 중얼거렸다. "분명 내 잘못이었습니다."

아노는 그 말을 물고늘어졌다.

"잘못이라고요? 참으로 편리한 말이군요! 어떤 잘못을 했는지 내가 가르쳐 드릴까요? 자, 테이블 앞으로 좀더 의자를 잡아당기고 펜을 잡으십시오. 그리고 이 종이에다 편지를 쓰십시오."

"알겠습니다." 조금 전의 허세며 교활함은 어디로 갔는지 와베르스키는 온 몸을 부들부들 떨고 있었다. "미안하다고 쓰겠습니다."

"그럴 필요는 없습니다." 아노는 소리쳤다. "정말로 미안하게 생각하는지 어떤지는 곧 알게 되겠지요. 당신은 나를 위해 내가 하는 말을 그대로 영어로 쓰는 겁니다. 아시겠습니까? 우선 '삼가 아룁니다', 썼습니까?"

"네? 네."

와베르스키는 허둥지둥 갈겨썼다. 그의 머리는 완전히 혼란되어 있었다. 탐정의 우람한 몸집에 완전히 짓눌려 뒷걸음질치게 되었기 때문이다. 그는 자기가 어디로 끌려가고 있는지 도무지 짐작조차 할 수 없는 듯했다.

"'삼가 아룁니다' 아니, 그 편지에는 날짜가 필요합니다. 4월 30일이었지? 힐로우 부인의 유서가 개봉되고 당신이 한 푼도 받을 수 없다는 것을 알게 된 날입니다. 4월 30일이라고 써넣으십시오. 그리고 '삼가 아룁니다. 부디 1천 파운드를 신용 있는 기관을 통해 보내 주십시오. 그렇지 않으면 얼마쯤 귀찮은 일을 당하게 될지도……'"

와베르스키는 펜을 떨어뜨리며 일어섰다.

"난 도무지 그런 것은 쓸 수 없습니다…… 그것은 오해입니다. 나는 절대로……."

그는 말을 더듬으며 상대의 공격을 막으려는 듯이 손을 들었다.

"아, 절대로 협박할 생각이 아니었다는 말이로군요!" 아노는 거칠게 외쳤다. "하하하! 내가 그 말을 믿는다면 당신을 위해서도 형편이 좋을 겁니다. 아까 당신이 베티 양에게 동정심을 보였듯이 나도 당신의 형이 경감되기를 바라며 법정에서 일어나 이렇게 말하겠지요. '재판장님, 그는 협박을 했습니다만 결코 그럴 생각은 아니었습니다. 그러니 부디 5년만 더 형기를 추가해 주십시오'라고 말입니다."

그리고 나서 아노는 성큼성큼 방을 가로질러 플로비셔가 있는 방의 문을 열었다.

"나오십시오!" 그는 제임스를 불러들였다. "플로비셔 씨, 이 사나이가 당신의 사무소로 보낸 두 통의 편지를 보여 드리십시오."

그러나 그것을 보여 줄 필요는 없었다. 보리스 와베르스키는 의자에 힘없이 털썩 주저앉더니 울음을 터뜨린 것이다. 아노를 빼고는 모두들 불안한 듯이 몸을 움직였다. 아노는 노여운 표정을 조금 부드럽게 하고 말없이 와베르스키를 지켜보았다.

"당신 덕분에 우리들까지 부끄러워지는군요. 호텔로 돌아가도 좋습니다." 아노는 퉁명스럽게 말했다. "그러나 디종을 떠나서는 안됩니다. 당신을 어떻게 할 것인지 결정할 때까지 말입니다."

와베르스키는 일어나 비틀비틀 문으로 걸어갔다.

"정말 미안합니다. 잘못된 생각이었습니다. 나로서는……나쁜 마음은 없었습니다."

그리고 그는 뒤돌아보지도 않고 방을 나갔다.

"저 사나이는 이제 다시는 디종을 심심하다느니 지루하다느니 하고 생각하지 않을 겁니다." 아노는 다시 위태위태한 영어로 말을 이었다. "내 친구 리카도라면 뭐라고 말했을까요? 이럴까요, '체, 정말 뻔뻔스러운 놈이로군!'"

방에 남은 사람들——베티도 앤도 제임스도 모두 누가 우스갯소리라도 하면 그것을 구실삼아 커다랗게 웃음을 터뜨리고 싶은 듯한 기분이었다. 집 안의 금지령이 풀리고 베티의 혐의도 벗겨졌으며 불쾌한 사건은 모두 끝났다. 적어도 끝난 것처럼 보였다. 그러나 재빨리 문을 닫고 온 아노의 얼굴에서 웃음의 그림자라고는 찾아볼 수도 없었다. 그는 엄숙하고 무게 있게 말했다.

"저 사나이가 갔으니 지금부터 당신네들에게 중대한 일을 말씀드리겠습니다. 와베르스키는 모르고 있습니다만, 헐로우 부인은 4월 27일 밤 이 집에서 독살되었습니다."

방안에 갑자기 죽음과도 같은 침묵이 흘렀다. 제임스는 멍하니 서 있었고, 베티는 믿어지지 않는다는 듯한 두려운 표정으로 몸을 앞으로 내밀었다. 문 가까이 팔걸이의자에 앉아 있던 앤이 느닷없이 큰 소리를 질렀다.

"그날 밤 이 집에 누군가가 있었던 거야!"

타는 듯한 눈으로 아노가 그녀를 돌아다보며 이상스럽게 힘있는 목소리로 물었다.

"정말입니까, 아가씨?"

"네, 정말이에요." 앤은 이제까지 감추고 있던 비밀을 털어놓아 후련하다는 듯이 말했다. "분명히 이 집 안에 알지 못하는 사람이 있었어요."

그녀의 얼굴은 종잇장처럼 하얬으며 두 눈이 뚫어지게 아노를 응시하고 있었다.

## 독물학 책

　두 가지 놀라운 사실을 듣고 제임스 플로비셔는 완전히 머리가 혼란스러웠다. 놀라움과 낭패가 머릿속에서 밀고 밀리며 "어째서일까?" 하고 묻고, 대답할 겨를도 없이 "다음엔 무엇일까?" 하고 알고 싶어했다. 겨우 처음으로 확실히 생각한 것은 베티의 일이었다. 그리고 그녀를 보고 있는 동안 아노와 앤에 대한 커다란 분노가 치밀어 올라와 그를 뒤흔들었다. 어째서 미리 이야기해 주지 않았는가? 어째서 지금 이야기하는가? 어째서 입을 다물고 있을 수 없었는가? 베티는 그때 축 늘어진 모습으로 창가 의자에 앉아 두 팔을 힘없이 늘어뜨리고 몹시 지친 듯한 얼굴을 하고 있었다. 병에 지쳐 버린 환자가 아침에 기분 좋게 일어나 병은 악몽에 지나지 않았다고 생각한 순간 곧 심한 아픔이 덮쳐 또다시 괴로운 하루가 시작되었다는 것을 깨닫게 된 경우를 제임스는 문득 떠올렸다. 바로 조금 전에 베티의 재난은 끝난 것처럼 보였다. 그러나 그것은 새로운 모양으로 또다시 그녀에게 덤벼들려 하고 있는 것이다.
　"정말 안됐습니다." 제임스는 베티에게 말했다.

검시 보고서는 그 앞의 큰 테이블에 놓여 있었다. 그는 그다지 마음내키지 않는 태도로 보고서를 집어들었다. 물론 이것은 엉터리 도장과 서명이 된 거짓 보고서로 와베르스키에게 고발을 취소시키기 위해 꾸민 것임에 틀림없다. 그러나 제임스는 훑어보는 도중에 갑자기 외마디 소리를 지르며 처음부터 끝까지 주의 깊게 다시 보았다. 이윽고 제임스는 머리를 들어 아노를 뚫어지게 바라보며 소리쳤다.

"이것은 진짜 보고서가 아닙니까? 검시 결과가 자세하게 나와 있고 독약의 흔적은 전혀 없다고 씌어 있군요."

"네, 그렇습니다." 아노는 태연스럽게 대답했다.

"그렇다면 어째서 독살되었다고 하시는 겁니까? 누가 범인이라고 말씀하시고 싶은 거지요?" 플로비셔는 소리쳤다.

"아무도 범인이라고는 말하지 않았습니다." 아노는 분명하게 잘라 말했다. "그 점은 분명하게 해 둡시다. 독살이라는 것은, 이걸 보십시오!"

그는 제임스의 팔을 잡아 어제 함께 살펴보았던 창가에 있는 책장으로 끌고 갔다.

"어제는 여기에 책 한 권이 꽂힐 만한 틈이 있었습니다. 당신이 그것을 알아차리고 나에게 말해 주었지요. 기억이 나십니까? 그런데 오늘은 제대로 자리가 메워져 있습니다."

"과연 그렇군요." 제임스는 고개를 끄덕였다. 아노는 그 책을 꺼냈다. 큰 판형으로 된 꽤 두툼한 종이표지의 책이었다.

"보십시오."

시키는 대로 책을 집어들면서 플로비셔는 얼마쯤 이상스러운 놀라움을 느꼈다. 그때 탐정은 분명히 그를 뚫어지게 바라보고 있었으나 그의 눈에는 아무런 표정도 떠올라 있지 않았다. 사실상 그는 제임스를 보고 있지 않았다. 그의 신경은 온통 두 처녀에게로 집중되어 있었던 것이다. 두 사람이 놀라거나 두려워하는 몸짓을 보이지 않을까 하고 빈틈없이 감시하고 있는 듯했다. 플로비셔는 커다란 반감을 느끼며 머리를 홱 젖혔다. 이것은 또 다른 속임수다! 그는 마치 자기가 듣기 좋은 번드르르한 말에 속아 교묘하게 관객석에서 끌려나와 요술쟁이의 상대를 하고 있는 어리석은 사람같이 여겨졌다. 제임스는 책의 표지를 보면서 아노의 주의를 자기에게로 돌리기 위해 거칠게 말했다.

"어째서 이 책이 문제가 됩니까? 이것은 에든버러 학회가 출판한 논문이 아닙니까?"

"그렇습니다. 그러나 잘 보십시오. 그 책은 에든버러의 의학 교수가 쓴 것입니다. 더욱이 좀더 자세히 보면 그 교수가 시몬 헐로우 씨에게 증정한 책임을 알 수 있을 겁니다. 펜으로 그렇게 씌어 있습니다."

그리고 나서 아노는 정원을 향해 나 있는 두 번째 창문으로 다가가서 머리를 내밀고 잠시 나직이 뭐라고 말했다.

"여기는 이제 감시할 필요가 없어졌습니다." 아노는 방으로 돌아오며 말했다. "순경을 심부름 보냈습니다."

제임스는 그동안 문제의 책을 여기저기 훑어보고 있었으나 뭐가 뭔지 도무지 짐작할 수가 없었다.

"어떻습니까?" 아노가 물었다.

"스트로판투스 히스피도스." 제임스는 책의 제목을 읽었다. "이게 대체 무슨 말입니까?"

"어디요?" 아노는 제임스의 손에서 책을 받아들었다. "오늘 아침 여기서 30분 동안 당신을 기다리면서 내가 무얼 하고 있었는지 가르쳐 드리겠습니다."

아노는 큰 테이블 앞에 앉아 책상 위에 책을 놓고 컬러 사진으로 된 페이지를 폈다.

"이것이 스트로판투스 히스피도스라는 식물의 열매가 익은 것입니다."

그것은 줄기에서 예각의 콤파스처럼 갈라진 끝이 뾰족한 두 개의 열매껍질 사진이었다. 열매껍질의 겉면은 둥글고 어두운 빛깔이며 얼룩무늬가 있는데, 안쪽은 납작하며 세로로 터진 사이로 많은 비단실 같은 흰 털이 이상하게 비어져나와 있었다.

"이 털은 모두" 아노는 계속 말을 이으면서 얼굴을 들어 테이블 가까이로 다가오는 앤과 호기심 어린 표정으로 몸을 앞으로 내미는 베티를 곁눈질해 보았다. "가느다란 섬유로 타원형의 씨 껍질에 붙어 있습니다. 완전히 열매가 무르익으면 이 두 개의 열매껍질이 열려 일직선이 되고 털은 빠져서 바람에 날려 여기저기로 씨를 실어 나르는 것입니다. 멋있지요? 보십시오!"

책장을 넘기자 또 다른 사진이 나타났다. 여기에는 완전히 열매껍질에서 튀어나온 털이 하나 나타나 있었다. 부채처럼 펴진 그 고운 결의 아름다움. 거기에 한 가닥의 머리카락 같이 가느다란 줄기에 보석 같은 씨가 매달려 있었다.

"어떻습니까, 아가씨?" 아노는 빙긋이 웃으며 앤 압코트를 올려다보았다. "일류 세공사가 만든 귀부인의 장신구 같지요?"

그는 테이블 반대쪽에 있는 앤에게 좀더 잘 보이도록 책을 돌려주었다. 베티 힐로우는 완전히 호기심에 사로잡힌 듯했다. 제임스는 탐정의 어깨 너머로 사진을 내려다보며 대체 어떻게 되는 것인가 하고 걱정스러워하고 있었는데, 문득 책 위에 비치는 그림자를 깨달았다. 베티가 친구 옆에 서서 테이블 가장자리에 손을 짚고 책 위에 몸을 숙이는 참이었던 것이다.

"이 스트로판투스 히스피도스의 씨는 정말 장신구로 쓰고 싶을 정도로 훌륭합니다. 그러나……" 아노는 손을 내저으며 덧붙였다. "안타깝게도 그다지 해가 없다고는 말할 수 없습니다."

아노는 책을 자기 쪽으로 돌리고 다시 책장을 넘겼다. 그의 얼굴에서는 완전히 미소가 사라져 있었다. 세 번째 사진이 나타났다. 화살촉이 달린 원시적인 화살이 죽 늘어서 있었다.

아노는 어깨 너머로 제임스를 흘끔 보았다.

"플로비셔 씨, 이번에야말로 이 책의 중요성을 아셨겠지요? 어떻습니까? 유명한 아프리카 토인의 독화살에 칠하는 독은 이 식물의 씨로 만든답니다. 이것에는 해독제가 없기 때문에 모든 독 가운데 가장 치명적인 것이지요." 그의 목소리는 음침하게 울렸다. "더욱이 무엇보다도 악질적인 것은 사람을 죽여도 전혀 흔적이 남지 않습니다."

제임스가 깜짝 놀라며 물었다.

"정말입니까?"

"그렇고말고요." 아노는 대답했다. 그때 갑자기 베티가 몸을 내밀고 사진 아래쪽을 손가락으로 가리키며 흥미있는 듯이 말했다.

"이 화살 밑에 뭐라고 씌어 있군요. 보세요. 펜으로 조그맣게 써넣었어요."

한순간 제임스 플로비셔는 서서히 눈 앞에 나타나는 어떤 환상에 사로잡혔다. 그의 머릿속에서는 커튼이 소리 없이 위로 올라가고, 그는 이미 눈 앞의 그 환상밖에 보지 않게 되었다. 5월의 아침, 금빛 햇살을 받으며 테이블을 둘러싸고 있는 처녀들. 그러나 그 광경은 보고 있는 사이에 음침하고 무시무시한 것으로 변하고, 금빛 광선도 무덤 속처럼 냉랭하게 죽은 잿빛으로 생기가 없어져 버렸다. 우아한 생활을 하고 있으며 세련된 옷차림을 한 젊고 아름다운 두 처녀가 반짝이는 고수머리를 늘어뜨린 채 독화살의 사진 위로 몸을 숙이고 있는 모습은 마치 강의를 듣는 학생들 같았다. 그리고 바로 옆에서 상냥한

독물학 책 119

목소리로 강의하고 있는 선생이 정말은 가차없는 가혹함으로 살인범을 뒤쫓고 있는 탐정이며, 아마도 그는 이 둘 중의 어느 쪽을 범인으로 지목하여 노리고 있는 것 같았다. 이 둘 중의 어느 하나를 중죄재판소의 피고석에 세우고, 무서워 울부짖는 그녀를 감옥문 앞에 밤새워 대기시켜 둔 소름끼치는 듯한 빨간 호송차에 아침 일찍 태워 보내려는 계획을 세우고 있는 것이다. 제임스는 점잖고 정중한 아노의 얼굴이 금이 간 거울에 비치는 얼굴처럼 불길하고 끔찍스러운 형상으로 일그러지는 것을 똑똑히 보았다. 똑같은 여느 사람으로 자신의 목적이 무엇인가를 너무나도 잘 알고 있으면서, 용케도 그녀들의 곁에 앉아 이것저것 그림을 손가락으로 가리키며 서슴없이 이야기하고 있었다. 제임스는 참을 수 없어 큰 소리로 강의를 가로막았다.

"그러나 이것은 독약이 아닙니다. 독약에 대한 책일 뿐입니다. 책으로 사람을 죽일 수는 없습니다."

그러자 아노가 곧 날카롭게 대답했다.

"죽일 수 없다고요? 지금도 베티 양이 말하지 않았습니까? 이 '그림 F'의 화살 아래에 교수가 조그맣게 뭐라고 써넣었습니다."

그것은 여느 화살과 조금 모양이 달랐으며 세모로 된 쇠 화살촉 바로 아래에서 화살대가 부풀어올라 있었다. 알뿌리에 화살촉을 집어넣은 것 같기도 하고 부풀어오른 훌륭한 나무 펜대에 펜 대신 화살촉을 집어넣은 것 같기도 했다.

"37페이지 참조."

씌어진 것을 읽고 나서 아노는 책장을 넘겼다.

"37페이지, 이것이로군요!"

아노는 손가락으로 대문자로 씌어진 글자를 가리켰다.

"그림 F."

아노는 의자를 테이블 쪽으로 조금 끌어당겼고, 앤은 좀더 잘 보이도록 테이블 모서리를 돌아서 가까이 갔다. 제임스도 아노의 어깨 위에 몸을 구부리고 있었다. 모두들 야릇한 긴장감을 느끼면서 곧 중대한 것을 발견하려는 탐험가처럼 기대에 가슴이 뛰었다. 모두들 숨을 죽인 가운데 아노는 그 한 구절을 소리 높이 읽었다.
"'그림 F'는 노퍽 주의 블랙먼 및 디종 시의 구르넬 저택에서 살고 있는 시몬 헐로우 씨 댁에서 저자가 본 독화살이다. 이것은 헐로우 씨가 콘베 지방 시레 강의 상인 존 칼라일 씨로부터 물려받은 것으로 내가 이제까지 본 것 가운데 가장 완전한 독화살이었다. 스트로판투스의 씨를 물 속에 넣고 곱게 찧어 콘베 지방의 토인이 쓰는 붉은 색 진흙을 섞은 다음 화살촉과 화살대의 머릿 부분에 두툼하게 칠해져 있었다. 이 화살은 아직 쓰인 일이 없으며 독물도 아직까지 생생했다."
이 한 구절을 다 읽고 나자 탐정은 의자 등받이에 몸을 기대었다.
"플로비셔 씨, 해답을 필요로 하는 문제는 바로 이것입니다. 시몬 헐로우 씨의 화살은 지금 어디에 있습니까?"
베티가 아노의 얼굴을 보았다.
"만일 집 안에 있는 것이라면 내 거실의 열쇠로 잠긴 벽장 속일 거예요."
"당신의 거실이라고요?" 아노가 날카롭게 물었다.
"네, 우리가 보물실이라고 부르는 방이에요. 박물관과 거실로 겸해서 썼던 방인데 큰아버지도 큰어머니도 거실로 쓰셨지요. 예쁜 골동품이 많이 놓여 있기 때문에 두 분 다 아주 마음에 들어하셨어요. 하지만 큰아버지께서 돌아가신 뒤로 큰어머니는 한 번도 들어가신 적이 없어요. 큰어머니 방의 화장실과 그 방 사이의 문을 열쇠로 잠가서 자기도 모르게 무심코 들어가는 일이 없도록 했지요. 하지만 홀로 통하는 문이 또 하나 있으므로 나에게는 그 방을 쓰게 해주셨습니다."

아노는 이마에 잡았던 주름살을 폈다.

"그렇군요. 그 방도 봉인되어 있겠지요?"

"네."

"그 화살을 보신 적이 있습니까?"

"아니오, 본 적이 없어요. 한 번 그 벽장을 들여다본 일이 있는데, 온갖 무서운 물건이 많이 있었어요."

그 기억을 떨쳐 버리려는 것처럼 베티는 몸을 부르르 떨었다.

"그 화살은 집 안에는 없을지도 모릅니다. 집에 돌아와 있지 않을지도 몰라요" 플로비셔는 주장했다. "교수가 아직 가지고 있을 가능성도 큽니다."

"글쎄요……," 아노가 말했다. "신기한 물건을 열심히 모으는 사람이 그렇게 소중한 물건을 언제까지나 남에게 빌려 준 채로 있을 리는 없습니다." 그는 잠시 잠자코 있다가 "내가 무엇을 생각하고 있는지 아시겠습니까?" 하고 물은 다음 곧 스스로 대답하였다. "나는 보리스 와베르스키가 5월 7일 간베타 거리의 약초 전문인 장 클라델의 가게에 모습을 나타내지 않았을까 생각하고 있습니다."

"보리스! 보리스 와베르스키가?" 제임스가 소리쳤다. 그럼, 아노는 와베르스키를 범인으로 보고 있는 것인가? 그렇다, 어째서 와베르스키여서는 안된다는 말인가? 결국 힐로우 부인의 유산을 상속받으리라고 생각했던 그 사람만큼 범인인 듯한 인물도 달리 없을 것이다.

"베티 양, 저는 와베르스키가 당신에게 뒤집어씌운 그 행위가 어쩌면 그의 짓이 아닐까 하고 생각합니다."

"독약 값을 치르기 위해 갔다는 건가요?" 베티가 소리쳤다.

"돈을 치르기 위해서이거나 아니면 치르지 못하게 되어 변명하러 갔는지, 이것은 아주 그럴 듯합니다. 그렇지 않으면 독을 완전히 씻은 독화살을 받으러 갔는지, 나로서는 이것이 가장 있을 법한 일이라고 생각합니다만……."

마침내 아노는 더 이상 감추려고 하지 않았다. 그의 혐의는 바야흐로 책에 그려져 있는 화살처럼 명백한 목적을 향해 똑바로 나아가고 있었다. 제임스는 악몽에서 깨어난 것처럼 한숨을 쉬었다. 두 아가씨의 긴장도 풀어진 듯싶었다. 앤 압코트는 테이블 곁을 떠났고 베티는 혼잣말을 중얼거리고 있었다.

"보리스 씨가…… 보리스 씨가? 꿈에도 생각하지 못했어!"

그녀의 목소리에는 깊은 동정의 뜻이 담겨 있어 제임스를 감동시켰다. 아노에게도 이 중얼거림이 들린 듯했다. 그는 빙그레 웃으면서 그녀에게 말했다.

"하지만 아가씨, 당신도 그런 것쯤은 생각하셨을 겁니다. 그는 당신이 그에게 호의를 베풀 필요가 없을 만큼 당신에게 심하게 굴었으니까요."

베티는 뺨을 살짝 붉혔다. 그러나 아노의 말에는 얼마쯤 야유가 섞여 있는 것 같았다.

"그 사람은 여기 앉아서" 베티는 재빨리 말했다. "바로 30분 전에 불쌍하게도 눈물을 흘리고……," 그녀는 혐오감을 느끼는 듯이 어깨를 으쓱했다. "하지만 그만한 값어치밖에 없는 사람이겠지요. 난 만족스러워요."

아노는 또다시 재미있어하는 것처럼 엷은 웃음을 띠었다. 이 웃음을 어떻게 해석해야 할지 제임스는 도무지 짐작할 수 없었다. 베티 헐로우와 아노 사이에 끊임없이 기묘한 결투가 비밀스럽게 행해지는 듯한 불안한 느낌이 감돌았다. 그 결투에서는 어느 때는 한쪽이, 어느 때는 다른 한쪽이 살짝 가벼운 상처를 입었는데, 이번 싸움에서는 베티가 상처를 입은 것 같았다.

"아가씨, 당신은 만족해도 법률은 만족하지 않습니다. 보리스 와베르스키는 유산을 받으리라고 믿었습니다. 플로비셔 & 허즐릿 법률사무소로 보낸 첫 번째 편지에서 분명히 그렇게 말하고 있었습니다. 그는 당장 돈이 필요했던 것입니다. 그만한 동기가 있었을 것입니다."

아노는 자기 이야기를 듣고 있는 한 사람 한 사람을 둘러보면서 문제의 요점에 이른 듯이 크게 고개를 끄덕였다.

"동기는 읽기 어려운 이정표 같은 것이라서 잘못 읽게 되면 완전히 길을 잃고 맙니다. 아시겠습니까? 이정표를 잘 보고 잘못 읽지 않도록 해야만 합니다. 자, 그러면 에든버러 대학의 의학 교수가 뭐라고 했는지 다시 한 번 주의해서 보십시오. 그의 말은 정확하기 이를 데 없습니다."

아노의 눈이 다시 테이블 위에 펼쳐져 있는 '그림 F'의 설명으로 돌려졌다.

"이 화살은 교수가 본 독화살 가운데 가장 훌륭한 표본입니다. 화살촉과 화살대의 머릿 부분에 몇 인치쯤 독약이 두툼하게 칠해져 있는데, 화살은 아직 쓰인 일이 없으며 독물이 아직도 생생하다고 했습니다. 더욱이 이 독물은 몇 해가 지나도 그 효력을 잃지 않습니다. 따라서 이 책과 독화살을 약초 전문인 장 클라델에게 넘겨주면 장 클라델은 알코올에 녹여서 간단하게 그 용액을 만들 수가 있습니다. 그리하여 만일 그것을 사람에게 주사하면 15분도 안되어 죽을 뿐만 아니라 흔적이 조금도 남지 않는다고 합니다."

"15분도 안 걸린다고요?" 베티가 믿어지지 않는 듯이 물었다.

앤도 벽을 등진 팔걸이의자로 되돌아오면서 깜짝 놀라 소리쳤다.

"어머나, 그래요!"

그러나 아무도 그녀의 놀라움을 마음에 두지 않았다. 제임스와 베티는 이야기를 요점으로 끌고 가려는 아노를 가만히 지켜보고 있었다.

"15분도 안 걸린다니, 그것은 어떻게 알았습니까?" 제임스가 외쳤다.

"여기에 씌어 있습니다, 이 책에."

"어떻게 장 클라델이 독약의 완전한 처리 방법이며 용액 만드는 방법을 알게 되었을까요?" 제임스가 계속 말했다.

"그것도 여기에 씌어 있습니다." 아노는 책을 두들기며 대답했다.

"모두 여기에 씌어 있습니다. 몇 번이나 동물 실험을 하여 독약의 효과를 시험하고 몇 분 동안이면 죽는지 계산되어 있습니다. 장 클라델 같이 실제적인 화학 지식을 가진 사람에게 이 책과 독화살을 넘겨준다면 어떤 결과가 일어날지, 잘 아시겠지요?"

베티가 다시 한 번 책을 들여다보자, 아노는 책을 두 사람 사이에 두어 그녀도 책을 읽을 수 있도록 했다. 그리고 책장을 독화살의 첫 부분으로 되돌려 거기서부터 재빠르게 다시 훑어보았다.

"아가씨, 이 시간 비교표를 보십시오. 스트로판투스는 디기탈리스와 마찬가지로 심장의 근육을 수축시키는데, 다만 그 효과가 좀더 강하고 조금 더 빠릅니다. 자, 보십시오. 죽음에 이르기까지 1분마다 심장이 수축되어 가는 상태가 여기 씌어 있습니다. 짓궂게도 이런 실험 덕분에 독약이 변하여 좋은 약이 되어 귀중한 인명을 구하는 의약품으로 쓰이고 있습니다."

아노는 의자 등받이에 기대어 반쯤 감은 눈으로 베티를 바라보았다.

"놀라운 일입니다. 그렇게 생각하지 않습니까?"

베티는 천천히 책을 덮었다.

"그보다도 오늘 아침 여기서 우리를 기다리시는 30분 동안에 그토록 철저하게 이 책을 연구하신 일이 더 놀랍군요."

이번에는 아노의 얼굴빛이 변했다. 그는 얼굴이 새빨개지며 한순간 어쩔 줄을 몰라 했다. 제임스는 이번에도 역시 비밀스러운 결투를 남몰래 넘겨다본 것처럼 느껴졌는데, 이번에는 가벼운 상처를 입은 것이 명탐정 아노 쪽이므로 그다지 기분 나쁘지 않았다.

"독약 연구는 내 전문입니다." 아노는 퉁명스럽게 말했다. "지금은 경시청에서도 전문이 나누어져 있습니다." 그는 서둘러 플로비셔를 돌아다보며 말했다. "당신은 뭔가 깊이 생각하고 계시는군요."

제임스는 아까부터 자신의 생각을 쫓고 있었던 것이다.

"사실은 말입니다……"하고 제임스는 베티에게 말을 걸었다. "와베르스키는 열쇠를 가지고 있습니까?"

"네, 가지고 있어요."

"언제나 가지고 다녔습니까?"

"그렇다고 생각합니다."

"철문은 언제 닫습니까?"

"가스톤이 자기 전에 닫아요."

그녀가 대답할 때마다 제임스는 더욱더 만족스러워 했다.

"보십시오, 아노 씨. 우리는 이제까지 가장 중요한 문제를 잊고 있었습니다. 그것은 누가, 언제 이 책을 책장에 다시 갖다 두었는가 하는 것입니다. 어제 낮에는 없었는데 오늘 아침에는 버젓하게 있습니다. 누구의 짓인가? 어제 저녁 우리는 식사를 마친 다음 뒤뜰로 나갔습니다. 바깥 정원에 아무도 없는 사이에 열쇠를 가지고 집으로 몰래 들어와 책을 다시 가져다 놓고, 사람들이 알아차리지 못하게 집을 빠져나가는 일을 와베르스키 이상으로 쉽게 할 수 있는 사람은 없을 것입니다. 대체 어째서……?"

그러나 베티는 그 말을 부인했다.

"사람들에게 눈치채이지 않고 어떻게 그런 일을 할 수 있겠어요?" 그녀는 쓸쓸한 어조로 말을 이었다. "문 옆에는 아침부터 밤까지 순경이 감시하고 있었는걸요."

아노가 고개를 저었다.

"순경은 이미 없었습니다. 어제 아침 내가 맡은 일로 여쭈어 본 질문에 솔직하게 대답해 주셨으므로 곧 순경의 감시를 풀었지요."

"아, 그랬군요."

플로비셔는 유쾌하게 고개를 끄덕였다. 어제 오후 호텔에서 짐을 날라올 때 샤를르 로베르 거리에 순경이 보이지 않았던 것이 생각났던 것이다. 베티 헐로우는 깜짝 놀라며 벌떡 일어났으나 이윽고 마음 놓이는 듯한 미소를 띠고 기쁨으로 눈을 빛내며 조금 겁먹은 몸짓으로 탐정에게 머리를 숙여 보였다. 그리고 그녀는 감사의 마음이 담긴 목소리로 말했다.

"아노 씨, 고마워요. 나는 아직까지 감시 순경이 가 버렸다는 것을 모르고 있었어요. 만일 알았더라면 좀더 빨리 고맙다는 말씀을 드렸을 텐데, 그처럼 친절하게 해주시리라고는 생각도 못했어요. 플로비셔 씨에게도 말했듯이, 나는 당신이 나를 범인이라고 점찍고 계시는 줄로만 알았어요."

절대로 그렇지 않다는 듯이 아노는 손을 흔들었다. 그것은 승부가 났을 때 결투하던 사람이 검을 들고 하는 인사처럼 제임스에게는 생각되었다. 두 사람 사이의 하찮은 비밀 결투는 이제 끝났다. 감시하던 순경을 물러가게 한 일로 아노는 베티뿐만 아니라 디종 시에 대하여 그녀의 출입을 감시하거나 그녀의 자유를 제한해야 할 이유가 전혀 없음을 명백히 밝힌 셈이다. 그러나 제임스는 뼈다귀를 발견한 개처럼 사건의 해결을 위해 끝까지 물고늘어졌다.

"그러니까 와베르스키는 어젯밤 쉽게 들어올 수 있었던 것입니다."
그러나 베티는 세게 고개를 저었다.
"보리스 씨가 그처럼 끔찍스러운 살인죄를 저지를 사람이라고는 생각되지 않아요." 그녀는 탄원하듯이 커다란 눈으로 아노를 바라보며 말했다. "첫째 이 집 안에서 살인이 저질러졌다는 것이 믿어지지 않아요. 아니, 믿고 싶지가 않아요." 베티는 조금 우물거린 다음 덧붙였다. "아노 씨, 그처럼 무서운 추리를 하시는 데 어떤 근거가 있지요? 알고 있는 것은 다만 어제는 서재에 없었던 큰아버지의 책이 오늘은 제자리에 돌아와 있다는 것뿐이에요. 당신은 장 클라델이라는 독약 전문가가 있는지 어떤지조차도 모르고 계시잖아요?"
"그것은 곧 알 수 있습니다." 아노는 테이블 위의 책을 뚫어지게 보며 말했다.
"그리고 그 화살이 이 집에 있는지 어떤지, 있었던 사실이 있는지 어떤지도 알지 못하잖아요?"
"그것도 확인해 보면 됩니다." 아노는 끈질기게 말했다.
"하지만 비록 화살을 찾아내어 그 끝에 독이 묻어 있다 해도 그 독을 썼는지 어떤지는 모르는 일이지요. 더욱이 의사의 검시 보고서에 독약의 흔적이 없다고 씌어 있다고 해서 그것만으로 흔적이 남지 않는 독약을 썼다고 말할 수는 없어요. 증명할 수 없는 걸요. 당신은 멋대로 짐작하여 근거도 없는 말을 하고 있어요. 더구나 그 제멋대로 한 짐작 덕분에 우리는 커다란 걱정거리를 안게 되었어요. 실제로 살인이 행해졌다고 조금이나마 믿을 수 있다면 나로서도 당신에게 조사해 달라고 부탁드리겠지만, 정말은 그런 일이 없었던 게 아닐까요?"
베티의 목소리에는 이제 의심 따위는 깨끗이 내던져 버리고 어서 빨리 평화롭게 되고 싶다, 언짢은 일은 잊어버리고 싶다, 다른 사람들도 잊어 주었으면 좋겠다고 바라는 마음이 깃들어 있었다. 그녀의 호소를 누구도 못 들은 체할 수는 없을 것이라고 제임스가 생각했을 정도였다. 정평 있는 탐정조차도 한동안 테이블에 눈길을 떨어뜨리고 있었다. 그러나 이윽고 그가 조용한 목소리로 천천히 이야기를 시작했을 때 또다시 베티가 진 것이라고 제임스는 깨닫지 않을 수 없었다.

"베티 양, 물론 당신의 말씀도 옳습니다만 사람은 누구나 좋든 나쁘든 저마다 신조를 가지고 있는 법입니다. 나에게도 하찮은 것이기는 하지만 신조가 있지요. 나로서는 대개의 범죄, 폭력의 범죄에도 적절하게 처리해야 할 점을 확인하는 데 노력을 아끼지 않습니다. 정열이니 분노니 탐욕 같은 것은 이른바 선량한 성질이 테두리에서 얼마쯤 비어져나간 것일 뿐입니다. 다시 말해서 처음에는 좋았던 것이 차츰 지나쳐서 추악하게 되는 것이지요. 실제 범행의 경우에도 똑같은 말을 할 수 있습니다. 흉악한 짓에 쓰이는 무기는 여느 때 생활 습관에 따라 결정되는 것으로, 도구 그 자체는 아주 평범하다 할지라도 흉악한 짓에 쓰였다면 불길하고 끔찍스럽게 생각되어 그것을 쓴 것만으로도 두려워할 만한 타락의 표적처럼 여겨지게 되는 법이지요. 그러므로 나는 대개의 경우 적절하게 처리해야 할 점을 인정해 줍니다. 그러나 한 가지, 무슨 일이 있어도 용서할 수 없는 범죄가 있습니다. 그것은 독물에 의한 살인입니다. 독살자를 찾기 위해서라면 나는 어디까지나 그것을 뒤쫓는 손길을 늦추지 않을 것입니다."

그의 말에는 확실히 증오가 가득 차 있었으며 조용히 눈을 내리깔고 낮은 목소리로 이야기하고 있기는 했지만 그의 말을 듣고 있는 세 사람 모두 무시무시한 두려움에 사로잡히고 말았다.

"독살자는 몰래 숨어서 비겁하기 이를 데 없이 자기 생각대로 해치우는 겁니다. 마음먹은 대로 어떤 심한 짓이라도 할 수가 있습니다."

아노는 괴로운 듯이 한숨을 내쉬었다.

"독살은 참으로 괘씸한 짓인데도 그 일 자체는 말할 수 없이 간단합니다. 술맛을 알게 되는 것과도 같이 한 번 시작하면 그만둘 수가 없지요. 더욱이 술보다 훨씬 더 재미있거든요. 만일 여기에 한 희생자가 생겼다고 합시다. 그리고 범인을 그대로 내버려 두었다고 합시다. 그러면 1년도 되기 전에 반드시 독살에 의한 또 하나의 희생자가 나옵니다. 틀림없습니다!"

그의 목소리는 울려퍼졌다가 이윽고 사라져 갔다. 그러나 그 말은 방의 공기를 떨리게 하고, 벽에 부딪쳤다가 퉁겨져서 되돌아오는 것처럼 여겨졌다. 상상력이 풍부하지 못한 제임스 플로비셔조차도 만일 여기에 독살 범인이 있어 지금 한 이야기를 듣게 되면 양심의 가책을 받아서 자신도 모르게 외마디 소리를 지르며 스스로 범인이라고 털어놓지 않을 수 없을 것이라고 생각했을 정도였다. 그의 이성은 이 방 안에 그런 외마디 소리를 지를 사람이 아무도 없을 것이라고 말하고 있었으나, 그래도 누군가가 소리를 지르지나 않을까 하고 제임스는 가슴을 졸였다.

이야기를 끝내자 아노는 얼굴을 들고 베티를 보았다. 그는 유감스러운 듯한 미소를 띠며 가볍게 손을 저어 그녀에게 사과했다.

"저는 이런 사람입니다, 아가씨. 앞으로도 여러 가지로 폐를 끼치게 될 터이니 부디 너무 나무라지 마십시오. 이처럼 어려운 사건은 처음입니다. 그렇기 때문에 어떻게든지 해결해야만 합니다."

베티가 입을 열려고 하는데 밖에서 문 두드리는 소리가 들렸다.

"들어오십시오." 탐정이 소리쳤다. 방으로 들어온 것은 검은 머리에 몸집이 작고 기민해 보이는 사복 차림의 사나이였다.

"이 사람은 정원에서 감시를 하고 있던 니콜라 모로 순경입니다. 아까 심부름을 보냈습니다." 탐정은 설명하고 나서 모로를 뒤돌아보았다. "어떻던가, 니콜라?"

사복 차림인데도 니콜라는 바지의 솔기에 손을 댄 차려 자세로 아무런 감정도 없는 관청식 목소리로 낭독하듯이 말했다.

"명령하신 대로 장 클라델의 가게에 갔다 왔습니다. 간베타 거리 7번지였습니다. 경찰서에 들러 조사했더니 확실히 그는 금지된 약품을 팔아 경죄 재판소에서 두 번 출두 명령을 내렸는데, 두 번 다 증거가 불충분하여 풀려 나왔습니다."

"수고했네, 니콜라."

모로는 경례하고 발뒤꿈치로 빙글 돌아 방을 나갔다. 모두들 실망하여 입을 열지 않았다. 아노는 슬픈 듯이 베티를 바라보며 말했다.

"이런 형편이니 한시 빨리 취조를 계속해야 합니다. 독화살이 있는지 어떤지, 시몬 헐로우 씨의 열쇠로 잠긴 벽장을 조사해 봅시다."

"봉인되어 있습니다." 플로비셔가 말했다.

"그렇다면 봉인을 떼어야지요." 탐정은 주머니에서 시계를 꺼내어 보고는 얼굴을 찌푸렸다. "서장님께 입회를 부탁할 필요가 있겠지요. 하지만 지금쯤 방해를 하면 서장님께서는 기분 나빠 할지도 모릅니다. 정각 12시는 신성한 점심 시간이거든요. 경찰서장이란 언제나 기분 나빠하기 마련이라는 것은 당신들도 연극에서 보아 잘 알고 계실 것입니다. 그 까닭은……"

그러나 아노는 누구나 다 알고 있는 그 까닭을 되풀이하지는 않았다. 그는 묘하게 목소리가 긴장되는가 싶더니 이야기를 딱 끊었다.

제임스와 베티는 곧 탐정의 눈길을 쫓았다. 벽가에 선 앤 압코트가 금방이라도 쓰러질 듯한 모습으로 의자 등받이에 한 손을 걸치고 있었다. 눈을 감은 채 가엾은 표정을 짓고 있었다. 아노는 곧 달려가 숨을 헐떡거리며 열심히 상태를 물었다.

"아가씨, 왜 그러십니까!"

"그럼, 정말이었군요, 장 클라델이라는 사람이 있다는 것이?"

앤이 가만가만 말했다.

"정말이고말고요."

"그럼, 누가 독화살을 썼을지도 모르겠군요?" 그녀는 우물우물하며 쉽게 다음 말을 잇지 못했는데 겨우 혼잣말처럼 중얼거렸다. "그래서 15분 안에 죽일 수 있었겠군요?"

"맹세코 그렇습니다. 대체 무슨 말을 하고 싶으신 겁니까?"

"나는…… 나는 그것을 막을 수도 있었어요. 나 자신을 용서할 수가 없어요. 왜냐하면 그 살인을 미리 막을 수도 있었기 때문이에요."

탐정은 눈을 가늘게 뜨고 앤을 지켜보았다. 실망한 것일까 하고 플로비셔는 생각했다. 탐정은 앤으로부터 다른 대답이 나오기를 바랐던 것이 아닐까? 그러나 그때 베티가 재빨리 몸을 움직였으므로 그의 생각은 중단되고 말았다. 베티는 이제까지 본 적이 없는 이상하게 번들거리는 눈으로 세 사람을 지켜보고 있었다. 앤은 아노의 곁을 떠나 벽가에 팔을 벌리고 서 있었다. 마치 자기는 비열하고 나쁜 사람이므로 다른 사람들의 곁에 있을 수 없다고 여기는 것처럼. 그리고 그녀의 온 몸은 이렇게 외치고 있었다.

"나를 돌로 때려 주세요! 어서요!"

아노는 시계를 주머니에 넣었다.

"아가씨, 서장님의 점심 식사를 방해하지 않기로 하고 당신의 이야기를 먼저 들어 볼까요? 정원의 나무 그늘로 갑시다." 그는 손수건으로 이마를 닦았다. "방 안이 정말 굉장히 덥군. 마치 증기탕 같아."

제임스 플로비셔가 나중에 이날 아침 일을 돌이켜보았을 때 그의 머릿속에 가장 뚜렷하게 남아 있는 기억은 독화살의 책이나 그 그림에 관한 일도 아니었고, 아노가 자기의 신조를 말한 장면도 아니었다. 다만 탐정이 시계줄 끝에 매달린 번쩍이는 시계를 만지작거리며 곧장 서장을 불러 봉인된 방으로 들어갈 것인가 아니면 서장이 평화롭게 점심 식사를 하도록 내버려 둘 것인가 하고 생각에 잠겨 있는 모습이었다. 그 때로서는 아무도 깨닫지 못했지만 그만큼 이 순간은 사건의 경과를 결정하는 데 아주 중요한 의미를 가지고 있었던 것이다.

## 비밀

 정원 저쪽 끝 빽빽이 들어찬 나무 그늘에 정원 의자가 몇 개 잔디 위에 놓여 있었다. 아노는 모두와 함께 그곳으로 갔다.
 "여기는 아주 서늘하고, 새밖에는 엿들을 이도 없겠군요" 하고 말하면서 아노는 큰 등의자의 쿠션을 앤을 위해 잘 놓아 주었다. 제임스는 또다시 환자에 대한 의사의 배려를 연상하고 불쾌한 기분이 되긴 했지만 그로서도 차츰 이 엄격한 사람의 성격을 이해할 수 있게 되었다. 이 사나이의 대단치 않은 예의범절이며 신경써 주는 마음씨는 절대로 일부러 꾸미는 것이 아니다. 진심에서 우러나오는 것임에 틀림없었다. 다만 그 때문에 한순간이나마 사건 해결을 뒤쫓는 손길을 늦추지 않을 뿐인 것이다. 아노는 간호사처럼 재빠르고 익숙한 솜씨로 쿠션을 바로 놓아 주었다. 그러나 다음 순간에 만일 의무 때문이라면 그 환자의 손목에 마찬가지로 재빠르고 익숙한 솜씨로 수갑을 채울지도 모르는 것이다.
 "자, 아가씨. 이만 하면 편하게 앉을 수 있을 겁니다. …… 나는 담배를 좀 피우고 싶은데요?"

그는 베티의 허락을 얻기 위해서 뒤를 돌아보았다. 베티는 마침 제임스와 함께 정원으로 내려오는 참이었다.

"네, 좋아요. 마음놓고 피우도록 하세요." 베티는 의자에 앉으며 말했다.

아노는 주머니에서 파랗게 빛나는 작은 상자를 꺼내더니 가늘게 만 검은 색 잎담배를 한 대 뽑아 불을 붙여 물면서 두 처녀의 바로 곁에 있는 의자에 앉았다. 제임스 플로비셔는 아노의 뒤에 서 있었다. 잔디밭은 햇빛과 서늘한 그늘로 얼룩덜룩하게 채색되고, 나뭇가지와 풀숲에서 티티새와 개똥지빠귀가 지저귀고 있었으며, 장미꽃이 어우러지게 핀 정원 안에는 꽃향기가 가득했다. 이제부터 앤 압코트가 이야기하게 될 을씨년스럽고 기분 나쁜, 밤도 이슥한 어둠 속에서 모험담의 배경으로는 아주 기묘했지만, 오히려 이 대조가 그녀의 이야기를 활기 있게 만들어 주리라고 생각되기도 했다.

"저는 4월 27일 밤 드 프이약 씨의 무도회에 가지 않았어요" 하고 앤은 말하기 시작했다. 플로비셔는 가슴이 철렁했으나 아노는 손을 들어 앤의 이야기를 가로막았다. 제임스는 그날 밤 앤이 어디에 있었는지 생각해 보지 않았던 것이다. 그러나 탐정은 이 말을 듣고 조금도 놀란 표정이 보이지 않았다.

"몸이라도 불편하셨습니까?"

"아니에요. 다만 베티와 저는 특별히 규칙을 정한 것은 아니지만 제가 구르넬 저택에 온 뒤로 줄곧 서로의 일에 간섭하지 않기로 하고 있지요."

두 처녀는 함께 살게 된 무렵부터 서로의 생활에 간섭하지 않는 것이 우정을 지속시키는 비결임을 알고 있었다. 서로 자기의 거실은 신성한 것이라고 여기고 있었던 것이다.

"베티는 한 번도 제 방에 온 일이 없어요. 저는 베티의 방에 한두 번 간 일이 있지만요. 그리고 우리는 저마다 다른 친구가 있어서 어디에 가느냐든지 누구를 만나느냐 하고 귀찮게 묻지 않기로 하고 있답니다. 다시 말해서 우리는 언제나 마주서는 일이 없도록 애썼지요."

"현명한 방법입니다." 아노는 진심으로 고개를 끄덕였다. "그런 문제 때문에 온 집안이 괴로워하는 경우가 많지요. 그렇다면 드 프이약 집안은 베티 양만의 친구였습니까?"

"네. 베티가 나가자 저는 곧 가스톤에게 불을 끄고 언제라도 좋으니 자도 좋다고 말했어요. 그리고 2층의 제 거실로 올라갔지요. 침실 옆인데, 보세요. 여기서 창문이 보여요."

모두들 그곳을 향해 앉아 있었으므로 마침 정원 저쪽의 옆으로 긴 건물 뒤쪽이 바라다 보였다. 홀 오른쪽에는 덧문이 내려진 창문이 즐비하고 그 위에 베티의 침실이 있었다. 앤은 도로를 향한 홀 왼쪽의 옆면을 손가락으로 가리켜 보였다.

"과연, 서재 위로군요." 아노가 말했다.

"그래요……. 저는 편지 쓸 일이 있었지요."

앤은 갑자기 우물우물했다. 그녀가 아까 서재에서 외쳤을 때에는 잊고 있었던, 말하기 어려운 장애에 부딪친 것이다. 그녀는 숨을 헐떡이며 "저어, 저어……" 하고 중얼중얼 낮은 소리로 되풀이하며 걱정스럽게 베티를 보았다. 그러나 그녀로부터는 아무런 도움도 얻을 수 없었다. 베티는 무릎에 팔꿈치를 세우고 몸을 앞으로 숙인 채 발 밑의 풀을 들여다보고 있었다. 뭔가 전혀 다른 생각을 하고 있는 듯했다.

"그래서 어떻게 하셨습니까?" 탐정은 조용히 재촉했다.

"아주 중요한 편지였어요."

앤은 망설이며 조심스럽게 이야기하기 시작했는데, 어제 베티가 질문에 대답할 때와 같이 무엇인가를 감추는 듯한 표정이 엿보였다.
 "무슨 일이 있더라도 꼭 쓰겠다고 약속했던 편지였지요. 그런데 주소가 아래층의 베티 방에 있었어요. 의사의 주소예요."
 이 말을 하고 나자 장애물을 넘어선 것처럼 그녀는 말투를 부드럽게 하여 술술 말하기 시작했다.
 "아노 씨도 알고 계시겠지만, 저는 그날 늦게까지 테니스를 했기 때문에 아주 기분 좋게 지쳐 있었어요. 그런데 꽤 신경을 써야 하는 편지였으며, 더욱이 아래층으로 주소를 가지러 가야만 했으므로 우선 편지의 글귀를 먼저 생각하기로 했지요."
 지루한 듯이 남모르게 제자리걸음을 하고 있던 플로비셔가 갑자기 끼어들었다.
 "어떤 편지였습니까? 어디의 의사에게 보내는 편지였지요?"
 아노가 몹시 화나는 듯이 뒤돌아보며 소리쳤다.
 "아아, 잠깐만, 플로비셔 씨! 잠자코 주의 깊게 들으면 그런 것은 저절로 알게 됩니다. 지금은 다만 아가씨가 마음껏 이야기하도록 해주어야 합니다."
 아노는 다시 앤 쪽으로 돌아앉았다.
 "그러니까 당신은 우선 편지 글귀를 생각하기로 결정하셨군요?"
 앤은 살짝 흐릿한 미소를 띠었다.
 "하지만 사실은 구실이었어요. 정말은 큰 팔걸이의자에 앉아 다리를 쭉 뻗고 편안히 있고 싶었던 거예요. 그 다음 어떻게 했는지 아시겠어요?"
 아노는 미소를 띠며 고개를 끄덕였다.
 "그만 잠들어 버렸겠군요? 건강한 젊은이라면 피로할 때에는 긴장이 풀려 있어 곧 잠이 들게 마련이지요."
 "그래요. 하지만 잠에서 깨어나면 마음이 개운치 못하지요. 아무튼 저는 의자에 앉아 졸다가 잠을 깨었을 때 누구나가 그렇듯이 으스스 추웠습니다. 엷은 파란 비단옷을 입고 있었거든요. 깃털처럼 가벼운 옷이지요. 저는 조금 몸을 떨면서 어째서 나는 이렇게 게으름뱅이일까, 편지를 써야 할 텐데 하고 자신에게 불평을 늘어놓았지요. 저는 곧 일어나서 방을 나가 아직 잠에서 깨어나지 못한 채 손을 뒤로 해서 문을 닫았습니다. 정말 우연이었어요. 계단도 아래의 홀도 불이 완전히 꺼져 있었지요. 더욱이 창문마다 모두 커튼이 드리워지고, 달도 없었으므로 손을 바로 눈앞으로 가져가도 보이지 않을 정도였어요."

아노는 담배꽁초를 발 밑에 떨어뜨렸다. 베티는 아까부터 얼굴을 들고 입을 조금 벌린 채 앤을 바라보고 있었다. 그들 모두에게 있어 이 정원은 햇빛도 장미꽃도 노래하는 새도 다 사라져 버리고 말았다. 그들은 앤 압코트와 함께 캄캄한 계단에 서 있었다. 앤의 얼굴빛과 눈의 표정이 이야기를 해 나감에 따라 어지럽게 바뀌었다. 앤이 활기를 띠어 이야기하는 신경질적인 태도에 모두들 빠져들어가고 있었다.

"그래서요?" 아노가 은근히 재촉했다.

"어두운 것은 대수롭지 않았어요." 앤은 그날 밤 이후에 일어난 사건을 안 지금에 와서는 그때 무서워하지 않았던 것이 이상해서 견딜 수 없다는 듯이 "지금은 몹시 무섭지만…… 그때는 아무렇지도 않았어요" 하고 덧붙여 말했다. 그때 문득 제임스는 어젯밤 정원에서 그녀가 수상한 물건이라도 찾는 듯이 여기저기 어둠 속을 살펴보던 일이 생각났다. 확실히 지금 앤은 무서워하고 있다! 의자를 꽉 움켜쥐고 그녀는 입술을 떨고 있었다.

"계단은 캄캄해도 잘 알 수 있었으므로 저는 난간에 손을 걸치고 아래로 내려갔습니다. 조용하고 아무 소리도 들리지 않았으므로 누군가 다른 사람이 일어나 있으리라고는 꿈에도 생각하지 못했지요. 계단 아래에 스위치가 있어서 홀의 불을 켜도 되었지만 스위치를 누르지 않았어요. 베티의 방문 옆에 있는 스위치만으로도 충분하다고 생각했던 거예요. 그리고 다른 사람이 잠을 깨우고 싶지도 않았구요.

저는 계단을 내려가 오른쪽으로 꺾어들었습니다. 내 앞쪽 맞은편 홀 너머로 베티의 방 문이 보였습니다. 나는 두 손을 앞으로 뻗쳐 손으로 더듬더듬하면서 홀을 가로질러 갔어요."

그때 갑자기 베티가 마치 자기가 지금 홀을 가로지르고 있는 것처럼 두 손을 내밀면서 천천히 말했다.

"그래, 이렇게 해야만 해. 어두운 데서는——앞에 아무것도 없이 텅 비어 있으면——그래!" 그녀는 아노가 흥미로운 듯이 자기를 쳐다보고 있는 것을 깨닫자 미소를 띠며 말했다. "아노 씨, 그렇지요?"

"그렇습니다. 하지만 앤 양의 이야기를 방해하지 말아 주십시오."

"처음 손에 닿은 것은 홀 복도의 경계가 되는 모퉁이였어요."

"한쪽에 정원으로 나 있는 창문이 주욱 늘어서고 반대쪽에는 객실 문이 있는 그 복도로군요?"

"네, 맞아요."

"창문에는 모두 커튼이 내려져 있었습니까?"

"네, 어느 것이나 모두 캄캄했어요. 제가 벽을 따라 손으로 더듬더듬하며 오른쪽으로——물론 복도가 아니라 홀의 벽이에요——나아가자 벽이 끝나고 손에는 아무것도 만져지지 않았어요. 문 앞에 온 거예요. 저는 손잡이를 더듬더듬 찾아내어 방으로 들어갔어요. 문 옆의 벽, 제 바로 왼편에 스위치가 있으므로 불을 켰는데, 불이 들어왔을 때까지도 아직 잠이 덜 깨었던 모양이에요. 하지만 보물실에 환하게 불이 켜진 순간 잠이 확 달아났어요. 아아, 그토록 똑똑하게 잠이 깬 일은 없었어요. 저는 스위치에서 손가락을 뗀 순간 또다시 얼른 스위치를 꺼 버렸지요. 하지만 이번에는 소리가 조금도 나지 않도록 살짝 껐는데, 불을 켰다가 끌 때까지 시간이 아주 짧았으므로 저쪽 벽 한 가운데 놓인 세공의 유리장 위에 얹혀 있는 자명종이 보였을 뿐이었어요.

다시 캄캄해진 방 안에서 저는 꼼짝도 않고 숨을 죽였어요. 무서워서라기보다는——물론 조금은 무서웠지요——너무나 놀랐기 때문이었어요. 그것은 즉 방 안쪽 벽의, 보세요, 저 창문 옆이에요."

앤은 무표정하게 정원을 향해 있는 차양이 달린 두 번째 창문을 손가락으로 가리켰다.

"저 창문 옆의 문이 헐로우 씨가 세상을 떠나신 뒤로 줄곧 닫아 두었을 터인데도 활짝 열려 있었을 뿐 아니라 환하게 불빛이 비쳤기 때문이에요."

베티 헐로우가 조그맣게 고함을 질렀다.

"저 문이?" 그녀는 어찌할 바를 몰라하는 표정으로 덧붙였다.
"저 문이 열려 있었다고? 대체 어떻게 된 걸까요?"

아노가 의자에서 고쳐 앉으며 말했다.

"베티 양, 문 어느 쪽에 자물쇠가 있습니까?"
"만약 열쇠가 꽂혀 있었다면 큰어머니의 방 쪽이에요."
"열쇠가 있었는지 어떤지 기억하지 못하십니까?"
"기억나지 않아요. 물론 앤과 저는 큰어머니의 상태가 나쁠 때면 큰어머니의 침실에 드나들었지만, 그 침실과 제 방으로 통하는 문 사이에는 화장실이 있기 때문에 그 문이 잘 보이지 않아요."

"그렇겠지요." 아노는 고개를 끄덕였다. "간호사가 자려고 생각하면 잘 수도 있고 또 실제로 부인이 발작을 일으켰을 때 누워 있었던 방이 바로 그 화장실이로군요. 그 문이 이튿날 아침에도 활짝 열려 있었는지 어떤지 기억나십니까?"

베티는 이맛살을 찌푸리며 생각에 잠기더니 고개를 가로저었다.

"생각나지 않아요. 아무튼 꽤 혼잡하고 바빴으니까요. 깨닫지 못했어요."

"당연한 일입니다." 아노는 앤 쪽을 돌아보며 말했다. "이 흥미진진한 이야기의 다음을 듣기 전에 묻고 싶은 일이 있습니다. 그때 켜져 있던 불은 화장실의 전등입니까, 아니면 하나 더 건너서 부인의 침실 전등입니까? 어느 쪽인지 모르겠습니까?"

"침실의 불이었다고 생각해요." 앤은 확신있게 대답했다. "화장실의 불이었다면 좀 더 보물실 쪽으로 불빛이 비쳤을 거예요. 보물실은 굉장히 크고 옆으로 긴 방이었지만 아무튼 제가 있었던 곳은 캄캄한 방이었어요. 문에 노란 불빛이 비칠 뿐이었고, 그 불빛이 융단 위로 흘러와 문 반대쪽의 가마를 은빛으로 비추고 있었어요."

"아니, 보물실에 가마가 있습니까? 한 번 볼만한 가치가 있겠군요! 아가씨, 그러니까 그 불빛은 안쪽 방, 다시 말해서 부인의 침실에서 새어나온 것이었군요?"

"불빛도, 그리고 사람의 목소리도……." 앤은 떨리는 목소리로 말을 이었다.

"사람 목소리라고요!"

깜짝 놀라며 아노가 벌떡 일어났다. 한편 베티는 얼굴이 새파래졌다.

"어떤 목소리였지요? 누구 목소리인지 알 수 있었습니까?"

"한 사람은 분명히 부인의 목소리였어요. 크고 거친 목소리였는데, 곧 신음하는 듯이 어렴풋이 들려 왔어요. 또 한 사람은 한 번밖에 이야기하지 않았지만 짧은 말이 분명하게 들렸어요. 하지만 작은 소리로 소곤거렸을 뿐이에요. 그리고 움직이는 기척도 있었어요."

"움직이는 기척이라고요!" 탐정은 날카롭게 말했다. 목소리와 함께 표정도 날카로워졌다. "애매한 말이로군요. 행렬이 앞으로 나아가도 움직이는 것이고, 밀면 의자도 움직입니다. 목소리를 내지 못하도록 상대의 입을 막는 데는 손을 움직일 것입니다. 당신이 들은 것은 그런 소리였습니까?"

이 준엄한 질문을 받고 앤은 어쩔 줄을 몰라했다.

"네, 아무래도 그런 것 같았어요."

그녀는 외치듯이 말하고 두 손으로 얼굴을 가렸다.

"오늘 아침 독화살이 사용되었을지도 모른다고 말씀하실 때까지 저는 전혀 깨닫지 못했어요. 아아, 제 자신을 용서할 수가 없어요. 어둠 속에 버티고 서서 바로 2, 3야드밖에 안되는 가까운 곳에서 문 바로 저쪽에서 부인이 살해되는 것을 그냥 듣고만 있었다니!"

그녀는 얼굴에서 손을 떼고 미친 사람처럼 움켜쥔 주먹으로 무릎을 때렸다.

"그래요! 이제야 알았어요. 부인은 귀에 익은 쉬어 빠진 목소리로 '모두 밝힐 테다. 알겠느냐? 모조리 벗겨 줄 테다!' 하고 소리치며 거칠게 웃었어요. 그러자 그 움직이는 듯한 소리가 들리고, 그래요, 틀림없이 당신이 말씀하신 것처럼 누가 입을 막는 듯 입 속에서 우물우물 신음하는 소리가 들리고, 그 다음에는 조용히 아무 소리도 들리지 않더니 조금 뒤 다른 목소리가 똑똑하게 '이제 됐다' 하고 조그맣게 소곤거렸어요. 그동안 저는 줄곧 어둠 속에 우두커니 서 있었지요, 아아!"

"똑똑히 소곤거리는 소리가 들린 다음 당신은 어떻게 하셨습니까? 얼굴에서 손을 떼고…… 그 다음 일을 들려 주십시오."

앤 압코트는 시키는 대로 눈물이 흐르는 얼굴을 들고 작은 목소리로 말했다.

"저는 뒤돌아 방을 나갔어요. 뒤로 손을 돌려서 문을 닫고……, 가만히 닫고 도망쳐 버렸지요."

"도망쳤다고요? 어디로?"

"계단을 올라가 내 방으로 갔어요."

"벨도 울리지 않고요? 아무도 깨우지 않고? 자기 방으로 달아나 어린아이처럼 침대에 기어들어가고 말았단 말입니까? 허어, 이거 참!"

아노는 야유를 늘어놓더니 다시 질문을 시작했다.

"그러나 분명하게 '이제 됐다'라고 말한 것은 누구의 목소리라고 생각됩니까? 아까 서재에서 알지 못하는 사람이 있었다고 말씀하셨는데, 그 사람의 목소리였습니까?"

"그건 잘 모르겠어요. 소곤거리는 목소리는 누구나 다 똑같이 들리잖아요."

"당신은 그것이 누구의 목소리였는지 확인해야만 합니다. 도망쳐서 숨어 버리다니, 커다란 잘못을 저질렀군요."

"저는 잔느 보던의 목소리로 생각했어요."

아노는 의자 등받이에 기대어 뚫어지게 앤을 바라보았는데, 그 얼굴에 공포와 불신의 빛이 깃들여 있었다. 아노의 뒤에 선 제임스는 앤이 같은 나라 사람이라는 사실이 부끄럽게 여겨졌다. 이처럼 뻔히 들여다보이는 핑계를 대다니. 침실에 있는 것이 간호사 잔느라고 생각했다면 구태여 도망쳐 돌아올 까닭이 없지 않았겠는가?

"이봐요, 아가씨" 아노는 갑자기 상냥하게 거의 애원하는 듯한 목소리로 말했다. "나로서는 도무지 이해할 수가 없군요."

앤은 당혹한 몸짓으로 베티 쪽을 보았다.

"어떻게 생각해?"

비밀 143

"글쎄……?" 베티는 조금 망설이더니 벌떡 일어서며 말했다. "잠깐만 기다려 주세요!"

그녀는 아무에게도 붙잡히지 않으려는 것처럼 재빨리 정원을 가로질러 집으로 뛰어가기 시작했다. 아노는 그녀를 붙잡을 생각이었으나 도저히 그럴 겨를이 없어서 그만두었는지 아니면 처음부터 붙잡을 생각이 없었는지는 모르겠으나, 제임스는 탐정이 분명히 잠깐 재빠르게 몸을 움직인 것을 알아차렸다. 아무튼 아노는 장미꽃 숲을 빠져나가 넓은 잔디밭을 나는 듯이 뛰어가는 베티의 뒷모습을 무어라 표현할 수 없는 기묘한 표정으로 바라보고 있었다.

"아주 재빠르군요!" 아노는 플로비셔에게 말을 걸었다. "젊은이의 민첩함과 처녀의 얌전함을 겸하고 있습니다! 귀엽군요. 다리는 날씬하게 햇살에 빛나고 몸의 선은 흐르는 것 같습니다."

그 사이 베티는 돌층계를 뛰어올라가 집 안으로 모습을 감추었다. 아노의 태도에는 가벼운 말투와는 어울리지 않는 묘한 긴장감이 있었다. 무엇을 기대하는 듯이 그는 집의 창문들을 유심히 지켜보고 있었으나 베티는 1분도 안되어 되돌아왔다. 큰 종이 봉투를 손에 들고 돌층계에 모습을 나타내더니 곧 자리에 끼어들었다.

"아노 씨, 우리는 이것을 감춰 두고 싶었어요." 그녀의 목소리는 아주 상냥했지만 유감스러운 듯한 생각이 깊이 담겨져 있었다. "어제는 내가, 오늘은 앤이 이것을 숨기고 있었어요. 오랜 세월 동안 아무에게도 알려지지 못하도록 마음을 써 왔으니까요. 그러나 이제는 하는 수 없군요."

그녀는 종이 봉투를 열어 카비네판 사진을 한 장 꺼내어 탐정에게 내밀었다.

"이것은 큰어머니가 큰아버지와 결혼한 무렵의 사진이에요."

그것은 젊디젊게 가슴을 활짝 편 늘씬한 여자의 반신상이었는데 청춘의 사랑스러움이라기보다는 의지가 강한 성격이 얼굴에 나타나 있었다. 생각에 잠긴 듯한 깊숙이 그늘진 눈동자와 다정한 입매, 괴로움으로 정화된 얼굴 모습에는 사진과 같이 조잡스러운 매개에 의해서도 엿볼 수 있는 들뜬 기분의 유머 감각이 나타나 있었다.

아노의 어깨 너머로 들여다보고 있던 제임스로 하여금 '아름다운 사람이군요'라고 말하기보다 '가깝게 지내고 싶은 사람이군요' 하고 감탄하게 했을 정도였다.

"정말 친구로 삼고 싶을 만한 사람이군요." 아노도 말했다.

베티는 두 장째의 사진을 꺼냈다.

"이것은 큰어머니가 1년 전에 찍은 사진이에요."

그것은 몬테카를로에서 찍은 것으로서, 도저히 같은 사람이라고는 생각되지 않을 만큼 이 10년 동안에 비참하게 모습이 달라져 있었다. 아노는 두 장의 사진을 나란히 놓고 비교해 보았다. 아름다움과 유머러스한 표정은 모두 사라지고, 얼굴이 넓적해지고 생김새는 거칠고 답답하게 괴로운 표정이었으며, 뺨에는 지방살이 붙고 입술도 조금 늘어진 것 같았을 뿐 아니라 눈빛도 거칠고 난폭해져 있었다. 마치 무서운 타락을 눈 앞에 보는 듯했다. 아노가 다정하게 말했다.

"이 사진을 보니 어떤 불행이 있었으리라는 것을 충분히 짐작할 수 있겠군요. 그러니까 정확하게 말한다면 헐로우 부인은 늘그막에 술을 드셨군요?"

"큰아버지가 세상을 떠나신 뒤부터 마시기 시작하셨어요. 아마 알고 계시겠지만, 큰어머니는 큰아버지와 결혼하실 때까지 아주 쓸쓸하게 살아오셨어요. 하지만 그래도 그 무렵에는 마음의 기둥이 될 만한 꿈이 있었어요. 그러나 큰아버지가 세상을 떠나신 뒤로는……."

슬픈 듯한 표정을 지으며 베티는 이야기를 중간에서 끊었다.

"그렇습니다. 플로비셔 씨와 나는 처음부터 이 사건에 뭔가 비밀이 있다고 생각했습니다. 어제는 당신이, 오늘은 앤 양이 입을 다물어 버리기 전부터 그렇게 느끼고 있었지요. 와베르스키가 런던의 법률 사무소에 협박 편지를 보내기도 하고 당신을 고발하기도 한 것은 당신들이 감추어 두고 싶은 비밀을 알아냈기 때문일 것입니다."
"네, 그 분은 큰어머니께서 술을 드시는 것을 알고 있었으며 더구나 의사와 충실한 하인들도 알고 있었지요. 우리는 필사적으로 감추어 왔지만, 끝까지 감출 수 있을지 어떤지는 알 수 없었어요."
아노는 빙그레 웃었다.
"비밀이 세상에 새어나갔는지 어떤지 내가 가르쳐 드릴까요?"
제임스와 두 처녀는 깜짝 놀라며 탐정을 뚫어지게 바라보았다.
"어떻게?" 모두들 입을 모아 몹시 의심스러워하는 듯한 소리를 냈다. 아노는 얼굴을 빛냈다. 그는 모두의 흥미를 자극시켰다. 이윽고 그는 두 손을 펼쳐 보이며, 그로서는 '예술가처럼'이라고 말하고 싶고 제임스로서는 '사기꾼처럼'이라고 말하고 싶을 터인 우월감을 만족시키고 연출 효과를 노리려는 듯 천천히 입을 열었다.
"한 가지 간단한 질문에 대답해 주십시오. 아가씨들 두 분 가운데 그 비밀에 대한 것을 쓴 익명의 편지를 받은 일이 있으십니까?"
이 물음에 모두 깜짝 놀랐지만 곧 이 이상 적절한 질문은 없다고 생각했다. 왜냐하면 편지를 쓴 미지의 인물 또는 미지의 그룹이 빠뜨린 비밀 따위는 이 도시에는 없기 때문이다. 이 헐로우 부인의 경우만을 빼놓고.
"아니오, 받지 않았어요." 베티가 대답했다.
"저도요." 뒤이어 앤이 대답했다.
"그럼, 이 비밀은 아직 세상에 새어나가지 않았습니다." 아노는 결론지었다.

"하지만 언제까지 감추어 둘 수 있을까요?" 재빠른 어조로 베티가 물었다. 그러나 아노는 아무 대답도 하지 않았다. 그가 이른바 자신의 신조에 충실한 한 절대로 확신 있게 말할 수는 없었던 것이다.

깊은 생각에 잠긴 듯한 표정으로 베티가 말했다.

"정말 안타까워요. 앤과 저는 이토록 애써 감추어 왔는데……."

그리고 나서 그녀는 두 사나이에게 구르넬 저택에서 그녀들의 생활을 짤막하게 이야기하기 시작했다.

"저희는 아무런 권한도 없으므로 무엇 하나 자유로이 할 수가 없었어요. 앤과 저는 큰어머니의 자애로운 마음에 매달리는 수밖에 없었지요. 여느 때는 그처럼 친절한 분은 달리 없다고 여겨질 만큼 다정한 분이지만 발작이 일어나면 걷잡을 수가 없었어요. 큰어머니와 우리는 나이 차이가 많았으므로 우리는 다만 감시하고 있을 뿐 실제로는 어떻게도 할 수가 없었지요.

큰어머니는 남이 참견하는 것을 아주 싫어하셔서 침실 안에서 혼자 술을 드시곤 했어요. 누가 뭐라고 하면 미친 듯이 화를 내셨지요. 도움이 필요하면 벨을 울려 간호사를 부르겠다고 말씀하셨으며 실제로 이따금 벨을 울리곤 하셨습니다."

그것은 분명 아직 어린 두 감시인에게 있어 견딜 수 없는 생활이었으리라. 베티는 이야기를 계속했다.

"우리는 몹시 걱정스러웠어요. 왜냐하면 큰어머니는 굉장히 심장이 나빠서 언제 어떠한 일이 일어날지 모르는 형편이었거든요. 사실 제가 드 프이약 씨의 무도회에 간 뒤에 앤이 쓰려고 했던 편지는, 앤과 제가 어떻게든지 큰어머니를 도우려고 생각한 끝에 영국의 의사에게 보내려던 것이었지요. 정말 의사인지 어떤지는 모르지만, 아무튼 광고에는 자기가 처방한 약을 환자가 알아차리지 못하게 음식물에 섞어서 주면 틀림없이 술버릇이 고쳐진다고 씌어 있었어요.

그것이 사실인지 어떤지는 믿을 수 없었지만 아무튼 시험해 보아야
겠다고 생각한 거지요."
아노는 의기양양하게 플로비셔를 돌아보며 말했다.
"어떻습니까, 그 편지에 대해 당신이 알고 싶어했을 때 내가 뭐라
고 말했습니까? 때가 오면 저절로 알게 된다고 했었지요?"
그러나 그의 목소리에는 뽐내는 울림이 없어져 있었다. 그는 일어
나 정중한 경의를 담은 자연스러운 태도로 베티에게 머리를 숙여 보
인 다음 사진을 돌려주었다.
"베티 양, 동정합니다. 당신과 앤 양이 그토록 애쓰고 있었으리라
고는 생각조차 못했습니다. 부인의 비밀에 대해서는 절대로 아무에
게도 말하지 않겠습니다."
이처럼 정중한 태도로 베티를 대하는 것을 보고 제임스는 이제까지
탐정에게 품었던 화를 풀었다. 더욱이 아노가 이른바 자신의 신조를
깨뜨리고 더 이상 비밀을 들추어 내지 않고 물러났으므로, 두 감시인
은 이제까지 자기들이 고심했던 경계에 대해 상을 받지나 않을까 하
는 희망적인 관측을 내렸을 정도였다. 그러나 아노는 다시 의자에 앉
아 앤 압코트 쪽을 보았다. 조사를 계속하여 들추어 낼 생각인 것이
다. 제임스는 몹시 실망을 느꼈다. 왜냐하면 이 사건이 실체가 없는
것으로부터 확실한 것으로, 단순한 억측에서부터 근거 있는 논의로,
실제로 존재하는 한 사람의 범인에게로 차츰차츰 명확한 형태를 취하
여 좁혀져 가고 있음을 깨닫지 않을 수 없었기 때문이다.

## 벽장 위의 시계

앤 압코트의 이야기는 충분히 줄거리가 서 있어 사건 수사에 새로운 빛을 던졌다. 그녀는 캄캄한 어둠 속에서 헐로우 부인이 심한 발작을 일으키고 있는 것을 들었다고 생각했다. 그리고 간호사 잔느 보던이 부인 옆에 있다가 달래기도 하고 어르기도 하다가 무언가 진정제를 준 것 같아서 마음을 놓았다. 외침 소리가 점점 약해져 조용해지자 간호사가 환자에게 하는 말인지 또는 혼잣말처럼 '이제 됐다'고 소곤거렸다. 그것을 듣고 앤은 뒤돌아 서서 달아났다. 들키고 싶지 않았기 때문인데, 이것은 결코 비겁한 행동이 아니다. 위험한 발작은 끝났으며, 그녀가 그 자리에 얼굴을 내밀어 봐야 그다지 도움도 되지 않을 뿐더러, 어쩌면 부인은 좀더 심한 흥분 상태에 빠질지도 모른다. 그렇게까지는 안된다 할지라도 겨우 발작이 가라앉은 환자의 눈을 뜨게 하면, 이튿날 구르넬 저택의 생활에 불쾌하고 귀찮은 일이 또 하나 늘어나게 될 뿐이다. 왜냐하면 이튿날 아침 제 정신으로 돌아온 헐로우 부인은 이성을 잃은 자기 모습을 앤에게 보인 사실을 부끄럽게 여길 것이 틀림없기 때문이다. 그러므로 앤은 그때 그녀가 내린 판단이 옳았다고 한다면, 확실히 최선의 방법을 취한 셈이 되는 것이다.

"과연 그렇겠군요." 탐정이 말했다. "하지만 이제 와서 당신은 자신의 판단이 어리석었다고 여긴단 말씀이지요? 그러니까 캄캄한 어둠 속에 서 있던 당신에게서 겨우 2, 3야드밖에 안되는 활짝 열어 놓은 문 저쪽의 밝은 장소에서 헐로우 부인이 냉혹하고 무참하게 살해되고 있었던 셈인데……."

앤은 온 몸을 부들부들 떨면서 재빨리 말했다.

"하지만 그렇게 믿고 싶지는 않아요. 너무너무 무서운 걸요."

"지금에 와서는 당신도 '이제 됐다'고 소곤거린 것이 잔느 보던이 아니었다고 생각하시는 거지요?" 아노는 끈질기게 물고늘어졌다.

"간호사가 아니라 누군지 알지 못하는 사람이 소곤거린 것이라고, 그리고 그밖에 또 다른 한 사람이 방 안에 있어 그가 실제로 살인을 저질렀다고 생각하시는 거지요?"

앤은 손을 비비고 이리저리 몸을 비틀면서 신음했다.

"네, 그래요!"

"그래서 당신은 그때 살그머니 환한 문으로 다가가서 어두운 보물실에서 침실을 들여다보지 않았던 것을 지금 후회하며 분해하고 있습니다."

아노는 앤의 괴로움을 생각해 주는 듯 말했으므로 그녀는 조금 위로를 받은 것 같았다.

"그래요. 아까 말씀드린 것처럼 저는 마음만 먹었다면 범행을 막을 수도 있었을 거예요. 그런데도 오늘 아침까지 깨닫지 못했어요. 더욱이 그날 밤 또 다른 일이 있었던 거예요."

앤의 뺨은 커다란 두려움으로 갑자기 빛을 잃었으며 눈이 이상하게 반짝반짝 빛났다.

"또 다른 일?" 베티가 숨을 삼킨 목소리로 물으며 앤과 마주앉게 되는 위치로 의자를 돌렸다. 베티는 흰 비단 블라우스 위에 검은 윗옷을 입고 있었는데, 윗옷 옆주머니에서 손수건을 꺼내어 이마를 닦았다.

"그렇습니다, 베티 양." 아노가 설명했다. "뭔가 이상한 일이 그날 밤 당신의 친구에게 일어난 것이 틀림없습니다. 그리하여 그 일과 오늘 아침에 보게 된 독화살에 관한 책을 비교하여 생각해 보고 앤 양은 그날 밤 살인이 일어났다고 납득하지 않을 수 없게 된 것입니다." 그는 앤을 바라보며 "그런 다음 당신은 방으로 돌아가셨습니까?" 하고 재촉했다. 앤은 다시 이야기를 시작했다.

"네, 그리고 나서 곧 잠자리에 들어갔습니다만 부인의 발작을 엿들었기 때문인지 조금도 마음이 차분해지지 않았습니다. 이제부터 무슨 일이 일어날지도 모른다는 생각이 문득 들었습니다. 신경이 몹시 곤두서고 한참 동안 걱정이 되어서 이리 뒤척 저리 뒤척 하며 잠을 이루지 못했답니다. 어쩐지 열이 있는 것 같기도 했지요. 그러다가 아주 잠깐 동안 깊이 잠들었지만 곧 눈을 떴습니다. 방 안은 여전히 캄캄했으며 덧문 틈 사이에서도 전혀 빛이 들어오지 않았지요. 저는 몸을 뒤척여 반듯이 누운 다음 두 손을 머리 위로 뻗쳤는데, 글쎄, 어찌 된 일인지 내 손에 사람의 얼굴이 만져지는 것이었어요!"

그런 일이 있은 뒤 벌써 며칠이 지난 지금에 와서도 그 순간의 공포가 생생하게 기억에 남아 있는 듯 앤은 떨며 흐느끼는 것 같은 소리를 냈다.

"그 얼굴은 꼼짝도 하지 않고 아무 소리도 없이 내 얼굴 위로 몸을 숙이고 있었어요. 저는 깜짝 놀라 손을 잡아당겼지요. 가슴이 두방망이질하기 시작했습니다. 나는 잠시 동안 온 몸이 굳어진 것처럼 꼼짝도 하지 않고 있었는데, 조금 뒤 갑자기 쇳소리를 내며 외쳤어요."

그녀의 표정은 이야기 이상으로 그 두려움을 뚜렷이 드러내 보이고 있었다. 듣는 사람에게도 이 공포가 전해진 듯 제임스의 어깨가 불안하게 움직였으며 베티는 눈을 크게 부릅뜬 채 숨을 삼켰다.

"쇳소리를 지른 것도 무리가 아니지요." 아노는 고개를 끄덕이며 말했다.

"하지만 아무리 소리쳐 봐야 모두들 깊이 잠들어 있으므로 도와 줄 사람이 없었어요. 저는 당황해서 침대에서 뛰어내렸는데, 이번에는 아무도 만져지지 않았어요. 저는 완전히 넋을 잃어 방향을 알 수가 없었으므로 전등 스위치를 찾을 수가 없었지요. 손으로 더듬더듬거리며 벽을 따라 어물어물 돌아다녔는데, 그때 제가 흐느껴 우는 소리가 마치 다른 사람의 소리처럼 들렸어요. 그러다가 저는 옷장에 부딪쳐 조금 정신을 차리고 겨우 스위치를 찾아내어 불을 켰어요. 방 안에는 아무도 없었지요. 저는 이제까지 꿈을 꾼 것이라고 자신에게 타일러 보았지만 잘 안되더군요. 분명히 누군가가 머리맡에 몰래 들어와 얼굴 가까이, 그래요, 이렇게 가까이 몸을 숙이고 있었어요. 그 얼굴을 만졌던 내 손끝이 쑤시는 것처럼 아파 오기 시작했지요. 만일 그때 제가 잠을 깨지 않았더라면 어떻게 되었을까 생각하니 온 몸이 와들와들 떨렸어요. 저는 가만히 서서 귀를 기울였지만 내 가슴이 두근거리는 소리만 온 방 안에 울려퍼질 뿐이었지요. 살그머니 문으로 다가가서 귀를 바짝 대보니 많은 사람들이 발소리를 죽여 차례로 복도를 가만가만 걷고 있는 것 같았습니다. 저는 마음을 굳게 먹고 문을 힘껏 연 다음 재빨리 물러섰는데, 문 밖에는 아무도 없었습니다. 큰 계단 위까지 가만히 가 보았으나 홀은 텅 빈 교회처럼 조용해서 개미가 기어다니는 소리마저 들릴 정도였지요. 그때서야 제 방에서 새어나온 불빛이 제가 있는 곳까지 비추고 있다는 것을 깨달았습니다. 저는 "누구야?" 하고 소리친 다음 재빨리 방으로 뛰어 돌아와 문을 잠갔어요. 어차피 더 이상 잠을 이룰 수는 없을 것 같았으므로 저는 창의 덧문을 열고 밖을 내다보았습니다. 활짝 갠 밤하늘에 별이 반짝이고 마치 새벽녘처럼 상쾌한 공기가 흐르고 있었지요. 저는 5분쯤 창문에 기대어 있었는데, 아노 씨도 아시겠지만 디종의 온 거리의 큰 시계가, 저 멀리 산 쪽의 것까지 모두 다 함께 3시를 치기 시작했어요. 그리하여 저는 날이 밝아올 때까지 창문에 기대어 있었습니다."

앤의 이야기가 끝난 뒤에도 한참 동안 아무도 입을 열지 않았다. 조금 뒤 탐정은 또 한 대의 담배에 불을 붙여 물고, 땅을 보기도 하고 하늘을 보기도 하며 줄곧 눈길을 옮겼으나 세 사람의 얼굴만은 절대로 보지 않았다.

"그렇다면 그 굉장한 일이 일어난 것은 오전 3시 조금 전인 셈이군요?" 아노는 무게 있는 목소리로 물었다. "분명히 그렇지요? 시간 문제가 아주 중요합니다."

"네, 확실해요."

"오늘 아침까지 이 이야기를 아무에게도 하지 않았습니까?"

"네, 아무에게도 이야기하지 않았어요." 앤이 대답했다. "다음날 아침 부인이 세상을 떠난 것을 알았고 그 다음 장례식, 그 다음 보리스 씨의 고발, 이런 식으로 집안에 복잡한 일이 계속되었으니까요. 더욱이 어둠 속에서 사람의 얼굴을 만졌다는 이야기를 아무도 믿어줄 것 같지 않았거든요. 무엇보다 그 일과 부인이 세상을 떠나신 일 사이에 관계가 있으리라고는 전 생각도 못했어요."

"그러시겠지요. 병으로 돌아가셨다고 생각하고 계셨을 테니까요."

"지금도 병으로 돌아가신 게 아니라고 똑똑히 믿고 있는 것은 아니에요." 앤은 항의했다. "하지만 오늘은 결국 아노 씨에게 이 이야기를 하고 말았군요."

그녀는 수그린 몸을 앞으로 조금 내밀었다. 그녀의 눈과 얼굴 표정과 긴장한 태도는 상대의 주의를 끌기에 충분했다.

"제가 이야기한 까닭은, 만일 당신이 말씀하신 대로 27일 밤 이 집에서 살인이 일어났다면 그게 몇 시쯤의 일인지 정확한 시간을 알려 드려야겠다고 생각했기 때문이에요."

"아, 그래요!"

아노는 고개를 끄덕이며 두 발을 끌어당겼다. 앤을 뚫어지게 바라보는 그 눈이 번들거리고 있었다. 플로비셔에게는 탐정이 마치 먹이에 덤벼들려고 몸을 도사린 짐승처럼 여겨졌다.

"저 보물실의 벽가에 놓인 나무 세공의 유리장 위에 얹힌 시계 말입니다만, 당신이 스위치를 켰다가 곧 다시 꺼 버린 순간 흰 글자판이 눈에 들어왔습니까?"

"네" 앤은 천천히 힘주어 말했다. "10시 반이었어요."

이 말로 긴장이 풀렸다. 베티는 꼬옥 쥐었던 손을 펴며 손수건을 잔디 위에 떨어뜨렸다. 아노는 먹이를 보고 몸을 도사린 짐승과도 같은 그 기묘한 자세를 풀었다. 제임스 플로비셔는 크게 안도의 숨을 내쉬었다.

"그 시각이 중요합니다." 탐정이 말했다.

"그렇습니다. 그것이 정말 중요합니다!"

제임스는 기쁜 듯이 소리쳤는데, 그 까닭은 만일 살인이 4월 27일 밤에 행하여졌다면 이 집 안에서 오직 하나 분명하게 혐의를 벗어날 수 있는 사람이 있었기 때문이다. 그것은 그의 의뢰인 베티라는 사실이 증명되었던 것이다.

베티가 몸을 굽혀 손수건을 주으려고 할 때 갑자기 아노가 말을 걸었다. 그녀는 흠칫 놀라며 몸을 일으켰다.

"베티 양, 나무 세공의 유리장 위에 놓여 있는 시계는 정확합니까?"

"네, 아주 정확해요. 리베르테 거리 시계집의 시반 씨가 언제나 수고해 주고 있지요. 8일에 한 번씩 감는 시계니까 오늘 봉인을 떼고 방에 들어가도 아직 움직이고 있을 거예요. 직접 조사해 보도록 하세요."

그러나 아노는 베티의 말을 그대로 믿는 듯했다. 그는 일어나자 형식적인 미소를 띠고 그녀에게 머리를 숙이며 말했다.

"10시 반에 아가씨는 티에르 거리의 드 프이약 씨 댁에서 춤을 추고 있었습니다. 조사에 의하면 틀림이 없습니다. 그리고 오전 1시까지 드 프이약 씨의 집에 머물러 있었습니다. 이 사실은 당신에게 아무리 악의를 품고 있는 사람이라도 부정할 수 없는 증거지요. 댁의 운전수나 댄스의 상대, 게다가 드 프이약 씨의 하인들까지도 모두 당신의 증인입니다. 그 하인은 그날 밤 줄곧 드 프이약 씨 댁의 돌층계 밑에 서 있었으므로 아가씨가 집으로 돌아가려고 자동차 문을 연 시각을 기억하고 있었습니다."

'그래, 그것은 틀림없는 사실이야' 하고 제임스는 생각했다. 아무튼 베티는 그물에 걸리지 않고 끝난 셈이다. 그러나 이렇게 확신함과 동시에 그의 생각에 뚜렷한 변화가 일어났다. 어째서 탐정은 좀더 추궁하기를 계속하지 않는가? 차츰 이 사건의 경위를 밝히며 미지의 범인에게로 다가가는 경로를 바라보는 것은 흥미진진한 일일 것이다. 중죄 재판소에 가져가도 쉽게 해결하기 어려운 독살 사건, 더욱이 독약의 흔적이 없는 독살 사건. 단순한 억측 속에서 군데군데 명확한 사실이 드러나고 있다. 마치 뭍으로 가까이 감에 따라 물결 사이로 점점 많은 수의 돛이 보여 오는 것처럼.

지금이야말로 제임스는 탐정 자신이 말했듯이 일이 '저절로 알아지 게끔' 빈틈없는 탐구를 계속해 주었으면 하고 생각했다. 그러나 탐정이 못 보고 놓친 점이 한 가지 있다. 이것을 그에게 주의시켜 주어야만 한다. 제임스는 겸손한 사람들에게서 볼 수 있는 더없는 자만심을 가지고 세세한 일이라도 큰 사건의 열쇠가 될 수 있다고 굳게 확신하며 헛기침을 하고 말을 꺼냈다.

"앤 양, 여쭈어 보고 싶은 일이 있습니다……."

그러자 놀랍게도 아노가 화난 듯한 얼굴로 뒤돌아보았다.

"오, 제임스 씨, 물어 보고 싶은 일이 있습니까? 그럼, 물어 보시지요, 마음대로."

그의 태도에는 말 이상의 것이 있었다. '책임을 져야 하오'라고 말하는 듯한 그 태도에 제임스는 그만 주저앉고 말았다. 그가 앤에게 물으려 한 것은 아무런 지장도 주지 않는 질문이었다. 더욱이 아주 중요한 질문인 것이다. 그런데 아노라는 사나이가 자기를 내려다보며 앞을 가로막고 서 있었다. 탐정은 나의 논점이 옳다는 것을 잘 알고 있으면서도 어떠한 이유로 질문을 못하게 하려는 것이라고 제임스는 생각했다. 그리하여 그는 양보했으며, 더욱이 아주 아름다운 방법으로 양보했다.

"그만두겠습니다. 하찮은 일이니까요."

그러자 탐정은 다시 아주 명랑해져서 회중시계를 보며 말했다.

"이제 그만 자기 일로 돌아가도록 합시다. 벌써 1시가 다 되었군요. 서장은 3시에 부르기로 합시다. 이의는 없습니까? 그럼, 3시에 모두들 서재로 모여 주십시오." 그는 베티에게 가볍게 머리를 숙여 보이며 덧붙였다. "출입금지도 풀기로 합니다."

"그럼 3시에." 베티는 명랑하게 의자에서 일어나 재빠르고 얌전한 동작으로 몸을 굽혀 손수건을 집어들고 발뒤꿈치로 빙글 돌아서며 말했다. "앤, 가자!"

네 사람은 집 쪽으로 걷기 시작했다. 베티가 뒤돌아보며 갑자기 아노에게 말했다.

"아노 씨, 장갑을 떨어뜨리고 오셨군요."

"아차!" 아노가 말했다. 베티는 아노가 말릴 틈도 없이 재빨리 달려가 장갑을 들고 왔다.

"이거 정말 죄송합니다."

아노는 장갑을 받아들며 조금 몸이 굳어져 있는 플로비셔를 보고 빙긋 웃었다.

"하하하! 아가씨께서 나에게 이처럼 친절하게 해주시는 것이 마음에 안 드시는 모양이군요. 당신은 사물을 너무 자기 방식대로 바라보십니다. 등이 긴장해서 굳어 있군요. 글쎄, 생각 좀 해보십시오. 젊음이며 아름다움 따위가 아노에 비해 대체 뭐난 말입니다?"

아노가 점점 짓궂게 되어 가는 것은 제임스에게 바람직하지 못했다. 특히 좋지 않은 것은 놀림을 당해도 곧 대꾸할 말이 생각나지 않는 일이었다. 실제로 제임스는 얼굴을 붉혔을 뿐 아무 대답도 하지 못했다. 모두 잠자코 집으로 들어가고, 아노는 모자와 지팡이를 들고 앞뜰과 철문을 지나 돌아갔다. 앤은 서재로 들어가 버렸다. 베티는 장난꾸러기 같은 미소를 띠면서 제임스의 팔에 손을 걸쳤다.

"저분에게 장갑을 가져다 드린 일 때문에 정말로 기분이 상하셨어요? 괜찮다고 말씀해 주세요!" 그녀는 다정한 어조로 덧붙였다. "기분 나빠하실 거라고 생각했으면 절대로 갖다 드리지 않았을 거예요."

제임스의 불쾌감은 여름날 아침 안개처럼 깨끗이 사라졌다.

"기분이 상했느냐고요!" 그는 외쳤다. "아니, 그 사람의 가슴에 장미꽃을 달아드려도 괜찮습니다. 나에게도 똑같은 일을 해주실 테니까요."

베티는 웃으며 다정하게 그의 팔을 꼬옥 잡았다.

"그럼, 우리 화해한 거예요."

그리고 그녀는 곧 유리 장식 밑 돌층계로 뛰어가 앤에게 말했다.

"앤, 2시에 점심 식사를 하기로 하자. 나는 그 때까지 기분 전환으로 산책하고 오겠어."

제임스 플로비서에게 베티는 너무나도 붙잡기 어려운 상대였다. 그녀는 이른바 공기의 요정인 에리엘과도 비슷했다. 그녀가 가 버린 것을 확실하게 알기도 전에 그녀는 벌써 앞뜰을 가로질러 샤를르 로베르 거리로 모습을 감추고 말았다. 여우에게 홀린 듯한 얼굴로 제임스가 서재에 가 보니까 문 앞에 앤 압코트가 서 있었다. 그는 거기에 놓여 있는 모자를 집어들며 말했다.

"베티 양을 뒤쫓아가 함께 산책하고 오겠습니다."

그러자 앤은 배시시 웃으며 영리하게 머리를 저었다.

"그만두시는 게 좋을 거예요. 베티는 혼자 있고 싶어해요."

"그럴까요?"

"네, 그래요."

제임스는 의심스러워하는 듯한 표정으로 우물쭈물하며 모자를 만지작거렸다. 앤은 얼마쯤 원망스러운 미소를 띠며 그를 지켜보고 있더니 갑자기 성난 듯이 어깨를 움츠렸다.

"그보다도 당신에게 볼일이 있어요. 베티의 공증인인 베크스 씨에게 가셔서 오늘 오후 3시에 봉인을 뗀다는 사실을 알려 주세요. 봉인할 때 입회하셨으니까, 이번에도 입회해 주셔야 해요. 게다가 베크스 씨는 헐로우 부인의 서랍이며 벽장 열쇠를 모두 가지고 계시니까."

"그렇군요, 곧 갔다 오겠습니다." 제임스는 큰 소리로 말했다.

앤은 그에게 에티엔느 도레 광장에 있는 베크스의 집 주소를 알려주었다. 그리고 서재 창문으로 제임스의 뒷모습을 바라보고 있었는데, 그가 보이지 않게 된 뒤에도 오랫동안 창문 앞에 가만히 서 있었다.

## 새로운 의문

 플로비셔가 명함을 내보이며 안내를 청하자 공증인 베크스가 현관에 나타났다. 입매가 날카롭고 민첩해 보이는 몸집이 작은 사나이로서, 머리를 브러시처럼 깎고 칼라의 접힌 부분에 냅킨이 끼워져 있었다.
 제임스는 곧 구르넬 저택의 방에 붙였던 봉인을 뗄 것이라고 말했다. 그러나 독화살에 대한 책의 발견으로부터 시작된 사건과 그 뒤의 경과에 대해서는 아무 말도 하지 않았다.
 "플로비셔 & 허즐릿 법률사무소와는 전부터 편지 왕래가 있었습니다." 베크스는 말했다. "실로 나무랄 데 없이 잘 짜여진 규모였습니다. 그처럼 훌륭한 사무소를 경영하시는 분을 뵙게 되어 영광입니다. 나는 3시에 열쇠를 가지고 찾아뵙도록 하겠습니다. 이 불길한 스캔들의 결말을 볼 수 있겠군요. 그렇게 예쁘고 정직한 아가씨를 괴롭히다니, 와베르스키는 짐승 같은 녀석입니다! 그러니 본 때를 보여줍시다. 프랑스에는 법률이 있습니다."
 베크스는 마치 프랑스 이외의 나라에는 법률이 없다고 주장하는 것 같았다. 그는 가볍게 고개를 숙여 제임스를 배웅했다.

제임스가 고들런 거리며 이 거리의 중심가인 리베르테 거리를 지나 시청 앞에 있는 반원형의 아르므 광장에 이르렀을 때 잎담배를 입에 문 아노와 마주쳤다.

"점심 식사는 끝났습니까?"

"15분만에 해치웠지요." 아노는 손을 저으며 대답했다. "당신은?"

"아직 하지 않았습니다. 2시까지 베티 양이 산책을 하겠다고 해서요."

탐정은 빙긋 웃었다.

"과연 그렇군요! 심문 뒤의 첫 산책, 수술 뒤 회복기의 환자가 처음 하는 산책, 중대한 혐의가 벗겨진 뒤 피고가 처음으로 하는 산책. 아아, 무리도 아닙니다. 아무튼 잘됐군요. 점심 식사가 늦어지는 덕분에 당신은 나를 만날 수 있었으니까요."

그의 얼굴에 으스대는 듯한 표정이 떠올랐다. 제임스는 본디 연극하는 듯한 태도를 몹시 싫어했는데, 특히 사람들이 보는 데서 아노가 그런 태도를 보였으므로 몹시 기분이 상했다. 그는 무뚝뚝하게 말했다.

"정말 기막힌 행운이군요."

아노는 빙그레 웃었다. 장난을 하여 제임스를 기분 상하게 만든 것이 재미있어서 견딜 수 없는 모양이었다.

"사과하는 표시로" 하고 그는 말했다——제임스로서는 무엇을 사과하는 것인지 까닭을 알 수 없었지만. "나를 따라오십시오. 지금쯤 필립 르 봉의 탑 꼭대기에 올라가면 온 거리가 한눈에 내려다보인답니다."

시청의 넓은 정원으로 들어가자 눈 앞 건물의 긴 측면 그늘에 높이

150피트의 네모진 단단한 탑이 우뚝 솟아 있었다. 플로비셔를 뒤따르게 하고 아노는 316단의 계단을 올라가, 짙푸른 색과 금빛으로 빛나는 구름 한 점 없는 5월의 프랑스 하늘 아래로 나왔다. 제임스는 동쪽을 바라보고 그 아름다운 조망에 자신도 모르게 숨을 삼켰다. 바로 눈 앞에는 부인의 장신구처럼 말할 수 없이 섬세하게 만들어진 노트르담 대성당의 늘씬한 뒷모습이 있었다. 최근 몇 세기 동안을 용케도 견디어 왔구나 생각하며 제임스는 매우 감탄했다. 그 건너편으로 풍요롭게 펼쳐진 초록빛 들판 군데군데에 작은 마을이 여기저기 흩어져 있고, 햇빛을 받아 반짝반짝 빛나는 강물이 흐르고 있었다. 탐정은 돌 벤치에 앉아 난간 위로 팔을 뻗치며 자랑스럽게 말했다.

"보십시오! 저것을 보여 드리고 싶어서 여기까지 당신을 데리고 왔습니다."

그쪽을 보고 제임스는 얼굴을 빛냈다. 지평선 너머로 이 세상의 것이라고 여겨지지 않을 만큼 아름다운 몽블랑의 산봉우리들이 은처럼 희고 우단처럼 부드럽게 겹겹이 포개져 있었는데, 타올랐다가는 꺼지는 불꽃처럼 여기저기서 금빛으로 번쩍였다.

"보십시오," 아노는 제임스의 얼굴을 살피면서 말했다. "당신 마음에 드셨나 보군요! 당신은 아마 저 산꼭대기에 올라간 일이 있으실 테지요?"

"다섯 번쯤" 제임스는 풍부한 기억을 불러일으켜 빙그레 웃으면서 말했다. "앞으로도 또 올라가 볼 생각입니다."

"좋으시겠습니다" 아노는 얼마쯤 부러운 듯이 말했다. "나는 그저 멀리서 바라볼 뿐이지요. 조금 마음이 괴로울 때 산을 보고 있으면 친구와 말없이 마주앉아 있는 것 같습니다."

친구와 마주앉는다. 이 말은 제임스에게 눈 덮인 비탈이며 바위 등성이 따위의 기억을 되살아나게 했다. 아노는 참으로 적절한 표현을 한 것이다. 산을 사랑하는 사람들에 대하여 산이 전하고 싶어하는, 포착하기 어렵고 거의 전달하기가 불가능한 온갖 미묘한 감정의 하나를 그는 이 말로 표현한 것이다.

"당신은 이번 사건으로 몹시 괴로워하고 계시는군요." 제임스는 동정하듯이 말했다. 푸른 하늘에 치솟은 은빛 우단 같은 아름다운 산봉우리의 전망이 비록 잠깐 동안이지만 두 사나이 사이에 우정의 다리를 놓아 주었다.

'이만저만 괴로운 것이 아닙니다." 아노는 지평선에서 눈을 떼지 않고 천천히 말했다. "당신은 어떻게 생각하십니까?"

"글쎄요……." 제임스는 소탈하게 말했다. "제 생각에 아노 씨는 자기 외에는 어느 누구도 질문하게 하고 싶어하지 않는다는 것입니다."

이 빈정대는 말에 아노는 웃음을 터뜨렸다.

"정말 그렇군요. 당신은 아까 아름다운 압코트 양에게 무언가 물어 보려고 하셨지요? 무엇을 물어 보려고 하셨는지 어디 내가 알아맞춰 볼까요? 당신은 어둠 속에서 만져진 얼굴이 매끄러운 여자의 얼굴이었는지 아니면 남자의 얼굴이었는지 묻고 싶었던 거지요?"

"네, 그렇습니다."

아노가 재미있는 듯한 얼굴로 재빨리 제임스를 보았다. 그는 "당신은 조금 주의하는 편이 좋을 겁니다"라고 말하고 싶은 듯했지만, 조심스럽게 그 말을 입 밖에 내지는 않았다.

"나는 그 질문이 못마땅했습니다."

"어째서요?"

"불필요하기 때문이지요. 필요치 않은 질문은 될 수 있는 한 피하는 편이 좋습니다."

제임스는 설명을 조금도 귀담아듣지 않았다. 그는 탐정이 몹시 당황하며 그의 질문을 가로막았을 때의 그 재빠른 동작과 그에게 눈짓을 한 그 눈초리를 지금도 똑똑히 기억하고 있었다. 그것은 말할 것도 없이 틀림없는 경고였다. 아무튼 단순히 필요치 않은 질문이라고 하여 그토록 당황하지는 않을 것이다. 좀더 다른 중대한 이유가 있을 것이 틀림없다. 그러나 안타깝게도 제임스는 그 까닭을 짐작할 수가 없었다. 첫째, 과연 그 질문은 필요치 않은 것이었을까?

"그렇고말고요." 아노가 대답했다. "생각해 보십시오. 젊은 아가씨가 어둠 속에서 자기 위에 몸을 숙이고 있던 것이 수염이 나고 피부가 거칠고 머리를 짧게 깎은 사나이의 얼굴이었다고 하면 무서운 사건 가운데서도 가장 생생하고 무서운 일임에 틀림없을 겁니다. 아무 생각 없이 손을 뻗쳤다가 생각지도 못했던 사나이의 얼굴을 만졌다면 어떻게 이야기를 하지 않았겠습니까? 너무도 무서워서 그때의 촉감을 그대로 기억하고 있을 테니까요."

이 추측이 그럴 듯하다는 것은 제임스도 인정했다. 그러나 문제는 여전히 해결되지 않았다. 그토록 정신없이 그의 질문을 막으려고 한 것은 무엇 때문인가? 그러나 곧이어 아노가 매우 침착하게 늘어놓은 말이 제임스의 주의를 다른 곳으로 쏠리게 했다.

"앤 양이 그날 밤 어둠 속에서 만진 것은 여자의 얼굴입니다. 만일 누군가의 얼굴을 만진 것이 정말이라고 한다면 말입니다."

제임스는 깜짝 놀랐다.

"그녀의 말을 믿지 않으십니까?"

"나는 아무것도 믿지 않습니다. 오직 범인을 찾고 있을 뿐이지요."

"앤 압코트가?" 제임스는 갈피를 잡을 수 없다는 듯이 그 이름을 되풀이하여 중얼거렸다. 그녀가 이야기하고 있었을 때의 공포에 일그러진 얼굴과 두려움에 떨리는 목소리가 생각났다. "하지만 앤이 거짓말을 할 리는 없습니다. 연극이라면 그토록 교묘하게 두려움을 잘 나타낼 수가 없을 테니까요."

아노가 웃었다.

"잘 들어보십시오. 건방지고 도리에 벗어난 짓을 하는 여자란 모두 훌륭한 배우랍니다. 이것은 거의 틀림없습니다."

"앤 압코트가!"

제임스는 다시 한 번 중얼거렸으나 이번에는 조금 전만큼 심하게 놀라는 것 같지 않았다. 그 까닭이 살인자 앤이라는 관념에 얼마쯤 익숙해졌기 때문이라고 말할 수도 있을 터이지만, 그 어리디 어리고 젊음 그 자체와도 같은 빛나는 처녀가……? 아니다, 설마!

"부인의 유서에는 앤에 대해서 아무 말도 씌어 있지 않습니다. 그러므로 부인을 죽여봐야 아무런 이득도 없지 않습니까?"

"글쎄요……, 그녀의 이야기를 주의 깊게 분석해 보기로 합시다. 그 이야기는 두 가지 부분으로 되어 있습니다."

아노는 잎담배의 꽁초를 구둣발로 비벼 끄고, 이번에는 검은 궐련을 꺼내어 플로비셔에게 한 대 권하고 자기도 불을 붙여 물었다. 그는 성냥을 그었는데, 아주 힘없이 타들어가고 있어 제임스에게는 영원히 불이 붙지 않을 것 같이 생각되었다.

"하나의 부분은 그녀가 자기 침실에 혼자 있을 때의 오싹 소름이 끼칠 것 같은 이야기로, 진짜 같지만 그런 이야기는 누구나 만들어 낼 수 있지요. 그러나 또 하나의 이야기는 만들어 내기가 좀 어렵습니다. 그럴 만한 까닭도 없는데 방 사이의 문이 열려 있었다, 저편의 불빛이 보였다, '이제 됐다'라는 속삭임 소리, 그 다음에 움직이는 기척, 이런 이야기는 결코 만들어 낼 수 있는 것이 아닙니다. 만들어 냈다 하더라도 실제로 체험했다고밖에 말할 수 없을 만큼 세세한 부분이 굉장히 많습니다. 이를테면 시계의 흰 글자판이며 순간적으로 10시 반이라는 시간을 본 사실, 이것은 진짜입니다. 그런데 여기에 다른 빛을 비춰 보기로 합시다. 오늘 아침 와베르스키가 간베타 거리의 장 클라델에 대해 이야기했지요?"
"네."
"그 뒤에 나는 당신에게, 와베르스키는 자신의 체험담을 헐로우 양에게 뒤집어씌워 이야기했을지도 모른다고 말했지요?"
"네."
"그래서 나는 앤의 이야기도 역시 마찬가지로 해석해 보았던 것입니다. 이를테면 그날 언제쯤인지는 모르지만 앤이 그 경계가 되는 문을 열었다고 합시다. 낮에는 부인이 2층에 있으므로 침실이 텅 비어 있으니까 어렵지 않게 문을 열어 놓을 수 있지요. 더욱이 문은 부인의 침실 쪽이 아니라 보물실과의 경계에 있으므로, 열쇠를 돌려 열어 두더라도 부인이 알아차릴 염려는 없습니다."
"과연 그렇군요."
"그리고 베티가 드 프이약 씨의 무도회에 가고 난 뒤 앤은 혼자 남게 됩니다. 가스통을 자게 한다면 온 집안 사람들이 모두 잠들어 조용해지고 캄캄해집니다. 그리하여 그녀는 또 한 사람의 공범자, 다시 말해서 독화살에서 채취한 약을 주사기에 준비한 녀석과 은밀히 만나 그 이야기처럼 보물실로 들어갑니다. 앤이 잠깐 불을 켜는 사이에 또 한 사람의 인물은 보물실 안쪽의 그 문을 엽니다. '이제 됐다'라는 말은 부인의 시체를 사이에 두고 앤이 또 한 사람의 공범자에게 속삭인 것인지도 모릅니다."
"'또 한 사람의 공범자'란 누구를 가리키는 겁니까?" 제임스가 다급하게 물었다. 아노는 어깨를 움츠렸다.
"와베르스키일지도 모르지요."
"와베르스키?"
제임스의 목소리가 점점 흥분되어 갔다.

"당신은 부인을 죽여 봐야 앤에게는 아무런 이득이 없다고 말씀하셨지요? 하지만 와베르스키는 듬뿍 유산을 받을 생각이었습니다. 그러므로 그가 아름다운 압코트 양에게 부인의 살해를 돕게 하는 대신 유산의 일부를 나누어 주기로 약속했다고 하면 어떻습니까? 또한 앤에게 전혀 살인 동기가 없다고는 말할 수 없습니다. 요컨대 돈으로 고용된 친구이며, 따라서 몹시 가난합니다. 압코트 양은!" 아노는 손을 펴 보이며 말을 이었다. "그녀는 대체 어디에 사는 누구입니까? 어째서 그 집에서 살게 된 거지요?"

"대체 와베르스키의 친구들이 어디가 나쁩니까?"

갑자기 제임스가 큰 소리를 냈기 때문에 아노는 겨우 입을 다물었다. 제임스 플로비셔는 지금까지 만일 부인이 살해되었다면 와베르스키가 범인일 가능성이 충분히 있다고 생각해 왔다. 그는 유산을 목적으로 살인을 저질렀지만 결국 상속받을 수 없다는 것을 알고 협박을 겸한 허위 고발이라는 자포자기한 수단으로 나왔을 것이다. 그러나 제임스는 지금 이 탑 꼭대기에서 이야기를 나누게 될 때까지 앤과 와베르스키의 연관성에 대해서는 단 한 번도 생각한 일이 없었다. 여러 가지 기억이 차례차례로 되살아났다. 이를테면 그에게 보낸 앤의 편지——그것에 의하면, 와베르스키는 그녀의 지지를 요청했으나 웃어 버렸다고 씌어져 있다. 그렇다면 편지는 남의 눈을 속이기 위한 교활한 잔재주였단 말인가? 그 중에서도 특히 똑똑히 생각나는 것은 지금 탑 위에서 바라보고 있는 경치와는 전혀 다른 하나의 광경이었다. 환하게 밝은 방 안, 긴 열을 지어 테이블 주위에 떼지어 있는 사람들, 그 테이블을 향해 앉은 아름답고 가냘픈 처녀, 그녀는 정신없이 잃기만 한 끝에 앞에 수북히 쌓인 지폐 더미를 고스란히 빼앗기고 입술을 떨면서 흥분하여 자리에서 일어나 나간다…….

"오!" 아노가 흥분하여 날카롭게 말하기 시작했다. "아무래도 앤 압코트에 대해서 뭔가 알고 계시는 것 같군요? 어떤 일입니까?"
 제임스는 망설였다. 그로서는 이 이야기를 한다는 것은 앤에 대하여 공명정대하지 못한 일처럼 여겨졌다. 잘못 해석될 우려가 있다. 앤 자신에게 설명하도록 하는 편이 한층 더 분명해질 것이다. 그러나 무엇보다도 우선 베티 생각을 해야만 한다. 제임스가 디종에 온 것은 오직 베티 때문이니까.
 "그럼, 이야기하겠습니다. 파리에서 뵈었을 때 저는 앤을 만난 일이 없다고 했었는데, 그 때는 정말로 그렇게 생각했습니다. 그런데 어제 아침 그녀가 서재로 춤추는 듯한 모습으로 들어왔을 때 제가 한 말이 틀렸다는 것을 알았습니다.
 저는 금년 1월 몬테카를로의 스포츠 클럽이라는 도박장에서 트랜트 에 칼랜트 놀이를 하는 테이블에서 그녀를 만난 일이 있습니다. 바로 옆자리에 나란히 앉게 되었는데 그녀는 함께 온 사람도 없는 듯했으며 계속 돈을 잃고 있었습니다. 조금도 잘되지 않았지요. 가슴을 펴고 태연하고 훌륭하게 행동하여 난처해 하는 태도는 조금도 보이지 않았지만, 그래도 핸드백을 꽉 움켜쥐고 있었습니다. 마지막 주사위를 던져 한 푼도 없이 빈털터리가 되자 벌떡 일어서더니 다른 사람들에게 도전하는 듯이 흘끔 눈길을 보내며 어떻게 멋대로 생각하든지 상관없다는 표정을 짓는 것이었습니다.
 한편 저는 줄곧 이겼는데, 1천 프랑짜리 지폐를 테이블 밑에 떨어뜨려 놓고서 모르는 체하며 구둣발로 밟고 있었습니다. 그리고 그녀가 테이블을 떠나려 할 때 저는 그녀를 불러 세워 놓고, 아무리 보아도 영국인인 것 같았으므로 영어로 말했습니다. '이 돈은 당신 것입니다. 아까 바닥에 떨어뜨리시는 것 같았습니다.' 그러나 그녀는 빙그레 웃으며 가볍게 손을 저었습니다. 그리고는 눈 깜짝할 사이에 혼잡한 사람들 속으로 섞여들어가 모습을 감추고 말았습니다.

 제가 조금 뒤에 놀이를 끝내고 맡겼던 코트를 찾으러 바 입구를 지나쳐 가는데 죽 늘어선 작은 테이블 가운데 한 곳에서 그녀가 일어나며 말을 걸어 왔습니다. 놀랍게도 제 이름을 알고 있었습니다. 그녀는 상냥하게 조금 전의 호의를 고맙게 여긴다고 인사하고, 오늘 저녁에는 자꾸 지기만 했지만 그래도 그다지 곤란하지는 않다고 말하더군요.

 저는 그 말을 곧이듣지 않았습니다. 그녀는 반지도 끼지 않았고, 목걸이며 브로치며 머리 장식을 아무것도 몸에 지니고 있지 않았기 때문입니다. 그녀는 곧 앉았던 테이블로 돌아갔는데 거기에 함께 온 사나이가 있었습니다. 그녀가 바로 앤이었으며, 남자는 물론 와베르스키였습니다. 앤은 내 이름을 와베르스키에게 들어서 알고 있었던 모양입니다."

"그 무렵 앤은 아직 헐로우 집안의 식구가 아니었습니까?" 아노가 물었다.

"네, 아마도 그녀는 몬테카를로에서 헐로우 부인과 베티를 만나 함께 디종으로 온 것 같습니다."

"과연." 탐정은 잠자코 있다가 조금 뒤 조용히 말했다. "이것은 압코트 양에게 있어 그다지 달갑지 않은 이야기로군요."

제임스도 동의하지 않을 수 없었다.

"하지만 아노 씨, 이런 것도 생각하지 않으면 안됩니다. 나는 앤이 결코 공범자라고 생각지 않습니다. 만일 그렇다면 무엇 때문에 일부러 27일 밤의 이야기를 해서 수상한 소리를 들었느니, 어둠 속에서 얼굴을 만졌느니 하고 말할 필요가 있겠습니까?"

"난 이렇게 생각합니다." 아노가 대답했다. "그녀가 그런 이야기를 한 것이 언제이지요? 드디어 이제부터 봉인을 떼고 방에 들어간다고 내가 말한 뒤가 아닙니까. 봉인을 뗀 방을 조사해 보면 무언가 단서가 나올 것입니다. 그러므로 그 전에 집안의 누군가 다른 여자에게로 우리의 의혹을 돌려 두는 편이 좋다고 생각했는지도 모릅니다. 다른 여자, 그것은 간호사인 잔느 보던일지도 모르고, 베티의 몸종인 프랜시느 로라르일지도 모릅니다."

"그러나 베티는 아닙니다." 제임스는 재빨리 말참견을 했다.

"물론입니다." 아노는 손을 내저으며 말했다. "유리장 위의 시계가 베티는 관계없다는 것을 증명하고 있습니다. 오늘 안으로 일이 어떻게 된 것인지 경과를 알 수 있을 겁니다. 이제 그만 돌아가 봐야겠군요. 점심 식사에 늦겠습니다."

아노는 벤치에서 일어나 프랑스의 맨 앞에 있는 마법의 산에 마지막으로 한 번 흘끗 눈길을 보냈다. 이윽고 두 사람은 다시 돌아서서 거리를 바라보았다.

제임스 플로비셔는 녹색 보리수가 우거진 작은 광장이며 낡은 저택들이 급경사를 이룬 화려한 지붕을 바라보았다. 여기저기 눈에 띄는 교회의 뾰족탑은 창 끝처럼 하늘을 찌를 듯이 치솟아 있었다. 지붕, 또 지붕이 늘어선 저편 4분의 1마일쯤 되는 곳에서 조금 남쪽으로 간 곳에 큰 저택의 길다란 용마루가 보이고, 굴뚝에서 연기가 피어오르고 있었다. 그 뒤에 서 있는 큰 나무의 가지가 햇빛에 녹색 잎사귀를 반짝이고 있었다.

"저것이 구르넬 저택이 아닐까요?" 제임스가 말했다.

탐정은 아무 대답도 없이 꼼짝하지 않고 있었다.

"그렇지요?" 하고 말하며 제임스는 돌아섰다. 아노는 그의 말에 아랑곳도 하지 않고 기묘한 표정으로 구르넬 저택을 뚫어지게 지켜보고 있었다. 그 표정을 어디선가 본 적이 있지만, 어떤 표정인지 제임스로서는 좀 이해하기가 어려웠다. 놀라움은 아니지만 그렇다고 단순하게 흥미를 느끼고 있는 듯한 간단하고 손쉬운 것도 아니다. 갑자기 제임스는 그 표정의 뜻을 깨닫고 몹시 불쾌해졌다. 눈을 번들거리며 긴장된 듯한, 더욱이 적잖이 비인간적인 듯한 그 표정은 실로 총을 들고 나오는 주인을 지켜보는 힘센 사냥개의 표정이었던 것이다.

플로비셔는 또 구르넬 저택의 높은 지붕으로 눈길을 옮겼다. 지붕 여기저기에 박공이 있는 작은 창문이 보이지만 어느 창문에도 사람의 모습은 보이지 않았으며, 더욱이 누군가가 손을 흔들어 신호를 보내고 있는 것 같지도 않았다.

"대체 무엇을 보고 계십니까?" 제임스는 수상한 듯이 초조해 하며 물었다.

"당신은 분명히 무엇인가를 보고 계시는 것 같군요, 아노 씨."

아노는 가까스로 제임스의 말을 들은 듯했다. 눈 깜짝할 사이에 표정이 달라져 얼마쯤 야만스러워 보이는 긴장이 풀리고 어릿광대 같은 표정으로 변했다.

"물론 보고 있습니다. 나는 늘 뭔가를 보고 있지요. 왜냐하면 아노니까요. 아노의 책임은 무겁고도 큽니다. 책임이 없는 당신은 행복합니다. 불쌍하게도 탐정은 언제 어디서나 무언가를 보고 있어야만 합니다. 아무것도 볼 것이 없는 곳에서도 무언가를 보고 있어야만 합니다. 자, 돌아갑시다!"

그는 햇살이 눈부신 탑을 뒤로 하고 어두운 계단을 내려가기 시작했다. 계단을 다 내려가자 반원형의 아르므 광장이 나왔다.

"정말은" 아노는 말을 꺼내다가 "글쎄요……," 하고 마치 말할까 말까 망설이는 듯했으나 이윽고 입을 열었다. "점심 식사를 하시기 전에 나와 베르뭇을 한 잔 마시지 않겠습니까?"

"하지만 늦어지지 않을까요?" 플로비셔가 되물었다. 아노는 집게 손가락으로 그의 말을 퉁겨 버렸다.

새로운 의문 171

"시간은 넉넉합니다. 베르뭇을 마신 뒤에도 베티 양보다 먼저 구르넬 저택으로 돌아갈 수 있습니다. 아노가 책임지겠습니다."

그는 어깨를 으쓱해 보였다. 그러자 제임스는 웃으며 승낙했다.

"구르넬 저택에 돌아갔을 때 만일 베티와 앤이 먼저 식사를 하고 있으면 당신의 허세 탓으로 늦어졌다고 변명하겠습니다."

리베르테 거리와 아르므 광장의 모퉁이에 카페가 하나 있고, 차양 아래의 그늘에 자그마한 테이블이 두서너 개 놓여 있었다. 아노 탐정은 거기에 앉아 베르뭇을 마시면서 뭔가 중대한 말을 꺼낼 것 같은 표정을 지었다.

"사실은 말입니다," 그는 입을 열었으나 말을 돌렸다. "그래, 당신은 다섯 번이나 몽블랑 꼭대기에 올라갔습니까? 샤모니로부터 올라갔나요?"

"네, 한 번은 샤모니에서 올라갔습니다. 그리고 한 번은 콜 듀 제앙으로 해서 블렌봐 빙하를 지나 올라가고, 또 한 번은 도옴을 지나, 네 번째는 브르이야르 빙하에서, 그리고 마지막으로 몽 만디로부터 올라갔습니다."

탐정은 절친한 마음을 깃들여 흥미 있게 듣고 있었다.

"그런 일에 대해 나는 깊은 흥미를 가지고 있습니다. 신기한 이야기를 들을 수 있거든요. 고마운 일입니다."

"그런데 저는 무엇이든지 다 이야기하는데, 당신은 그 비밀주의로 저를 이 카페에 데리고 온 목적조차도 말하려 하지 않는군요. 하지만 저는 당신처럼 비겁하지 않으니까 생각하고 있는 것을 숨김없이 털어놓겠습니다." 제임스는 냉정하게 말했다.

"그래요?"

"우리는 방법을 잘못 택했다고 생각합니다."

"오?"

아노는 파랗게 빛나는 담뱃갑에서 담배를 한 개비 뽑아냈다.

"저를 버릇없는 사나이로 생각하시겠지요?"

"아니, 천만에요." 아노는 정색하며 대답했다. "우리 경찰은 수사의 손을 너무 지나치게 뻗쳐 등잔 밑이 어둡게 되기 쉽습니다. 위험한 일이지요. 다른 각도에서 다시 볼 때 이만큼 중요한 것은 없습니다. 나는 열심히 귀기울여 듣고 있습니다."

플로비셔는 의자를 끌어당겨 쇠로 된 둥근 테이블에 팔꿈치를 짚었다.

"헐로우 부인이 과연 살해되었는지 어떤지, 또 만일 살해되었다면 범인이 누구인가 하는 것을 알기 위해서는 첫째로 생각해야 할 문제가 있습니다."

아노는 고개를 끄덕이며 천천히 말했다.

"과연, 그렇습니다. 우리가 생각하고 있는 문제가 같은 것인지 어떤지는 모르겠습니다만."

"제가 말하는 것은 이제까지 우리가 무시해 온 문제입니다. 다시 말해서 어제 낮부터 오늘 아침까지 스트로판투스에 관한 논문을 서재 책장에 다시 갖다 놓은 것이 누구인가 하는 것입니다."

아노는 또 그 잘 타지 않는 유황 성냥을 그어 그것이 타오를 때까지 손바닥으로 가리고 있었다. 그는 잠시 뒤 담배를 뻐끔뻐끔 피우며 말했다.

"분명히 그것은 중요한 문제입니다." 그는 얼마쯤 내키지 않는 듯이 인정했다. "하지만 내가 생각하는 것은 다릅니다. 이쪽이 좀더 중요하다고 생각합니다만, 요컨대 시몬 헐로우 씨가 죽은 뒤 줄곧 잠겨 있던 보물실 문이 어째서 4월 27일 밤에는 열려 있었는가 하는 것입니다. 이것을 알아내기만 하면 이 알 수 없는 사건의 전모가 거의 밝혀질 겁니다." 그는 두 손을 벌리며 덧붙였다. "그런데 도무지 알 수가 없군요."
　제임스가 가 버린 뒤에도 탐정은 테이블 앞에 앉아 해답을 알아내려는 것처럼 말없이 길바닥을 내려다보고 있었다.

## 봉인을 떼고

 몇 분 뒤 제임스 플로비셔는 아노의 짐작이 정확했다는 것을 인정하지 않을 수 없었다. 그는 제멋대로 짐작한 억측 이상의 근거가 있다고 생각하고 싶지는 않았으며, 아무리 능수능란한 아노라 할지라도 우연한 상황을 미리 알 수는 없을 것이다. 하지만 아노의 추측대로 플로비셔가 구르넬 저택으로 돌아왔을 때 유감스럽게도 베티 헐로우는 아직 돌아와 있지 않았다. 그가 아노와 카페에서 마음 느긋하게 시간을 보낸 것도 이런 형편이 되지 않기를 바랐기 때문이었다. 다시 말하면 이제 와서 의심스러워지기 시작한 앤 압코트와 단둘이 있게 되는 것을 어떻게든지 피하고 싶었던 것이다. 그는 거북스러워진 까닭을 감추는 것이 고작일 뿐 거북스러움 그 자체를 감출 수는 없었다. 더욱이 앤이 그의 얼굴빛을 알아차리고 진심으로 몹시 걱정해 주었으므로 더욱 마음이 괴로웠다.
 "걱정하고 계시는군요." 앤은 다정하게 말했다. "하지만 이제는 걱정하시지 않아도 괜찮아요. 오늘 아침에 제가 말씀드린 것처럼 그 무시무시한 속삭임을 들은 것은 10시 반이었지만 그 시각에 베티는 친구와 춤을 추고 있었는걸요. 이것은 엄연한 사실이에요."

"제가 걱정하고 있는 것은 베티 양의 일이 아닙니다."

그러자 앤은 깜짝 놀란 눈초리로 제임스를 지켜보았다. 그러나 앤이 뭐라고 묻기 전에 베티가 정원을 가로질러 홀로 들어왔다. 점심 식사를 하는 동안 줄곧 제임스는 그다지 흥미롭지 않은 아무런 지장도 없는 세상 이야기를 혼자 지껄였다.

다행히 마음 느긋하게 앉아 있을 겨를이 없었다. 식사 뒤 커피를 앞에 놓고 세 사람이 담배를 피우고 있는데 가스톤이 와서 경찰서장과 비서가 서재에서 기다린다고 알려주었다.

"이분은 런던에 계시는 제 변호사 플로비셔 씨입니다" 하고 베티가 소개했다.

지럴드 서장은 머리가 벗어진 튼튼해 보이는 중년 사나이로, 살이 두툼한 큼직한 코에 접는 안경을 걸치고 있었다. 비서 모리스 테브네는 경찰 안에서는 신출내기였으나 키가 크고 풍채가 좋았으며 좀 화려한 옷차림을 한 젊은이로, 아무래도 여자들의 마음을 빼앗는 데 굉장히 자신이 있는 것 같이 보였다.

"베티 양의 공증인인 베크스 씨에게도 입회해 주시도록 부탁해 두었습니다." 플로비셔가 말했다.

"그거 참, 잘하셨습니다."

서장이 채 말을 끝내기도 전에 베크스가 나타났다. 그가 문 앞에서 가볍게 머리를 숙여 인사했을 때 시계가 정각 3시를 알렸다. 모든 일이 착착 진행되고 있었다. 베크스는 유쾌하게 미소지으며 말했다.

"그럼, 서장님의 승낙을 얻어 이 공연한 소란의 마지막 의식을 거행하기로 할까요?"

"아니, 아노 씨가 오셔야 합니다."

"아노 씨?"

"파리 경시청의 아노 씨입니다. 이 사건을 담당하기 위해 디종으로 불려왔지요." 서장이 설명했다.

"사건이라고요?" 베스크 씨가 눈을 동그랗게 뜨고 소리쳤다. "아니, 그럼, 아노 씨가 조사할 만한 사건이 일어났다는 말씀입니까?"

그러자 베티가 그를 곁으로 불렀다. 그녀가 오늘 아침에 있었던 일을 몸집이 작은 공증인에게 짤막하게 설명하는 동안 제임스는 아노를 찾으러 홀로 나갔다. 그는 곧 아노를 만났는데, 놀랍게도 아노는 뒤뜰로 들어온 듯 홀 안쪽에서 나타났다.

"식당에 계시는 줄 알고 이리로 왔습니다." 아노는 집 뒤쪽의 서재 뒤편에 있는 층계 뒤의 식당문을 가리켰다. "여러분이 계시는 곳으로 갈까요?"

아노는 공증인 베크스와 인사를 나누었다.

"그런데 이 분은 누구시지요?" 아노는 테브네에게 가볍게 머리 숙여 인사하며 물었다.

"내 비서인 모리스 테브네입니다. 아주 재능 있고 매력적인 젊은이지요. 곧 큰 거물이 될 겁니다." 서장이 굵고 커다란 목소리로 말했다. 아노는 흥미롭고 친숙한 듯한 눈길로 테브네를 바라보았다. '젊고 굳센 사나이'는 눈을 반짝이며 이름 높은 탐정을 뚫어지게 바라보았다.

"아노 씨, 가까이 지내게 되면 나에게 재능 따위는 조금도 없다는 것을 분명히 알게 되실 겁니다." 테브네는 판에 박힌 대로 겸손해 하며 말했다. 베크스가 이 말에 진심으로 동감하는 듯이 말했다.

"정말 그렇습니다."

그러나 아노는 결코 듣기 좋은 말로 아첨하는 것을 싫어하는 성격이 아니었으므로 제임스에게 눈짓을 하고 나서 젊은 비서와 따뜻한 악수를 나누었다.

"그럼, 부디 사양하지 마시고 얼마든지 질문해 주십시오. 지금에야 아노 탐정입니다만, 옛날에는 저도 한낱 젊은 모리스 테브네였답니다. 다만 안타깝게도 당신의 훌륭한 용모를 빼 버린 나머지이지만 말입니다."

모리스 테브네는 그 자리에 어울리는 부끄러움을 보이며 얼굴을 붉혔다.

"아노 씨는 친절하시군요." 베크스가 말했다.

'이런 상태라면 조그마한 간담회처럼 될 것 같군' 하고 플로비셔는 생각하며 서장이 "흠"이니 "흐음"이니 하는 것을 벙글거리면서 듣고 있었다.

서장은 방 한복판으로 걸어나가 거드름을 피우며 선언했다.

"경찰서장 지럴드는 이제부터 봉인을 떼기로 하겠습니다."

그는 앞장을 서서 서재를 나가 홀을 가로지르고 복도를 지나서 헐로우 부인의 침실문 앞에 섰다. 봉인을 떼고 끈을 벗긴 다음 비서로부터 열쇠를 받아들어 문을 활짝 열었다. 창문에 덧문이 내려져 있어 방 안이 어두웠다. 모두들 서로 밀고 밀리며 방 안으로 들어가려는 것을 아노가 크게 팔을 벌리며 가로막았다.

"잠깐만 기다리십시오."

그 때 제임스는 아노의 어깨 너머로 방 안을 흘끔 보고 저도 모르게 몸을 떨었다.

제임스는 오늘 아침 네 사람이 정원에 있을 때에는 사냥이라도 하고 있는 듯한 스릴을 느끼며 아노가 좀더 엄격하게 추궁하여 범인을 몰아붙여 주었으면 좋겠다고 바랐으나, 탑 위에서 아노의 의견을 들은 다음부터는 더 이상 추적하는 것은 질색이라고 생각하며 이제부터 사태가 어떻게 되어 나갈는지 겁먹은 마음으로 기다리고 있는 참이었다. 이 침실은 덧문 틈 사이로 스며드는 약한 햇살이 흐릿하게 비쳐

눈에 보이지 않는 무수한 망령이 냉랭하고 조용하며 신비롭게 몽롱한 그림자 속에서 이리 밀고 저리 밀리는 것처럼 생각되었다. 아노와 서장이 방을 가로질러 가서 창문을 열고 덧문을 열자 밝은 햇살이 구석구석까지 비쳐들었으므로 제임스는 그제야 겨우 한숨을 내쉬었다.

방 안은 청소가 잘되어 있고, 벽 가에 의자가 나란히 놓여 있었으며, 침대에는 주름을 잘 잡은 수놓아진 커버가 씌워져 있었다. 모두들 질서정연하여 호텔의 빈방과도 같이 깨끗했으며 수상함을 느끼게 할 만한 것은 아무 것도 없었다. 아노는 주위를 둘러보며 말했다.

"이 방은 부인의 장례식을 치른 뒤 일주일 동안이나 자유롭게 드나들 수 있었으므로, 지금 조사하여 무엇인가 발견된다면 기적이라고 할 수 있을 겁니다."

그는 침대 곁으로 다가갔다. 그 침대는 문과 창문의 한복판쯤 되는 곳에 벽으로 머리를 바싹 대고 놓여 있었다. 머리맡의 둥근 테이블에 에나멜 버튼이 달린 납작하고 작은 대(臺)가 올려놓여져 있고 거기서부터 테이블의 다리 쪽으로 코드가 길게 늘어져 융단 아래로 보이지 않게 감추어져 있었다.

"이것이 간호사의 방으로 통하는 벨이지요?" 아노가 베티를 뒤돌아보며 물었다.

"네, 그래요."

아노는 몸을 굽혀서 그 코드를 찬찬히 살펴보았으나 만지작거린 흔적이 없었다. 아노는 다시 몸을 일으켰다.

"아가씨, 지럴드 씨와 함께 간호사의 방으로 가서 문을 닫아 주십시오. 여기서 이 벨을 누를 테니 벨 소리가 나는지 어떤지 들어 봐 주십시오. 우리는 저쪽에서 울리는 벨소리가 여기까지 들리는지 어떤지 확인해 보겠습니다."

"알겠어요."

베티는 서장과 함께 방을 나갔다. 곧 복도 저쪽에서 문이 닫히는 소리가 들렸다.

"그곳 문을 좀 닫아 주시지 않겠습니까?" 아노가 말했다.

공증인 베크스가 문을 닫았다.

"자, 이제 조용히 해주십시오!"

아노가 벨을 눌렀다. 아무런 소리도 들리지 않았다. 다시 한 번 눌러도 마찬가지였다. 이윽고 서장이 침실로 돌아왔다.

"어떠했습니까?" 아노가 물었다.

"울렸습니다, 두 번."

아노는 웃으며 어깨를 움츠렸다.

"벨은 훌륭하게 소리내어 울렸군요. 구르넬 저택 같은 옛날 집은 벽이 두껍고 참으로 훌륭한 건축물입니다! 그런데 이것은 좀 이야기가 다르지만, 벽장이나 서랍은 모두 열려 있습니까?"

아노는 그 하나를 열어 보았으나 그것에는 열쇠가 잠겨져 있었다. 베크스가 한 걸음 나서며 말했다.

"이곳의 서랍은 부인께서 세상을 떠나신 날 아침에 모두 잠갔습니다. 베티 양 자신이 내 눈앞에서 잠그고, 소유품 목록을 만들 경우를 위해 나에게 열쇠를 맡겼습니다. 아가씨가 한 일은 적절한 것이었습니다. 왜냐하면 장례식이 끝날 때까지는 유언의 내용이 발표되지 않았으니까요."

"그래도 나중에 소유품 목록을 만드실 때에는 서랍을 열 필요가 있었겠지요?"

"그 목록은 아직 작성하지 않았습니다, 아노 씨. 장례식 준비며 뒤처리 및 자산 평가 목록이니 포도원 처리 등 여러 가지 일이 많아서요."

"과연!" 아노가 날카로운 목소리로 소리쳤다. "그러면 이 옷장이며 벽장, 서랍 등은 4월 27일 밤 이후 손댄 일이 없다는 겁니까?"
 재빠른 걸음으로 그는 온 방 안을 왔다갔다하며 문이며 서랍 등을 만져 보더니 벽에 붙박이된 벽장 옆에서 걸음을 멈추었다. "하지만 이런 것은 구부러진 철사 하나면 아이들이라도 열 수 있습니다. 베크스 씨, 헐로우 부인이 이 속에 무엇을 넣어 두었는지 아십니까?"
 아노는 벽장을 똑똑 두드렸다.
 "모르겠는데요, 열어 볼까요?" 베크스는 주머니에서 열쇠 다발을 꺼냈다.
 "아닙니다, 지금은 괜찮습니다" 아노가 말했다. 시간이 아무리 걸려도 상관없다는 듯이 느긋한 마음으로 탐정은 열쇠 구멍이며 서랍 등을 찬찬히 살펴보았다. 그러더니 갑자기 활기 있게 방 한복판으로 걸어갔다. 아마도 방모양을 똑똑히 확인하기 위해서인 것 같다고 제임스는 생각했다.
 복도에서 문을 열고 들어가면 정면에 정원으로 향한 두 개의 높은 창문이 있었다. 그 창문을 향해 문 앞에 서면 왼편에 침대가 있다. 침대의 복도 쪽 옆에 두 번째 작은 문이 반쯤 열려져 있고 거기서부터 흰 타일을 깐 욕실이 이어져 있었다. 침대의 창문 쪽 옆에는 여자의 어깨 높이쯤 되는 곳에 붙박이 벽장이 있었다. 두 개의 창문 사이에는 화장대, 오른편 벽에는 큼직한 난로, 그밖에 오른편 창문 바로 옆에는 세 번째의 문이 있었다. 아노는 그 쪽으로 가까이 걸어갔다.
 "이것이 화장실 문이로군요?" 그는 앤 압코트에게 묻고, 대답도 들으려 하지 않고 그것을 밀어 열었다. 베크스는 열쇠 다발을 절그럭거리며 그 뒤를 따랐다.
 "이 방의 것도 모두 열쇠로 잠겨 있습니다."
 탐정은 그 말에 조금도 아랑곳하지 않고 창의 덧문을 열어젖혔다.
 난로 하나 없는 좁은 방으로 지금 들어온 문과 마주보고 있는 문이 또 하나 눈에 띄었다. 그는 곧 그 문으로 가까이 다가갔다.
"이것이 이른바 보물실로 통하는 문임에 틀림없군."
아노는 혼잣말을 중얼거리며 손잡이에 손을 댄 채 모두의 얼굴을 날카로운 눈초리로 둘러보았다.
"네, 그래요." 앤이 대답했다. 제임스는 기묘한 스릴을 느꼈다. 그것은 왕자의 골짜기가 있는 언덕에서 새로 발견된 파라오의 무덤을 바야흐로 열려는 심정과도 비슷했다. 불안한 기대에 모두들 몸이 굳어졌다. 그러나 아노는 언제까지나 열려고 하지 않았다. 무덤 입구에 조각된 문지기의 상(像)처럼 아무런 감동도 없는 침묵을 지킨 채 우뚝 버티고 서 있었다. 제임스는 그가 영원히 움직이지 않을 듯이 여겨졌다. 갑자기 제임스가 초조한 듯이 소리쳤다.
"그 문이 잠겨져 있습니까?"
아노는 조용하지만 기묘한 목소리로 대답했다. 확실히 그 역시 다른 사람들과 마찬가지로 감동과 기대의 이상한 흐름 속에 휘말려들어 있는 것이 틀림없었다. 그 감동과 기대 때문에 저마다 다른 그들의 얼굴이 형제처럼 비슷하게 닮은 표정을 띠게 되었다.
"잠겨 있는지 어떤지는 알 수 없지만 이곳은 베티 양의 거실이니 그녀가 여기에 올 때까지 기다리기로 합시다." 아노가 말했다.
"그렇습니다."
베크스가 고개를 끄덕이는 것과 동시에 부인의 침실로 통하는 문 쪽에서 베티의 상쾌하고 또렷한 목소리가 울려 왔다.
"나는 여기에 있어요."
아노가 손잡이를 돌렸다. 문은 잠겨 있지 않았으므로 곧 열렸다, 똑바로 앞쪽으로. 그리고 모두가 서 있는 쪽을 향하여 보물실이 눈앞에 펼쳐졌다. 어두컴컴한 빛에 싸여 있었지만, 여기저기에 찬연히 황금빛으로 빛나는 굉장한 물건이 있을 것이 틀림없으리라고 생각되었다. 아노는 부드럽게 몸을 움직여 그것들의 사이를 빠져나가 창의 덧문을 열었다. 그리고 뒤따라 들어오는 사람들을 보고 "아무것도 만지지 마십시오" 하고 잘라 말했다.

## 시몬 헐로우의 보물실

복도에 죽 늘어서 있는 다른 객실과 마찬가지로 이 보물실도 방이라기보다는 회랑이라고 부르고 싶을 정도로 좁고 길었다. 그러나 이따금 오는 손님을 위해 만든 객실이 아니라 여느 거실처럼 마련되어 호화스러운 가구가 너무 많지 않은 정도로 적당히 배열되어 있었다. 엷은 갈색 판자를 씌운 벽에는 프라고나르[*1]의 아름다운 그림을 넣은 액자가 두서너 개 걸려 있고, 창문가의 중국풍 치펜데일[*2] 식 책상 위에는 잉크 스탠드며 펜접시며 촛대며 모래를 담은 병 등 갖가지 문방구가 놓여져 있었는데, 어느 것이나 모두 분홍빛 영국 유약을 입혔을 뿐 아니라 흠집 하나 없이 아주 깨끗했다. 더욱이 그것은 진열되어 있는 것이 아니라 실제로 쓰는 실용품이었다. 홀 옆의 벽 한복판에 큼직한 난로가 쑥 튀어나와서 긴 방이 둘로 칸막이되어 있는 것처럼 보이게 했다. 한눈에 미술품 수집가의 방이라고 여겨지게 만드는 것은 부인의 침실로 통하는 문 반대쪽에 있는 난로 그늘의 벽가에 놓인 가마의자였다. 엷은 잿빛으로 가장자리에는 정교한 금장식이 있었으며 그 한가운데쯤에는 그 무렵 유행하던 양치기 남녀가 아름답게 그려진 원형 장식이 붙어 있었다. 의자 위에 올라앉은 사람을 돋보이게 하기 위해서 양쪽에 유리 창문이 달리고 녹색과 합쳐 금실로 수를 놓은 엷은 잿빛 비단으로 가장자리를 둘렀다. 경첩으로 뒤로 열도록 된 지붕은 금세공으로 장식되고 앞문은 바깥쪽 위 절반이 유리로 세공되어 있었다. 이것은 가마를 만드는 재주가 최대한으로 발휘되어 아주 아름답고 화려했으며 장치된 금도금한 가로막대도 이것과 아주 잘 어울렸다.

정평 있는 아노도 이 아름다움에 완전히 마음을 빼앗겨 즐거운 듯한 미소를 띠고 그 가로막대에 손을 얹은 채 넋을 잃고 바라보고 있었다. 제임스는 그가 방에 들어온 목적을 잊은 것이 아닌가 하여 몹시 걱정스러웠다. 그러나 아노는 곧 자기 자신으로 되돌아와 말했다.

"상당한 상류사회의 축소판이로군요. 물결치는 치맛자락을 사락거리는 숙녀들, 비단 양말을 신은 신사분들! 더욱이 불행한 악마들은 진흙 날개를 쳐들고 걸어다녀야 할 형편이겠군요!"

그는 가마의자에 등을 돌리고 방 안을 둘러보며 앤에게 물었다.

"아가씨, 당신이 전등불을 켰을 때 바로 저 시계가 10시 반을 가리키고 있었겠군요?"

"네, 그래요." 앤은 재빨리 대답한 다음 다시 시계를 보며 "네, 저 시계예요" 하고 되풀이 말했다.

두 번째로 되풀이하여 말했을 때 제임스는 그녀의 대답이 조금 느낌이 달라진 것처럼 여겨졌다. 의심은 아니라 할지라도 얼마쯤 당혹이 느껴졌던 것이다. 그러나 이것은 아마도 제임스가 잘못 생각한 것인 듯싶었다. 아노는 전혀 주의를 하지 않았던 것이다. 제임스는 마음 속으로 자신을 타일렀다.

'조심해야 한다! 한 번 사람을 의심하기 시작하면 그 사람이 하는 일 하나하나가 모두 의심을 낳게 되기 쉬운 법이다.'

아노는 완전히 만족하고 있는 것 같았다. 그 시계는 바이올린처럼 허리가 잘록하게 들어간 루이 15세 시대 풍의 작고 금빛나는 아름다운 시계로 나무 세공의 부르*3 식 벽장 위에 놓여 있었다. 그 벽장은 사람의 허리보다 조금 높았으며 키가 큰 베니스 풍의 거울과 마주보고 있었다. 아노는 시계 앞에 서서 자기의 회중시계와 비교해 보았다.

"1분도 틀리지 않습니다, 아가씨" 그는 베티에게 빙그레 미소를 보이면서 주머니에 회중시계를 집어넣었다.

그는 자명종에서 빙글 등을 돌려 방 한복판으로 나와 방을 둘로 나누고 있는 난로 쪽을 보았다. 난로는 벽의 판자와 같이 엷은 갈색 나무로 만들어졌으며 대와 선반 사이에 화사한 둥근 기둥과 아름다운 조각이 되어 있었다. 그 선반에는 영국의 유약을 입힌 작은 상자 몇 개와 나직한 유리 상자가 장식으로 꾸며져 있을 뿐이었으므로 그 위의 벽에 걸려 있는 프라고나르의 그림이 잘 보였다. 아노는 난로 가까이 다가가 잠깐 들여다보더니 감탄한 나머지 희미하게 휘파람 소리를 내며 그 나직한 유리 상자를 집어들었다.

"죄송합니다, 아가씨. 이처럼 훌륭한 것은 앞으로 두 번 다시 볼 수 없을 것 같아서요. 게다가 이 선반이 아주 높아서 잘 보이지 않는군요."

베티의 승낙도 받지 않고 아노는 유리 상자를 창가로 들고 갔다.

"함께 보시지 않겠습니까, 플로비셔 씨?"

제임스는 얼른 창가로 갔다. 그 상자 속에 들어 있는 것은 벤베누토 첼리니*4의 작품으로서, 황금과 수정과 반투명 법랑으로 만든 펜던트였다. 과연 그것은 제임스로서도 두 번 다시 볼 수 없을 만큼 정교하고 아주 섬세한 세공품이기는 했지만, 아무리 그렇다 해도 아노가 자신의 일을 잊고 이런 것에 정신을 빼앗기고 있으므로 제임스는 말할 수 없이 초조했다.

"이런 보물을 정신없이 보고 있으면" 탐정이 소리쳤다. "하루쯤은 문제없이 그냥 지나가고 말 겁니다."

"그렇겠지요." 제임스는 무뚝뚝하게 말했다. "하지만 우리는 독화살을 찾으러 왔을 텐데요."

아노가 미소지었다. 그는 다시 한 번 펜던트를 보며 한숨을 쉬었다. "말씀하시는 바와 같이 이런 것을 보러 오지는 않았지요."

이윽고 아노는 유리 상자를 난로 위에 올려놓았다. 그는 갑자기 태도가 바뀌어 유리 상자에 손을 댄 채 몸을 앞으로 내밀었는데, 그의 눈은 아래쪽을 지켜보고 있었다. 난로의 재받이는 파란 옻칠을 한 판자로 가려져 있었는데 그가 선 위치에서 재받이가 바로 아래 내려다보였다. "대체 이게 뭡니까?"

아노는 옻칠한 판자를 떼어 내어 주의 깊게 곁에 놓았다. 모두들 탐정이 의심스러워하는 것을 볼 수 있었다. 재받이 속의 하얀 잿덩어리. 아노는 무릎을 꿇고 부삽을 집어들어 재받이 속으로 쑤셔 넣었다. 꺼낸 부삽 위에는 산산이 부서진 하얀 재가 담겨져 있었으며 불에 타지 않은 아주 조그마한 조각 하나 없었다. 아노는 아직 따뜻한 기운이 남아 있지 않을까 여기는 듯이 조심스럽게 재를 만져 보았다.

"이 방에 봉인을 한 것은 일요일 아침이고, 오늘은 이미 목요일 오후입니다." 제임스는 꽤 짓궂은 투로 말했다. "아무래도 재가 사흘 이상 뜨거운 채로 있는 일은 없을 테지요."

젊은 모리스 테브네가 분개하는 듯한 얼굴로 플로비셔를 흘끔 보았다. 감히 아노를 우습게 알다니! 이 사나이는 우리 파리 경시청을 스코틀랜드 야드[*5]와 마찬가지로 얕보려는 것인가?

공증인 베크스도 몹시 괘씸하다는 듯한 표정을 지었다. 생각건대 이 젊은 신사는 플로비셔 & 허즐릿 법률사무소의 사람으로서 그다지 어울리지 않는 것 같다고 여기는 듯했다. 그런데 아노는 아무렇지도 않게 어디에서 바람이 불어오느냐는 듯한 태도로 받아넘겼다.
"재를 조사해 보았을 뿐입니다" 조용히 대답하고 나서 그는 부삽을 손에 든 채 웅크리고 앉으며 베티를 불렀다. "아가씨!"
그러자 베티는 재빨리 그의 곁으로 다가가 난로에 기대섰다.
"누가 이렇듯 얌전하게 종이를 태웠을까요?" 아노가 물었다.
"제가요." 베티가 대답했다.
"언제요?"
"토요일 밤에 조금 태우고, 나머지는 일요일 아침 서장님께서 오시기 전에 태웠습니다."
"무엇을 태우셨지요?"
"편지예요."
아노는 재빨리 그녀의 얼굴을 올려다보았다.
"그렇군요!" 그는 부드럽게 말했다. "편지였군요! 어떤 종류의 편지였는지 말씀해 주시겠습니까?"
제임스 플로비셔는 어이가 없어서 두 손을 들고 싶을 정도였다. 대체 아노는 어쩌자는 것인가? 바로 조금 전까지 중요한 용건을 잊고 시몬 헐로우의 수집품에 넋을 잃고 있더니 이제는 익명의 편지를 쫓느라고 혈안이 되어 있다. 이름을 숨긴 편지, 바로 그것을 탐정은 생각하고 있는 것이다. 제임스는 그렇게 믿어 의심치 않았다. 누군가가 '편지'라는 말만 하면 탐정은 그쪽으로 눈길을 돌려 누구나 할 것 없이 편지를 쓴 사람이라고 단정하여 덤벼들려는 것이다.
"별 것 아니에요. 제 개인적인 편지였어요." 베티는 조금 뺨을 붉히며 말했다. "이 사건과는 조금도 관계가 없어요."
"아아, 그래요……?" 아노는 부삽의 재를 재받이 속에 털면서 조금 불쾌한 목소리로 말했다. "하지만 내가 대답해 주기를 바라는 것은 어떤 종류의 편지였느냐 하는 것입니다."

베티는 아무 대답도 하지 않고 시무룩하게 고개를 숙이며 바닥으로 눈을 내리깔았다. 이윽고 마룻바닥에서 창문으로 눈길을 옮기는 그녀의 눈이 눈물로 빛나는 것을 보고 제임스는 가슴이 죄어드는 것 같았다.

"아노 씨, 그 일에 대해 베티 양과 제가 서로 이야기를 나누어 의논하면 어떨까요?" 제임스가 참다못해 끼어들었다.

"그것은 아가씨의 권리입니다." 베크스도 잘라 말했다. 그러나 베티는 조급한 듯이 어깨를 흔들어 그 권리를 포기했다.

"좋아요."

그녀는 눈에 눈물을 글썽이며 얼굴을 돌렸다. 그리고 제임스에게 감사하는 듯이 고개를 끄덕여 보였다.

"대답하겠어요, 아노 씨." 베티는 조금 숨이 막히는 듯한 목소리로 말했다. "모든 것을 다, 아무리 신성한 것이라 하더라도 모두 밝혀야 할 것 같군요. 그러나 다시 한 번 말씀드리지만 그 편지는 이 사건과 전혀 관계가 없어요." 그리고 나서 그녀는 "베크스 씨, 말씀하세요" 하고 공증인을 불렀다. 공증인이 아노의 곁으로 걸어나갔다.

"부인의 침대와 욕실문 사이에 상자가 놓여 있었는데, 부인은 그 상자 속에 그다지 중요하지 않은 서류, 이를테면 아직 버리지 않는 편이 좋다고 여겨지는 오래된 영수증 같은 것을 넣어 두셨습니다. 나는 부인께서 세상을 떠나신 뒤 물론 아가씨의 승낙을 얻어 그 상자를 사무실로 가지고 갔습니다. 한가로울 때 서류를 훑어보고 필요치 않은 것은 태워 버릴 수 있도록 가려 놓으려고 했던 것입니다. 하지만 아까도 말씀드렸듯이 나는 몹시 바빴으므로 겨우 5월 6일 금요일에 그 상자를 열 수 있었지요. 그런데 놀랍게도 상자의 맨 위에 리본으로 묶은 한 다발의 편지가 있었습니다. 잉크 빛이 바랜 오래된 편지로서, 공증인 같은 사람에게는 아무런 관계도 없는 부인의 신성한 개인적인 편지임을 한눈에 알 수 있었으므로 나는 토요일 아침 베티 양에게 그 편지를 주었습니다."

베크스가 말을 마치고 가볍게 몸을 굽혀 머리를 숙여 보인 다음 물러나자, 베티가 그 뒤를 이어받아 말했다.

"나는 그 편지 다발을 저녁 식사가 끝난 뒤 천천히 읽으려고 한옆으로 밀어 놓았어요. 저녁 식사가 끝난 뒤라야 틈이 있었으니까요. 왜냐하면 그날 아침, 보리스 씨가 나를 고발하여 오후에는 예심판사에게 불려갔기 때문이에요. 잘 아시겠지만 나는 이 고발이 두렵지는 않았으나 몹시 난처해지고 말았어요. 그리하여 밤늦게야 겨우 편지를 보았을 때에는 낮에 일어난 일 때문에 머리가 조금 멍청해져 있었어요. 하지만 얼른 보아서도 그 편지는 태워 버리는 것이 좋겠다고 생각되었어요. 그 이유는……,"

그녀는 잠시 입 속에서 우물우물하더니 이윽고 마음을 고쳐먹은 듯 또렷한 어조로 이야기를 이어 나갔다.

"……이미 돌아가신 분을 나쁘게 말하는 것이 될는지도 모르겠어요. 왜냐하면 그것은 큰어머니가 큰아버지와 결혼하시기 전에 주고받은 편지인데, 그 무렵 큰어머니는 라비아르 씨와의 불행한 결혼 생활을 하고 있었으므로 아직 큰아버지와는 재혼하시지 않았지요. 그 편지 가운데는 긴 것도 있고, 잠깐 틈을 내어 쓴 조그만 쪽지 같은 것도 있었어요. 다시 말해서 그것은……,"

갑자기 베티가 목소리를 낮추었으므로 모두들 그녀가 의미하는 바를 깨달았다.

"연인들끼리의 편지, 사랑에 취한 두 사람의 편지였어요. 그러므로 물론 태워 버려야만 했어요! 하지만 나는 그것을 하나하나 읽어보기로 마음먹었지요. 어쩌면 무언가 알아두어야 할 일이 있을지도 모른다고 여겨졌기 때문이었어요. 그래서 그날 밤 나는 꽤 많은 편지를 훑어보고 나서 태워 버리고, 다음날 일요일 아침에 나머지 편지를 모두 처리했어요. 서장님께서 봉인하러 오신 것은 내가 편지를 고스란히 재로 만든 지 얼마 안되어서였지요. 아노 씨, 그러니까 이것은 일요일 아침에 태운 편지의 재예요."

베티는 사랑스럽게 단순한 위엄을 갖추고 이야기했으므로 듣는 사람들은 따뜻한 동정을 느꼈다.

아노는 재받이 속으로 가만히 재를 버리고 후회하는 듯이 말했다.

"언제나 억지로 대답을 강요해서 죄송합니다. 대답을 들을 때마다 나는 부끄러움을 느끼고 당신은 더욱더 훌륭하게 보이는 셈입니다."

아노는 그럴 마음만 먹는다면 아주 정중하고 예의바르게 행동할 수 있었다. 그러나 불행히도 그 정중함은 결코 오래 계속되지 않았다. 지금만 해도 그렇다. 그는 여전히 난로 앞에 무릎을 꿇은 채 사과말을 늘어놓으면서도 자기가 지금 무엇을 하고 있는지 전혀 알아차리지 못하는 듯한 표정을 지으며 부삽으로 재를 쿡쿡 쑤시고 있었다. 조금 뒤 그는 바짝 긴장했다. 찾아낸 것은 타다 남은 파르스름한 종잇조각이었다. 탐정의 몸이 굳어지며 재받이 속에서 그 종이쪽지를 집어들었다. 한편 베티도 얼마쯤 호기심을 느끼는 듯 그곳을 들여다보았다.

아노는 다시 웅크리고 앉으며 말했다.

"토요일 아침에 편지 외의 것도 태우셨군요?"

베티가 이상하다는 표정을 지었으므로 아노는 들고 있던 종이쪽지를 내밀어 보였다.

"기록한 문서도 태우셨지요?"

베티는 그것을 손에 받아들며 고개를 저었다. 그러나 문서 오른쪽 위 끝으로 인쇄된 주소의 나머지와 그 밑의 난외(欄外)에 쓴 숫자를 뚜렷이 읽을 수 있었다.

"편지에 섞여 있었나 봐요." 베티가 말했다. "기억은 안 나지만……."

그녀가 종이쪽지를 아노에게 돌려주자 그는 웅크리고 앉아 그것을 바라보았다. 바로 등뒤에 서 있던 제임스 플로비셔는 인쇄된 이름이며 글자 끝부분과 그 밑의 숫자를 완전히 머릿속에다 집어넣었다. 그만큼 아노는 그 종이쪽지를 오랫동안 가만히 손에 들고 있었다. 대문자만으로 되어 있었는데, 맨 위의 이름은 크고, 그 밑으로 세 줄 가량 조금 작은 대문자가 있었으며 맨 밑의 난외에 숫자가 있었다. 그리고 전체가 탔기 때문에 갈색으로 그을린 비스듬한 빗금으로 잘린 세모꼴 속에 들어 있다.

"다행히 그다지 중요한 것은 아닌 것 같군요." 탐정은 종이쪽지를 재받이 속에 던져 넣으며 물었다. "지럴드 씨, 일요일 아침에 이 재를 알아차리셨습니까?" 아노는 물음이 베티가 한 진술의 진실성에 대한 빈정거림이 되지 않도록 베티에게 변명 비슷이 말했다. "될 수 있는 대로 다른 분들의 협력을 얻는 편이 좋을 것 같이 생각되어서요……."

베티는 고개를 끄덕였으나 지럴드는 당혹하고 있었다. 무섭게 험상궂은 얼굴을 지었지만 사실은 그토록 험상궂은 표정을 지을 필요는 없었다.

"기억나지 않는데요" 하고 지럴드가 말했다. 그러나 다른 사람으로부터 협력하겠다는 의사 표시가 있었다.

"아노 씨, 내가 좀 끼어들어도 괜찮겠습니까?" 비서인 모리스 테브네가 말했다.

"네, 좋습니다."

"일요일 아침, 나는 서장님의 뒤를 따라 이 방으로 들어왔습니다. 그 때 난로에는 재가 없었습니다. 이것은 확실합니다. 그러나 그때 베티 양이 재받이 앞에 파란 옻칠을 한 판자를 끼우고 있었습니다. 지금 여기에 있는 것과 똑같은 것을 말입니다. 아가씨는 그 판자를 만지고 있다가 우리가 들어가자 깜짝 놀라며 벌떡 일어섰습니다."

"아하!" 아노가 베티에게 미소를 지어 보이며 말했다. "그렇다면 테브네 씨가 재가 없었다고 증언하신 셈이로군요."

그는 일어나서 그녀 곁으로 갔다.

"제게 보여 주시겠다고 약속하신 편지가 한 통 있었지요?"

"네, 저어……."

아노가 재빨리 베티의 말을 가로막았다.

"다른 분들에게는 비밀로 해 둡시다." 그는 고개를 저으며 우리 두 사람은 이 일로 공범자라고 말하는 것처럼 빙그레 웃어 보였다. "그러나 이것은 우리만의 비밀입니다만 서장님에게는 가르쳐 드려도 좋습니다."

아노가 자기의 농담에 몹시 즐거워하며 웃고 있는 동안 베티는 치펜데일 식 책상 서랍을 열었다. 지럴드 서장은 이 우스갯소리를 듣고 그다지 감탄스러워하지도 않고 다만 픽 웃었다. 한편 베크스는 이처럼 가벼운 우스갯말은 때와 장소를 가려서 해야 한다고 말하고 싶기라도 한 듯 엄숙한 표정을 띠고 있었다.

베티는 착착 접은 흔히 볼 수 있는 편지지 한 장을 꺼내어 아노에게 건네주었다. 그는 창가로 가서 주의 깊게 편지를 다 읽자 지럴드에게 와 달라는 듯한 몸짓을 했다.

"플로비셔 씨도 오십시오. 당신도 비밀의 한패가 되는 것입니다."

그리하여 세 사람은 다른 사람들로부터 떨어진 창가에 서서 그 편지를 들여다보았다. 날짜는 5월 7일. 다른 익명의 편지와 마찬가지로 '회초리'라는 서명이 되어 있고 머리말 없이 곧 문장이 시작되고 있었다. 타자기로 친 아주 짧은 편지였는데, 베티 같은 처녀가 절대로 읽어서는 안 될 것 같은 심한 형용사가 여러 개 씌어 있었다. 제임스는 분노로 피가 끓어오르는 것 같은 심정이었다.

　　이제 너도 끝장이다. 너는——

그 다음에는 차마 들을 수 없는 말이 계속되다가 다음과 같이 끝맺어 있었다.

　　당연한 보복이다. 파리에서 아노 탐정이 주머니에 수갑을 넣고 찾아온다. 수갑을 찬 너는 퍽 사랑스럽게 보일 것이다. 우리가 필요한 것은 너의 흰 목이다! 와베르스키에게 갈채를 보낸다.

지럴드는 이 거친 문장을 뚫어지게 바라보더니 콧잔등에 안경을 올려놓고 다시 한 번 읽기 시작했다.

"그러나, 그러나……?"

서장은 우물우물하며 5월 7일이라는 날짜를 가리켰다. 아노가 경고하는 몸짓을 했으므로 서장은 입을 다물었으나 플로비셔는 그가 무슨 말을 하고 싶어하는 것인지 알 수 있었다. 아노 자신도 이미 이상하게 생각한 것처럼 지럴드도 또한 이토록 빨리 뉴스가 새어나간 사실에 놀란 것이다.

아노는 편지를 잘 접더니 베티들이 있는 곳으로 돌아왔다.
"고맙습니다, 아가씨."
그러자 비서 테브네가 주머니에서 수첩을 꺼내며 말했다.
"아노 씨, 이 편지 사본을 만들어 두도록 할까요?"
비서는 의자에 앉아 아노에게 손을 내밀었다.
"이것은 내가 맡아 두겠습니다." 탐정이 대답했다. "지금 당장은 사본이 필요치 않습니다. 나중에 도와 달라고 부탁드릴지도 모르겠습니다……."

아노는 그 편지를 봉투에 집어넣어 앞가슴 주머니에 넣었다. 눈을 들어 보니 베티가 열쇠 하나를 내밀고 있었다.
"이것은 방의 구석진 곳에 있는 벽장 열쇠예요."
"자, 이제 그 독화살을 찾기로 합시다. 그렇지 않으면 플로비셔 씨에게 또 야단맞을 테니까요." 아노가 말했다.

그 벽장은 창문과 마주보는 벽의 홀로 통하는 문 쪽에 있었다. 아노는 열쇠를 받아들어 벽장문을 열자마자 "아니!" 하고 소리치며 뒤로 물러섰다. 몹시 놀란 것 같았다. 그것은 눈 앞의 선반 위에 조그마한 사람의 머리가 오렌지만한 크기로 줄어들기는 했으나 머리카락이며 눈이 완전한 채로 두 개 놓여 있었던 것이다. 아마존 강 기슭에서 살해된 인디언의 머리로 인디언 특유의 방법에 의해 정복자의 손으로 보존되고 가공된 것이리라.

"만일 이 방에 독화살이 있다고 한다면 여기에 있을 가능성이 가장 큰 것 같은데요." 아노가 말했다.

벽장 속에는 진기한 골동품이 한 줄로 잔뜩 늘어서 있었으나 독화살 같은 것은 도무지 눈에 띄지 않았다. 그는 낙심한 표정으로 베티를 돌아다보며 안타까운 듯이 말했다.

"이밖에 화살이 들어 있을 만한 곳은 없을 것 같군요."

그 뒤 그는 그럭저럭 한 시간쯤 온 방 안을 살피며 돌아다녔다. 융단을 들춰보고, 의자 속에 든 것을 살피고, 커튼을 털어 보고, 꽃병을 거꾸로 세워서 흔들어 보기도 한 다음 그는 베티의 책상을 보았다. 책상의 금간 곳을 찬찬히 조사하고, 비밀 서랍의 간단한 장치를 발견하여 서랍의 잘게 칸막이된 곳도 살펴보았다. 아주 재빠르게 살펴본 뒤에는 곧 다시 제자리로 치우면서 민첩하게 해 나갔다. 한 시간쯤 지나 일이 끝났을 때에는 처음 들어왔을 때와 마찬가지로 방 안이 가지런하게 정리되어 있었다. 더욱이 이런 모든 일을 아노는 조금도 힘겨워하지 않고 간단하게 해치웠던 것이다.

"여기에는 없군." 의자에 앉아 탐정은 숨을 크게 들이마셨다. "하지만 아가씨들과 플로비셔 씨가 알아차리셨듯이 나는 여기서 독화살을 찾아낼 생각은 아니었습니다."

"그럼, 찾으시는 것은 이제 끝났나요?" 베티가 물었다. 그러나 아노는 꼼짝도 하지 않았다.

"잠깐만 기다려 주십시오. 저, 지럴드 씨. 홀로 돌아가셔서 저곳 문에서 봉인을 떼어 주실 수 없겠습니까?"

서장은 비서를 데리고 부인의 침실을 빠져나가 복도로 나갔다. 1분 뒤 열쇠 소리가 나고 문이 열렸다. 서장과 비서가 홀에서 그 문을 통해 들어왔다.

"고맙습니다!"

아노는 의자에서 일어났다. 그는 당혹해 하고 있는 모두를 둘러보며 엄숙하고 무게 있게 말했다.

"이제부터 실험을 하겠으니 어느 분도 말참견을 하거나 쓸데없는 몸짓을 하여 방해하는 일이 없도록 부탁드립니다."
완전한 침묵이 흘렀다. 아노는 난로 옆으로 다가가서 벨을 눌렀다.

* 1 Jean Honore Fragonard. 1732~1806. 프랑스의 화가.
  2 Thomas Chippendale. 1718~17790. 영국의 가구 디자이너.
  3 Bourg. 프랑스 엔 지방의 큰도시. 가구 철제품이 주 생산품.
  4 Benvenuto Cellini. 1500~1571. 이탈리아의 조각가, 금 세공가.
  5 Scotland Yard. 본부 건물이 있던 거리에서 따온 런던 경시청의 별칭.

# 하나의 실험과 하나의 발견

벨 소리에 대답하여 가스톤이 나타났다.

"하녀 프랜시느 로라르를 불러다 주시오." 아노가 말했다. 그러나 늙은 하인은 그 말에 아무 대답도 하지 않고 공손한 태도로 아노 뒤에 서 있는 베티를 바라보았다.

"아가씨, 어떻게 할까요?"

"곧 불러와요" 하며 베티는 의자에 앉았다.

프랜시느 로라르는 좀처럼 오지 않았다. 몇 분 뒤 겨우 보물실에 모습을 나타냈는데, 겁먹은 표정으로 매우 마음이 내키지 않는 듯 싶었다. 아직 20살이 될까말까한 아름답고 깨끗하며 귀엽게 생긴 처녀로 숲을 떠난 마음 약한 들짐승을 연상케 했다. 그녀는 기다리고 있는 사람들을 불안하고 의심스러운 눈초리로 둘러보았는데, 시골에서 자란 사람이 도회지 사람을 대할 때의 그 특유한 의심 많은 표정을 띠고 있었다. 탐정이 다정하게 말을 걸었다.

"로라르 양, 내가 와 달라고 한 까닭은 이제부터 어떤 한 장면을 실연하려고 하는데 아가씨에게 좀 도움을 청하고 싶기 때문이오."

그리고 나서 그는 앤 압코트를 보며 말했다.

"압코트 양은 세상을 떠나신 날 밤 당신이 했던 행동을 여기서 정확하게 되풀이해 보십시오. 이 방에 들어와 전등 스위치 옆에 서서 잠깐 불을 켰다가 시계를 본 다음 곧 다시 스위치를 끄십시오…… 여기 경계가 되는 곳의 문이 열려 있고, 그렇습니다! 저쪽으로부터 부인의 침실 불빛이 비치고 있고……."

아노는 앤이 서 있던 위치를 확인하기 위해 그녀의 옆으로 다가가 보기도 하고 방 사이의 문을 열어 가기도 하며 바쁘게 돌아다녔다.

"이것으로 가마의 장식이며 벽의 판자며 당신의 오른편에 있는 난로 저쪽에 빛이 비쳐 들어오는 것이 보이겠지요. 그렇습니다! 당신은 거기 어둠 속에 서서, 그리고,"

그는 한 마디 한 마디를 딱딱 자르면서 천천히 말했다.

"침실에서 몸부림치는 듯한 소리가 들리고 중얼거리는 소리가 똑똑히 들려옵니다."

"네." 앤은 부르르 몸을 떨며 대답했다.

아노의 권위 있는 엄숙하고 무게 있는 말투에 그녀는 완전히 겁먹고 당혹한 것처럼 그를 지켜보았다.

"그럼, 어디 이 자리에 서서" 아노는 말을 이었다. "다시 한 번 그날 밤처럼 귀를 기울여 주십시오. 네, 고맙습니다!"

그는 이번에는 베티에게로 다가가서 말했다.

"이번에는 베티 양과 프랜시느 로라르, 이리로 와 주십시오."

그는 경계가 되는 문 쪽으로 걸어갔으나 베티는 의자에서 일어서려고도 하지 않고 크게 말했다.

"아노 씨!" 그녀는 핏기 잃은 새파란 얼굴로 목소리를 떨며 말했다. "무슨 일을 하실 생각인지 짐작할 수 있어요. 하지만 그것은 너무 잔혹해요. 게다가 그렇게 해봐야 아무 소용도 없을 거예요."

아노가 대답하기 전에 이번에는 앤이 끼어들었다. 그녀가 해야 할 역할은 베티의 역할보다 쉬울 텐데도 앤은 베티보다 더욱 난처해하고 있었다.
"아무 소용없는 일이에요. 그 때 일어난 끔찍스러운 일을 무엇 때문에 되풀이해야 하는 거지요?"
아노가 문가에서 뒤돌아보며 말했다.
"아가씨들, 부디 내가 하고 싶어하는 대로 해주십시오. 이 실험이 도움이 되고 안되고는 나중에 알게 될 겁니다. 물론 당신들 입장으로서는 이런 일을 하는 것이 싫겠지요. 하지만 죄송합니다. 당신들의 일만을 생각하고 있을 수는 없으므로……."
말은 심했지만 그의 목소리에는 처녀들을 성나게 하지 않을 만한 침착성과 엄숙함과 무게가 있었다.
"내가 생각하는 것은 당신들 두 분의 나이를 합친 것보다 훨씬 더 나이가 많은 부인에 대한 일, 4월 27일 밤 여기서 불행한 생애를 마친 부인에 대한 일입니다. 나는 베티 양이 오늘 아침에 보여 주신 두 장의 사진을 잊을 수가 없습니다. 나는 그것으로 마음이 움직였습니다. 진심으로 움직인 것입니다."
눈까풀 뒤에 새겨진 무시무시한 두 장의 대조적인 사진이 눈 앞에 보이는 것처럼 아노는 눈을 감았다.
"나는 그분을 옹호하겠습니다." 그는 떨리는 목소리로 외쳤다.
"나는 그 불행한 부인의 편입니다. 만일 부인이 살해됐다면 나는 끝까지 범인을 찾아내어 처벌할 생각입니다."
아노가 이처럼 얼굴빛까지 달라지며 정열적으로 이야기하리라고는 제임스로서 전혀 생각조차 할 수 없었던 일이다. 아노는 똑바로 우뚝 선 채 겁주는 듯 모두를 찬찬히 둘러보았다. 그의 둔중함은 모조리 사라져 버리고 마치 불꽃의 검을 높이 치켜든 천사 같았다.

"아가씨들은 젊습니다. 조금쯤 불쾌한 일을 한다고 해서 뭐 어떻습니까? 소름이 끼치도록 놀랐다고 한들 언제까지나 떨고 있지만은 않겠지요. 부디 그렇게 억지를 부리지 말아 주십시오!"

베티는 아무런 불평도 하지 않고 벌떡 일어섰으나, 그러기에는 굉장한 노력이 필요했다. 그녀는 백묵처럼 핏기 없는 얼굴빛으로 몸을 비틀거렸다.

"이리 와, 프랜시느!" 마치 언어 장애를 일으킨 환자 같은 말투로 베티가 말했다. "우리는 아노 씨에게 겁쟁이라는 말을 듣겠어."

그러나 하녀는 여전히 마음이 내키지 않는 듯했다.

"무슨 일인지 모르겠어요. 어쩐지 무서워요. 순경 아저씨가 함정을 파 놓은 것은 아닐까요?"

아노가 웃었다.

"순경 아저씨가 죄없는 사람을 무엇 때문에 함정에 빠뜨리겠습니까?"

그는 거의 비웃음을 띤 듯한 표정으로 헐로우 부인의 침실에 들어갔다. 베티와 프랜시느가 곧 뒤를 따르고 나머지 사람들도 한무리가 되어 그 뒤를 따랐다. 제임스가 맨 끝이었다. 그는 처녀들이 이 실험에 끼어들기를 싫어하느니만큼 구경하기도 싫었다. 묘하게 연극을 하는 것 같았다. 의심할 나위 없이 앤의 진술에 대한 진실성을 시험하기 위해 그녀가 말한 대로 다시 재현해 보려는 것인데, 이것은 진실을 알아내기 위해서라기보다는 신경을 테스트하려는 것이 틀림없었다. 그러므로 제임스는 이런 실험을 믿지도 않았을 뿐 아니라 페어 플레이라고도 생각하지 않았다. 그는 문가에 멈춰서서 앤에게 기운을 내라는 격려의 말을 하려고 했다. 그러나 그녀는 또다시 나무로 세공한 벽장 위에 놓인 자명종을 당혹에 찬 기묘한 표정으로 응시하고 있었다.

"조금도 무서워할 필요가 없습니다, 앤."

제임스의 목소리가 들리자 앤은 시계에서 눈을 돌려 그를 보았다. 그녀의 눈이 마치 춤을 추고 있는 것 같았다.

"처음으로 앤이라고 불러 주셨군요." 앤은 미소지으며 말했다.

"고마워요, 짐!" 그녀는 한동안 우물쭈물하더니 갑자기 뺨을 붉히며 나직한 목소리로 덧붙였다. "솔직히 말해서 나는 조금 질투했어요."

앤은 이렇게 마음을 털어놓고 나자 조금 부끄러운 듯이 살짝 웃었다. 그때 마침 아노가 문에 나타났으므로 제임스는 아무 대답도 할 수가 없었다.

"방해하고 싶지 않습니다만," 아노가 미소지으며 말했다. "지금은 앤 양의 마음이 흐트러지지 않게 하는 일이 중요합니다."

아노의 뒤를 따라 침실로 들어서며 제임스는 저도 모르게 깜짝 놀랐다. 서장과 비서 테브네와 베크스가 한덩어리가 되어 창가에 서 있고, 베티 헐로우는 부인의 침대에 누워 있었다. 프랜시느 로라르는 문 가까운 벽 가에 서 있었는데 몹시 겁먹은 표정으로 아직 길들여지지 않은 들짐승처럼 차분하지 못한 눈길로 여기저기를 훔쳐보고 있었다. 그러나 무엇보다도 제임스가 놀란 것은 이 이상야릇한 광경이 아니라 베티 자신이 마치 소름이 끼칠 듯이 묘한 얼굴을 하고 있는 일이었다. 한 팔을 짚고 몸을 일으키려 하고 있었는데 문 쪽을 뚫어지게 바라보는 그 눈초리야말로 일찍이 본 적이 없는 이상야릇하고 기묘한 광경이었다. 그녀는 주위의 상황으로부터 완전히 동떨어져 있었다. 프랜시느가 무서워하고 있는 이 실험 같은 것은 베티에게 있어 아무런 의미도 없었다. 그녀는 무엇엔가 홀려 있었다──그러한 낡은 표현이 제임스의 머릿속에서 번뜩였다. 그녀의 얼굴은 가면처럼 움직이지 않았으며, 이른바 얼어붙은 정열의 마스크와도 같았다. 그러나 그처럼 기묘한 표정은 한순간 뒤 곧 베티의 얼굴에서 사라지고, 이윽고 그녀는 긴장을 풀고 침대 위에 힘없이 반듯이 누워서 명령을 기다리듯이 아노를 바라보았다.

아노는 제임스에게 손짓하여 창가의 세 사람에게로 가게 했다. 그런 다음 그는 침대 곁에 서서 프랜시느를 손짓하여 불렀다. 그녀가 느릿느릿 다가오자 아노는 몸짓으로 침대 반대쪽에 자기와 마주보고 서도록 명령했다. 한참 동안 프랜시느는 아노의 명령을 듣지 않고 침대 발치에 서서 고집스럽게 고개를 젓고 있었다. 함정에 빠질까봐 무서워하는 것 같았다. 참다못해 베티가 눈짓을 하자 그녀는 어슬렁어슬렁 다가왔으나 마치 마룻바닥에 구멍이 뚫려 있지나 않을까 걱정스러워하는 듯했다. 아노가 다시 한 번 눈짓을 하자 프랜시느는 그가 미리 써 두었던 종이쪽지를 바라보았다. 이 종이쪽지와 다음에 취해야 할 행동은 제임스가 앤과 이야기를 하는 동안에 이미 다 말해 두었던 것 같다. 프랜시느는 다음에 해야 할 일을 알고 있을 터인데도 의심 많은 시골 사람 기질로 여전히 주춤거리고 있었다. 아노는 그녀를 노려보며 재촉했다. 겨우 프랜시느는 침대에 누운 베티 위로 내키지 않는 듯한 표정으로 몸을 구부렸다. 아노가 고개를 끄덕여 보이자 그녀는 낮고 또렷한 목소리로 중얼거렸다.

"이제 됐다."

부인이 죽은 그날 밤 앤 압코트가 들었다는 이 말을 겨우 하녀가 입 밖에 내자 아노는 다시 한 번 똑같이 그 말을 되풀이했다. 그리고 나서 아노는 여느 때의 목소리로 돌아가 문 쪽을 향해 말했다.

"아가씨, 들렸습니까? 그날 밤 당신이 들으신 속삭임이 지금의 목소리와 같습니까?"

모두들 숨을 삼키며 대답을 기다렸다. 프랜시느는 의심스러운 듯이 탐정을 바라보았다. 앤의 대답이 들려왔다.

"네, 들렸어요. 하지만 오늘은 어느 분이 말했는지 모르겠으나 두 번 계속해서 들렸어요. 그날 밤 보물실에서 내가 들은 것은 꼭 한 번뿐이었어요."

"그럼, 오늘 들으신 것은 두 번 다 같은 사람의 목소리였습니까?"

"네……그렇게 생각해요……다른 목소리는 아니었어요."

아노는 실망한 듯이 얼른 몸짓으로 팔을 벌리며 모두를 향해 말했다.

"실험 결과는 아셨겠지요? 속삭임이란 모두 거의 비슷합니다. 억양도 없고 깊이도 가벼움도 없으니까요. 남녀의 구별조차도 명확하지 않습니다. 그날 밤 '이제 됐다'라고 소곤거린 사람의 목소리와 똑같은 소리를 찾는 것은 불가능한 일입니다."

그는 베크스 씨에게 손짓했다.

"이 벽에 붙박이된 벽장을 열어 주시겠습니까? 그리고 뭔가 없어진 것이 없는지, 휘저어 놓지는 않았는지 베티 양이 잘 조사해 주었으면 합니다."

베크스와 베티에게 그 일을 맡기고, 서장과 비서에게 그 두 사람을 감시해 달라고 부탁한 다음 탐정은 보물실로 돌아갔다. 제임스 플로 비셔도 그의 뒤를 따라갔다. 제임스는 탐정이 실험 결과에 대해 솔직히 말했다고 믿을 수는 없었다. 속삭이는 목소리를 판별하기 곤란하다니! 아노쯤 되는 사람이 그런 초보적인 것을 모를 리가 없다. 그의 설명은 엉터리일 것이 틀림없었다. 그런 연극을 연출한 데는 뭔가 다른 까닭이 있을 것이다. 제임스가 아노를 뒤따라간 것은 그 까닭을 듣고 싶었기 때문이었다. 그러나 그때 그는 탐정이 나직이 이야기를 하고 있는 목소리를 들었으므로 화장실 안쪽의 그 경계가 되는 문 옆에서 걸음을 멈추었다. 그곳이라면 저쪽의 이야기 소리는 잘 들리지만 이쪽의 모습이 저쪽에 보이지는 않는다.

"왜 그러십니까, 아가씨?" 아노는 앤에게 말하고 있었다. "그 시계의 일로 뭔가 마음에 걸리는 게 있는 것 같군요?"

"네, 아주 바보스러운 일이에요……내가 착각한 것이 틀림없어요……장식 벽장은 여기에 있고 시계는 그 위에 놓여 있으니까요."

그 말로 미루어 보아 두 사람은 나무로 세공된 벽장 옆에 서 있는 것 같았다.

"과연 그렇군요." 아노는 재촉했다. "그런데 뭐가 마음에 걸리시는 거지요?"

한참 동안 침묵이 흘렀다. 제임스는 시계로부터 문으로, 문에서 시계로 눈길을 옮기는 앤의 모습을 상상할 수 있었다. 그 문이 있는 곳에서 그녀는 그날 밤 시계를 보았던 것이다. 확실히 조금 전에 침실에서 했던 실험은 앤의 진술이 거짓말임을 확인하려는 의도에서 나온 것임에 틀림없다. 그 실험이 실패로 끝난 지금 아노는 다른 계략을 써서 새로운 함정을 파 놓으려 하는 것일까?

"자, 뭐가 마음에 걸리십니까?" 탐정은 집요하게 물었다.

"어쩐지 그때보다……" 앤은 자신이 없는 듯한 목소리로 말했다. "지금 시계가 놓여 있는 장소가 그때보다 낮은 것 같아요. 하지만 그럴 리가 없어요…… 그때는 아주 잠깐 동안 보았을 뿐이고…… 아니, 하지만 아주 똑똑히 기억하고 있어요…… 방이 한순간 밝아졌다가 다시 캄캄해졌으니까요. …… 역시 그때가 지금보다 조금 높은 곳에 있었던 것 같아요……."

갑자기 그녀는 팔을 움켜잡혀 경고를 받은 것처럼 문득 입을 다물었다. 다시 이야기를 시작할까? 제임스가 귀를 기울이고 있으려니까 아노가 고양이처럼 재빨리 문에 나타나 그의 앞을 막아섰다.

"난 또 누구시라고, 플로비셔 씨였군!" 탐정은 묘하게 마음을 놓은 듯한 어조로 덧붙였다. "당신을 경시청의 일원으로 추천해야겠군요, 탐정이 될 수 있겠습니다. 자, 이리로 들어오십시오."

아노는 제임스의 팔을 잡아 보물실로 데리고 들어갔다.

"그 시계에 대해서라면 말입니다, 아가씨. 전등불이 켜졌다가 꺼진 한순간에 그토록 자세한 것까지 정확하게 기억한다는 것은 기적이라고 할 수 있습니다. 그러니 신경 쓰실 건 없습니다."

아노는 의자에 깊숙이 앉아 한참 동안 의기소침한 표정으로 입을 다물고 있었다. 이윽고 그는 플로비셔를 보고 말했다.

"당신은 오늘 아침 내가 방법을 잘못 택하고 있다고 말씀하셨지요? 이것저것 멋대로 추측해서는 무덤 속에 가만히 잠들게 해 두어야 할 낡은 물건들을 뒤적거려 결국은 아무것도 발견하지 못했다고 말입니다. 실로 그 말씀이 옳습니다. 특히 지금 한 실험처럼 그토록 비참한 실패는 처음입니다." 갑자기 아노는 말을 끊고 몸을 일으키며 물었다. "왜 그러십니까?"

제임스 플로비셔의 머리에 어떤 생각이 번뜩였다. 아노의 얼굴과 태도에 나타난 뚜렷한 실망의 표정이 그로 하여금 그 생각을 머릿속에 떠올리게 한 것이다. 그렇다, 확실히 실험은 실패했다. 왜냐하면 그것은 하녀 프랜시느가 목표였기 때문이다. 탐정은 예고 없이 프랜시느를 불러내어 그 자리에서 한 장면을, 더욱이 그 주역을 연기하도록 명령했는데 이것은 하녀가 양심의 가책을 받아 자기의 죄를 털어놓을지도 모른다고 기대했기 때문이었다. 그는 앤을 의심하고 있다. 그리고 앤에게는 공범자가 있다. 바로 그 공범자를 찾아내는 것이 실험의 목적이었던 것이다. 그러나 실험은 아노가 스스로 인정하는 바와 같이 비참한 실패로 끝났다. 과연 프랜시느는 실험을 거부했다. 그녀가 거부한 까닭은 너무도 명확했다. 요컨대 경찰관이 무서웠기 때문이다. 함정에 빠질까봐 걱정스러웠던 것이다. 하지만 이것은 무지한 사람에게 있어서는 당연한 불안에 지나지 않는다. 유감스럽게도 그녀는 아노의 고심한 책략에 걸려들지 않았다. 그러나 제임스는 이러한 억측을 단 한 마디도 아노에게 말하지 않았다. 왜 그러냐고 묻는 탐정에 대해 그는 다만 이렇게 대답했을 뿐이었다.

"아무것도 아닙니다."

아노는 두 손바닥으로 의자의 팔걸이를 탁 때렸다.

"아무것도 아니라고요? 아무것도 아니다! 그것이 이 사건의 유일한 해답입니다. 아무것도 아니다, 아무것도……."

그가 실망한 듯이 혼잣말처럼 중얼거리고 있을 때 갑자기 놀란 듯한 외침 소리가 침실 쪽에서 들려왔다.

"베티예요!" 앤이 소리를 질렀다.

아노는 마치 외투라도 벗는 것처럼 의기소침한 태도를 벗어 버렸다. 그는 의자에서 벌떡 일어나자마자 외침 소리가 끝나기도 전에 벌써 화장실을 빠져나가고 있었다. 분명히 베티는 소리를 질렀던 상태에서 꼼짝도 하지 않았을 것이다. 그녀는 화장대 앞에 서서 갈색 모로코 가죽으로 된 큼직한 보석 상자의 뚜껑을 도무지 믿어지지 않는다는 듯한 표정으로 열었다 닫았다 하고 있었다.

"과연!" 아노가 말했다. "누군가가 열쇠로 열었군요. 결국 찾던 것을 만났습니다. 플로비셔 씨, 이 보석 상자가 열려 있는데 보석 상자가 저절로 열리는 일은 없는 법이지요. 여기에 있었습니까?"

그는 문이 열려져 있는 붙박이 벽장 쪽을 보았다.

"네." 베티가 말했다. "문을 열고 이 보석 상자를 꺼내어 살짝 건드리기만 했는데도 뚜껑이 열렸어요."

"상자 속을 잘 조사하여 없어진 것이 있는지 보십시오."

베티가 보석 상자 속에 든 것을 조사하기 시작하자, 아노는 혼자 떨어져 서 있던 프랜시느의 팔을 잡고 문으로 데리고 가 말했다.

"걱정하게 해서 미안했소, 프랜시느. 그러나 결국 순경 아저씨도 그렇게 무섭지만은 않지요? 하녀들이 영리하게 입을 다물고 있는 한 순경 아저씨는 친절한 친구요. 그렇지만 만일 프랜시느가 말을 재잘거려 내일 핸섬한 빵집 소년이 온 거리에 아노의 실험에 대한 소문을 퍼뜨리는 일이 있다면, 그렇게 재잘거린 것이 누구인지 아노는 잘 알 수 있지요."

"아무에게도 한 마디도 하지 않겠어요." 프랜시느는 부르짖었다.

"그거 참, 영리하군." 아노는 상대의 비위를 맞추려는 듯한 목소리로 무섭게 말했다. "말 많은 장난꾸러기에게 아노는 심술사나운 아저씨이지요, 하하하! 말 많은 아이는 붙잡아다가 단단히 혼을 내준 다음이라야 다시는 '이제 됐다'라고 말하지 않을 거요."

아노는 겁주는 말을 다정해 보이는 웃음으로 부드럽게 하면서 하녀를 방에서 밀어냈다. 그는 곧 베티에게로 돌아왔는데, 그녀는 보석상사 속에서 칸막이된 상자를 꺼내어 바닥에 들어 있는 몇 개의 조그만 상자를 열어 보는 참이었다. 펜던트며 팔찌며 버클이며 반지 등이 차례차례로 불빛을 받아 번쩍였다. 그러나 베티는 계속해서 찾고 있었다.

"뭔가 없어진 것이 있습니까?"

"네."

"틀림없이 그럴 거라고 생각했습니다." 아노는 말을 이었다. "사람을 죽이는 데는 반드시 어떤 목적이 있는 법이지요. 없어진 보석은 아마도 값비싼 것이겠지요?"

"네, 비싼 거예요. 하지만 어딘가 다른 데 넣어 두었는지도 몰라요. 틀림없이 다른 서랍 속에 섞여들어갔을 거예요."

그녀는 제발 일을 떠들썩하게 만들지 말아 달라는 듯이 애원 담긴 목소리를 냈다.

"어쨌든 없어진 보석은 내 것이니까 나만 아무 말 하지 않고 잠자코 있으면 돼요. 보리스 씨처럼 고발 같은 것은 하고 싶지 않아요."

아노는 고개를 저었다.

"아니, 절대로 그런 식으로 일을 처리해서는 안됩니다. 이런 경우에 우리는 '이제 됐다'라고 말할 수 없습니다."

제임스로서는 아노가 그 속삭임의 말을 이렇듯 무슨 일에나 빗대어 말하는 것이 조금 이상스럽게 여겨졌다. 아노가 말을 계속했다.

"우리가 조사하고 있는 것은 절도 사건이 아니라 살인 사건입니다. 그러므로 수사를 이대로 중단할 수는 없습니다. 없어진 물건이 무엇입니까?"

"진주 목걸이예요." 베티는 내키지 않는 듯이 대답했다.

"큽니까?"

아노의 질문이 이러니저러니 말할 수 없을 만큼 단호한 것이 되어감에 따라서 베티는 점점 더 마음내키지 않는 듯한 태도를 보였다.

"그다지 크지는 않아요."

"어떤 것인지 좀 설명해 주십시오."

베티는 망설였다. 몹시 난처한 얼굴로 정원을 내다보고 있더니 하는 수 없다는 듯이 어깨를 움츠리며 이야기하기 시작했다.

"진주는 서른 다섯 알로 그다지 크지는 않지만 매우 알이 고르고 예쁜 분홍빛이에요. 큰아버지께서 여러 해 동안 몹시 애써서 한 알씩 모은 거예요. 큰어머니가 적어도 값이 10만 파운드는 나갈 거라고 말씀하셨어요. 지금은 좀더 비싸게 값이 붙으리라고 생각해요."

"그렇다면 한재산이로군요!" 아노가 소리쳤다.

그처럼 값비싼 목걸이가 어딘가 다른 곳에 섞여들어가 있다가 언제고 별안간 발견될 것이라고는 아무도 생각하지 않았다. 아노가 맞붙어 싸우고 있는 이 범죄 사건은 바야흐로 차츰차츰 확실한 형태를 이루어 가고 있었다. 공중 누각이 아닌 건축에 이제 또 하나의 층이 올려진 것이다. 비록 실험이 하나나 둘쯤 성공하지 못했다 하더라도 그것이 무슨 상관이란 말인가? 바야흐로 살인 동기가 뚜렷하게 드러나지 않았는가? 이렇게 된 이상 결정적인 결과가 일어나는 것을 막을 수는 없다. 제임스는 직감했다. 백만 년이나 걸려 가까스로 지상에 닿는 별빛처럼 진실은 마침내 어둠을 뚫고 찬란한 빛을 내뿜으며 오직 혼자 우뚝 서 있는 자——범죄자——를 똑똑히 비추어 낼 것이다.

"당신 외에 이 목걸이에 대해서 알고 있는 사람은 누굽니까?" 아노가 물었다.

"우리 집 사람들은 모두 알고 있어요. 큰어머니께서 늘 몸에 지니고 계셨으니까요."

"그렇다면 돌아가신 날에도?"

"저어……?" 베티는 중간에서 말을 멈추고 확인하려는 것처럼 앤을 돌아다보았다. "분명히 그랬어요."

앤은 얼굴빛이 몹시 창백하고 겁먹은 듯한 표정을 띠고 있었지만 야무지고 차분한 목소리로 말했다.

"네, 분명히 몸에 지니고 계셨어요."

"프랜시스 로라르는 이 댁에 온 지 얼마나 됩니까?" 아노가 베티에게 물었다.

"3년쯤? 아니, 3년 조금 더 됐어요. 난 그 아이 말고 다른 사람을 둔 적이 없는 걸요." 베티가 웃으면서 대답했다.

"흐음!"

탐정은 생각에 잠겼다. 제임스는 그가 생각하고 있는 것과 똑같은 일을 방 안에 있는 다른 사람들도 틀림없이 생각하고 있으리라고 여겼다. 왜냐하면 누구 하나 앤 압코트에게로 눈길을 돌리는 사람이 없었기 때문이었다. 오래 전부터 집안에 있는 하인들은 값비싼 보석을 훔치거나 하지 않는 법이다. 오랜 기간 동안 살지 않고 구르넬 저택에 들어온 지 얼마 안되는 사람이라면 앤 압코트와 간호사 잔느 보던 둘뿐이다. 그러나 잔느 보던은 그야말로 착하고 어질기 그지없는 성격이다. 입 밖에 내어 말하지는 않았지만 모두들 이와 똑같은 추측을 하고 있는 것이 틀림없었다.

아노는 벽장의 자물쇠로 눈길을 돌렸으나 줄곧 고개를 젓고 있었다. 이윽고 그는 화장대 앞으로 가서 모로코 가죽으로 된 보석 상자를 살펴보았다.

"아니, 이런!" 그는 활기 있게 소리치며 웅크려 앉았다. "이거 이상한데!"

그 보석 상자는 열쇠로 여는 장치가 아니라 앞부분에 세 개의 고리가 달려 있어서 숫자를 맞추면 고리가 벗겨지게 되어 있었다. 숫자는 물론 고리마다 바꿀 수가 있으며 세 개의 숫자 조합을 알지 못하면 열 수가 없었다. 다시 말해서 헐로우 부인의 보석류는 일정한 공식에 의해서 지켜지고 있었던 것이다.

"부수어 연 흔적은 없는 것 같군요," 아노는 몸을 일으키면서 말했다.

"틀림없이 큰어머니께서 잠그시는 것을 잊으셨던 모양이에요" 하고 베티가 말했다.

"그럴는지도 모르지요." 아노는 고개를 끄덕였다.

"더욱이 이 방은 큰어머니의 장례식 날부터 일요일 아침 봉인할 때까지 아무나 드나들 수 있었으니까요."

"1주일 동안 더욱이 그동안 보리스 씨가 머물고 있었겠지요?" 아노가 말했다.

"네……. 하지만 어딘가에 섞여들어가 있어서 찾으면 발견될지도 몰라요. 아시는 바와 같이 보리스 씨는 런던의 법률사무소에 돈을 보내라고 요구한 모양이지만, 물론 나와 흥정할 생각이었답니다. 만일 그가 10만 파운드의 목걸이를 훔쳤다면 단 1천 파운드밖에 안되는 돈을 요구할 리가 없다고 생각해요."

제임스는 와베르스키를 머릿속에서 제외했다. 아노가 조금 전에 와베르스키의 이름을 말했을 때에는 그가 목걸이를 훔쳤을지도 모른다고 생각되어 온 몸이 오싹하는 스릴을 느꼈으나, 그 스릴은 베티의 마음내키지 않는 듯한 추측에 의해 곧 사라져 버린 것이다. 그러나 한편으로는 만일 실제로 보리스와 앤이 공범자라고 한다면 남자는 유산을, 여자는 목걸이를 목적으로 부인을 살해했다고도 생각할 수 있다. 어쨌든 사정은 차츰 앤에게 불리해져 갔다.

"그럼, 어딘가에 섞여들어가 있지 않는지 찾아보기로 합시다." 아노가 말했다. "그런데 아가씨, 이 보석 상자는 오늘 안으로라도 은행에 맡기는 편이 안전할 겁니다."

베티는 보석 상자의 뚜껑을 닫고 고리를 하나씩 채웠다. 찰칵찰칵하는 작고 날카로운 소리가 세 번 계속해서 방 안에 울렸다.

"부인께서 사용하시던 세 개의 숫자를 쓰신 일은 없었겠지요?"

아노가 물었다.

"난 큰어머니가 쓰시던 숫자를 알지 못해요."

베티는 보석 상자를 벽장 속에 다시 넣었다. 그리고 나서 그녀는 이 벽장, 저 서랍을 샅샅이 찾아보았으나 보물실에서 독화살을 찾아내지 못했듯이 부인의 침실에서 목걸이를 발견하지 못했다.

"이젠 더 이상 찾아볼 만한 곳이 없군요." 탐정이 말했다.

"아니에요, 한 군데 있어요." 앤 압코트가 조용한 목소리로 입을 열었다.

그녀는 몹시 창백한 얼굴로 도전하는 것처럼 혼자 우뚝 서 있었다.

그녀는 의심받고 있는 것을 알아차린 듯했다. 아무도 그녀 쪽으로 눈길을 돌리지 않으려 하고 있는 그 마음씨가 모두의 의심을 똑똑히 그녀에게 깨닫게 해준 것이다.

"그게 어디이지요?" 아노가 방을 둘러보며 말했다.

"제 방이에요."

"안돼요!" 베티가 세차게 외쳤다. "그런 짓을 해서는 안돼요!"

"부디 찾아봐 주세요. 그러는 편이 마음 편할 것 같아요."

"아가씨의 입장으로서는 당연한 일입니다." 베크스가 고개를 끄덕이며 말했다.

앤이 아노를 보고 말했다.

"나는 함께 가지 않겠어요. 제 방에는 가죽으로 된 작은 문서 상자 외에 열쇠로 잠가 둔 거라고는 아무것도 없어요. 그 문서 상자의 열쇠는 화장대 왼쪽 서랍에 있어요. 저는 서재에서 기다리고 있겠어요."

아노가 가볍게 인사하고 미처 몸을 움직이기도 전에 베티는 제임스로 하여금 다른 사람이 보는 것도 개의치 않고 그 자리에서 그녀를 꼭 껴안아 주고 싶을 정도로 아름다운 행동을 보여 주었다. 그녀는 곧 앤의 옆으로 다가가더니 한 팔을 앤의 허리로 돌리며 말했다.

"나는 너하고 함께 기다리겠어. 정말 어이없는 일이지 뭐니!"

그리고 나서 베티는 앤과 함께 뒤도 돌아보지 않고 재빨리 방에서 나갔다.

## 화살의 발견

앤의 방은 3층이었는데 창문이 뜰을 향해 나 있고 침실과 거실이 나란히 붙어 있었다. 천장은 그다지 높지 않았지만 두 방 다 널찍했다. 아노는 침실을 둘러보면서 의심스러워하는 듯한 목소리로 말했다.

"과연······무리도 아니군. 이처럼 넓은 방에서 자다가 갑자기 캄캄한 어둠 속에서 놀라게 되면 방향을 알 수 없어 스위치가 어디 있는지 모를 법도 하겠군. 어쨌든 스위치가 바로 손 가까이에 있지 않으니까 말이야." 그는 어깨를 흠칫했다. "하지만 나중에 확인할 것이 틀림없으므로 좀더 조심해서 이야기할 수도 있을 테지."

그의 목소리에서 수상쩍어하는 투가 없어져 있었다. 이 탐정의 혼잣말에 앤의 이야기를 듣지 못한 서장이나 비서나 베크스로서는 도무지 이해할 수가 없었다. 사실 비서 테브네가 아노를 날카롭게 바라보며 금방이라도 그 말의 뜻을 물어볼 것 같았으나, 그보다 먼저 층계를 둘씩이나 올라왔으므로 몹시 숨차하면서 서장이 입을 열었다.

"이 방에서는 그다지 대단한 것이 나올 듯하지 않군요. 그렇지 않다면 그 사랑스러운 아가씨가 자신의 예쁜 소지품들을 마구 뒤적거리라고 말할 리가 없겠지요."

"글쎄요, 어디 한 번 찾아봅시다!" 아노가 말했다.

제임스 플로비서는 혼자 거실로 들어갔다. 탐정과 서장이 침실을 뒤지는 것을 얌전하게 보고 있어 봐야 별수없다고 생각했던 것이다. 방 한복판의 테이블 위에 압지며 종이며 펜 같은 것이 놓여 있었다. 그는 이 이틀 동안에 겪었던 여러 가지 사실이며 억측이 한데 뒤섞여 소용돌이치고 있는 것을 지금부터 머릿속에서 분류하여 질서를 세워 보아야겠다고 생각했다. 그러기 위해서는 무인도의 로빈슨 크루소처럼 '가능'과 '불가능'의 두 종류로 정리해 보는 것이 가장 좋다. 아노가 싫증도 내지 않고 옆방을 찾아 돌아다니는 이상 적어도 한 시간은 걸릴 것이다. 그동안 제임스는 책상 앞에 앉아 생각을 정리하기로 했다. 종이 한 장을 집고 펜 접시에서 아무렇게나 펜을 골라잡아 일을 시작했다. 그는 앤의 종이를 많이 썼고 몇 번이나 펜촉이 빠졌기 때문에 그 때마다 다시 꽂아야만 했지만, 마침내 다음과 같은 형태로 문제를 압축시킬 수 있었다.

| 가 능 | 불 가 능 |
|---|---|
| I. 부인의 죽음이 타살이라는 의혹은 스트로판투스 히스피도스에 관한 논문이 책장에 돌아온 것을 발견한 뒤 처음으로 짙어졌는데, 그 뒤의 발전——다시 말해서 독화살의 분실, 악명 높은 장 클라델의 등장, 앤이 보물실에 들어갔을 때의 이야기, 그리고 헐로우 부인의 없어진 진주 목걸이 등이 의심을 더욱 확실하게 했다. | 그러나 부인의 시체에는 독약의 흔적이 없으므로 다음 두 가지 일이 없는 한 범인을 잡기는 곤란하다.<br>a. 자백<br>b. 같은 종류의 제2의 범행<br>아노의 설에 의하면 독살자는 상습적으로 독살을 되풀이하게 된다고 한다. |

| | |
|---|---|
| II. 만일 타살이라고 한다면 그것은 앤이 밤 10시 반쯤 보물실에 들어가 신음하는 목소리를 들었을 때 행해진 것이리라. | 앤의 이야기는 어떤 부분 또는 모두 다 거짓말일지도 모른다. 부인의 침실문이 열려 있어 조사받게 될 것이 틀림없으므로 목걸이가 분실된 사실이 밝혀지기 전에 이야기를 꾸며 들려주는 편이 의심을 받지 않으리라고 생각했는지도 모른다. |
| III. 누가 죽였든지간에 베티가 범인이 아니라는 것은 명백하다. 증거는 충분하다. 그녀는 그날 밤 드 프이약 씨의 무도회에 갔었다. 또한 부인이 죽으면 목걸이는 당연히 베티의 것이 되므로, 만일 그녀가 죽였다면 목걸이가 없어졌을 까닭이 없다. | 살인과 없어진 목걸이 사이에는 전혀 관계가 없을지도 모른다. |
| IV. 그렇다면 범인은 누구인가?<br>(1)하인들 | (1)이 집 하인들은 누구나 다 오랫동안 일하여 믿을 수 있다. 또 아무도 스트로판투스 히스피도스에 관한 논문을 이용할 수 있을 만큼 지식이 있을 것 같지도 않다. 만일 그들 가운데 한 사람이 사건과 관계가 있다 하더라도 누군가가 다른 사람의 지시 아래 공범자가 되었음에 지나지 않을 것이다. |
| (2)간호사 잔느 보던. 그녀에 대해서는 좀 더 조사해 보아야 한다. 모두들 그녀를 너무 지나치게 믿고 있다.<br>(3)프랜시느 로라르. 오늘 이 하녀는 확실히 겁먹고 있었다. 그녀가 목걸이를 탐내었을지도 모른다. 어둠 속에서 앤 위에 몸을 굽히고 있었던 것은 그녀였을까? | (2)간호사를 의심하는 사람은 없다. 그녀는 행동이며 성격이 모두 나무랄 데 없다.<br>(3)프랜시느가 겁먹은 것은 양심의 가책을 받아서가 아니라 경찰관이 무서웠기 때문일 것이다. 그녀는 도중에 쓰러지는 일 없이 그 연극을 재현해 주었다. 만일 그녀가 사건에 관계 있다 하더라도 앞에서 말한 이유에 의하여 공범자가 된 데 지나지 않을 것이다. |

(4) 앤 압코트. 그녀는 애매한 사정 아래 와베르스키의 소개로 구르넬 저택에 들어와 살게 되었다. 가난하여 돈을 받고 베티의 상대가 되어 주고 있는 그녀에게 있어 그 목걸이는 굉장한 재산일 것이다.

부인이 죽은 날 밤 앤은 집에 있어, 가스톤에게 빨리 불을 끄고 자라고 했다. 목걸이를 받을 조건으로 와베르스키의 공범자가 되었을지도 모른다.

정원에서 그녀가 한 이야기는 자기가 한 짓을 다른 사람이 한 것처럼 꾸민 것인지도 모른다. "이젠 됐다"라는 속삭임은 그녀 자신이 와베르스키에게 한 것인지도 모른다

앤과 와베르스키의 관계는 그가 베티를 고발했을 때 앤에게 도움을 청했을 정도로 긴밀한 것이다.

(5) 와베르스키. 그는 무뢰한으로 마음만 먹으면 공갈자가 될 수도 있을 것이다. 돈이 궁하여 부인의 유산을 믿고 있었다.

그는 살인을 돕게 할 속셈으로 앤을 집에 들였을지도 모른다. 살인한 결과 예기했던 이익을 얻을 수 없었으므로 자신의 죄를 베티에게 뒤집어씌워 공갈 수단으로 삼았다.

부인의 시체가 발굴되어 해부된 것을 알자 그는 의기소침했다. 만일 그가 독화살을 사용했다면 흔적이 남지 않는다는 것도 알고 있었을 것이다.

또 그는 장 클라델에 대해 알고 있었으며, 그의 말에 따르면 간베타 거리에 있는 클라델의 가게 가까이에 그도 갔었다. 그러므로 그 자신이 스트로판투스 용액을 주문하기 위해 장 클라델을 찾아갔다고 생각할 수도 있다.

(4) 그녀가 헐로우 집 안에 들어와 살게 된 데에는 그럴 만한 이유가 있었는지도 모른다. 그녀의 경력을 좀더 조사해 보지 않는 한 뭐라고 말할 수 없다.

4월 27일 밤에 일어난 일에 대한 그녀의 이야기는 처음부터 끝까지 진실일지도 모른다.

그렇다면 타살설은 매우 유력해진다. 그러나 누가 "이제 됐다"라고 속삭였는가? 앤 위에 몸을 구부리고 있었던 사람은 누구인가?

그러나 살인이 행해진 일 따위는 믿지 않았다 하더라도 그는 역시 의기소침했을 것이다.

만일 타살이라면 앤과 와베르스키가 공범이라고 생각하는 것이 가장 타당하다. 본의 아니게도 제임스 플로비셔는 그러한 결론에 이르지 않을 수 없었다. 그러나 이것을 쓰고 있는 동안에도 해결되지 않는 의문이 그 밖에도 몇 가지 그의 마음속에 떠올랐다. 그는 범죄의 수사 같은 사항에 대해서 자신이 전혀 비전문가라는 것을 잘 알고 있었다. 그러므로 만일 그러한 의문에 해답이 주어진다면 자신의 사고 방식은 저절로 바꾸어질지도 모른다고 생각했다. 그리하여 그는 이 메모의 끄트머리에 다음과 같이 귀찮은 의문을 덧붙여 써 두었다.

(1) 스트로판투스 히스피도스에 관한 논문을 서재에 다시 갖다 놓은 것은 누구인가? 아노는 열심히 조사하려고 하지 않는다. 그것은 어째서일까?
(2) 아노는 탑 위에서 구르넬 저택 쪽을 보았을 때 깜짝 놀랐다. 무엇 때문에 그토록 놀랐을까?
(3) 탑 아래 아르므 광장의 카페에서 아노는 뭔가 중요한 듯한 말을 하려다가 그만두었다. 그는 무슨 말을 하고 싶었던 것일까?
(4) 보물실에서 독화살을 찾을 때 구석구석까지 샅샅이 뒤지면서도 어째서 아노는 가마의자 속을 들여다보지 않았을까?

살그머니 문 닫는 소리가 제임스를 깊은 생각에서 깨어나게 했다. 보니 아노가 침실에서 거실로 들어와 손을 뒤로 돌려 방과 방 사이의 문을 닫는 참이었다. 그는 아직도 손잡이에 손을 댄 채 이상스러운 듯이 제임스를 바라보고 있더니 이윽고 성큼성큼 테이블 옆으로 다가왔다.

"아아, 이거 참, 덕분에 살았습니다!" 그는 낮은 목소리로 말하며 미소지었다. 제임스는 언제나 아노의 목소리에 깃든 비웃음의 여운을 재빨리 알아듣곤 했지만 이번만은 그런 것을 느낄 수 없었다. 아노의 말은 진실이었다. 그의 눈이 반짝반짝 빛나고 두툼한 얼굴은 무서우리만큼 긴장된 표정을 띠고 있었다. 그것은 어떠한 상황이 새로이 펼쳐지게 되었음을 나타내는 표시라고 제임스는 알고 있었다.

"쓰신 것을 보여주시겠습니까?" 아노가 말했다.

"하찮은 것입니다." 제임스는 겸손하게 말했다. 그러나 아노는 들은 척도 하지 않았다.

"다른 사람의 생각을 알아두는 것은 중요한 일입니다. 특히 다른 사람이 본 것이라면 더욱 그렇습니다. 파리에서 내가 말했지 않습니까? 등잔 밑이 어둡다고."

그는 가볍게 웃기 시작했는데 그 웃음은 매우 길고 더욱이 아주 기쁜 듯했다. 제임스는 무슨 영문인지 잘 알 수가 없었지만 아무튼 메모한 것을 탐정에게 건네주었다. 그는 자기의 글씨체가 얼마쯤 초등학교 학생 같은 것이 부끄럽기도 했으나 메모의 질문에 대해 조금이나마 대답을 들을 수도 있지 않을까 생각하니 즐거웠다.

아노는 테이블 끝에 앉아 메모를 정성들여 천천히 읽기 시작했다. 이따금 그는 언제나 그렇듯이 "으음" 하고 신음하기도 하고 "과연!" 하고 감탄하기도 했다. 그러나 얼굴 표정은 조금도 달라지지 않았다. 제임스는 메모를 낚아채어 찢어 버려야 할지 아니면 자랑스럽게 으스대어도 괜찮을 것인지 망설여졌다. 한 가지 분명한 사실은 아노가 이 메모를 진지하게 읽고 있다는 것이었다.

다 읽고 나자 아노는 한참 동안 깊이 생각에 잠겨 있었다.

"분명히 이 메모에는 의문과 모순이 있군요."

그는 친근한 표정으로 플로비셔를 보았다.

"한 가지 비유를 예로 들어보겠습니다. 나의 친구 중 스페인에서 투우사로 있는 사나이가 있는데, 그가 나에게 소에 대해서 이야기해 준 적이 있습니다. 그는 소가 영리한 짐승이 아니라고 생각하는 사람들을 터무니없는 바보라고 말하더군요. 뭐, 그렇게 깜짝 놀란 표정으로 나를 노려보지는 마십시오. 나에 대해서 점잖지 못한 악취미니 하고 말씀하시면 곤란합니다. 하기야 그런 것은 이미 다 알고 있는 사실이지만요. 그런데 나의 친구 투우사의 말에 의하면, 결국 소라는 녀석은 온 스페인의 투우사를 하나도 남김없이 모조리 죽이는 것이 최후의 목적임을 알고 있다고 합니다. 그런 것은 체험으로 압니다. 그것도 아주 짧은 동안에 알아 버리지요. 생각해 보십시오. 투우장에 입장한 뒤 살해되기까지 20분도 걸리지 않습니다. 투우사의 솜씨가 좋으면 좀더 짧을 수도 있지요. 소는 링의 싸움을 그렇게 빨리 배우는 셈입니다. 그런데 나는 투우장에서 여러 번 싸워 온 노련한 소입니다. 당신은 처음 투우를 경험하고 있는 참인데, 20분 가운데 겨우 10분밖에 지나지 않았습니다. 그렇다면 굉장히 진보하신 겁니다. 이 메모에는 설마 당신이 생각하리라고는 여겨지지 않았던 뛰어난 질문이 씌어 있습니다. 20분이 지나면 이 의문에 당신이 직접 해답을 줄 수 있게 될 것입니다. 그런데,"
아노는 펜을 집어들고 메모의 'I' 부분에 덧붙여 썼다.
"나는 한 걸음 더 진보했습니다. 자, 보십시오!"
그는 메모를 제임스의 눈 앞으로 밀어 주었다.

……그 뒤의 발전──다시 말해서 독화살의 분실, 악명 높은 장 클라델의 등장, 앤이 보물실에 들어갔을 때의 이야기, 그리고 헐로우 부인의 없어진 진주 목걸이, '그리고 독화살의 발견' 등이 의심을 더욱 확실하게 했다.

제임스는 흥분하여 벌떡 일어서더니 앤의 침실 쪽을 흘끔 보면서 소리쳤다.

"그럼, 독화살을 발견하셨습니까?"

"발견한 것은 내가 아닙니다"

아노는 싱글벙글 웃으며 말했다.

"서장입니까?"

"서장도 아닙니다."

"그럼, 그 비서로군요?" 제임스는 다시 의자에 앉으며 말했다. "그 사나이는 싸구려 반지를 몇 개씩이나 끼고 있어 나로선 도무지 못마땅합니다."

아노는 크게 웃음을 터뜨렸다.

"마음놓으십시오, 나도 그 젊은 신사를 그다지 좋아하지 않습니다. 서장은 자랑스럽게 여기고 있는 듯하지만요, 모리스 테브네는 다행히 아무것도 발견하지 못했습니다."

제임스는 당혹하여 탐정을 보았다.

"나는 도무지 뭐가 뭔지 모르겠는데요."

아노는 두 손을 마주 비볐다.

"투우장에서 이미 10분을 지낸 그 체험을 살려 보십시오."

"아직 나는 5분밖에 싸우지 못한 모양입니다." 제임스는 미소지으며 대답했다. "우리가 앤의 방에 들어오기 전에는 화살이 발견되지 않았지요?"

"그렇습니다"

"그런데 지금 발견된 것이지요?"

"네."

"그런데 당신이 발견한 것은 아니란 말입니까?"

"네, 그렇습니다."

화살의 발견 221

"서장도 아니고요?"

"그렇소."

"모리스 테브네도 아니고요?"

"그렇습니다."

제임스는 눈을 크게 뜨고 손을 저었다.

"나는 아직 1분도 투우장에서 싸우지 못한 모양입니다. 도무지 알 수가 없습니다."

"그럼, 그 메모에 또 써넣어 보기로 합시다." 아노는 몹시 재미있어하며 말했다.

그는 플로비셔가 보지 못하도록 왼쪽 손바닥으로 감추며 뭐라고 쓰더니 의기양양하게 제임스 앞으로 내밀었다. 제임스가 쓴 맨 끝의 의문에 아노는 작고 깨끗한 글씨로 해답을 썼다.

제임스는 읽었다.

(4) 보물실에서 독화살을 찾을 때 구석구석까지 샅샅이 뒤지면서도 어째서 아노는 가마의자 속을 들여다보지 않았을까?

이 의문 아래에 마치 플로비셔 자신이 이에 대답한 것처럼 아노는 다음과 같이 썼다.

가마의자를 조사하는 것을 잊은 것은 아노의 실책이다. 그러나 다행스럽게도 이 한탄할 만한 실수로 말미암아 그다지 나쁜 결과는 생기지 않았다. 왜냐하면 장난꾸러기인 운명은 화살대의 머릿 부분이 지금 내가 이 메모를 쓰고 있는 펜대가 되도록 줄거리를 짜 놓았기 때문이다.

제임스는 펜대를 뚫어지게 보고 있다가 깜짝 놀라며 그것을 떨어뜨렸다. 바로 이것이다! 연필처럼 가늘고 긴 대가 손가락으로 쥐는 곳에서 작은 구근처럼 둥글게 부풀어, 쇠로 된 살촉을 끼워넣도록 되어 있는 쪼개진 틈 사이에 펜촉이 끼워져 있다! 제임스는 조금 전에 글을 쓰면서 두어 번 펜촉이 헐거워져 종이 위로 떨어질 때마다 그것을 거칠게 다시 집어넣었던 일이 생각났다.

곧이어 오싹 소름이 끼치는 생각이 떠올랐다. 그는 입을 떡 벌리며 무서운 듯이 아노를 보고 우물우물거렸다.

"문장을 생각하는 동안 나는 미처 알아차리지 못하고 펜대 끝을 입으로 핥았는지도 모르겠습니다."

"그거 큰일이군!"

아노는 펜대를 낚아채어 손수건으로 쓱쓱 문질렀다. 그런 다음 손수건을 테이블에 펴놓고 주머니에서 작은 확대경을 꺼내 자세히 조사하더니 마음놓은 듯 얼굴을 들었다.

"독이 섞인 찰흙은 전혀 보이지 않습니다. 펜 접시에 놓기 전에 깨끗이 깎아 버린 모양입니다. 다행입니다. 이제 와서 나의 젊은 협력자를 잃는다는 것은 견딜 수 없는 일이니까요."

플로비서는 깊이 숨을 들이마시고 나서 담배에 불을 붙였다. 이윽고 그는 또다시 자기가 맡은 새로운 소임을 증명하는 증거를 보였다.

"그 논문의 사진을 본 사람이라면 어린아이라도 알아차릴 텐데, 그것을 감추려고도 하지 않고 펜 접시에 놓아두다니! 미친 짓이로군요!"

이렇게 되면 앤 압코트는 마치 일부러 기요틴(사형 집행용 단두대)에 자신의 목을 들이미는 것과 같지 않은가!

그러나 아노는 고개를 저었다.

"아니, 그렇지 않습니다. 옛부터 말하듯이 남의 눈에 띄지 않는 곳에 감추면 반드시 발견되며, 모든 사람의 눈에 띄는 곳에 아무렇게나 뒹굴려 두면 아무에게도 발견되지 않는 법입니다. 그러니까 이 방법은 아주 영리한 것이지요. 설마 당신이 우리가 이 방을 수색하고 있는 동안 여기 앉아서 앤 양의 종이에 귀중한 메모를 할 것이라고는 상상조차 할 수 없는 일이니까요. 더욱이 당신 자신 그 펜을 쥐고 글을 쓰면서도 그것이 화살인 줄 못 깨닫지 않았습니까?"

그러나 플로비셔는 아직도 납득할 수가 없는 듯했다.

"부인이 돌아가신 지 2주일이나 지났는데, 어째서 화살을 불태우거나 하여 처분해 버리지 않았을까요?"

"화살에 대한 것이 문제가 된 것은 오늘 아침의 일입니다." 아노가 대답했다. "어제까지 이 화살은 단순한 골동품, 콜렉션의 하나에 지나지 않았지요. 무엇 때문에 일부러 처분할 필요가 있겠습니까? 하지만 오늘 아침에 독화살이 문제가 되었습니다. 다급하게 감추어야 했겠지요. 왜냐하면 한 시간 밖에는 여유가 없었기 때문입니다. 다시 말해서 당신과 내가 탑 꼭대기에서 몽블랑을 바라보고 있던 시간이지요."

"바로 베티가 집을 비웠던 때이기도 한 셈이군요." 제임스가 빠른 어조로 말했다.

"그렇지요, 그렇습니다." 아노는 고개를 끄덕이며 말했다. "나는 아직까지 그 점을 깨닫지 못했습니다. 베티 양을 혐의자 가운데서 제외하는 이유 가운데 그 사실도 덧붙여 써 두면 좋겠군요."

아노는 생각에 잠겨 있었다. 한 마디 한 마디 천천히 말하고 있었는데, 제임스에게 이야기한다기보다 자기 자신에게 혼잣말처럼 들려주는 것 같았다.

"이곳으로 뛰어올라와, 화살을 둘로 잘라서, 급히 서둘러 간신히 끝을 둥글게 하고 니스를 칠하여, 다른 펜과 함께 펜 접시 위에 놓는

다…… 과연 이것은 그다지 나쁜 생각이 아니로군요!" 그는 감탄한 듯이 고개를 끄덕였다. "그건 그렇고, 사정이 점점 더 그 아름답고 사랑스러운 앤 양에게 불리해져 가는군요."

옆의 침실에서 가구를 움직이는 소리가 그의 주의를 끌었다. 아노는 화살대에서 펜촉을 뽑아냈다.

"이것은 잠시 우리가 보관하기로 합시다." 아노는 재빨리 말하고 나서 급히 펜대를 종이에 쌌다. "이 일을 알고 있는 것은 당신과 나 둘뿐입니다. 이것은 내 일이지 서장의 일이 아닙니다. 우리가 확실하다고 말할 수 있을 때까지는 다른 사람들에게 폐를 끼치지 않도록 합시다."

"그렇고 말고요, 물론 그것이 좋습니다." 제임스는 기꺼이 찬성했다.

아노는 화살대의 머릿 부분을 주의깊게 주머니 속에 집어넣었다.

"이것도" 그는 제임스의 메모를 집어들며 말했다. "가지고 다니다가 잃어버리기라도 하면 안되니까요. 내가 모은 다른 물건과 함께 경찰서에 보관해 두겠습니다."

아노는 편지 봉투 속에 메모를 넣으며 의자에서 일어났다.

"화살대의 나머지 절반도 이 방의 어딘가에 있을 겁니다. 찾으면 발견될 것이 틀림없지만 이젠 시간이 없습니다. 더욱이 활촉을 끼워넣는 중요한 부분을 발견했으므로 나머지 절반은 아무래도 상관 없겠지요."

아노는 난로 선반 쪽으로 돌아섰다. 그곳의 거울 가장자리에 초대장이 몇 장 꽂혀 있었다. 그때 문이 열리고 서장이 비서와 함께 침실에서 나왔다.

"목걸이는 저 방에 없습니다." 지럴드 서장이 확신 있게 말했다.

"여기에도 없습니다." 아노는 거침없이 말했다. "이제 그만 아래층으로 내려가도록 합시다."

　제임스는 어이가 없었다. 아무도 아직까지 이 방에는 전혀 손을 대지 않았던 것이다. 결국 가마의자, 다음으로 이 거실이 제외된 셈이다. 아노는 뒤도 돌아다보지 않고 앞장을 서서 층계를 내려갔다. 과연 이렇게 되고 보면 그가 파리에서 자신과 자신의 한패를 가리켜 '행운 여신'의 하인이라고 이야기했던 것도 이상할 건 없었다.

## 아노, 크게 웃다

층계를 다 내려가자 아노는 서장에게 고맙다는 인사말을 했다.
"그런데 목걸이에 대한 일입니다만, 물론 누구의 것이든 소지품을 대충 조사해 주십시오. 나로서는 틀림없이 찾아낼 수 없으리라고 생각합니다만. 비록 누군가가 목걸이를 훔쳤다 해도 벌써 시간이 많이 지나 버렸으니까요."
그는 공손하게 머리를 숙여 서장을 현관에서 배웅했다. 공증인 베크스가 플로비셔를 한쪽으로 불렀다.
"이렇게 되면 압코트 양에게 법률상의 조언을 해줄 사람이 필요하다고 생각합니다. 그런데 당신과 나는 헐로우 양편에 서 있는 셈이므로 말하기가 좀 곤란합니다만 결국 이 두 아가씨의 이해 관계가 서로 일치하지 않는 이상 내가 앤 양의 일을 맡을 수는 없습니다. 저어, 내 친구 가운데 이 디종에 사는 수완 있는 변호사 한 사람이 있습니다. 이것은 어찌 되었든 아주 중요한 일이므로……?"
제임스는 고개를 끄덕였다.
"옳으신 말씀입니다. 그 친구분의 주소를 가르쳐 주십시오."

공증인이 주소를 쓰고 있을 때, 느닷없이 아노가 크게 웃음을 터뜨렸으므로 제임스는 깜짝 놀랐다. 웃을 만한 까닭이 아무것도 없었던 것이다. 아노는 그 때 두 사람과 현관문 사이에 서 있었다. 바깥 정원에는 사람의 그림자조차 보이지 않았고 홀에서는 제임스와 베크스가 진지한 얼굴로 목소리를 낮추어서 이야기하고 있었는데, 별안간 아무도 없는 곳을 향해 아노가 크게 웃음을 터뜨린 것이다. 그것은 겨우 불안감에서 풀려났다는 듯한 유쾌하기 이를 데 없는 호탕한 웃음이었다.

"어째서 이제까지 깨닫지 못했을까?" 그는 큰 소리로 말했다. 마치 아노쯤 되는 탐정에게도 미처 깨닫지 못한 일이 있다는 것이 이상스럽기 짝이 없다는 것처럼.

"왜 그러십니까?" 제임스가 물었다. 그러나 탐정은 아무 대답도 하지 않고 두 사람 옆을 빠져나가서 홀을 가로질러 보물실로 뛰어들어갔다. 그는 손을 뒤로 하여 문을 닫고 안에서 잠가 버렸다.

베크스가 턱짓을 해 보였다.

"좀 색다르군요, 저 사람은! 이 디종에는 맞지 않소."

제임스는 아노를 감싸주었다.

"너무 연극하는 것 같지요. 무엇을 하든지, 또한 그것을 아무리 진지하게 하고 있어도 무대에서 각광을 받고 있는 듯한 기분으로 하는 것 같습니다."

"그런 사람이 있지요."

베크스는 고개를 끄덕였다. 대부분의 프랑스 사람과 마찬가지로 그도 인간을 분류하여 어떤 것이든 하나의 테두리 속에 집어넣지 않고는 마음놓을 수 없는 성격이었다.

"그러나 지금 저 사람은 매우 중대한 일을 하고 있습니다." 제임스는 얼마쯤 자랑스럽게 말했다. 투우장에서 이미 넉넉히 15분은 지낸 듯한 기분이 들었다. "어떤 장소에서 어떤 물건을 탐색하고 있는 겁니다. 저 사람이 미처 못 보았기 때문에 내가 좀 주의를 해 드렸지요. 나는 오늘 아침 그분에게 다른 사람의 친절한 조언을 들으려 하지 않는다고 나무랐는데 그건 내 잘못이었습니다. 잘 들어주십시다."

베크스는 감탄한 모양이었다. 조금 부러워하는 것 같기도 했다.

"나도 아노 씨에게 뭔가 힌트를 주어야지" 하고 그는 말했다. "아 참, 그래요! 영국에서 이런 일이 있었답니다. 당국의 추적의 손길이 바짝 죄어들자 성냥갑에 목걸이를 넣어서 하수도에 버렸다는 이야기를 확실히 읽은 일이 있습니다. 아노 씨에게 2, 3일 하수도 청소를 하여 성냥갑을 주워 모으도록 말해 주어야겠군. 어쩌면 헐로우 부인의 목걸이가 발견될지도 모르니까요. 아마 틀림없이 찾게 될 것입니다."

베크스는 이 기막힌 생각으로 의기양양해졌다. 이만 하면 자기도 이 영국인 친구에게 지지 않을 것이라고 생각했다. 그리고 아노가 디종의 거리를 성급하게 걸어 돌아다니며 사람들이 물을 때마다 "이것은 베크스 씨가 생각해 낸 것입니다. 네, 베크스 씨! 아, 그 왜 에티엔느 도레 광장의 공중인 말입니다" 하고 설명하는 광경이 눈에 보이는 것 같았다. 베크스가 보물이 들어 있는 성냥갑을 어느 하수도에서 찾아야 할 것인지 구체적으로 결정하려 하는 그 순간 서재 문이 열리며 베티가 홀로 들어왔다. 그녀는 깜짝 놀란 듯이 두 사람을 보았다.

"아노 씨는 어디에 계시지요? 나가셨나요?"

"보물실에 계십니다." 제임스가 대답했다.

"어머나!" 베티는 깊은 관심을 보이며 소리쳤다. "거기에 또 들어가셨나요?"

그녀는 재빨리 문으로 다가가 손잡이를 돌렸다.

"잠겨 있어요!" 그녀는 깜짝 놀라 소리쳤지만, 뒤돌아보려고는 하지 않았다. "안에서 문을 잠갔는데 대체 어떻게 된 일일까요?"

"주목을 받고 있는 참입니다." 베크스가 대답했다. 베티는 빙글 돌아서서 공증인을 똑바로 보았다.

"결국 플로비서 씨와 나는 이러한 결론에 이른 셈이군요. 아노 씨는 무엇을 하거나 그 때마다 막을 내리지 않으면 도무지 마음이 후련하지 않는 것 같다고 말입니다."

이 때 보물실 안에서 열쇠를 돌리는 소리가 들렸다. 베티가 재빨리 문으로 돌아섰으므로 아노와 딱 마주쳤다. 탐정은 그녀의 어깨 너머로 플로비서를 바라보며 낙담한 표정으로 고개를 저었다.

"목걸이는 어떻게 되었습니까?" 제임스가 물었다.

"틀렸습니다."

아노는 제임스로부터 베티에게로 눈길을 옮겼다.

"플로비서 씨에게서 말씀을 듣고 처음으로 깨달았는데, 저 훌륭한 가마 속을 조사하는 것을 잊고 있었습니다. 저 쿠션 밑에 얼마든지 감출 수도 있을 테니까요. 그러나 결국 발견하지 못했습니다."

"그런 일로 문을 잠그신 건가요?" 베티가 물고늘어졌다. "주의해 드리겠습니다만, 이것은 제 방의 문이에요."

아노는 정색을 하고 말했다.

"그렇습니다. 제가 문을 잠갔습니다. 그게 어떻다는 말씀이지요?"

혀 끝에까지 나오려는 심한 말을 베티는 가까스로 삼켰다. 그녀는 어깨를 움츠리고 얼굴을 돌리며 쌀쌀하게 말했다.

"확실히 당신에게는 그럴 만한 권리가 있겠지요."

아노는 그녀를 보며 상냥하게 미소지어 보였다. 또다시 베티를 성나게 한 것이다. 그녀는 어제 아침과 마찬가지로 어린아이처럼 곧잘 화를 터뜨리는 반항적인 기질을 드러내 보였다. 그러나 아노는 여전히 미소짓고 있었다. 그 때 서재 문 앞에 앤 압코트가 모습을 나타냈는데, 얼굴빛은 여전히 새파랗고 눈만이 불꽃처럼 이글대고 있었다.

"아노 씨, 내 방을 찾아보셨나요?" 도전적인 목소리로 앤이 말했다.

"네, 구석구석까지 다."

"목걸이를 찾았나요?"

"없었습니다."

아노는 갑자기 엄한 표정을 지으며 홀을 가로질러 그녀에게로 가까이 다가갔다.

"아가씨, 한 가지 여쭈어 보고 싶은 일이 있습니다. 싫으시면 대답하지 않아도 좋습니다. 주의해 두기 위하여 말씀드립니다만, 누구나 예심판사 앞에 나갈 때까지는 대답을 보류할 권리가 있으며, 그 경우에라도 당신의 변호인이 있는 자리나 변호인의 동의를 얻은 경우에만 대답할 권리가 있습니다. 그 점은 베크스 씨도 보증해 주실 겁니다."

앤은 얼굴빛을 부드럽게 하며 말했다.

"무엇을 묻고 싶으신 거지요?"

"대체 어떻게 되어 당신이 구르넬 저택에 살게 되었는지 알고 싶습니다."

그녀의 눈 속에서 타오르던 불꽃이 꺼지고 꿈틀꿈틀 눈까풀이 움직였다. 문 옆의 기둥을 붙잡으며 간신히 몸을 지탱하고 있었다. 앤은 시몬 헐로우의 화살대가 아노의 주머니에 들어 있다는 것을 깨달았을까 하고 제임스는 생각했다.

"나는 몬테카를로에 있었어요."

앤은 이야기하기 시작했다. 그러나 곧 우물우물했다.

"혼자서요?" 아노는 다그치듯이 물었다.

"네."

"돈은?"

"얼마쯤 가지고 있었어요."

"하지만 그것을 잃으신 거지요?" 아노가 물었다.

"네."

"그런데 몬테카를로에서 와베르스키와 알게 되었군요?"

"네."

"그래서 구르넬 저택에 온 것이로군요?"

"네."

"그건 좀 이상하군요." 아노는 엄숙하고 무게 있게 말했다. 이상한 것만으로 끝나면 좋겠다고 제임스는 마음 속으로 생각했다. 앤은 탐정이 흘끗 바라보자 완전히 이성을 잃고 어찌할 바를 몰라했다. 한 가지만 더 파고들어 질문한다면 진실된 고백이 더듬거리면서 한두 마디 그 입술에서 새어나올 것 같은 생각마저 들었다. 와베르스키와 한패가 되어 저지른 죄의 고백이! 그 다음에는? 제임스는 그녀를 기다리고 있는 미래의 끔찍스러운 광경이 뚜렷이 눈 앞에 보이는 것 같았다. 기요틴인가? 아니, 어쩌면 좀더 나쁜 운명이 앤을 기다리고 있을지도 모른다. 기요틴이라면 재빨리 일이 처리되어 곧 안식을 얻을 수도 있을 것이다. 희망과 절망 사이를 방황하면서 가슴이 찢어지는 듯한 심정으로 계속 기다려야 하는 몇 주일 동안, 그리고 어느 날 새벽에 맞이하게 되는 끔찍스러운 몇 분 동안──그리고 모든 것이 끝나는 것이다! 결국은 그 편이 프랑스 형무소에서 죄수들에 섞여 비참하기 이를 데 없는 노동과 초라한 의식에 마음을 시달리면서 끝도 없는 나날을 보내는 것보다 더 나으리라.

제임스는 부들부들 몸을 떨면서 앤으로부터 눈길을 돌렸는데 그 때 베티가 이상하게 열띤 눈으로 자기를 뚫어지게 지켜보고 있는 것을 깨닫고 기묘한 충격을 받았다. 마치 그녀가 흥미로워하는 것은 위험에 맞닥뜨린 앤의 입장이 아니라 그것을 어떻게 생각하는가 하는 제임스의 감정이기라도 한 것 같은 눈길이었다. 그 동안에 앤은 마음을 정했다.

"이야기해야 할 것은 지금 다 말하기로 하겠어요."

그 말투는 꽤 용감한 듯했지만 말이 끝나자 강한 체하던 태도가 사라져 버렸다. 처음에는 분명히 도전적인 태도로 다 이야기할 테니 들으라는 듯한 표정이었으나 끄트머리에 가서는 겨우 속삭이는 듯한 가느다란 목소리가 되고 말았다. 어쨌든 그녀는 문 기둥에 기대어 서서 간신히 신상 이야기를 해 나갔다. 이야기가 진행됨에 따라 목소리가 강해졌으며, 한 번은 즐거워하는 듯한 미소를 입가에 띠고 뺨에 보조개가 파이기까지 했다.

지금부터 1년 반쯤 전까지 앤은 미망인인 어머니와 함께 영국 도세트셔의 웨이머스 가까이에 살고 있었다. 모녀의 생활은 고통스러우리만큼 가난했다. 영국의 중류 부인에게서 곧잘 볼 수 있듯이 압코트 부인의 경우도 생활이 굉장히 절박했다. 세금 때문에 꼼짝도 할 수 없는 소지주였는데, 신분상 그 세금이 몹시 가혹하게 매겨지고 있던 것이다. 그 무렵 앤은 화가가 될 것이라고 앞날을 촉망받고 있었다. 어머니가 세상을 떠나자 앤은 어떤 공장 주인에게 헐값으로 땅을 팔아 버리고 납작한 돈지갑과 터질 듯한 야심을 안고 런던으로 왔다.

"저는 내가 어엿한 화가가 될 수 없으며, 결국 아마추어 화가에 지나지 않는다는 사실을 알게 되는 데 1년이 걸렸어요. 그 때 제게 남아 있는 돈은 겨우 300파운드밖에 안되었지요. 대체 그것으로 무엇을 할 수 있겠어요? 가게를 차리려 해도 돈이 부족했지요. 하지만 그렇다고 다른 사람의 신세를 지는 것은 싫었습니다. 그래서 결단을 내려 몬테카를로에서 열흘 동안 호화롭게 놀면서 되든 안되든 운명을 시험해 보기로 마음먹었지요."

즐거워하는 듯한 미소가 앤의 눈을 활기 있게 만든 것은 이 때였다.

"다시 한 번 놀러 가보고 싶어요." 그녀는 조금도 후회스러워하지 않는 듯한 표정으로 말을 이었다. "영국 외의 나라에 가 본 일은 없었지만 여학교에서 프랑스어를 제법 공부했기 때문에 부자유스러운 점은 없었지요. 저는 새 옷과 모자를 산 다음 몬테카를로로 떠났어요. 아주 멋진 경험이었어요. 전 그때 19살이었는데, 침대차도 재미있었고 내기를 하는 것도 재미있었고 보는 것 듣는 것이 모두 신기하기만 했답니다. 그때 언덕 위 작은 호텔에 머물렀는데 한두 사람 아는 분을 만나 그 사람들 덕분에 스포츠클럽에 들어갈 수 있었지요. 퍽 많은 분들이 내게 친절하게 대해 주셨답니다!"

"짐작이 가는 일입니다." 아노가 무뚝뚝하게 말했다.

"어머나, 정말로 아주 좋은 분들뿐이었어요." 앤은 반박했다.

그녀의 얼굴은 그 짧고 즐거웠던 나날의 추억을 돌이켜보고는 황홀한 듯이 발갛게 홍조를 띠었고, 한참 동안은 자신이 괴로운 지경에 빠져 있다는 것조차 잊어버린 듯했다. 아노가 이제까지 만난 수많은 범죄자 가운데에서도 그녀는 특별히 뛰어난 명배우임에 틀림없었다.

"이를테면 스포츠클럽의 큰 방에 있던 트랜트에 칼랜트 놀이의 회계원이 특히 그랬어요. 저는 언제나 그 사람의 옆자리에 앉도록 했지요. 왜냐하면 그 사람은 돈을 도둑맞지 않도록 마음써 주기도 하고 이겼을 때에는 판돈이 잘못되지 않도록 돈더미에서 제 앞으로 긁어 오는 돈을 지켜보아 주었거든요. 그런 식으로 5주일쯤 동안 저는 400파운드를 벌었는데, 그 다음 사흘 밤은 계속 엉망진창으로 져서 호텔 금고에 맡겨 두었던 30파운드를 빼고는 고스란히 잃고 말았어요."

앤은 제임스에게 고개를 끄덕여 보였다.
"그 마지막 날 밤의 일은 플로비셔 씨에게 들으시면 잘 알 수 있을 거예요. 옆에 앉아서 퍽 영리한 방법으로 제게 1천 프랑을 주려고 하셨으니까요."
그러나 아노는 이야기가 옆길로 빗나가지 않도록 잘라 말했다.
"플로비셔 씨에게는 나중에 여쭈어 보기로 하지요. 그러니까 와베르스키를 만난 것은 그날 밤보다 전이었지요?"
"네, 2주일쯤 전이었어요. 누구에게서 소개를 받았는지는 잊어 버렸지만……."
"베티 양은?"
"그 뒤 하루 이틀쯤 지나서 보리스 씨가 소개해 주셨지요. 오테르드 파리의 담화실에서 차를 마시며……."
"으음!" 아노는 희미하게 어깨를 움츠리며 제임스에게 눈짓했다. 와베르스키가 언젠가는 실행할 목적으로 정성들여 꾸민 계획의 일부로써 교묘하게 앤을 이 집에 끌어들인 것은 이것으로 점점 더 명백해진 것 같았다.
"헐로우 집안으로 들어오도록 와베르스키가 당신에게 말을 꺼낸 것은 언제였습니까?"
"그 마지막 날 밤이었어요." 앤은 대답했다. "그분은 트랜트에 칼랜트 놀이 테이블에 나와 마주앉아 제가 형편없이 지는 것을 지켜보고 있었지요."
"아아, 네." 아노는 고개를 끄덕였다. "좋은 기회라고 생각했겠군요."
아노는 두 팔을 펼쳐 보였다가 다시 무릎으로 떨어뜨렸다. 그것은 마치 환자를 단념한 의사의 몸짓처럼 보였다. 그는 앤에게서 눈길을 돌리자 등을 둥글게 하고 난처한 듯이 대리석 바닥 위의 네모난 돌을 가만히 보고 있었다. 제임스로서는 그가 이 순간, 계속 앤을 이끌어 갈 것인가 아닌가를 생각하는 것으로밖에는 여겨지지 않았다. 이 때 베티가 사이에 끼어들었다.

"오해하지 마세요, 아노 씨." 그녀는 빠른 어조로 말했다. "보리스 씨가 앤에게 그 말을 한 것은 확실히 그 때가 처음이었지만, 저는 그 전부터 같은 또래 친구가 있으면 좋겠다고 보리스 씨와 큰어머니에게 말하곤 했었지요. 앤의 이야기도 조금 해 두었어요."

아노는 의심스러운 듯이 그녀를 올려다보았다.

"앤 양을 알게 된 지 아직 얼마 안되었는데요?"

베티는 물러서지 않고 계속 말했다.

"네, 처음 만났을 때부터 아주 좋았는걸요. 앤은 외톨이로서 우리와 같은 세계의 사람이라는 것을 곧 알아차렸으니까요. 친구가 되어 주기를 바란 것도 무리가 아니잖겠어요? 제 생각이 잘못되지 않았다는 것은 앤이 집에 온 뒤의 넉 달 동안이 버젓하게 증명하고 있어요."

베티는 아노에게 의연히 고개를 끄덕여 보이고 앤의 옆으로 다가갔다. 아노는 싱글벙글 웃으면서 영어로 지껄이기 시작했다. 그는 파이프에 담배를 담아 천천히 연기를 내뿜으며 말했다.

"'나의 친구 리카도라면' 하고 말할 차례인 것 같군요. 당신도 그렇게 생각하시는 거지요? 아름다운 우정 앞에서는 무엇이든 다 무력한 법이지요."

그는 베티에게 상냥하게 머리를 숙여 보였다. 그것은 베티의 말로 앤을 계속 이끌어 나가는 것을 그만두었음을 베티에게 명백히 밝힌 것과 다름없었다. 다시 말하면 그가 앤을 범인으로 점찍고 있음을 드러내 보인 셈이었다. 홀에 있는 사람들은 모두 탐정의 말을 그런 뜻으로 받아들였다. 누구나 다 한참 동안 눈 둘 곳을 찾지 못해서 안절

부절못했다. 그 때 별안간 이 어색하고 거북한 장면에 얼마쯤 기묘한 느낌을 주는 전혀 어울리지 않는 작은 사건이 일어났다. 현관의 두 단의 돌층계를 밟고 올라온 한 처녀가 열려 있는 문가에 큼직하고 네모난 보드 상자를 들고 모습을 나타낸 것이다. 그녀가 벨을 누르려 하는 것을 보고 아노가 재빨리 앞으로 나갔다.

"벨을 울리지 않아도 돼요. 무엇을 가지고 왔지요?"

처녀는 홀로 들어서더니 앤을 보고 말했다.

"아가씨께서 내일 밤에 입으실 야회복이 다 되었습니다. 마지막 가봉을 하러 오지 않았더군요. 하지만 마담께서 이 정도면 걱정없다고 말씀하셨으므로……"

그녀는 옆에 있는 벽장 위에 보드 상자를 올려놓고는 곧 현관으로 나갔다.

"깜빡 잊고 있었어요." 앤이 말했다. "부인께서 돌아가시기 전에 주문한 것인데, 한 번 가봉하며 입어 보았을 뿐이에요."

아노는 고개를 끄덕이며 말했다.

"르 붸 부인이 여는 가장무도회 때 입을 옷이지요? 당신의 방 난로 위에 초대장이 있더군요. 어떤 모습으로 가장하고 가실 생각이십니까?"

모두들이 놀랄 만큼 앤이 머리를 번쩍 쳐들었다. 그녀는 빰을 붉히고 눈을 번쩍거리며 큰 소리로 말했다.

"나는 절대로 블랑빌리에 부인(유명한 독살자)이 아니에요!"

아노도 이 말에는 몹시 놀랐다.

"그런 뜻으로 말씀드린 것이 아닙니다." 그는 냉정하게 대답했다. "하지만 좀 보여주십시오."

분노로 한순간 홍조를 띠기는 했으나 아노의 손이 재빨리 상자의 끈을 풀기 시작했다. 베티가 앞으로 나섰다.

"그 옷에 대해서는 벌써 한 달 전부터 저와 함께 의논해 왔어요. 수련 꽃을 본뜬 가장이에요."

"그거 정말 아름답겠습니다."

말은 그렇게 하면서도 아노는 끈을 푸는 손을 멈추려 하지 않았다.

사람을 의심하는데도 정도가 있다고 제임스 플로비셔는 생각했다. 이 상자 속에서 무엇을 찾아내려는 것일까? 양장점 마담도 와베르스키의 공범이라고 탐정은 생각하는 것인가? 이 작은 사건은 조금 바보스럽기도 하고 얼마쯤 기분 나쁘기도 했다. 뚜껑을 열고 얇은 종이를 벗기자 그 안에 녹색 얇은 비단으로 지은 눈부신 옷이 들어 있었다. 금빛 띠와 옆구리에 큼직한 금빛 꽃장식이 달리고 스커트는 허리께에서 넓게 퍼졌으며, 치맛자락은 금빛 심을 넣은 흰 비단 꽃장식으로 가장자리가 꾸며져 있었다. 거기에 곁들여서 금으로 가장자리를 장식한 흰 비단 양말과 흰 비단 구두가 들어 있었다. 그 무도화는 발잔등 부분에 한 가닥의 끈이 걸려 있고, 단추 있는 데에는 작은 다이아몬드형의 술이 달려 있었다. 발꿈치 뒤에는 네 줄의 금빛 줄무늬가 들어 있었다. 아노는 옷 밑이며 상자 안쪽을 찾아본 다음 뚜껑을 닫고 일어서더니 앤은 쳐다보지도 않고 곧바로 베티에게로 다가갔다.

"아가씨, 여러 가지로 폐를 끼치고 많은 시간을 허비하시게 해 드렸습니다. 정말 죄송합니다."

그는 공손히 인사한 다음 테이블에서 모자와 지팡이를 집어들고 현관문으로 걸어갔다. 이제 구르넬 저택에서 그가 해야 할 일은 모두 끝난 것으로 생각되었다.

베크스 씨는 서운했다. 그는 그 기막힌 착상을 그럭저럭 반시간이나 마음 속에서 여러 모로 생각하고 있었던 것이다. 그것은 시(詩)와 마찬가지로 말로써 발음되어야만 했다. 베크스는 소리쳤다.

"아노 씨! 아노 씨! 저어, 성냥갑에 대해서 드릴 이야기가 있습

니다."

"뭡니까?" 아노는 무슨 일인가 하고 걸음을 멈추었다. "성냥갑이라고요? 당신 집 쪽으로 함께 가시지요. 걸으면서 말씀해 주십시오."

베크스는 재빨리 모자와 지팡이를 집어들며 의기양양하게 플로비셔를 흘끔 보았다.

"보물실에 대한 당신의 충고는 아무래도 그다지 효과가 없었던 것 같군요. 두고 보십시오, 내 충고가 어떤 것인지!"

그의 득의에 찬 태도와 가벼운 손짓은 말 이상의 웅변을 토하고 있었다. 베크스는 아노와 어깨를 나란히 하자 뭐라고 열심히 떠들어대면서 철문을 지나 샤를르 로베르 거리로 걸어갔다.

베티가 제임스 플로비셔를 보며 말했다.

"이젠 자동차를 써도 괜찮은 것 같으니 내일은 디종 교외를 드라이브하며 안내해 드리겠어요. 하지만 오늘은 저어…… 아시겠지요? 앤을 위로해 주어야 해요."

베티는 앤의 팔을 잡고 함께 정원으로 나갔다. 제임스 혼자 현관 홀에 남게 되었다. 혼자 있고 싶은 참이기도 했다. 주위는 물을 끼얹은 듯이 아주 조용했다. 열린 문 밖에서 들려 오는 새소리와 꿀벌 소리도 정적을 깨뜨린다기보다는 오히려 그 반주를 하고 있는 듯했다.

제임스는 아까 아노가 기묘하게 웃던 곳에 서 보았다. 자기와 베크스가 서 있던, 계단 밑과 활짝 열려 있는 현관문의 중간쯤 되는 곳이었다. 그러나 웃음을 터뜨릴 만한 것이나 흥분케 할 만한 것은 아무것도 보이지 않았다. '어째서 이제까지 깨닫지 못했을까?'라고 그때 아노는 소리쳤다. 그런데 대체 무엇을 깨달았다는 말인가? 주의를 끌 만한 것은 아무것도 없었다. 테이블, 의자 한두 개, 벽에 걸린 기압계, 저쪽 벽에 걸린 거울 이러한 것뿐이다. 아노에게는 얼마쯤 사기꾼 같은 데가 있다고 생각했다. 그가 터뜨린 너털웃음은 베크스와 자신을 난처하게 만들려는 심술사나운 연극이었을지도 모른다. 아노가 함직한 짓이다! 정말로 어쩐지 좀 사기꾼 같다. 아니, 굉장한 사기꾼 같다! 그 사나이가 하는 짓의 거의 절반쯤은 연극이다. 아니, 아마도 3분의 2 정도는 연극이다!

"빌어먹을 녀석! 대체 무엇을 깨달았다는 거야?" 제임스는 소리쳤다. "탑 위에서 무엇을 발견한 것일까? 이 홀에서 무엇을 본 것일까? 어째서 그는 언제나 뭔가를 발견하기만 하는 것일까?"

그리고 나서 제임스는 거칠게 모자를 쓰고는 천천히 집을 나섰다.

## 장 클라델의 가게에서

　그날 밤 9시쯤 제임스 플로비셔는 표를 사 가지고 그랑드 다벨느 극장으로 들어갔다. 머리 위에서는 영사기 돌아가는 소리가 들리고, 녹색 광선이 어둠을 가르고 있었다. 앞에는 스크린이 밝게 떠오르며 갖가지 영상이 차례로 꺼졌다가는 나타났다.
　한참 동안 제임스에게는 스크린 말고는 아무것도 보이지 않았는데, 이윽고 눈이 어둠에 익숙해짐에 따라서 극장 안의 모양이 똑똑해졌다. 포탄알 같은 사람들의 머리와 가운을 입은 급사 아가씨가 왔다갔다 하고 있는 중앙의 큰 통로가 보였다. 제임스는 그 통로를 걸어나가 좌석 사이를 왼쪽으로 꺾어들었다. 벽에 닿자 다시 앞으로 걸어서 맨 앞줄로 나갔다. 왼쪽에는 한 단 낮게 된 별실이 있고, 돌로 칸막이된 그 하나에 당구대가 놓여 있었다. 그 칸막이된 한쪽 벽에 기대어 서서 스크린을 보고 있는 젊은이는 아무래도 모리스 테브네인 것 같았다. 제임스는 그 앞을 지날 때 가볍게 머리를 숙였다. 그 조금 앞에 소프트 모자를 쓴 키 큰 사나이가 맥주 조끼를 앞에 놓고 혼자 앉아 있었다. 아노였다. 제임스는 그의 옆자리로 슬며시 다가갔다.

"아니, 이런?" 아노가 뜻밖인 듯이 소리쳤다.

"당신은 이 시간에 언제나 여기에 오신다고 말씀하시지 않았습니까?"

제임스의 말투에 얼마쯤 실망한 듯한 여운이 담겨 있었다. 그러자 아노가 말했다.

"당신이 오리라고는 생각도 못했습니다. 아름다운 아가씨가 둘씩이나 있으니까요."

"아니, 천만에요." 제임스는 조금 웃으며 말했다. "조금도 상대해 주지 않습니다."

그는 무엇이든 좀더 이야기하려고 했으나 생각을 고친 듯 여급사를 불렀다.

"맥주 두 잔" 하고 주문하며 그는 아노에게 담배를 권했다.

이윽고 맥주가 나오자 아노가 말했다.

"지금 미리 돈을 치르는 편이 좋을 겁니다. 언제든지 빠져나갈 수 있도록."

"오늘 저녁에 무슨 일을 합니까?" 제임스가 물었다.

"하고말고요."

플로비셔가 돈을 치르고 여급사가 테이블에 맥주를 갖다 놓고 가버릴 때까지 탐정은 한 마디도 하지 않았다. 이윽고 여급사가 보이지 않게 되자 아노는 제임스의 귀에 입을 가까이 갖다대고 나직한 목소리로 말했다.

"와 주셔서 정말 잘됐습니다. 오늘밤이야말로 진실을 잡을 수 있다고 생각합니다. 그러려면 당신에게도 입회를 부탁해야만 하겠지요."

제임스는 잎담배에 불을 붙였다.

"누구에게서 진실을 잡을 생각이지요?"

"약장수 장 클라델," 아노가 소곤거렸다. "조금 뒤 밤이 깊어 거리가 모두 잠들어 조용해진 다음 간베타 거리로 가 봅시다."

"그 사나이가 사실을 털어놓으리라고 생각하십니까?"

아노는 고개를 끄덕였다.

"이 사건에서 클라델은 공범이 아닙니다. 부탁을 받고 독화살의 약을 녹인 것만으로는 죄가 되지 않으니까요. 게다가 요즘에는 어려운 형편에 빠져 있는 듯하므로 될 수 있으면 경찰의 비위를 맞추어 두고 싶겠지요. 틀림없이 털어놓을 겁니다."

그렇다면 오늘밤이야말로 이 사건이 끝나는 것인가? 제임스 플로비셔는 들뜨는 심정이었다. 베티는 완전히 자유로워져 좋아하는 곳에서 마음내키는 대로 살 수 있을 것이다. 마음껏 젊음을 즐기며 열쇠로 잠근 방에 낡은 물건들을 집어넣고 잊어버리듯 요 몇 주일 동안의 두려움과 불안을 깨끗이 잊어 버리게 될 것이다.

"하지만 나는 당신의 생각이 잘못되었으면 좋겠다고 여기고 있습니다." 제임스는 열성적인 말투로 탐정에게 말했다. "다시 말해서 만일 살인이 저질러졌다 하더라도 앤 압코트는 관계하지 않았다고 나는 믿습니다."

그는 아노를 설득함과 동시에 자기 자신에게도 들려주려는 듯했다. 아노가 그의 팔꿈치를 쿡쿡 찔렀다.

"목소리가 너무 크군요. 저 벽에 기대어 누군가가 영광스럽게도 우리 두 사람을 지켜보고 있습니다."

제임스는 고개를 저었다.

"뭘요, 저 사람은 모리스 테브네입니다."

"아아, 그래요?" 아노는 마음놓이는 듯이 말했다. "서장의 비서로군요? 나는 조금 걱정했습니다. 감시당하는 것 같아서요." 그는 한층 더 목소리를 낮추어 덧붙였다. "나 역시 진심으로 자신의 생각이 잘못되었으면 좋겠다고 바라고 있습니다. 하지만 펜 접시에 화살대가 버젓이 놓여 있지 않았습니까! 이렇게 된 이상······."

그는 갑자기 입을 굳게 다물었다.

"대체 그날 밤, 구르넬 저택에서 무슨 일이 일어났는가? 어째서 방과 방 사이의 문이 열려 있었는가? 부인의 입을 막은 사람은 누구인가? '이제 됐다'라고 속삭인 것은 누구인가? 앤의 진술은 진실인가? 앤이 뜻하지 않게 보물실로 들어가기 전에 이미 뭔가 끔찍스러운 일이 일어났었는가? 그 속삭임은 일이 끝난 표시인가? 아니면 앤의 진술은 처음부터 끝까지 거짓말인가? 제임스 씨, 아까 당신은 메모 뒤에 몇 가지 의문을 늘어놓았더군요. 그거야말로 내가 해결하고 싶은 문제입니다. 하지만 과연 어디에서 해결을 찾아낼 수 있을는지?"

탐정이 이토록 열심인 것을 제임스는 본 일이 없었다. 두 손을 꽉 잡고 이마에 파란 핏줄을 세운 채 소곤거리는 목소리가 떨리고 있었다.

"장 클라델이 단서를 주겠지요." 제임스가 말했다.

"그렇지요, 뭔가 지껄일 겁니다."

두 사람은 영화가 끝날 때까지 앉아 있었다. 조금 뒤 불이 켜졌다가 다시 꺼지자 아노는 시계를 꺼내어 한참 들여다보더니 못마땅한 듯이 주머니에 도로 집어넣었다.

"아직 너무 이릅니까?" 제임스가 물었다.

"네, 클라델은 하녀도 하인도 두지 않고 밖에서 식사를 한답니다. 아직 집에 돌아오지 않았을 겁니다."

10시 조금 전에 한 사나이가 건들건들 들어오더니 아노 뒤의 테이블에 자리잡고 앉아 두 번쯤 불이 켜지지 않게 성냥을 그었다. 그러자 아노는 뒤도 돌아보지 않고 살짝 플로비셔에게 말했다.

"클라델이 집에 돌아왔나 봅니다. 나는 곧 여기를 나갈 테니까 5분이 지나거든 당신도 나오십시오."
제임스는 고개를 끄덕이며 말했다.
"어디서 만날까요?"
"리베르테 거리를 똑바로 걸어오십시오. 내가 보고 있을 테니까요."
아노는 주머니에서 담배를 꺼내어 불을 붙였다. 그런 다음 천천히 일어섰는데, 귀찮게도 모리스 테브네가 그를 알아보고 가까이 다가왔다.
"아까 플로비셔 씨가 제게 인사를 하고 지나가셔서 그곳에 앉으시기에 틀림없이 옆자리에는 아노 씨가 앉아 계실 거라고 생각했습니다. 하지만 방해가 될 것 같아서……."
"방해라니요! 그럴 리가 있겠습니까? 우리는 같은 일을 하고 있습니다. 게다가 당신은 젊은 만큼 유리한 입장입니다."
아노는 매우 정중하게 대답했다.
"하지만 아노 씨, 이제 나가시려는 거지요?" 테브네는 낙심한 듯이 물었다. "곤란하군요. 저는 아무래도 두 분 사이에 끼어들어 방해를 한 것 같습니다."
"천만에요." 탐정이 대답했다. 그의 끈질긴 참을성은 모리스 테브네의 유들유들함 못지않게 경탄할 만한 것이라고 제임스는 생각했다.
"지금까지 멍하니 영화를 보고 있던 참입니다. 그런데 그다지 재미도 없기에……."
"아아, 그래요. 그럼, 바쁘신 것이 아니라면 잠깐만 폐를 끼치겠습니다. 잠깐이라도 좋습니다. 나중에 친구들에게 '아노 씨와 함께 영화를 보았지, 어떤가? 그리고 그의 비평도 들었다네.' 이렇게 말해보고 싶은 겁니다."

장 클라델의 가게에서 245

아노는 하는 수 없다는 듯 미소를 띤 채 다시 앉으며 물었다.
"서장님이 마음에 들어하시는 당신께서 대체 나에게 무엇을 묻고 싶은 겁니까?"
이 귀찮은 젊은이는 지방 사람들이 흔히 그렇듯이 야심에 사로잡혀 있었다. 파리에 가고 싶다! 행운, 명성, 화려한 생활. 파리에는 뭐든지 있다! 아노가 한 마디만 잘 해주면 길이 열린다. 만일 그렇게만 되면 그의 추천에 부끄럽지 않도록 필사적으로 부지런히 일하겠다. 테브네가 한 말은 대충 이런 뜻이었다.
"그렇습니까? 하지만 내가 지금 약속할 수 있는 일은 적당한 기회가 있으면 어떻게든지 힘이 되어 드리겠다는 것뿐입니다. 그것만은 진심으로 약속드리겠습니다."
아노는 테브네에게 이처럼 상냥하게 대답하고 나서 그 자리를 떠났다.
모리스 테브네는 그의 뒷모습을 바라보며 감격한 듯이 말했다.
"굉장한 사람입니다! 저 사람에게는 무엇인가 감추려는 마음을 조금도 가질 수가 없군요."
이러한 감격을 좀더 강한 말로 표현하는 것을 제임스는 이제까지 여러 번 들었다.
"그 병실에서 하녀 프랜시느에게 연극을 시켰을 때에는 아노 씨의 마음을 알 수가 없다고 생각했지만, 역시 뭔가 있었던 겁니다. 뭔가 현명한 생각이 있었음에 틀림없습니다. 그리고 저 보물실의 수사 말인데, 재빠르고도 철저하더군요! 우리가 압코트 양의 침실을 수사하고 돌아다니는 동안 그분은 거실 쪽을 역시 신속하고 철저하게 조사했을 테지요? 하지만 아무것도 발견되지 않은 모양이군요?"
여기서 테브네는 말을 끊고 제임스의 대답을 기다렸지만 그는 다만

'아아, 네'라고 애매하게 말했을 뿐이었다. 그러나 테브네는 조금도 주저하는 기색을 보이지 않았다.

"내가 깨달은 바에 의하면 아노 씨는 굳이 혐의가 있어서 뒤쫓고 있는 것은 아닌 듯합니다. 그렇지 않습니까? 그는 아주 공평합니다. 여러 가지로 자질구레한 것을 모아 그 하나하나가 언젠가 딱 들어맞을 기회를 기다렸다가 마지막으로 전체적인 완전한 그림이 되도록 하려는 거지요. 틀림없는 예술가입니다! 이를테면 헐로우 양이 그 분에게 내준 익명의 편지——이것은 우리 디종 사람의 창피지요——당신은 그 편지를 기억하시겠지요?"

"아하!" 제임스는 아노 식으로 대답했다. "하지만 아무래도 이 영화는 이제 곧 해피 엔드로 끝날 것 같군요. 그럼, 이만 실례하겠습니다."

제임스는 가볍게 인사하고 파리에서 성공을 꿈꾸는 테브네를 남겨 놓고 나갔다. 관객 사이를 빠져나와 입구에서 큰길로 나왔다. 기욤 문의 아치 밑을 지나 리베르테 거리로 꺾어들었다. 디종 시의 사람들은 일찌감치 잠자리에 들었는지 낮에는 그토록 붐비던 거리가 지금은 폐허처럼 조용했다. 200야드쯤 나아가자 갑자기 아노가 나타나서 어깨를 나란히 하고 걷기 시작했으므로 제임스는 몹시 놀랐다.

"어떻습니까? 그 비서는 내가 없어진 뒤로 틀림없이 당신을 붙잡고 늘어졌겠지요?"

"모리스 테브네라는 사나이는 서장님의 말대로 뛰어난 재능을 지녔는지도 모르지만, 솔직히 말해서 건방진 녀석이라고 생각합니다. 당신이 앤의 거실에서 무엇을 찾아냈는지, 그리고 베티 양이 받은 익명의 편지에 대해서 알고 싶어하더군요."

제임스가 말했다.

아노가 흥미 있게 제임스를 보았다.

"그래요……? 그 젊은이는 뭐든지 알아두고 싶은 거겠지요. 서장님의 말대로 머지않아 출세할 듯싶군요. 그래, 뭐라고 대답했습니까?"

"처음에는 '아아, 네', 다음에는 '아하!'라고 했지요. 마치 어떤 심술궂은 내 친구가 나의 단순한 질문에 대답하고 싶지 않을 때 하는 것처럼 말입니다."

아노는 유쾌하게 웃었다.

"아주 잘했습니다. 자, 이 골목을 오른쪽으로 꺾어들어갑시다. 바로 요 앞이 목적지입니다!"

"잠깐만" 제임스가 얼굴빛이 달라지며 소곤거렸다. "잠깐만, 이대로 계십시오. 무슨 소리가 들리지 않습니까?"

아노는 곧 걸음을 멈추었다. 두 사람은 가만히 인기척 없는 큰길에서 귀를 기울였다.

"아무 것도 들리지 않는데요." 아노가 말했다.

"그러니까 더욱 마음이 쓰이는군요." 제임스는 굉장한 일인 듯이 목소리를 낮추었다. "바로 조금 전까지 뒤에서 발소리가 들렸습니다. 그런데 우리가 걸음을 멈추자 그 발소리도 들리지 않는군요. 다시 걸어 보기로 합시다."

"좋습니다."

"말은 하지 마시고……." 제임스가 말했다.

"네, 한 마디도." 아노가 말했다.

두 사람이 다시 걷기 시작하자 확실히 등 뒤에서 발소리가 들렸다.

"보십시오, 내 말이 틀림없지요?" 제임스가 아노의 팔을 붙잡으며 말했다.

"말은 하지 말라고 했잖습니까? 그런데 당신은 말을 했습니다!"

"당연하지 않습니까. 지금은 농담할 때가 아닙니다." 제임스는 벌컥 화를 내며 상대의 가슴을 흔들었다. "우리는 뒤를 밟히고 있는 겁니다!"

탐정은 갑자기 걸음을 멈추더니 젊은 동료를 감탄한 듯이 바라보았다.

"과연! 당신도 알아차리셨군요. 확실히 그렇습니다. 뒤를 밟히고 있는 겁니다. 하지만 저것은 누군가 다른 녀석이 뒤를 밟지 못하게 하려고 내가 명령하여 뒤를 따르게 한 부하 가운데 한 사람입니다."

제임스는 몹시 화가 나는 듯 아노의 팔을 뿌리쳤다. 그러나 탐정은 입을 굳게 다물고 아무렇지도 않은 듯한 얼굴 표정을 지었다.

"자, 어서 장 클라델에게로 갑시다."

아노는 웃음지으며 길을 건너갔다. 그물코처럼 좁고 혼잡하며 지저분한 골목이었다. 사람의 모습은 하나도 보이지 않았다. 집집마다 모두 어둠에 싸여 들리는 소리라고는 다만 그 두 사람의 발소리와 뒤를 밟고 있는 경관의 조금 더 희미한 발소리뿐이었다. 아노는 막다른 골목을 왼쪽으로 꺾어들어 창문에 덧문을 내린 작은 가게 앞에서 걸음을 멈추었다.

"여기입니다." 그는 낮은 목소리로 말하며 문기둥의 버튼을 눌렀다. 문 바로 뒤에서 날카롭고 요란한 벨 소리가 울렸다.

"자고 있다면 잠시 기다려야겠군." 아노가 말했다. "하인이 없으니까요."

몇 분이 지났다. 30분을 알리는 시계 소리가 울려 왔다. 아노는 문에 귀를 대보았으나 집 안에서는 아무 소리도 들리지 않았다. 다시 벨을 울렸다. 잠시 기다리자 덧문이 열리고 2층 창문이 하나 열렸다. 창문 뒤에서 누군가가 작은 소리로 말했다.

"누구시오!"

"경찰이오." 아노가 대답했다.

2층 창문은 조용하기만 했다.

"당신을 어떻게 하겠다는 것은 아니오." 아노는 초조한 듯이 조금 목소리를 높였다. "좀 물어 볼일이 있소."

"좋습니다." 창문에서 소곤거리는 목소리가 들렸다. 그 사나이는 방의 어둠 속에 우뚝 선 채, 달아나려는 것은 아니었던 모양이다.

"잠깐만 기다려 주십시오, 옷을 걸치고 곧 내려갈 테니까요."

창문과 덧문이 다시 닫혔다. 그리고 그 문틈에서 불빛이 새어나왔다. 아노는 만족스러운 듯이 중얼거렸다.

"흐음, 드디어 일어나셨군. 저토록 조심스럽게 나직한 목소리로 대답할 정도니까 디종의 상류 계급 사람들 가운데 남의 눈을 피해서 약을 사러 오는 단골손님이 많은 모양이지."

그는 배의 뒷갑판 위에라도 있는 것처럼 포도 위를 두어 걸음 걸어갔다가 다시 빙글 돌아서서 두어 걸음 되돌아왔다. 제임스는 요 이틀 동안 아노가 이토록 침착성을 잃고 초조해 하는 것을 본 적이 없었다.

"도무지 차분하게 있을 수가 없군요." 아노는 작은 목소리로 말했다. "앞으로 5분만 지나면 사건의 진상을 잡을 수 있다고 생각하니 말입니다. 구르넬 저택에서 독화살을 들고 나온 것이 누군지 알 수 있을 테니까요."

"정말로 독화살을 들고 나온 사람이 있다고 한다면 말이겠지요."

제임스가 덧붙였다. 그러나 아노는 '정말로'니 '한다면'이니 하는 말에 찬성할 수는 없었다. 그는 어깨를 뒤로 젖히고 이마를 탁 때리며 말했다.

"아아, 그 일이라면 나는 와베르스키와 같은 의견입니다. 확실히 누군가 장 클라델의 가게에 화살을 들고 온 사람이 있다고 생각합

니다."

 그는 다시 뒷갑판 위를 제자리걸음하기 시작했다. 그러나 이번에는 걷는다기보다 달리는 듯했다. 제임스는 아노가 자신의 말을 가볍게 물리쳤으므로 조금 기분이 언짢았다. 그는 아직도 아노가 수사의 출발점을 잘못 택했다고 생각하고 있었던 것이다. 그는 퉁명스럽게 말했다.

 "그래요? 만일 이 가게에 독화살을 가지고 온 사람이 있다면 그는 스트로판투스에 관한 책을 서재에 다시 갖다 놓은 사람과 동일 인물이겠지요?"

 아노는 제임스 앞에서 걸음을 멈추더니 소리내어 웃기 시작했다.

 "아니오, 다른 사람입니다. 이 세상의 돈을 모두 쌓아올리고, 그 위에 헐로우 부인의 목걸이를 올려놓고, 그것을 모두 걸고 단언해도 좋습니다. 왜냐하면 여기에 화살을 가지고 온 사람은 내가 아닙니다. 그러나 그 책을 서재에 갖다 놓은 것은 사실 나였으니까요."

 제임스는 어쩔 줄을 몰랐다. 어안이 벙벙해서 멍청하니 입을 벌린 채 아노를 바라볼 뿐이었다.

 "당신이었다고요?"

 "네, 바로 나였습니다"라고 말하며 아노는 발 끝으로 서서 발돋움을 하여 키를 높였다. "나 외의 어떤 사람도 아닙니다."

 이윽고 그는 그처럼 얼뜬 짓을 그만두고 갑자기 걱정스러운 듯이 덧문이 내려진 창문을 올려다보았다.

 "이거 참, 꽤 시간이 걸리는군. 브르고뉴 공작의 무도회에 초대를 받은 것도 아닐 텐데."

 아노는 조급하게 다시 벨을 울렸다. 얕보는 것 같은 높다란 울림이 되돌아왔다.

 "재미없게 되었군." 아노가 중얼거렸다.

그는 손잡이를 움켜쥐고 온 몸의 무게를 실어 밀어보았다. 그러나 문은 튼튼해서 꿈쩍도 하지 않았다. 아노는 입술에 손가락을 대고 가만히 휘파람을 불었다. 두 사람이 걸어왔던 방향에서 한 사나이가 재빠르게 뛰어오는 발소리가 들렸다. 골목 모퉁이의 가로등 불빛 속에서 뛰어나와 두 사람 앞에 걸음을 멈춘 것은 니콜라 모로였다. 오늘 아침 아노가 장 클라델이란 인물이 실제로 있는지 어떤지 조사하러 보냈던 경찰관이었다.

"니콜라, 여기서 기다려 주게." 아노가 말했다. "만일 문이 열리거든 열린 채로 두고 휘파람을 불어서 알려 주게."

"알겠습니다."

아노는 낮고 당혹한 목소리로 플로비서에게 "아무래도 곤란하게 된 모양입니다"라고 말하면서 가게 옆의 좁은 골목으로 몸을 숨겼다.

"와베르스키가 5월 7일 아침 베티를 보고 몸을 숨겼다는 것은 틀림없이 이 골목인 모양입니다." 제임스는 급히 아노를 따라가면서 말했다.

"아마 그럴 겁니다."

그 골목은 간베타 거리와 평행된 다른 골목에 이어져 있었다. 아노는 그 골목으로 걸어갔다. 군데군데 썩어 가는 나무문이 달린 높이 5피트쯤 되는 나무 울타리가 집의 뒤뜰을 에워싸고 있었다. 아노는 첫번째 나무문 앞에서 걸음을 멈추고 발돋움하여 울타리 너머로 들여다보았다. 뒤뜰과 클라델의 집 뒷면이 보였다. 골목에는 가로등이 없었으며, 어느 집에서나 한 줄기의 빛도 새어나오지 않았다. 안개도 없이 맑게 갠 밤하늘이었지만 주위는 동굴처럼 어두웠다. 제임스의 눈은 차츰 어둠에 익숙해졌다. 그렇긴 하지만 10야드 앞을 사람이 지나간다 해도 알 수 없을 것 같았다. 탐정은 아직 손 끝을 울타리 위에 걸친 채 집의 뒤쪽을 들여다보고 있더니 조금 뒤 제임스의 소맷자락을 잡아당겼다.

"2층 뒤창문이 열려 있는 것 같습니다. 들어가 봅시다."

나무문을 밀자 희미하게 경첩이 삐걱거리는 소리가 나며 안쪽으로 열렸다.

"열렸습니다. 자, 조용히!" 아노가 말했다. 두 사람은 발소리를 죽여 뒤뜰을 가로질러 갔다. 이 집의 1층은 아주 얕아서 2층의 창문이 크게 열려 있는 것이 제임스에게도 보였다.

"당신 말씀이 맞습니다." 그는 아노의 귓가에 소곤거렸다. 그러자 탐정은 잠자코 있으라는 듯이 제임스를 쿡쿡 찔렀다.

창문 안쪽은 캄캄했다. 두 사람은 그 밑에서 잠시 동안 귀를 기울이고 서 있었지만 아무 소리도 들려 오지 않았다. 이윽고 탐정이 제임스를 끌고 집의 벽을 따라 걸어나가자 벽 끝에 문이 있었다. 그는 손잡이를 돌리고 어깨로 살짝 밀어 보았다.

"잠겼군요. 그러나 현관문처럼 빗장을 지른 것 같지는 않습니다. 이 정도는 열 수 있습니다."

아노는 주머니에서 되도록 소리나지 않게 열쇠 다발을 꺼내더니 자물쇠 앞에 몸을 굽혔다. 30초쯤 지나자 문이 살며시 열렸다. 복도는 머리 위의 방과 마찬가지로 캄캄했다. 살금살금 걸어들어가는 아노의 뒤를 따르며 제임스 플로비셔는 흥분으로 가슴이 두근거렸다. 2층 바깥쪽의 불 켜진 방과 그 뒤쪽의 캄캄한 방에서 대체 무슨 일이 일어난 것일까? 어째서 장 클라델은 아래층으로 내려와 간베타 거리로 향한 문을 열지 않는 것일까? 어째서 두 사람을 부르는 니콜라 모로의 나직한 휘파람 소리가 들려 오지 않는 것일까? 아노는 제임스의 뒤로 돌아가 등진 문을 다시 전처럼 잠갔다.

"회중전등을 가지고 있지 않겠지요?" 아노가 물었다.

"네." 제임스가 대답했다.

"나 역시 가지고 있지 않습니다. 그렇다고 성냥을 켜기는 싫고, 아무래도 2층이 마음에 걸리는군요."

두 사람이 소곤거리는 이야기 소리는 거의 알아들을 수 없을 만큼 나직했다. 공기가 아주 조금만 흔들려도 2층에 울릴 것같이 생각되었다.

"가만가만 걸읍시다. 내 등에 손을 대십시오."

아노는 몇 걸음 걸어나가더니 문득 멈춰섰다.

"오른쪽에 계단이 있습니다. 다 왔으니까 첫 계단에 걸려 넘어지지 않도록 하십시오."

그는 뒤돌아다보며 제임스에게 일러주었다. 곧 계단 아래까지 이르자 아노는 제임스의 오른팔을 움켜쥐며 한 손을 난간 위에 걸쳤다. 제임스는 한쪽 발을 가만가만 들어올려 첫 계단을 찾아내자 탐정의 뒤를 따라 올라갔다. 그들이 들어온 입구 바로 위인 작은 층계참에서 두 사람은 발을 멈추었다. 그들 앞에서 어둠은 엷어지기 시작하여, 검다기보다는 불투명해져서 머리 위에 엷은 막이 씌워진 것 같았다.

아노는 문턱을 넘어 방으로 들어갔다. 자세히 보니 제임스 앞에 열려진 문이 있었으며 왼편 안쪽 창문으로 희미하게 빛이 비쳐 들어왔다. 뒤따라서 제임스가 방의 문턱을 넘어서려 하는데 아노가 발이 걸린 듯 소리를 질렀다. 물론 나직한 외침 소리였지만 별안간 오랫동안의 침묵을 깨뜨리고 어둠 속에 울렸으므로 제임스는 마치 권총 소리라도 들은 듯 펄쩍 뛰었다. 그는 이 작은 외침이 거리의 큰 시계 소리와 마찬가지로 디종의 온 거리에 울려퍼지지나 않을까 걱정하기까지 했던 것이다. 그러나 아무 일도 일어나지 않았다. 사람이 움직이는 기척도 없었고 누구냐고 소리치는 사람도 없었다. 헤아릴 수 없는 침묵이 짙은 어둠처럼 집 안에 가득차 감각을 마비시켰다. 제임스는 무슨 말이든지, 그리고 아무리 어린아이 같은 짓이라도 좋으니 뭐라고 큰 소리로 고함을 치고 싶어졌다. 비록 자기 목소리라도 좋으니까 아무튼 소리내어 지껄이는 목소리를 듣고 싶었다. 그 때 아노의 목소리가 들려왔다. 방 안쪽에서, 더욱이 다른 사람인 것처럼 여겨질 만큼 낯설고 이상한 말투였다.

"움직이지 않아······정말 그렇군······이렇게 되지 않을까 하고 걱정했더니······그거 참!"

탐정의 목소리가 깊은 한숨 속으로 사라졌다.

제임스는 아노가 조심스럽게 움직이고 있는 기척을 느꼈다. 그 때 그는 하마터면 소리를 지를 뻔했다. 창문의 덧문이 천천히 내려와 또다시 방 안이 캄캄해지고 말았기 때문이다.

"누구야?" 제임스는 낮고 격렬한 목소리로 물었다.

아노가 대답했다.

"납니다. 창문 밖으로 빛이 새어나가서는 곤란합니다. 잘은 모르나 뭔가 끔찍스러운 일이 일어난 것 같습니다. 방으로 들어와 문을 닫아 주십시오."

제임스가 시키는 대로 방으로 들어서자 방 저쪽 마루 위에 연필로 똑바로 그은 것 같은 노랗고 가느다란 불빛이 보였다. 그 빛은 간베타 거리 앞쪽으로 향한 방과 이 방 사이에 있는 문에서 새어나오고 있었다. 제임스 플로비셔가 그것을 깨달은 순간 그 문이 힘차게 열렸다. 활짝 열린 문 앞에 뒤쪽으로부터 비치는 빛을 받으며 탐정의 커다란 모습이 뚜렷하게 떠올랐다.

"여기에는 아무도 없군." 그는 주머니에 손을 집어넣은 채 문 앞을 가로막고 서 있었다. "텅 비어 있습니다."

그 바깥쪽 방은 틀림없이 탐정이 말한 그대로였다! 그러나 우뚝 서 있는 아노의 두 다리 사이로 비쳐드는 불빛을 받아 이 방 뒤편 마루 위에 소름끼치게도 누군가의 움켜쥔 손, 마구 구겨진 셔츠의 소

장 클라델의 가게에서  255

매, 그리고 손목이 보였다.

"이쪽을 보십시오!" 제임스가 탐정을 보고 소리쳤다. "저것 말입니다!"

"조금 전에 내가 걸려서 넘어질 뻔한 것이 바로 그것입니다" 아노는 태연스럽게 대답했다. 그는 입구 옆의 벽에서 스위치를 찾아내어 불을 켰다. 순간 어두운 방이 활짝 밝아져 구석에 밀어 놓은 테이블이며 뒤집힌 의자며 말할 수 없이 혼란된 광경 한복판에 남자의 시체가 뒹굴고 있는 것이 눈에 들어왔다. 셔츠 위에 조끼만 입고 있었다. 몹시 괴로워한 듯 새우처럼 몸을 구부리고 머리를 무릎에 닿을 정도로 웅크리고 있었다. 한쪽 팔은 몸에 꼭 붙어 있고, 제임스가 처음 보았던 다른 한쪽 팔은 크게 쳐들려진 채 심한 고통의 경련으로 허공에서 주먹을 움켜쥐고 있었다. 한 사람에게서 이토록 많은 피가 흘렀구나 싶을 만큼 방 안 가득히 피바다를 이루고 있었다.

제임스는 두 손으로 눈을 가리고 뒤로 비틀거리며 물러섰다. 속이 메슥거렸다.

"우리가 찾아오자 자살한 모양이군요." 제임스가 중얼거렸다.

"누가요?" 하고 묻는 아노의 목소리는 아주 침착했다.

"장 클라델 말입니다. 아까 창문에서 대답했던 사나이 말이지요."

그러자 아노는 나무라듯이 제임스를 다그쳤다.

"무엇으로?"

제임스는 살며시 눈에서 손을 떼고 주위를 둘러보았다. 거무튀튀한 융단 위에는 반짝하고 빛나는 단도도 없고 권총도 없었다.

"일본 사람처럼 할복자살이라도 했단 말입니까?" 아노가 물었.

"그렇다면 단도라도 있어야 할 텐데, 그런 건 아무것도 보이지 않습니다."

아노는 시체 위에 웅크리고 앉아 몸을 만져 보다가 깜짝 놀라 손을 끌어당겼다.

"아직 따뜻하군요. 이거 보십시오!"

그는 손가락으로 가리켰다. 그 남자는 옆으로 누워 몸을 경련하면서, 참을 수 없는 고통을 나타내며 끔찍스러운 모습으로 뒹굴고 있었다. 그 셔츠 소매에 둥그렇게 새빨간 얼룩이 묻어 있었다.

"이것으로 단도의 피를 닦았군요." 아노가 말했다.

제임스는 앞으로 몸을 구부렸다.

"정말 그렇군요." 그는 조금 사이를 두었다가 무섭다는 듯이 덧붙였다. "결국 타살이지요?"

아노는 고개를 끄덕여 보였다.

"틀림없습니다."

제임스 플로비서는 일어섰다. 그는 고통으로 일그러진 보기 흉한 기괴한 시체──이런 일이 일어난 이상 인류를 창조하신 하느님께서 터무니없는 잘못을 저질렀다고 할 수밖에 없을 정도로 한심한 모습을 하고 있는 시체를 떨리는 손가락 끝으로 가리키며 힘없이 물었다.

"장 클라델이 틀림없습니까?"

"확인해 봅시다."

아노는 계단을 내려가 현관문의 빗장을 벗기고 모로를 집 안으로 불러들였다. 계단 위에서 제임스는 탐정의 목소리를 들었다.

"자네는 장 클라델의 얼굴을 알고 있는가?"

"네."

"그럼, 이리 오게."

아노는 순경을 데리고 2층 뒤쪽 방으로 돌아왔다. 문 앞에서 모로는 망연한 표정으로 문득 멈춰섰다.

"이 남자가 클라델인가?" 탐정이 물었다. 모로는 한 발자국 앞으로 나섰다.

"네, 이 사나이입니다."

"지금 막 살해되었네." 아노가 설명했다. "미안하네만, 이 지구의 경감과 의사를 불러다 주게. 여기서 기다리겠네."

모로는 재빨리 뒤돌아 아래층으로 내려갔다. 아노는 힘없이 의자에 앉아 우울하게 시체를 바라보았다.

"장 클라델이라……," 그는 맥빠진 목소리로 덧붙여 말했다. "이제야 겨우 세상을 위해 일을 시작하려던 참인데. 진상을 밝혀 줄 수 있는 바로 이 때에 말입니다. 내 실수였습니다. 오늘밤까지 기다리지 말고 좀더 빨리 왔으면 좋았을 걸. 이런 일이 일어나리라는 것을 계산에 넣었어야만 했습니다."

"대체 누가 죽였을까요?" 플로비셔가 소리쳤다. 아노는 후회와 한탄에서 제정신으로 돌아와 대답했다.

"창문에서 우리에게 대답을 했던 사나이입니다."

제임스는 가슴이 죄어드는 듯한 느낌을 맛보았다.

"설마!"

"아니, 그 남자가 틀림없습니다. 생각을 좀 해보십시오."

아노는 책에서 읽은 것을 설명해 주는 듯이 알아들었는지 하나하나 확인을 해 가면서 사건의 전말을 처음부터 차례차례 이야기해 주었다.

"내 부하가 숨을 헐떡이며 극장으로 찾아와서 클라델이 지금 막 집으로 돌아왔음을 성냥의 신호로 알려 준 것이 10시 5분 조금 지났을 때였습니다. 그러므로 클라델이 집에 돌아온 것은 10시 5분 전이라는 말이 됩니다."

"그렇겠군요." 제임스는 고개를 끄덕였다.

"그때 모리스 테브네가 우리를 붙잡았지요?" 아노는 혀끝으로 입술을 적시고 조용한 목소리로 말을 이었다. "그 아주 조심스럽고 앞날이 유망한 젊은 신사는 조금 주의할 필요가 있습니다. 테브네는 우리를 붙잡았던 겁니다. 그리고 이 집 앞에서 기다리고 있을 때 10시 반을 치는 시계 소리가 들렸습니다."

"네."

"그 땐 이미 비극이 끝나 있었습니다. 왜냐하면 집안은 무덤 속처럼——실제로 무덤임에 틀림없지만——조용했기 때문입니다. 더욱이 그 바로 직전에 범행이 일어났던 것입니다. 시체가 아직 따뜻하니까요. 여기 뒹굴어 있는 것이 클라델이라면 누군가가 오늘 밤 그가 돌아오기를 뒷골목에서 기다리고 있었던 셈입니다. 앞길에 있던 내 부하는 그의 모습을 보지 못했으니까요. 클라델이 그 사나이를 집 안으로 들어오게 하고 문을 잠근 것으로 미루어 보건대 친구거나 얼굴을 잘 아는 사이임에 틀림없습니다."

제임스는 그 말에 반대했다.

"그 사나이는 단도를 빼어들고 이 어두운 방에 숨어 기다렸을지도 모릅니다."

아노는 방을 둘러보았다. 작업장인지 거실인지 분간할 수조차 없는 방으로, 싸구려 가구가 잡다하게 놓여 있었다. 창문 가까운 벽가에 서랍이 열린 사무 책상이 있고, 한쪽 벽의 대부분을 차지한 문이 닫혀진 큰 벽장이 있었다.

"그것은 생각해 볼 만한 일이군요. 하지만 만일 그렇다면 어째서 범인은 그토록 오랫동안 여기에 있었을까요? 뒤지고 돌아다닌 흔적이 없습니다. 서랍을 마구 휘저은 것 같지도 않고."

아노는 큰 벽장문을 살펴보았다.

"이것도 잠긴 채로 있습니다. 틀림없이 범인은 여기서 기다린 것이 아닙니다. 친구나 아니면 단골손님으로서 집 안에 들어온 것입니다. 클라델의 단골손님 가운데는 밤에 살그머니 뒷길로 오는 사람들이 많을 테니까요. 범인은 그를 죽일 생각으로 왔으며, 기회를 기다렸다가 죽였습니다. 우리가 벨을 울렸을 때 막 죽이고 난 참이었을 겁니다."

아노는 숨을 크게 들이마셨다.

"생각해 보십시오! 그는 자기가 막 죽인 사나이를 내려다보면서 여기에 서 있었습니다. 그 때 뜻밖에도 날카롭고 높다란 벨 소리가 '나는 그대를 보았노라'라고 말하는 신의 목소리처럼 온 집 안에 울렸던 것입니다! 아시겠습니까? 그는 전등을 끄고 숨을 죽인 채 어둠 속에 우뚝 서 있었습니다. 또 벨이 울렸겠지요. 어떻게든지 하지 않으면 발견되고 맙니다. 그래서 앞길로 향한 방으로 가서 창문을 열어 보니 현관 앞에 있는 것은 경찰들이었다는 말입니다."

아노는 적이긴 하지만 훌륭하다는 듯이 고개를 끄덕였다.

"그는 상당한 사나이입니다. 허둥대지 않고 덧문을 닫은 다음 불을 켜서, 자못 일어나 옷을 입는 것처럼 보이게 하고 이 방으로 돌아왔습니다. 그는 계단을 뛰어내리거나 뒷문을 여느라고 덜컹거리는 수고로운 짓을 하지 않았습니다. 덧문을 열자마자 창문에서 아래의 땅 위로 뛰어내렸지요. 단 1초면 충분합니다. 그리고 다음 순간 뒷골목으로 달아났습니다. 그렇게 되면 이제 일은 끝난 겁니다. 죽은 사람은 말이 없습니다. 클라델은 우리가 알고자 하는 것을 지껄이지 못하지요. 대충 이렇습니다."

아노는 큰 벽장 앞으로 가서 곁쇠를 써서 그 문을 열었다. 선반 위에는 유리 단지 한두 개, 증류기, 간단한 실험 용구 조금, 그리고 몇 개의 병이 있었는데, 그 가운데 하나는 다른 것보다 컸으며 투명한 액체가 절반쯤 들어 있었다.

"알코올." 아노는 병에 붙은 라벨을 가리키며 말했다. 플로비셔는 난잡하게 흐트러진 가구의 위치를 움직이지 않도록 조심하여 방 안을 돌아다니며 병을 들여다보았다. 그러나 그 교수의 논문에 씌어 있는 것 같은 연한 레몬 빛 용액 같은 것은 눈에 띄지 않았다.

아노는 벽장문을 닫고 잠근 다음 조심스럽게 사무 책상 쪽으로 걸어갔다. 책상 서랍은 열린 채였으며, 위로 쳐들리는 뚜껑 위에 종이가 몇 장 흩어져 있었다. 그는 그 앞에 앉아 차근차근 조사하기 시작했다. 제임스도 의자에 앉았다. 아무튼 범인은 오늘 아침부터 탐정이 클라델에게 눈독들이기 시작한 것을 알았다. 클라델이 모든 것을 털어놓게 해서는 안된다. 그리하여 그는 클라델의 입을 막은 것이다. 플로비셔는 4월 27일 밤 구르넬 저택에서 힐로우 부인이 살해된 사실을 이제 의심할 수 없었다. 사태의 발전은 너무나도 논리적이었다. 이 사건은 건축물처럼 차례차례 조립되어 바야흐로 이 새로운 범행으로 말미암아 한 층이 더 올려진 셈이 된다. 사건은 확실하고 단단하게 조립되어 가고 있었다. 어떤 수수께끼의 인물 둘레에.

## 하얀 알약

 그동안 사건은 예측할 수 없을 만큼 중대해져 갔다. 탐정이 별안간 외마디 소리를 지르며 달려가 사무 책상 위에 놓인 녹색 갓의 스탠드를 켰다. 아노는 책상 앞부분의 작은 서랍을 뽑아 불빛 아래로 가져갔다. 그는 아주 조심스럽게 서랍에서 뭔가 작은 물건을 집어들었다. 단추 구멍에 다는 배지 같은 것이었다. 그것을 압지 위에 올려놓더니 그는 시체가 있는 방안에서 커다랗게 웃음을 터뜨렸다. 그는 제임스를 손짓하여 불렀다.
 "이리 와 보십시오!"
 제임스가 본 것은 쇠로 된 축이 달리고 얇은 쇠가시가 있는 활촉이었다. 이것이 무엇인지는 물을 것도 없었다. 그날 아침 에든버러 대학교수의 논문에서 이것과 비슷한 것을 보았던 것이다. 틀림없는 시몬 헐로우의 독화살 활촉이었다.
 "드디어 찾아 내셨군요!" 제임스가 떨리는 목소리로 말했다.
 "네, 찾아냈습니다."
 아노는 활촉을 조금 건드려 본 다음 걱정스러운 표정을 지었다.

"여기서부터 몇천 마일이나 떨어진 콘베 지방에서 한 니그로가 오두막 밖에 앉아 독초 종류를 가루로 빻아서 붉은 찰흙과 섞은 것을 듬뿍 바른 새로운 화살 촉을 준비해 가지고 적이 오기를 기다리고 있었습니다. 그런데 적이 오지 않자 니그로는 시레강에서 교역하는 백인 친구에게 그것을 다른 상품과 바꾸었거나 그냥 주었을 겁니다. 그래서 상인은 고국으로 그것을 가지고 돌아와서 구르넬 저택의 시몬 헐로우 씨에게 건네주었습니다. 시몬 헐로우 씨는 그것을 에든버러 대학교수에게 빌려주어, 교수는 책으로 써서 출판한 다음 화살을 다시 돌려주었습니다. 그리하여 이 활촉은 돌고 돌아 디종 뒷거리에 있는 장 클라델의 집까지 새로이 옮겨와 그 끔찍스러운 임무를 다한 셈이 되는 것입니다."

얼마나 오랜 동안 아노가 여러 번 독화살에 대해서 설교할 생각이었는지는 아무도 짐작할 수 없을 것이다. 다행히 아래에서 문 닫히는 소리가 나고 통로에 소란스러운 사람의 목소리가 들려 왔으므로 제임스 플로비셔는 겨우 아노의 이야기에서 빠져나올 수 있었다.

"경감님!" 하고 부르며 아노는 급히 계단을 내려갔다.

제임스는 탐정이 나직한 목소리로 매우 오랫동안 이야기하는 것을 들었는데, 아마도 사건에 대한 견해를 설명하고 있는 것이리라. 그는 경감과 의사를 방으로 안내해 와서 제임스를 소개했다.

"이 분이 플로비셔 씨입니다."

경감은 지럴드 서장보다 젊고 정력적인 사나이였는데, 활달하게 제임스에게 인사하고는 고통스럽게 일그러진 장 클라델의 얼굴로 눈길을 돌렸다. 그 역시 혐오감을 느끼지 않을 수 없는 듯 가볍게 혀를 찼다.

"기분 나쁜데요, 이건! 차마 못 보겠습니다."

아노는 책상으로 돌아와 활촉을 주의 깊게 종이에 쌌다.

"경감님" 탐정은 딱딱한 목소리로 불렀다. "이것을 내가 맡아 두어도 괜찮을까요? 책임은 내가 지겠습니다."

아노는 그것을 주머니에 집어넣었다. 그는 장 클라델 옆에 몸을 구부리고 앉아 있는 의사에게 말했다.

"귀찮겠지만 사망 진단서와 사본을 한 통 떼어 주셨으면 합니다. 틀림없이 도움이 되리라고 생각합니다. 이 살인은 뭔가 특별한 버릇이 있는 사나이가 했을지도 모른다는 것을 알아낼 수 있을 것 같기도 합니다."

"알겠습니다. 사망 진단서의 사본을 틀림없이 전해 드리도록 하지요, 아노 씨." 젊은 경감은 정중하게 관리다운 목소리로 대답했다. 아노는 제임스의 팔을 잡았다.

"자, 여기 있어 봐야 방해만 될 뿐입니다. 경감님께서 친절하게 말씀하신다 해도 여기는 우리가 나설 만한 곳이 못됩니다. 가십시다."

탐정은 제임스를 문으로 데리고 가더니 뒤돌아보며 덧붙여 말했다.

"좀 건방진 말씀 같습니다만, 덧문이며 창틀에 범인의 지문이 있을지도 모릅니다. 범인은 매우 조심스럽게 행동한 것 같지만 말입니다. 아마도 무척 혼이 나서 달아난 듯하므로 혹시 뭔가 남겨 두었을지도 모릅니다."

경감은 크게 감사하다는 뜻을 나타냈다.

"덧문도 창틀도 틀림없이 주의해서 조사해 보겠습니다."

"만일 지문이 발견되거든 사본을 부탁합니다." 아노가 넌지시 일러 두었다.

"되도록 빨리 전달되도록 하겠습니다." 경감이 승낙했다.

제임스는 공증인 베크스가 이 자리에 함께 있어서 이 예의바른 대화를 듣지 못한 것을 안타깝게 생각했다. 경감과 탐정은 서로의 영역을 침범하거나 침범당하는 일이 없도록 마음을 써서 예의를 지키고 있었다. 아무리 베크스라 하더라도 그들의 예의바른 태도에는 감탄하지 않을 수 없을 것이다.

아노와 제임스는 계단을 내려와 골목으로 나왔다. 사람들은 아직 일어나지 않았다. 경찰관 둘이 돌 문 앞에 서 있었다. 간베타 거리는 아직 잠에서 깨어나지 않았으며, 이 불길한 집에서 일어난 범죄에 대해 아무것도 모르는 것 같았다.

"나는 이제부터 경찰서로 가겠습니다." 아노가 말했다. "소파가 달린 작은 방을 하나 얻었습니다. 호텔에 돌아가기 전에 활촉에 대한 것을 처리하고 싶군요."

"그럼, 모시고 가겠습니다." 제임스가 말했다. "그런 방에 있었으니만큼 신선한 공기를 마시며 조금 거닐면 마음이 거뜬할 것입니다."

경찰서는 여기서 1마일쯤 떨어져 있었지만 이 부근보다는 훨씬 나은 곳에 있었다. 아노는 성큼성큼 걸어 경찰서에 도착하자 벽가에 금고가 있는 방으로 제임스를 안내했다.

"좀 앉으십시오. 담배 한 대 피웁시다."

탐정은 몹시 낙담하여 천성적인 그 쾌활함을 조금도 볼 수 없었다. 그제야 제임스는 아노가 장 클라델과의 회견에 얼마나 큰 기대를 걸고 있었는가를 깨달았다. 탐정은 금고를 열고 크기가 다른 봉투 두세 장과 논문의 사본, 녹색 서류철 등을 테이블 위에 꺼내 놓았다. 그는 제임스 앞에 앉아 봉투를 열고 안에 든 것을 한 줄로 늘어놓기 시작했다. 그 때 문이 열리더니 경관이 한 사람 경례를 하고 들어왔다. 손에 종이쪽지를 들고 있었다.

"오늘 밤 9시쯤 파리에서 전화로 회답이 있었습니다. 이것이 물으신 상회의 이름입니다. 바티뇰 거리에 있었는데, 그 가게는 7년 전에 없어졌다고 합니다."

"나도 그렇지 않을까 하고 생각했지." 종이쪽지를 받아들면서 아노는 불쾌한 듯이 대답하고 그것을 주욱 읽었다. "으음, 과연 이것이야, 틀림없어."

그는 테이블 위의 서류 상자에서 봉투 한 장을 집어들어 그 종이쪽지를 넣고 봉했다. 봉투 겉면에 아노가 '받을 사람'이라고 장식 문자로 쓰는 것이 보였다. 그리고 나서 탐정은 치밀어 오르는 화를 가까스로 참는 듯한 표정으로 제임스를 보았다.

"이 일련의 사건에는 숙명적인 것이 있는 모양이오." 그는 크게 말했다. "이것은 살인 사건이며 그 방법에 대해서도 점점 확신이 설 뿐만 아니라, 그럴 듯한 원인의 일부분도 알게 되었습니다. 하지만 범인에 대해서는 한 걸음도 확증——납득하기에 충분한 확증——에 가까이 가지 못했습니다. 숙명? 내가 이런 말을 쓰게 될 줄이야. 수사의 모든 이치를 끊어 버리고 이 아노를 우롱한다는 것은 어지간히 예리한 재치와 대담성과 자신을 지닌 녀석임에 틀림없습니다!"

그는 냉랭한 태도로 성냥을 그어 담배에 불을 붙였다. 제임스는 그를 위로하려고 했다. "그렇습니다. 하지만 이 예리한 재치와 대담성과 자신감으로 보건대 상대는 한 사람이 아닌 듯싶군요."

아노가 갑자기 긴장하며 제임스를 흘끗 보았다.

"좀더 자세히 설명해 주시겠습니까?"

"나는 간베타 거리에서 돌아오며 줄곧 그 일을 생각했습니다. 헐로우 부인이 구르넬 저택에서 살해된 사실은 이제 의심할 나위가 없습니다. 그러나 부인을 살해한 것은 범인 일당이 해치우는 나쁜 짓의 아주 조그만 한 부분에 지나지 않습니다. 그렇지 않다면 장 클라렐이 오늘 밤 살해된 것을 어떻게 설명할 수 있겠습니까?"

한순간 아노의 표정이 밝아지고 미소가 떠올랐다.

"그렇습니다. 당신도 투우장에 15분 동안 있었던 만큼 다르군요."

"그럼, 당신도 그렇게 생각하시는 겁니까?"

"물론이지요!"라고 대답했으나 또다시 아노의 얼굴이 흐려졌다. "하지만 일당의 꼬리를 잡을 수가 없습니다. 쓸데없이 시간만 자꾸 지나가고 있습니다. 더 이상 우물쭈물 하고 있을 수 없을 정도이죠."

탐정은 갑자기 오한이 드는 듯 부르르 몸을 떨었다. "나는 지금 어떻게 해야 할 지를 모르겠습니다. 몹시 두렵습니다."

아노가 품고 있는 공포감이 제임스에게도 옮겨져 왔다. 그는 탐정이 무엇을 두려워하는지 짐작도 할 수 없었으므로 그 공포의 의미를 이해할 수 없었으나, 조용한 건물 안의 환하게 불빛이 비치는 방에 있음에도 불구하고 마주앉아 있는 두 사람의 주위에 괴물이 떼지어 있는 것이나 아닐까 하고 여겨졌다. 옛날 디종의 예술가가 대성당의 기둥에 조각한 것과 같은 기괴하고도 사악한 괴물이. 제임스는 또다시 떨리기 시작했다.

"자, 이것을 보아 주십시오." 아노가 말했다. 그는 한 장의 봉투에서 화살대의 끝을, 주머니에서 활촉을 꺼내어 양쪽을 맞추었다. 화살대의 끝에 끼워넣는 구멍이 펜촉을 끼워넣어 넓어졌으므로 활촉을 넣자 헐렁하긴 했으나 길이가 꼭 맞았다. 그는 화살을 테이블 위에 놓고 녹색 서류철을 폈다. 화학자가 쓰는 것 같은 작은 각봉투가 제임스의 주의를 끌었다. 집어들어 보니 속이 텅 빈 것 같았는데 거꾸로 들고 흔들자 뭔지 딱딱하고 하얀 물질로 된 네모난 알약이 테이블 위에 굴러나왔다. 그것은 먼지로 더러워지고 녹색 얼룩이 덮여 있었다. 제임스는 뒤집어 보고 표면에 무엇인지 날카롭게 부딪친 듯한, 베인 것인지 아니면 깨어진 것 같은 흠이 있음을 알아차렸다.

"대체 이런 것이 사건과 무슨 관계가 있습니까?" 하고 제임스가 물었다. 아노는 서류철에서 눈을 들고 제임스로부터 알약을 받아들려는 듯 재빠르게 손을 뻗쳤으나 다시 끌어당겼다.
 "어쩌면 커다란 관계가 있을지도 모르지요. 아니, 전혀 없을지도 모릅니다." 그는 엄숙하고 무게 있게 대답했다. "하지만 이것은 흥미있는 물건입니다. 이 알약에 대해서는 내일이면 자세히 알게 될 겁니다."
 제임스는 이제까지 이 알약을 본 적이 있었는지 어떤지 도무지 생각이 나지 않았다. 이 방 금고에 있었던 이상 확실히 장 클라델의 집에서 발견된 것은 아닐 것이다. 제임스는 아노가 금고에서 꺼낼 때부터 작은 각봉투에 주의를 기울이고 있었다. 알약은 아무래도 공증인 베크스가 말한 바 있는 성냥갑과 마찬가지로 길바닥에서 주운 모양이다. 그렇지 않으면──으음, 녹색 얼룩이 있으니까──이것은 풀빛인 녹색이다. 제임스는 의자에 반듯이 고쳐 앉았다. 오늘 아침 모두들 함께 정원에 있었다. 아노, 제임스, 베티, 그리고 앤 압코트, 플로비셔의 추리는 거기까지 가자 딱 멈추어서, 기억력도 상상력도 이 알약을 네 사람이 서늘한 나무 그늘에서 지낸 반 시간과 결부시키는 데 도움을 주지 못했다. 제임스로서는 아노가 그 알약을 매우 중요시하고 있다는 사실만을 똑똑히 단언할 수 있을 뿐이었다. 그가 알약을 만지작거리고 있는 동안 아노가 한 번도 눈길을 떼지 않았던 것으로 보아 그것은 더욱 확실했다. 제임스의 손 끝이나 엄지손가락의 대수롭지 않은 움직임에도 이상하리만큼 경계의 눈길을 보냈으며, 그가 마침내 손바닥을 기울여 그것을 작은 봉투에 집어넣었을 때 탐정은 분명 안도의 숨을 내쉬기까지 했다. 제임스 플로비셔는 기분 좋게 웃기 시작했다. 그로서는 아노라는 인물이 조금씩 이해되기 시작했으므로 쓸데없는 대답을 하여 "아아, 네"라든가 "아하!"라고 말하는 서투른 짓은 하지 않았다. 그는 테이블 너머로 아노가 아까 서류철에서 꺼내 놓은 메모를 집어들어 앞에 놓고 이전에 쓴 질문에 새로 두 항목을 덧붙였다.

(5) 파리로부터 경찰서에 전화로 전해진 정보는 아노가 '받을 사람'이라고 쓴 봉투에 감추었는데, 그 정확한 내용은 무엇인가?
(6) 아노는 하얀 알약을 언제 어디서 무엇 때문에 주웠는가? 또 그 것은 대체 무엇을 의미하는가?

제임스는 다시 한 번 웃고 나서 아노에게 메모를 건네주었다. 아노는 천천히 생각에 잠기며 메모를 읽더니 실망한 듯이 말했다.
"오늘 저녁 당신의 질문에 모두 대답할 수 있으리라고 생각했지요. 하지만 수사는 사면초가이니, 대답을 잠시 기다려 주셔야겠습니다."
탐정이 메모를 단정하게 정리하여 서류철에 다시 끼우려고 했을 때 제임스가 깜짝 놀라는 표정을 지었다.
"그 전보는!"
서류철에는 세 통의 익명의 편지와 한 통의 전보가 핀으로 묶여 있었는데, 편지 두 통은 아노가 파리에서 제임스에게 보여 준 것이고 나머지 한 통의 전보는 베티 헐로우가 허즐릿에게로 보냈던 것이다. 전보는 우표의 가늘고 긴 여백을 두 개 써서 열십자로 이어 맞추어져 있었다.
"그것은 우리 사무소로 온 것입니다. 월요일, 보십시오, 바로 지난 월요일에 헐로우 양이 우리 법률사무소로 친 전보가 아닙니까?"
제임스는 깜짝 놀라 한순간 숨이 막힐 것 같았다. 요 며칠 동안 공포와 안도감과 흥분과 의혹과 발견과 실망 등을 차례로 겪어 오늘이 아직 금요일 밤이라는 것도, 겨우 이틀 전인 수요일에는 아직 베티 헐로우를 만난 일도 없고 이야기한 적도 없었다는 것이 전혀 사실로 생각되지 않았다.

"당신이 사건을 맡게 되었다고 그녀가 런던의 우리에게로 알려 온 전보지요?"

아노는 고개를 끄덕였다.

"그렇습니다. 당신이 주셨지요."

"하지만 당신은 찢어 버렸지 않습니까?"

"네, 찢었습니다. 하지만 나중에 휴지통에서 주워다가 다시 이어 맞추었지요."

아노는 제임스 플로비셔의 날카로운 관찰력에 그다지 기분이 상한 것 같지도 않았다.

"나는 기밀을 누설했다고 하여 이곳 경찰과 한바탕 실랑이를 벌일 뻔했습니다. 이제 와서 보니 그 때 주워 두기를 잘했다고 생각합니다. 당신도 이게 얼마나 중요한 것인지, 이튿날 아침 내가 아직 구르넬 저택에 도착하기 전에 나에게 전보를 보여 주었다고 베티 양에게 이야기했을 때 대강 알아차렸겠지요?"

제임스는 기억을 더듬어 보았다. 그는 직업상 무슨 일이든 정확하고 엄밀하게 처리하는 버릇이 있었다.

"나는 헐로우 양이 익명의 편지로 소식을 알았다는 것을 당신이 오시기 전에는 몰랐습니다." 제임스가 말했다.

"아아, 그건 별 것 아닙니다." 아노는 재빨리 대답했다. "내게 중요한 건 이 사건이 매듭지어져 익명의 편지에 신경쓸 여유가 생기면 이 전보가 도움이 되리라는 점입니다."

"과연 그렇군요."

제임스는 "과연"하고 다시 한 번 말하고 의자에서 거북스러운 듯이 고쳐 앉으며 뭔가 말하려고 입을 열려다 곧 다물어 버렸다. 그리고 아노가 서류철을 주욱 훑어보며 그 증거 서류를 아무리 검토해 봐야 희망이 없다는 결론을 내릴 때까지 제임스는 말할까말까 망설이고 있었다.

"아무런 단서도 없습니다!"

아노가 거칠게 소리쳤으므로 제임스는 겨우 말할 결심이 생겼다.

"아노 씨, 아무래도 당신과 나는 의견이 틀리는 것 같습니다." 그는 얼마쯤 정색한 어조로 말했다. "나는 당신에 대해 조금도 협력을 아끼지 않았습니다. 구르넬 저택의 사건과는 별도로 당신은 익명 편지의 수수께끼를 풀어야만 하므로 이 점에서도 나는 당신을 도와 드릴 수 있으리라고 생각합니다. 익명의 편지가 또 한 통 배달되었습니다."

"언제입니까?"

"오늘 저녁 식사 무렵."

"누구에게?"

"앤 압코트에게입니다."

"뭐라고요?"

아노는 한 마디 외치더니 의자에서 벌떡 일어나 우뚝 섰다. 그의 얼굴은 벽처럼 새하얗고 이글이글 불타는 눈을 제임스에게로 쏘고 있었다. 이처럼 뜻하지 않았던 놀라운 소식은 처음이라는 듯이.

"확실합니까?" 탐정이 물었다.

"확실하고말고요. 오후에 배달되었습니다. 다른 편지와 함께. 가스톤이 식당으로 가져다 주었습니다. 런던 사무소에서 내 앞으로 한 통, 베티에게 한 통, 그리고 앤 압코트는 그 익명의 편지를 받았지요. 그녀는 누구에게서 온 것인지 모르겠다는 듯이 얼굴을 찡그리며 봉투를 뜯었습니다. 나는 그 편지를 보고 있었습니다. 첫머리에 받는 사람의 이름도 없었고 흔해 빠진 종이에 언제나처럼 타자로 찍혀 있었습니다. 앤은 한 번 주욱 훑어보더니 한숨을 쉬고, 그리고 나서 또 읽었습니다. 그러더니 미소를 띠면서 편지를 접어 옆에 놓더군요."

"미소를 띠면서요?" 아노가 되물었다.

"그렇습니다. 앤은 기뻐하고 있는 것 같았습니다. 표정이 밝아지고 걱정이 한꺼번에 모두 날아가 버린 것 같았습니다."

"그럼, 당신에게는 보여 주지 않았군요!"

"네."

"헐로우 양에게도?"

"네."

"하지만 그녀는 기뻐하고 있었단 말이지요?" 아노에게는 이 점이 무엇보다도 가장 이상스럽게 생각되는 모양이었다. "앤은 뭐라고 말하던가요?"

제임스가 대답했다.

"네, 앤은 '그는 언제나 정말이구나' 하고 말했습니다."

"'그는 언제나 정말이구나'라고요!"

아노는 천천히 자리로 돌아가 석상으로 변한 듯 잠자코 앉아 있었다. 한참 뒤 그가 얼굴을 들고 물었다.

"그리고 어떻게 되었습니까?"

"저녁 식사가 끝날 때까지는 아무 일도 없었습니다. 식사 뒤 앤은 편지를 집어들자 고개를 까딱까딱하며 베티 양에게 눈짓을 했습니다. 베티 양은 나에게 '혼자 커피를 드셔야겠어요'라고 말하고, 두 사람은 홀을 가로질러서 베티 양의 방으로 갔습니다. 보물실이지요. 나는 조금 화가 나더군요. 아무튼 디종에 온 뒤로 만나는 사람마다 구석에 처박혀 얌전히 있으라고 하니 말입니다. 그래서 나는 당신을 만나러 그랑드 다벨느 극장으로 간 것입니다."

다른 경우였다면 이처럼 자존심이 상해서 투덜거리는 제임스에게 아노는 참다못해 언제나의 그 한탄스러운 태도를 보였을 터이지만, 지금으로서는 아무것도 깨닫지 못하는 듯했다.
"두 사람은 그 편지에 대해 함께 의논하기 위해서 나갔겠지요, 그래, 어제 오후 그토록 풀이 죽어 있던 아가씨가 기뻐했단 말이지요? 아주 좋은 핑계를 찾았군!"
아노는 테이블 위를 뚫어지게 보며 자기 상대에게 문제를 논의하고 있었다.
"이번에만은 '회초리'가 친절했단 말인가? 이상한데! 아노를 우습게 알고 있어."
그는 벌떡 일어서더니 방 안을 한두 번 왔다갔다했다.
"그렇군! 수많은 투우 가운데서 손꼽히는 오래된 강자인 이 아노 소(牛)를 우습게 알고 있는 거야!"
그는 이미 으스대고 있지는 않았다. 오히려 스스로 이처럼 어찌할 바를 몰라하고 있는데 어이없어하고 있음을 솔직히 시인했다. 그는 갑자기 기분을 바꾸어 테이블로 돌아갔다.
"그런데 이 기괴한 새로운 사실에 설명이 가능할 때까지 당신의 도움을 얻고 싶습니다. 제임스……."
그는 열심히 얼마쯤 비굴함까지 드러내 보이며 제임스에게 부탁했다. 얼굴이나 목소리에 공포의 빛마저 엿보였다. 그는 제임스가 상상도 못할 만큼 난처해하고 있었다.
"일은 매우 중대합니다. 부탁드리고 싶은 것은——어떻게 말하면 당신이 이해할 수 있을까?——되도록 오랫동안 구르넬 저택에 머물러 달라는 것입니다. 그것은…… 그렇지, 그 예쁜 앤 압코트 양을 감시하기 위해서, 그리고……."
그는 더 이상 부탁을 계속할 수가 없었다. 제임스 플로비셔가 노여움에 떨며 정신없이 아노를 가로막았던 것이다.

"천만에요, 난 싫습니다." 제임스는 소리쳤다. "그건 너무합니다. 나는 당신의 스파이가 되고 싶지는 않습니다. 그런 일로 이곳에 있는 것이 아닙니다. 나는 단골손님을 위해서 와 있는 것입니다. 앤 압코트는 나와 같은 나라 사람입니다. 그녀를 위하는 일이 아니라면 당신을 돕고 싶지 않습니다. 단연코 거절합니다!"

아노는 테이블 너머로 치미는 분노로 붉어진 '젊은 동료'의 얼굴을 바라보았다. 이 상대는 지금 자신의 임무를 내버리고 군말 없이 패배를 인정하고 있었다.

"당신을 비난하지는 않겠습니다." 아노는 냉정하게 대답했다. "실제로 그 밖의 대답은 기대할 수 없겠지요. 나는 서둘러야만 합니다. 그뿐입니다. 나는 재빨리 일을 처리해야만 합니다!"

플로비셔의 노여움이 외투를 벗은 것처럼 사라져 버렸다. 그는 아노가 실망하여 창백한 얼굴과 공포가 뚜렷이 번뜩이는 눈초리로 자신에게로 몸을 내밀어 오는 것을 보았다.

"말씀해 보십시오!" 제임스는 분연히 소리쳤다. "이번만은 가슴 속에 있는 말을 해주십시오! 역시 앤 압코트가 범인입니까? 그렇다 하더라도 물론 혼자서 한 일은 아닐 테지요? 한패가 있을 것이라는 점은 같은 의견이시겠지요? 와베르스키가 한패입니까? 앤 압코트와 짰습니까? 당신은 그렇게 생각하시는 겁니까?"

아노는 천천히 증거 서류를 주섬주섬 모았다. 그는 마음 속으로 눈에 보이지 않는 싸움을 하고 있었다. 오늘 저녁에 일어났던 사건의 긴장이 두 사람을 몹시 지치게 만들고 있었으므로 아노는 이번에야말로 참아 내지 못하고 하마터면 비밀을 입 밖에 낼 뻔했다.

한편 제임스 플로비셔는 아노에게서 탐정이라는 직업이 지니는 모든 철칙을 알게 되었다. 즉 사실을 바탕으로 해야 한다, 절대로 혐의만 가지고 말해서는 안된다, 모든 일에 공명정대해야만 한다.

아노는 모은 것을 금고에 다 집어넣고 나자 마침내 유혹에 진 듯했다. 그러나 그 때에도 탐정은 단도직입적으로 말하지 않았다.

"앤 압코트를 내가 어떻게 생각하는지 그것을 알고 싶으신 거지요?" 그는 한 마디 한 마디가 몸에서 찢어져 나가기라도 하는 듯 간신히 말했다. "내일 노트르담 대성당에 가서 건물 정면을 보십시오. 장님이 아닌 한 그것으로 알 수 있을 겁니다."

이제는 지렛대로 움직인다 해도 더 이상 말하지 않으리라는 것이 명백했다. 뿐만 아니라 그는 곧 자기가 한 말을 후회하는 듯이 우울한 얼굴로 플로비셔 앞에 버티고 서 있었다. 플로비셔는 모자와 지팡이를 집어들었다.

"고맙습니다. 그럼, 안녕히 주무십시오."

제임스가 문까지 가자 아노가 말했다.

"당신은 내일 휴일이지요? 나는 내일 구르넬 저택에 가지 않으니까요. 무슨 예정이라도 있으십니까?"

"이 근처를 드라이브하기로 약속되어 있습니다."

"그래요? 좋으시겠습니다." 아노는 멍청하게 대답했다. "떠나시기 전에 전화해 주시겠습니까? 나는 여기에 있을 테니까요. 뭔가 소식이 있으면 알려 드리지요. 편히 쉬십시오."

제임스 플로비셔가 나간 뒤에도 아노는 방 한복판에 서 있었다. 그가 문을 닫기도 전에 아노는 이미 제임스의 존재 따위는 안중에 없는 것 같았다. 그것은 탐정이 몇 번이나 되풀이하여 거의 절망적인 어조로 혼잣말을 하고 있는 것으로 보아 분명했다.

"나는 서둘러야만 한다! 아주 급히 해야만 돼!"

제임스는 노트르담 대성당의 정면을 조사해 보라는 아노의 말을 생각하며 에르네스트 르낭 광장에서 리베르테 거리를 향해 힘차게 걸어갔다. 잘 기억해 두었다가 아침에 가 봐야지. 그러나 어려운 일 많았

하얀 알약 275

던 이 밤은 그에게 있어서 아직 끝난 것이 아니었다.
 샤를르 로베르 거리 입구에 이르렀을 때 제임스는 등 뒤의 조금 떨어진 곳에서 나는 가볍고 재빠른 발소리를 들었다. 귀에 익은 발소리였다. 그는 모퉁이를 돌면서 하릴없이 거니는 듯한 태도로 뒤돌아보았다. 키가 후리후리한 사나이가 통로 입구를 부지런히 가로질러 반대쪽에 늘어선 집들 사이로 모습을 감추는 것이 보였다. 사나이는 모퉁이의 가로등 불빛 아래에서 잠깐 걸음을 멈추었다. 제임스는 그것이 아노가 아닐까 하고 생각했다. 이 부근 일대에는 호텔도 없고 하숙집도 없다. 개인 주택뿐이다. 아노는 이런 데서 무엇을 찾고 있는 것일까? 이 새로운 문제에 정신을 빼앗기고 있는 동안에 제임스는 노트르담 대성당의 정면에 대한 것을 잊어버렸다. 구르넬 저택에 이르자 조그마한 일이 일어나 그것을 기억하고 있을 가능성이 한층 더 적어졌다. 그는 미리 받아 두었던 현관문 열쇠로 집에 들어가자 문 옆의 스위치를 눌러 홀의 전등을 켰다. 그런 다음 홀을 가로질러 계단 있는 곳까지 가서 앤 압코트가 문제삼았던 그 스위치로 전등을 끄려고 했다. 그 때 보물실 문이 열리며 베티가 입구에 모습을 나타냈다.
 "아직 일어나 있었습니까?" 제임스는 작은 목소리로 물었다. 마치 그녀가 자지 않고 있었던 것을 기뻐하는 한편 그녀의 수면 시간이 부족하지 않을까 걱정스러워하면서.
 "네." 그녀의 얼굴에 천천히 미소가 떠올랐다. "우리 집에 묵으시는 손님을 기다렸어요."
 베티가 문을 연 채로 있었으므로 그는 뒤따라 방으로 들어갔다.
 "얼굴을 보여 주세요." 베티가 제임스의 얼굴을 찬찬히 보며 말했다. "짐, 오늘 저녁에 무슨 일이 있었나 보군요?"
 제임스는 고개를 끄덕였다.

"뭐지요?" 그녀가 물었다.

"내일까지 기다려 주십시오, 베티 양."

베티는 이미 미소를 띠고 있지 않았다. 어둡고 홀린 듯한 눈에서 빛이 꺼져 있었다. 피로와 고달픔이 눈에 그늘을 만들었다.

"무슨 무서운 일인가요?" 그녀는 속삭이듯 말하면서 의자 등받이에 한 손을 뻗쳐 몸을 받치는 것처럼 기대었다. "자, 이야기해 주세요, 짐! 그렇지 않으면 도저히 오늘 밤 잠들지 못해요. 저는 몹시 지쳐 있어요!"

베티의 목소리에는 강한 울림이 깃들어 있었을 뿐 아니라 어리디어린 몸에 확실히 피로한 빛이 엿보였으므로 제임스는 더 이상 버틸 수가 없었다.

"그럼, 이야기하지요." 제임스는 다정한 목소리로 말했다. "아노와 나는 오늘 저녁 장 클라델을 만나러 갔었습니다. 가 보니 그 사나이가 죽어 있더군요. 살해된 것 같습니다, 무참하게도."

베티가 신음 소리를 지르며 비틀거렸다. 제임스가 팔로 부축해 주지 않았더라면 쓰러지고 말았을 것이다.

"베티."

베티가 제임스의 어깨에 얼굴을 묻었으므로 그는 가슴께에 그녀의 봉긋한 유방을 느꼈다.

"무서워요!" 그녀는 신음했다. "장 클라델! ……오늘 아침까지도 그 남자의 이야기를 하는 사람이 아무도 없었는데……지금은 이처럼 끔찍스러운 사건에 휘말려서, 우리 모두에게 대체 언제나 이 일이 마무리지어질까요?"

제임스는 그녀를 의자에 앉히고 자신은 그 옆에 무릎을 꿇었다.

베티는 흐느껴 울고 있었다. 제임스는 그녀의 얼굴을 자기 쪽으로 돌리려고 했다.

하얀 알약

"가엾군요!" 그가 소곤거렸다. 그러나 그녀는 여전히 얼굴을 들려고 하지 않았다.

"싫어요" 그녀는 숨이 막히는 듯한 목소리로 말했다. "싫어요."

베티는 그의 어깨의 오목한 곳에 더욱더 깊숙이 얼굴을 묻으며 필사적으로 제임스에게 매달렸다.

"베티!" 제임스가 거듭 불렀다. "정말 딱하군요……. 하지만 다시 전처럼 될 테니까 염려 마십시오. 꼭 그렇게 될 겁니다. 알았지요, 베티?"

그렇게 말하면서 제임스는 자기의 말이 너무나도 평범한 것을 원망했다. 뭔가 베티를 위로할 만한 꼭 맞는 말이 없을까? '딱하다'느니 '전처럼 잘될 테니까'라는 판에 박은 글귀가 아니라 뭔가 좀더 적절한 말이 없을까? 그러나 아무리 생각해도 떠오르지 않았다. 그리고 또한 그럴 필요도 없는 것 같았다. 베티의 팔이 제임스의 목을 가만히 안고 그를 힘있게 끌어당겼던 것이다.

## 무너진 계획

연변의 도로는 종이 리본처럼 언덕의 윗부분을 돌아 얕은 골짜기로 떨어져 들어갔다. 왼쪽 도로에서 조금 내려간 곳에 한 줄기 시냇물이 파랗게 풀이 우거진 좁은 목장을 꿰뚫어 흐르고 있었다. 목장 건너편에는 군데군데 바위가 튀어나온 계곡의 벽이 하늘을 찌를 듯이 솟아 있고 하루 종일 내리비치는 햇빛 아래에 거무스름한 잡초가 수북이 자라고 있다. 오른편에는 계곡의 북쪽 벽이 길 바로 옆에서 병풍처럼 높이 솟아 있었다. 계곡은 길고 완만한 커브를 이루고 있으며 그것이 보이지 않게 되는 지점에 이르는 도중 여행자용 지도에 점선으로 표시된 옆길이 왼쪽으로 갈라져서 강을 돌다리로 가로지르며 남쪽 벽의 균열 사이로 빨려들어가 있다. 갈림길 저편에는 나무가 많이 우거지고, 시내는 마치 동굴 속으로 들어간 것처럼 그 사이에 모습을 감추고 있었다. 양쪽 비탈도 잘 우거진 나무들 뒤에 가려져 버리고, 그 나무들 때문에 이 쪽에서 보면 계곡은 강한 햇살을 받아 땅이 드러났지만 나무들은 키가 낮아서 주위의 풍경과 조화되도록 일부러 배치한 것처럼 보였다. 실로 계곡 전체가 인형의 집 같아 보였다. 참으로 얕고 좁고 자그마했다. 마치 계곡이 되려고 노력했는데도 우묵하게 꺼진 땅이 되어 버린 듯한 느낌이었다.

 2인승 소형 자동차가 언덕 윗부분을 전속력으로 달려내려오기 시작할 무렵 흰 리본 같은 길에는 사람 그림자 하나 없이 다만 먼 곳에 꼭 하나 작고 검은 점이 보였으며, 그 등 뒤에 한 가닥의 먼지가 엔진의 배출구에서 토해 낸 연기처럼 솟아오르고 있었다.

 "저 먼지 속을 지나려면 숨이 막힐 것 같은데요." 제임스가 말했다.

 "우리도 지지 않고 뒤집어 쓰게 해 주면 돼요." 베티가 핸들을 쥐고 어깨 너머로 돌아다보며 대답했다. "참으로 불쌍하게 됐군!"

 자동차 뒤쪽은 마치 먼지의 연막 같았다.

 "하지만 나는 아무렇지도 않아요. 당신은 어떠세요, 짐?" 그녀가 웃음지으며 물었다. 그 목소리에는 명랑한 어조가 깃들어 있는 듯했다. "비록 한 시간이라도 그 거리에서 해방되어 나온 기분이란 정말!" 베티는 햇빛과 대기를 가슴 하나 가득 들이마셨다. "일주일 만에 얻은 자유로운 한 시간이에요!"

 제임스 플로비서도 황금해안의 구릉지대로 나온 것을 진심으로 기뻐하고 있었다. 그날 아침 디종의 온 거리는 장 클라델이 살해되었다는 이야기로 가득찼다. 어느 거리를 걸어도 클라델의 이름이 입에 오르고 경찰을 욕하는 험담을 들을 수 있었을 것이다. 제임스는 악몽 같은 간베타 거리의 탐험과 뒤쪽 방 마루 위에 누워 있던 끔찍스럽게 일그러진 얼굴을 되도록 빨리 잊고 싶었다.

 "이제 곧 그 도시에서 영원히 빠져나올 수 있을 겁니다, 베티." 제임스는 의미심장하게 말했다. 베티가 잠깐 얼굴을 찡그려 보이며 제임스의 옷소매를 잡았다.

 "짐!" 그녀의 얼굴에 순식간에 붉은 빛이 감돌고 그와 동시에 차가 갑자기 길에서 벗어났다. "운전 중인 아가씨에게 그처럼 기뻐할 만한 말을 하시는 게 아니에요." 베티는 차를 다시 제자리로 돌리면서 웃음 띤 목소리로 말했다. "저 오토바이를 탄 사나이와 사이드카에 있는 젊은 부인을 치일지도 모르잖아요."

"젊은 부인인줄 알았더니 여행 가방이잖습니까!" 제임스가 말했다.

과연 오토바이를 탄 사나이는 갈림길에 가까이 다가옴에 따라 이 지방 지리에 서투른 여행자인 듯 속력을 떨어뜨리기 시작했다. 그리고 갈림길에 이르자 오토바이를 세우고 내렸다. 베티는 그 남자 옆에 차를 세우고 눈 앞의 시계와 속도계를 흘끗 보았다.

"왜 그러시지요?" 그녀가 물었다.

오토바이 옆에 서 있는 사나이는 몸이 마르고 살빛이 거무튀튀하며 명랑한 얼굴 생김의 젊은이였다. 그는 헬멧을 벗더니 공손하게 인사하며 말했다.

"한 가지 물어 보겠습니다. 디종은 어디로 가야 합니까?"

사나이의 말에는 심한 사투리가 섞여 있었다. 제임스는 그 목소리가 어쩐지 귀에 익은 것같이 생각되었다.

"저기 저 계곡 사이로 탑의 뾰족한 끝이 보이지요?" 베티가 대답했다.

갈라진 계곡 한복판에 성당의 뾰족탑이 가는 창 끝처럼 솟아 있었다.

"그러나 저쪽은 지름길이긴 하지만 길이 좋지 않아요."

자동차 뒤쪽에 조금씩 엷어져 가는 먼지를 통해서 또 한 대의 오토바이가 이리로 달려오는 소리가 들렸다.

"우리가 지나온 길이 가장 좋은 길이에요." 베티는 말을 계속했다.

"거리는 얼마쯤 됩니까?" 젊은이가 물었다. 베티는 다시 속도계를 보았다.

"40킬로미터. 우리는 40분 걸렸어요. 그러니까 길이 좋다는 것을 아시겠지요? 11시 정각에 출발해서 지금 11시 40분이에요."

"정확하게는 11시 전에 출발했지요." 제임스가 말참견을 했다.

"네, 그래요. 거리 변두리에서 도구 상자의 가죽 끈을 매느라고 1, 2분 차를 멈췄지요."

오토바이의 사나이가 손목시계를 보았다.

"과연, 지금은 11시 40분이군요. 40킬로미터나 됩니까? 기름이 모자랄지도 모르겠는걸. 지름길로 가는 것이 좋겠군."

또 한 대의 오토바이를 탄 사나이가 마치 바다의 안개 속에서 모습을 나타낸 배처럼 먼지 속에서 불쑥 나왔다. 사나이는 안장에서 뛰어내리더니 먼지 막는 안경을 이마 위로 올리며 이야기에 끼어들었다.

"저기 저 작은 길입니다. 국도와는 달라요. 가 보시면 압니다. 그러나 그다지 나쁜 길은 아니지요. 돌다리를 건너면 25분 만에 디종의 오테르 드 빌르 여관에 닿을 수 있을 겁니다."

"고맙습니다." 젊은이는 인사했다. "폐를 끼쳤습니다. 나는 한 7분쯤 전에 여기 왔는데, 저쪽에서 기다리는 사람이 있어서요."

사나이는 다시 헬멧을 쓰고 오토바이에 올라앉아 클러치를 한 번 밟고 대여섯 번 발을 구르더니 계곡의 숲을 향해 내려갔다.

두 번째 오토바이의 사나이도 다시 안경을 꼈다.

"먼저 가십시오." 그는 말했다. "그렇지 않으면 먼지를 쓰게 됩니다.

"어머나, 친절하시군요!" 베티는 미소지으며 클러치를 넣어 차를 출발시켰다.

작은 나무숲과 커브를 하나 넘자 땅이 높아져 계곡도 평평해졌다. 베티의 자동차는 이윽고 폭넓은 큰 도로와 엇갈렸는데, 그 도로는 남북으로 달렸으며 군데군데 이정표가 서 있었다. 베티는 구석에 나무가 우거진 정원이 있는 작은 여관 앞에서 차를 세우며 말했다.

"파리길이에요."

그녀는 그 길의 파리 방향으로 눈길을 달렸다.

"아아, 이 공기!"

베티는 그리워하는 듯 대기를 마시고 눈을 빛내며 희고 튼튼해 보이는 이를 달콤한 과일을 깨무는 것처럼 딱딱 마주쳐 소리냈다.

"조금만 더 기다려 주십시오, 베티." 제임스가 말했다. "아주 조금만 더!"

베티는 강 옆에 있는 작은 정원으로 차를 넣었다.

"이 뜰에서 점심 식사를 하기로 해요. '집게벌레'며 장미꽃에 둘러싸여서."

오믈렛에 솜씨있게 요리한 뜨거운 커틀렛, 더욱이 샐러드며 1904년제 클로 듀 프랑스 포도주 한 병이 식탁에 놓이자 두 사람은 화려한 파리가 자기들로부터 아주 가까운 곳에 있는 것처럼 느껴졌다. 제임스와 베티는 문 밖의 높은 산울타리 그늘에 앉아 있었다. 나무가 우거진 정원이 자기 것인 듯 두 사람은 밝은 5월 하늘 아래에서 웃으며 이야기했다. 제임스의 눈 앞에는 이 세상의 것이 아닌 환영이 펼쳐지고 있었다. 그러나 제임스가 잎담배에, 그리고 베티가 궐련에 불을 붙였을 때 그녀가 제임스의 환영을 날려 버리고 말았다. 두 사람 앞에 놓인 커피 잔에서는 김이 오르고 있었다.

"실제적인 이야기를 하기로 해요, 짐" 하고 베티가 말했다. "저는 당신에게 의논하고 싶은 일이 있어요."

그녀의 표정에서는 명랑한 빛이 없어져 있었다.

"뭡니까?"

"앤의 일이에요." 그녀는 주위를 둘러보고 나서 제임스의 얼굴을 뚫어지게 보았다. "앤은 도망쳐야만 해요."

"도망쳐야 한다고요!" 제임스가 깜짝 놀라 소리쳤다.

"네. 그것도 지금 곧. 될 수 있는 대로 아무도 모르게."

제임스는 베티가 다음 말을 찾는 동안에 이 제안을 마음 속으로 되풀이해 보았다.

"어렵지 않을까요?" 그는 반대했다.

"염려없어요."

"잘된다 하더라도 앤이 승낙할까요?"

"승낙해요."

"그러나 그것은 자기의 죄를 인정하는 것이 됩니다"

제임스는 천천히 말했다.

"그렇지 않아요, 짐. 앤에게 있어 필요한 것은 시간이에요. 그것이 가장 중요한 점이에요. 내 목걸이가 발견될 때까지의 시간, 장 클라델을 살해한 범인이 잡힐 때까지의 시간, 그것이 필요한 거에요. 제가 아노 탐정에 대해서 말씀드린 것을 기억하시겠지요? 그 분은 어떻게 해서든지 범인을 날조해 내야만 해요. 당신은 믿으려 하지 않으실지도 모르지만 그건 정말이에요. 탐정은 파리로 돌아가서 '보시오, 디종으로부터 연락을 받고 겨우 5분이오! 내가 필요했던 것은 그뿐이오! 겨우 5분, 그것으로 범인을 찾아내고 모든 일은 끝났소!'라고 말하면서 으스대야만 해요. 그 분은 처음에는 나를 희생의 목표로 하려고 했었어요."

"설마!"

"정말이에요, 짐. 하지만 그것이 실패하자 이번에는 앤에게로 차례가 돌아간 거에요. 대신 앤을 붙잡을 생각이에요. 그래요, 증거 따위는 얼마든지 만들어서 아주 싸게 팔 수 있어요."

"베티! 아노는 절대로 그런 짓을 하지 않습니다!" 플로비셔는 항의했다.
"하지만 짐, 나는 어떤 사실을 알고 있는 걸요." 베티가 말했다.
"무엇을?"
"에든버러 대학교수의 독화살에 대한 책을 서재 책장에 다시 갖다 놓은 것은 바로 탐정이에요."
제임스는 숨을 삼켰다.
"탐정이 책을 갖다 놓은 것을 알고 있었습니까?"
"네, 알고 있었어요." 그녀는 대답했다. "그리고 탐정이 언제 그 책을 가져갔는지도 명백히 알고 있어요. 아노는 그 책에 대해서 기도서처럼 구석구석까지 잘 알고 있더군요. 그림이 있는 곳도, 큰아버지 독화살의 설명도, 독의 효과도, 녹여서 만드는 독물에 대한 것도 잘 알고 있었으며 모두 그 자리에서 척척 지적했지요. 탐정은 우리를 기다리는 30분 동안에 모두 훑어보았다고 주장했지만 그렇지 않아요. 틀림없이 전날 오후 어디선가 찾아 내어 몰래 가지고 나가서 밤늦게까지 읽었을 거예요. 탐정은 그런 사람이에요.

제임스 플로비셔는 뭐가 뭔지 알 수 없게 되었다. 처음에는 아노라는 인물을 그저 추측으로 알 수밖에 없었다. 그런 다음 겨우 아노가 진상을 가르쳐 주게 되었는데, 베티는 뛰어난 슬기로 대번에 진상에 이른 것이다. 제임스는 자신이 투우장에 겨우 1분밖에 없었던 것처럼 생각되었다. 베티는 성난 얼굴로 덧붙였다.
"탐정은 모두 암기한 다음 책장에 책을 몰래 다시 갖다 놓고 우리를 괴롭힌 거예요."
"하지만 책을 다시 갖다 놓은 것은 그 자신이 인정했습니다." 제임스가 천천히 말했다.
베티는 깜짝 놀랐다.
"언제 그런 말을 했지요?"

"어젯밤 나한테 말했지요."

그러자 베티는 소리내어 웃었다. 그녀는 아노에게 유리한 말은 들은 척도 하지 않는 것 같았다.

"그것은 뭔가 좀더 좋은 책략이 생각났기 때문일 거예요."

"좀더 좋은 책략?"

"내 목걸이가 없어졌잖아요. 아무튼 짐, 앤은 도망쳐야만 해요. 영국으로 도망가면 설마 다시 붙잡아 오지는 않겠지요. 충분한 증거가 없으니까요. 다만 용의, 용의, 그저 용의뿐이에요. 하지만 이 프랑스에서는 사정이 달라요. 혐의만으로 사람을 끌어다가 독방에 처넣어 두고 차례차례로 질문 공격을 할 수 있어요. 어제 오후에 홀에서 기억하세요, 짐? 아노 탐정이 당장에라도 앤을 체포하지 않을까 싶을 정도였어요."

제임스는 고개를 끄덕였다.

"나도 그렇게 생각했습니다."

그는 베티의 제안에 처음에는 몹시 놀랐지만 차츰 무리가 아니라는 생각이 들기 시작했다. 제임스도 아노도 베티에게는 한 마디도 하지 않았지만, 사실 이 제안을 당연하다고 여길 만한 어쩔 수 없는 사정이 있었다. 화살대가 앤 압코트의 방에서, 활촉이 장 클라델의 집에서 발견되었다. 이것은 어쩔 수 없는 사실이었다. 만일 아노가 확실히 앤을 범인이라고 믿고 있다면 아직 시간이 있는 동안에 앤이 달아나는 편이 우선 현명하다고 생각할 수 있을 것이다.

"탐정이 그렇게 믿고 있는 것은 너무나도 명백해요." 베티가 되풀이 말했다. 제임스는 천천히 대답했다.

"나도 그렇게 생각합니다. 아무튼 좀더 명확하게 합시다. 나는 어젯밤 그에게 그전부터 품어 온 의문을 단도직입적으로 물어 보았습니다."

"탐정은 뭐라고 대답했지요?" 베티가 헐떡이듯이 물었다.

"글쎄요, 대답한 것 같기도 하고, 대답하지 않은 것 같기도 했지요, 아무튼 기묘한 대답을 했습니다."

"뭐라고 말하던가요?"

"노트르담 대성당에 가 보라는 것이었습니다. 그러면 정면에 앤이 유죄인지 무죄인지 씌어 있을 거라고 말입니다."

베티의 얼굴은 차츰 생기를 잃어 갔다. 그 눈이 공포로 질려 제임스를 쏘아보고 있었다. 얼음장 같은 얼굴. 다만 눈만이 불타는 것처럼 빛났다.

"정말 끔찍해." 베티는 낮은 목소리로 되풀이하여 중얼거렸다.

"정말 너무 무서워!" 그런 다음 그녀는 소리지르며 일어났다.

"가요! 가서 확인해요!"

베티는 자동차 쪽으로 뛰기 시작했다. 두 사람에게 있어서 즐거워야 할 하루가 완전히 깨어져 버리고 말았다. 베티는 앞만 똑바로 바라보며 핸들에 몸을 숙이듯 하고 차를 몰았다. 그녀는 과연 차가 질주해 가는 이 하얀 도로를 보고 있는 것일까 하고 제임스는 의심스럽게 생각했다. 구릉과 숲지대에서 평야까지 내려오자 그녀가 입을 열었다.

"노트르담 대성당의 정면에서 보이는 것을 믿어도 되겠지요?"

"물론이지요."

"만약 아노가 앤을 무죄라고 생각하는 거라면 그냥 두기로 하고, 유죄라고 생각하는 거라면 달아나게 해주기로 해요."

"좋습니다." 제임스는 대답했다.

베티는 디종 거리를 누비듯 차를 몰아 커다란 광장으로 들어갔다. 눈앞에 르네상스식의 대성당이 나타났다. 두 개의 탑 위에 팔각형 궁륭이 하늘 높이 솟아 있고 정면 입구 위의 납량(納涼) 복도 지붕은 또 하나 다른 소궁륭으로 되어 있었다. 베티는 차를 세우고 제임스와 함께 정면 입구로 갔다. 문 위에는 '최후의 심판'을 묘사한 큰 돋을새김이 있어 신은 구름 사이에 자리잡고 천사는 나팔을 불고 있으며, 죄지은 사람들은 영겁의 가책을 받기 위해 무덤에서 일어나고 있었다. 베티와 제임스는 한참 동안 이 음울한 광경을 잠자코 지켜보고 있었다. 제임스는 그것이 아노의 참뜻을 나타내는데 어울리는 야만스럽고 잔인하기 이를 데 없는 작품으로 생각되었다.

"과연, 일목요연하군." 제임스가 말했다.

두 사람은 침울한 심정으로 입을 굳게 다문 채 구르넬 저택으로 돌아갔다. 운전수 죠르주가 차를 살펴보려고 차고에서 나왔다. 베티는 먼저 집으로 뛰어들어가며 제임스가 뒤쫓아오기를 기다렸다.

"슬퍼요" 그녀는 힘없는 목소리로 말했다. "우리가 잘못 생각하고 있는 것이라면 좋겠어요.……앤의 위험 말이에요……물론 저는 앤이 유죄라고 생각해 본 일이 한 번도 없어요. 하지만 앤은 도망가야만 해요.……그것은 확실해요."

베티는 조용히 계단을 올라갔다. 제임스는 그 뒤로 여느 날보다 훨씬 늦은 저녁 식사를 알리러 올 때까지 그녀의 모습을 볼 수가 없었다. 앤 압고트도 하루 종일 보지 못했고, 저녁 식사 때에도 모습을 나타내지 않았다. 이윽고 9시 조금 전에 베티가 서재에 있는 제임스를 찾아왔다.

"너무 늦어서 미안해요. 우리 둘뿐이에요."

그녀는 미소지으며 앞장서서 제임스를 식당으로 안내했다.

식사하는 동안 그녀는 불안스러운 듯하고 뭔가 다른 일에 정신을 빼앗기고 있는 것 같았다. 제임스가 이야기를 꺼내면 무엇이든지 "네" 하고 고개를 끄덕였지만 생각은 전혀 다른 데에 있는 듯이 아무렇게나 대답하기도 하고 대답하지 않기도 했다. 베티는 홀에서 무슨 소리가 들리지 않을까 하고 귀 기울이고 있는 것이다. 이제나저제나 하고 도무지 들려오지 않는 소리를 기다리고 있는 것이라고 제임스는 상상했다. 그녀가 자꾸만 벽시계를 보고, 여느 때와는 달리 몹시 들떠 있는 듯하고 초조해 하는 것이 더욱더 심해지는 것을 보아도 그것은 분명했다. 드디어 10시 조금 전에 두 사람은 조용한 거리에서 자동차 경적이 울리는 것을 들었다. 제임스가 상상하건대 차는 바로 문밖에서 멈춰 섰다. 곧 이어서 베티가 그토록 귀 기울이고 있었던 소리가 들려 왔다. 누군가가 문을 조용히 닫으려고 조심스레 밀어 닫는 무거운 문소리였다. 베티는 제임스를 흘끗 바라보다가 그와 눈이 마주치자 얼굴빛이 붉어졌다. 몇 초 뒤 자동차가 움직이기 시작하자 베티는 후유하고 한숨을 내쉬었다. 제임스는 베티 쪽으로 몸을 내밀었다. 방에는 단둘뿐이었는데도 제임스는 놀란 듯이 낮은 목소리로 말했다.

"앤이 떠났습니까?"
"네."
"이렇게 빨리? 그럼, 이미 준비가 되어 있었군요?"
"어젯밤에 벌써 다 되어 있었어요. 내일 아침에는 파리, 내일 밤에는 영국으로 건너가 있을 거예요. 모든 일이 잘되면!"

그처럼 불안한 심정에 있으면서도 베티는 제임스의 질문에 담겨 있는 아주 조그만 불만의 빛을 놓치지 않았다. 두 아가씨로부터 의논도 받지 않고 따돌림당한 채 모든 일이 다 갖추어진 다음 마지막 장면에 와서야 겨우 털어놓다니. 이렇게 되면 제임스 자신은 믿을 수 없는 수다쟁이, 의논해 봐야 시간 낭비라는 무능자 취급을 당한 것과 마찬가지가 아닌가. 베티는 변명했다.

"물론 당신의 도움을 받고 싶었어요, 짐. 하지만 앤이 그렇게 하려고 하지 않았어요. 앤은 당신이 나를 위해서 여기에 와 계시는 건

무너진 계획

데 자기의 이런 엉뚱한 일에 끼어들게 해서는 안 된다고 주장하는 거였어요. 앤은 그것을 조건으로 했으므로 나로서도 강하게 말 할 수 없었어요. 하지만 지금은 나를 위해서 도움이 되어 주시겠지요?"

제임스는 곧 마음을 가라앉혔다. 베티는 언제 어떤 일에나 제임스를 필요로 하고 있으며 지금도 그의 조언 없이 실행하려던 계획이 실패하지나 않을까 걱정하고 있는 것이다.

"어떤 일입니까?"

"그 극장에 가서서 아노 씨의 상대를 해주세요. 내일 아침 늦게까지 앤의 엉뚱한 행동이 그분한테 알려지지 않도록 해야 해요."

제임스는 극장 안에 몸을 감춘다는 아노의 책략이 바보스럽게 여겨져 저도 모르게 씁쓸하게 웃었다. 밤마다 그가 그랑드 다벨느 극장에 있다는 것을 디종 거리의 사람들은 모두 다 알고 있는 것이다.

"좋습니다, 가지요." 그는 대답했다. "곧 가기로 하겠습니다."

그러나 아노는 그날 밤 여느 때 늘 있던 그곳에 있지 않았다. 제임스가 혼자 앉아 있으려니까 10시 반쯤 한 사나이가 당구실에서 어슬렁어슬렁 나오더니 제임스의 등 뒤에 서서 눈을 스크린으로 돌린 채 속삭였다.

"이쪽을 보지 마십시오, 플로비셔 씨! 모로입니다. 밖으로 나갈 테니 따라와 주십시오."

모로가 나가자 제임스는 2분쯤 사이를 두고 일어났다. 그는 맥주가 나오면 곧 돈을 치러 두라고 한 아노의 충고를 잊지 않았으므로 작은 접시가 지불이 끝났음을 나타내기 위해 뒤집어져 있었다. 2분 뒤 제임스는 어슬렁거리면서 밖으로 나가 오른쪽도 왼쪽도 보지 않도록 하며 아무 일도 없었다는 듯이 천천히 역전 거리를 걸어갔다. 다르시 광장에 이르자 니콜라 모로가 아무런 신호도 하지 않고 제임스를 앞질러 리베르테 거리를 따라 급히 오른쪽으로 꺾어 들어갔다. 제임스는 무거운 기분으로 모로의 뒤를 따랐다. 물론 아노쯤 되는 사람이 그처럼 쉽게 속으리라고 생각하는 것은 제 정신이 아니다. 아마도 그 자동차는 틀림없이 붙잡혔을 것이다. 아마도 앤 압코트는 지금쯤 독방 속에 던져져 있을지도 모른다! 아노는 어째서 맨 끝에 "서둘러야만 한다!"라고 말했을까? 모로가 세비니에 거리를 돌아 역전 광장 쪽으로 돌아오려 하는 척하면서 그 부근에 혼잡하게 들어서 있는 작은 여관 가운데 어느 한 집으로 훌쩍 들어갔다. 로비에는 사람 그림자 하나 없었으며 좁고 가파른 계단이 곧바로 위층으로 통하고 있었다. 모로는 제임스를 데리고 계단을 올라가 문을 열었다. 제임스는 건물 뒤쪽에 있는 작고 지저분한 방을 들여다보았다. 창문은 열려 있으나 덧문이 닫혀 있었다. 방 한가운데에 전등 하나가 방 안을 비추고 아노가 그 아래 테이블 앞에 앉아서 지도 위에 몸을 굽히고 있었다.

지도는 붉은 잉크로 이상한 표시가 되어 있었다. 손잡이가 없는 테니스용 라켓 비슷한 둥그런 모양의 선이 그 위에 그려져 있고, 둥그러미의 굵은 쪽 끝에서 정점까지 일그러진 선이 한 줄 그려져 있어 둥그러미를 대강 두개의 반원형으로 나누고 있었다. 모로와 제임스가 테이블 앞에 우뚝 서자 조금 뒤 아노가 눈을 들었다.

"플로비셔 씨" 탐정은 매우 엄숙한 목소리로 물었다. "당신은 앤 압코트가 오늘 밤 르 붸 부인 댁의 가장무도회에 간 것을 알고 계십니까?"

제임스는 깜짝 놀랐다.

"아아, 모르시는 것 같군요." 아노가 말했다. 그는 펜을 집어들어 둥그러미의 굵은 쪽 끝에 빨간 점을 찍었다. 깜짝 놀랐던 제임스는 겨우 마음을 다잡았다. 르 붸 부인 댁의 무도회장은 엉뚱한 짓을 하기 위한 출발점인 것이다. 앤이 눈치채이지 않고 무도회장에 도착할 수 있다면 이 계획도 그다지 나쁘다고는 할 수 없었다. 저택에는 큰 정원이 있고 아마도 이렇게 더운 밤에는 창문이 모두 활짝 열리고 희미한 각등이 켜져 있을 뿐일 터이므로 가면을 쓰고 정성들여 가장을 한 비슷한 사람들 속에 섞여들면 앤으로서는 자기 몸을 숨기는 데 더 없는 기회가 될 것이다. 그러나 이 기회도 이제 다 틀린 일이다. 왜냐하면 아노가 펜을 놓으며 불쾌한 목소리로 말했기 때문이다.

"수련의 가장이었지요? 플로비셔 씨, 그 아름다운 수련 양도 오늘 밤 그다지 즐겁게 춤출 수는 없을 겁니다."

## 지도와 목걸이

아노는 지도의 방향을 거꾸로 하여 테이블 너머로 제임스 플로비셔에게 밀어 주며 물었다.
"이것을 어떻게 생각하십니까?"
제임스는 의자를 끌어당겨 앉아 지도를 살펴보았다. 먼저 깨달은 것은 그것이 디종 근교의 확대 지도라는 것이었다. 거리는 붉은 잉크로 그린 둥그러미 맨 밑부분에 있어 테니스용 라켓의 손잡이 끝에 해당되고 있었다. 빨간 잉크의 둥그러미는 거리에서 출발하여 교외를 쭉 한 바퀴 돌아 다시 거리로 돌아오는 소풍 길을 나타내고 있는 것 같았다. 그러나 그밖에 또 써넣은 것이 있었다. 이를테면 둥그러미의 정점에서 라켓 손잡이에 이르는 구불구불한 분할선도 디종을 향하고 있는 것이다. 지도 위로 몸을 내밀어보니 둥그러미 왼쪽 끝에 빨간 표시가 된 디종의 바깥쪽에 아노가 지금 막 써넣은 작고 빨간 네모가 있었다. 이 네모에는 시각이 기입되어 있었다.
'오전 11시.'
빨간 잉크의 곡선을 눈으로 쫓아가니 분할선이 둥그러미의 가장자리에 닿는 그 점에 또 하나의 시각이 기입되어 있었다.

'오전 11시 40분.'

"놀랐는데요." 제임스는 깜짝 놀라 아노에게로 눈길을 들며 소리쳤다. 그는 다시 지도 위로 몸을 굽혔다. 계곡에 있는 분할선의 갈라진 갈림점은 등고선인 것 같았다. 그렇다, 계곡의 이름은 테르종이다. 11시 조금 전에 베티는 디종 거리 변두리의 안쪽에 큰 저택이 있는 공원 건너편에서 차를 세우고 제임스에게 도구 상자의 가죽 끈을 매어달라고 부탁했다. 두 사람은 11시 정각에 다시 출발했다. 베티는 정확하게 시각을 기록해 두었다. 그리고 11시 40분 정각에 둥그러미의 가장자리와 분할선이 엇갈리는 둥그러미의 정점인 옆길이 갈라져 나가 디종 방향으로 급히 도는 지점에서 차를 세웠던 것이다.

"이것은 우리가 오늘 한 드라이브 코스로군요!" 제임스가 소리쳤다. "그럼, 미행당하고 있었던 셈입니까?"

제임스는 문득 두 번째의 오토바이를 타고 온 사나이가 먼지 속의 등 뒤에서 다가와 이야기에 끼어들기 위해 자동차 옆에 멈춰 섰던 일이 생각났다.

"그럼, 그 오토바이의 사나이가?" 제임스는 물었으나 역시 대답이 없었다. 그러나 오토바이의 사나이가 드라이브를 하는 동안 내내 미행했던 것은 아니다. 돌아오는 길에 제임스와 베티 두 사람은 점심 식사를 하기 위해 나무가 우거진 정원에서 차를 세웠는데, 미행하는 것 같은 사람의 모습은 없었다. 제임스는 다시 지도를 보았다. 그는 빨간 선을 더듬어 두 줄기 도로의 교차점에서 계곡의 커브를 돌아 파리로 통하는 큰 국도가 십자로를 이루는 방향으로, 그리고 두 사람이 점심 식사를 하던 지점으로 눈길을 쫓았다. 식사가 끝난 뒤 두 사람은 국도를 따라 디종으로 돌아왔는데 빨간 선은 국도에서 교차되고 그보다도 더 길게 분명히 사람의 왕래가 적은 도로를 지나 되돌아왔다.

"어째서 오늘 아침 우리를 미행했는지 까닭을 모르겠군요, 아노씨?" 조금 힘을 내어 제임스가 소리쳤다. "하지만 미행은 성공적이었다고 말할 수 없을 것 같군요. 돌아올 때는 이 길을 지나지 않았으니까요."

"어느 길로 왔는가 하는 것이 문제가 아닙니다." 아노는 태연하게 대답했다. "원의 그쪽 가장자리는 당신들과 아무런 관계도 없습니다. 그 선이 시작되는 지점에 쓰어 있는 시각을 보아도 아시겠지요?"

빨간 잉크의 둥그러미는 밑부분이 끊어져 있었다. 다시 말해서 라켓의 손잡이에 해당하는 곳에 공간이 있고 그곳을 디종 거리가 차지하고 있었는데, 선이 시작되는 오른쪽의 그 지점에 작고 또렷하게 다음과 같이 쓰어 있는 숫자를 제임스는 읽을 수 있었다.

'오전 10시 25분.'

제임스는 아까보다도 더 어찌할 바를 몰라 소리쳤다.

"뭐가 뭔지 도무지 모르겠군요!"

탐정은 손을 뻗쳐 펜 끝으로 그 지점을 가리켰다.

"여기가 당신들이 11시 40분에 갈림길에서 만나셨던 오토바이의 사나이가 출발한 지점입니다."

"그 여행자 말씀입니까?" 제임스가 물었다. 몇 초 전까지 더 이상 머리가 빙빙 도는 것 같은 일은 없으리라고 여겨졌는데 지금은 한층 더 빙빙 도는 듯싶었다.

"여행자라기보다도 사이드카에 트렁크를 실은 사나이라고 부릅시다." 탐정이 바로잡았다.

"당신들이 디종을 떠나기 35분 전에 이 사나이도 출발한 것을 알 수 있으시겠지요? 이 연습은 전체가 꽤 훌륭하게 계획되어 있는 것 같습니다. 11시 40분에 어김없이 약속한 지점에서 만났으니까요. 자동차도 그리고 오토바이도 조금도 기다릴 필요가 없었거든요."

"연습! 약속한 지점!" 제임스는 도무지 어이가 없는 듯 아노의 얼굴빛을 살피며 말했다. "모두들 정신이 돌기라도 했습니까? 대체 어째서 그 사나이가 사이드카에 트렁크를 싣고 10시 25분에 디종을 떠나 오른쪽 도로를 3, 40마일이나 교외로 마구 달린 다음 직선 도로를 다시 되돌아오는 짓을 할 필요가 있었습니까? 아무런 의미도 없는 일이 아닙니까!"

"당신이 어찌할 바를 몰라 하는 것도 무리가 아닙니다." 아노는 인정했다. 그가 모로에게 고개를 저어 보이며 눈짓하자 모로는 사잇문을 지나서 건물 정면 쪽으로 방을 나갔다.

"한 가지 가르쳐 드리지요." 탐정은 말을 이었다. "거리 변두리에 있는 도구 상자의 끈을 매기 위해 차를 세운 곳에 공원이 있었지요? 그 공원 안쪽에 큰 저택이 있었지요?"

"네, 있었습니다." 제임스가 대답했다.

"그곳이 오늘 밤 가장무도회가 있을 르 뷔 부인의 저택입니다."

"르 뷔 부인의 저택!" 제임스는 되뇌며 "그곳에……" 하고 뭔가 물어보려다 말고 당황해서 말을 끊었다. 그러자 아노가 대신 뒷말을 보충했다.

"그렇습니다. 그곳에 지금 앤 압코트가 있습니다. 당신들은 오전 11시 정각에 여기서 출발했습니다." 그는 시계를 보았다. "아직 오후 11시가 되지 않았습니다. 그러므로 그녀는 아직 거기에 있는 것이 됩니다."

제임스는 의자에 앉은 채 펄쩍 뛰었다. 탐정의 말이야말로 마치 영화관의 어둠을 뚫고 갑자기 스크린의 빛나는 막 위에 나타나는 은빛 나는 칼날과도 같았다. 아노가 지도에다 빨간 잉크로 쓴 표시의 의미며 오늘 아침 베티가 드라이브한 목적이 의심할 여지없이 제임스의 눈에 순식간에 명백해졌다.

"예행연습이었군요." 제임스가 소리쳤다.

탐정은 고개를 끄덕였다.

"시간을 재기 위한 연습이었습니다."

'그렇지, 주역 없이 하는 무대 연습 같은 것이지.' 플로비셔는 생각했다. 그러나 한순간 뒤 그는 이 설명으로는 만족스럽게 여겨지지 않았다.

"잠깐만, 그것은 틀린 것 같습니다." 제임스는 소리쳤다.

제임스의 추리는 사이드카를 탄 남자에게서 딱 막혀 버리고 말았다. 이 남자의 행동 시각은 지도에 기입되어 있는 이상 중요하다. 그는 앤 압코트의 도망과 무슨 관계가 있는 것일까? 그러나 오토바이 사나이와 그 사이드카를 머릿속에 떠올려 볼 때 그가 이 사건과 관계되어 있는 점은 뚜렷했다. 큼직한 여행 가방이 제임스에게 힌트를 주었다. 앤 압코트는 무도복을 입은 채 구르넬 저택으로 돌아가는 체하고 르 뿨 부인 댁을 빠져나올 것이다. 따라서 짐도 아무것도 들지 않고서. 그런 옷차림으로는 남들이 의심하지 않는다 하더라도 주의를 끌 터이니까 오전 중에 파티에 갈 수는 없을 것이다. 오토바이의 사나이는 테르종 골짜기에서 그녀와 만나 재빨리 그녀의 차에 짐을 내주고 지름길인 직선 도로로 디종으로 되돌아온다. 한편 앤은 골짜기에서 조금 떨어진 곳에서 길을 꺾어들어 파리로 향한다. 제임스는 오토바이와 자동차가 만났다가 헤어질 때까지 7분쯤 걸렸던 것이 생각났다. 짐을 옮겨 싣는데 7분쯤 잡은 것이다. 또 하나의 추리가 제임스의 머릿속에 떠올라 왔다. 베티는 이 계획에 대해 그에게 아무 말도 하지 않았다. 그녀가 자유롭게 된 처음 시간을 그저 맑게 갠 여름날의 드라이브로 즐기는 것이라고 그녀는 말했다. 베티가 아무 말 하지 않은 까닭은 제임스를 음모에 끌어넣지 않으려는 앤과 베티의 결심 때문이었다. 온갖 부분이 그림 맞추기의 한 조각 한 조각처럼 이것으로 딱 들어맞는다. 그렇다, 시간을 재는 예행연습이었던 것이다. 그리고 아노는 이미 다 알고 있는 것이다!

이 계획 자체에서 느껴진 놀라움을 겨우 가라앉혔을 때 먼저 제임스를 사로잡은 것은 확실히 곤혹이었다. 아노는 모두 알고 있다! 더욱이 베티는 앤을 도망시키는데 그처럼 열중하고 있는 것이다.

"달아나게 해주십시오!" 제임스는 열심히 탄원했다. "앤 압코트를 파리에서 영국까지 달아나도록 해주십시오!"

그러자 아노는 나직이 한숨을 내쉬며 의자 등받이에 기대었다. 기묘한 미소가 탐정의 얼굴에 퍼졌다.

"과연……!" 그는 말했다.

"물론 이것은 쓸데없는 일입니다." 제임스는 열심히 호소했다.

"당신은 파리 경시청 사람이며 저는 한낱 법률가, 영국 고등재판소의 한 관리에 지나지 않으므로 이런 부탁을 할 권리는 전혀 없습니다. 그러나 서슴지 않고 말씀드립니다. 당신은 앤 압코트에 대해 유죄라는 확증을 갖고 있지 않습니다. 그것을 얻을 수 있는 기회란 하나도 없습니다. 다만 당신은 그녀의 주위에 혐의의 그물을 던지기 때문에 그녀는 아무래도 그 그물에서 빠져나갈 수가 없는 겁니다. 당신은 그녀를 파멸시킬 겁니다. 그렇고말고요, 당신이 할 수 있는 일이란 그녀를 파멸시키는 것뿐입니다."

"당신은 아주 열심이군요." 아노가 중간에 끼어들었다.

제임스는 자신의 열의가 친구를 돕고 싶어하는 베티의 근심에 따르고 있음을 설명하기가 힘들었다. 그리고 또한 이런 시도는 다만 결국 추문을 불러일으킬 것이라고 생각되었다. 제임스는 계속 말했다.

"보리스 와베르스키 덕분에 이미 세상에 모든 일이 알려져 있습니다. 그래서 헐로우 양은 난처한 입장에 놓여 있습니다. 어떻게 그녀가 증인석에 서서, 아무런 결론도 나올 것 같지 않은 재판에서 친구에게 불리한 증언을 할 수 있겠습니까? 그 점을 고려해 주셨으면 합니다, 아노 씨. 나는 형사 재판에 얼마쯤 경험이 있습니다만──오오, 허즐릿 씨의 이름에 부끄러운 일이다! 어째서 그 빈틈없고 찬찬한 사람은 플로비서 & 허즐릿 법률사무소에 가한 이 치욕을 없애 버리기 위해 이 자리에 함께 있어 주지 않는 것일까?
──어떤 배심원도 이런 증거로 유죄 선고를 내릴 수는 없습니다. 생각해 보십시오, 진주 목걸이도 발견되지 않았고, 또 앞으로도 나타나지 않을 겁니다. 내가 보증하겠습니다, 아노 씨! 절대로 발견될 리가 없습니다!"

탐정은 테이블 서랍을 열고 영국의 일류 제조업자들이 만들어 낸 담배 100개를 넣는 데 쓰는 삼나무로 만든 작은 상자를 하나 꺼냈다. 그는 그 상자를 테이블 너머로 제임스에게 밀어 보냈다. 담배보다 좀 더 딱딱한 느낌의 물건이 속에서 소리를 내고 있었다. 제임스는 깜짝 놀라며 상자를 움켜쥐었다. 그는 베티가 비록 목걸이를 잃는 한이 있더라도 친구 앤 압코트를 파멸에서 구하고 싶다는 그 열의를 이제까지 단 한 번도 의심해 본 일이 없었다. 그는 상자 뚜껑을 열었다. 속에는 솜이 가득히 들어 있었다. 제임스는 솜 속에서 크기대로 차례차례 정연하게 꿰어져 세상일에 익숙하지 못한 그가 보기에도 비할 데 없을 만큼 아름답고 부드러운 핑크 빛으로 빛나는 진주 목걸이를 꺼냈다.

"성냥갑에서 발견되었다면 예기했던 대로겠지요, 하지만 결국은 성냥갑과 담배는 같은 종류라고 공증인 베크스 씨에게 말해 줍시다."

제임스는 몹시 낙담하여 미련이 담긴 태도로 목걸이를 보고 있는데 모로가 사잇문 저쪽에서 노크했다. 아노는 또 그의 시계를 보았다.

"자아, 11시입니다. 이제 가 봐야 합니다. 차는 벌써 르 붸 부인의 저택에서 나갔을 겁니다."

탐정은 의자에서 벌떡 일어나 목걸이를 솜 속에 집어넣더니 그것을 서랍에 넣고 잠갔다. 제임스는 이제까지 그가 있던 방은 전혀 눈에 들어오지 않았다. 그가 보고 있는 것은 화려한 전등을 색색으로 장식한 대저택, 그리고 한 처녀가 화려한 드레스 위에 검은 망토를 걸치고 창문으로 무도화를 신은 채 살그머니 빠져나와 나무 그늘 속에 기다리게 해 둔 자동차 있는 곳까지 어두운 길을 뛰어가는 광경이었다.

"차는 아직 떠나지 않았을지도 모릅니다." 제임스는 갑자기 희망을 느끼고 말했다. "사고가 있었을지도 모르고, 운전수가 늦는 수도 있겠지요, 더욱이 갖가지 고장이 일어날지도 모릅니다!"

"저토록 주의 깊게 계획하고 세세한 예행연습까지 했는데도 말입니까? 아니, 절대로 그런 일은 없습니다."

탐정은 벽가에 있는 벽장에서 자동권총을 꺼내어 주머니에 넣었다.

"목걸이를 저대로 테이블 서랍에 넣어 두는 겁니까?" 제임스가 물었다. "우선 경찰에 맡겨 두는 편이 안전할 겁니다."

"이 방에도 감시원이 없는 것은 아닙니다. 염려없습니다."

제임스는 다른 방면에서 희망을 찾아내려고 했다.

"분기로에서 앤 압코트를 기다리기는 이미 너무 늦었을지도 모릅니다. 말씀하시는 바와 같이 벌써 11시가 지났으니까요. 꽤 지났습니다. 낮에 오토바이로 35분 걸린다면 밤에 자동차로 50분은 걸립니다. 게다가 길이 나쁘면……."

"분기로에서 앤 압코트를 기다릴 생각은 없습니다." 아노는 지도를 접어 난로 위에 놓으며 말했다. "나는 이제부터 위험한 다리를 건너는 겁니다. 아시겠습니까?" 탐정은 부드럽게 말을 이었다. "아무튼 무슨 일이 있더라도 해야 합니다. 그래서…… 아니, 내가 잘못되었을 리는 없습니다!"

 말은 그렇게 하면서도 아노는 몹시 불안스럽고 난처한 표정으로 난로 앞에서 뒤돌아보았다. 제임스의 얼굴을 보고 있는 동안 그의 마음에 문득 새로운 생각이 떠오른 듯했다.

 "그런데 노트르담 대성당의 정면은 어떻던가요?"

 제임스는 고개를 끄덕이며 말했다.

 "'최후의 심판'을 묘사한 부조더군요. 우리는 그것을 보고, 당신이 믿는 바를 그것으로 표현한 것이 좀 지나치게 잔혹하지 않을까 생각했습니다."

 아노는 몇 초 동안 마루 위에 눈길을 떨어뜨린 채 아무 말도 하지 않았다. 이윽고 그는 조용히 입을 열었다.

 "이거 죄송합니다. 그런데 당신은 '우리'라고 하셨지요?"

 "헐로우 양과 저이지요." 제임스가 설명했다.

 "아, 그것을 생각에 넣었어야만 했는데." 그리고 또다시 매우 난처한 듯한 말이 그의 입에서 새어나왔다. "그럴 겁니다! 아니, 내가 잘못되었을 리가 없지요……아무튼 이제 와서 바꾸기에는 너무 늦습니다."

 모로가 다시 한번 사잇문을 두드렸다. 그러자 탐정은 빈틈없이 태세를 갖추었다.

 "됐습니다. 플로비셔 씨. 모자와 지팡이를 집어 드시지요! 됐습니다! 준비는 다 되었겠지요?"

 그 순간 방 안이 캄캄해졌다. 아노가 사잇문을 열고, 세 사람은 앞쪽의 방으로 갔다. 그곳은 역전 광장을 내다볼 수 있는 침실이었다. 이 방도 어두웠지만 덧문이 닫혀져 있지 않아 광장의 가로등과 모퉁이에 있는 그랑드 다벨느 극장에서 비치는 불빛이 벽에 얼룩얼룩 비치고 있었다. 세 사람은 서로 얼굴을 알아볼 수 있었는데, 제임스에게는 이 어스름 속에 함께 있는 두 사람의 얼굴이 도깨비처럼 창백해 보였다.

"내가 맨 처음 노크했을 때 도네에가 내 위치에 자리를 잡았습니다." 모로가 말했다.

"지금 파치노가 그와 함께 있습니다."

모로는 광장 너머로 정류장 건물 쪽을 손가락질했다. 택시가 몇 대 파리행 열차를 기다리고 있고, 그 앞에서 직공처럼 보이는 옷차림을 한 두 사나이가 이야기하고 있었다. 한 사나이가 내민 담배에서 다른 사나이가 직접 불을 붙였다. 방 안의 세 사람에게 담배 끝이 빨갛게 타는 것이 보였다.

"길은 염려 없습니다." 모로가 말했다. "출발합시다."

모로는 등을 돌려 여관 계단을 내려가기 시작했다. 제임스도 그 뒤를 따라 걷기 시작했다. 그들이 어디로 가는지 제임스로서는 상상도 짐작도 할 수 없었다. 그는 이미 완전히 실망하여 낙담하고 있었다. 와베르스키 사건을 조급히, 그리고 완전히 말살해 버리고 싶다는 제임스와 베티의 간절한 소망은 아무래도 완전히 무너지고 만 것처럼 생각되었다. 탐정이 팔을 붙잡았을 때에도 제임스는 여전히 마음이 놓이지 않았다.

"이제 곧 알게 됩니다, 플로비셔 씨." 아노는 어둠 속에서 끊임없이 눈을 반짝이고 얼굴을 하얗게 빛내며 조용하고 엄숙하게 무게 있는 어조로 말했다. "지금은 프랑스의 법률이 명령하는 대로 해주십시오. 의무를 수행하고 있는 경찰관에게 쓸데없는 짓을 하거나 필요 이상의 말을 하는 것은 삼가야 합니다. 그 대신 당신이 바라시는 바를 약속해 드리겠습니다. 나는 누구도 혐의만으로 체포하지는 않습니다. 당신 자신의 눈으로 내가 옳은지 어떤지 부디 두고 봐 주십시오."

두 사람은 모로를 따라 계단을 내려가 한길로 나섰다.

## 비밀의 집

어둡고 맑게 갠 밤, 바람이 거의 없고 따뜻하며 하늘에는 많은 별들이 반짝이고 있었다. 그다지 인원수가 많지 않은 그들은 뒷길과 좁은 골목을 누비며 거리로 들어갔다. 도네를 앞장세우고 파치노가 30야드쯤 떨어져 맨 뒤에 섰고 모로는 길 반대쪽을 걸었다. 역전 광장의 불빛이 보이지 않게 되자 그들은 불이 켜져 있지 않은 집들의 닫혀진 문이며 캄캄한 입구 앞을 걸어갔다. 제임스의 가슴은 터질 듯이 크게 울리고 있었다. 그는 스파이 같은 사람이 뒤를 밟지는 않을까 하고 눈과 귀를 긴장시켰다. 그러나 어느 주차장에도 사람이 없었고 뒤를 밟는 발소리도 들려오지 않았다.

"이런 밤에는 1마일쯤 떨어져 있어도 아무것도 들리지 않는군요. 하지만 만일 범인의 일당이 있다면 우리가 눈치채이지 않을까 모르겠습니다." 아무렇지도 않은 듯이 말하는 제임스의 목소리가 조금 떨리고 있었다. 아노가 반대했다.

"오늘 밤 그들은 알리바이를 만들 생각일 겁니다." 그는 목소리를 낮추어 덧붙였다. "훌륭한 근거가 있어 깨뜨리기 어려운 알리바이를 말입니다. 행동하지 않는 사람들은 공공연하게 내놓고 사교를 즐기고, 행동하는 사람들은 우리가 그들의 비밀에 가까이 다가가고 있다는 것을 전혀 모르고 있습니다."

그들은 좁은 길로 들어가서 길 왼쪽을 계속 걸어갔다.

"여기가 어딘지 아십니까?" 아노가 물었다 "모르겠습니까? 지금 우리는 구르넬 저택 가까이에 있습니다. 이 집들의 왼쪽 저편에 샤를르 로베르 거리가 있지요."

제임스 플로비셔는 깜짝 놀라 걸음을 멈추었다.

"그럼, 당신은 어젯밤 경찰서에서 헤어진 뒤 이곳에 오셨군요?"

"그렇습니다. 당신도 알아차리셨군요!" 아노는 태연하게 대답했다. "당신이 문 앞에서 뒤돌아보았을 때 들켰는지도 모른다고 생각했습니다."

길 저쪽 편은 높은 벽으로 집들이 끊어졌는데 그 벽에 나무로 만든 큰 문짝이 둘 달려 있었다. 벽 안의 정원 깊숙한 곳에 훌륭한 저택의 지붕이 별 하늘에 날카롭게 솟아 있었다. 탐정은 그쪽을 가리키며 말했다.

"저 집을 보십시오, 플로비셔 씨! 저것은 라비아르 부인이 떳떳하게 자유로운 몸이 되기를 기다리는 동안 살았던 집으로 구르넬 저택과 소유자가 같습니다. 부인과 시몬 헐로우 씨는 결혼 뒤에도 내놓으려 하지 않고 여전히 두 사람의 사랑의 전당으로 삼았지요. 좀 색다르고 로맨틱한 부부입니다. 그러나 여기에는 확실히 그보다 훨씬 더한 로맨스가 있었답니다. 그 뒤로는 아무도 살지 않습니다만."

제임스는 가슴이 써늘해졌다. 아노가 자신 있는 걸음으로 그를 데려가려 하는 목적지란 이 집인 것인가? 제임스는 문이며 건물들을 바라보았다. 밤인데도 오랫동안 돌보지 않아 황폐해진 것을 엿볼 수 있었다. 문의 페인트는 벗겨졌고 어느 창문에서도 불빛이 새어나오지 않았다. 그러나 큰길에는 아직 잠들지 않고 깨어 있는 사람이 없는 것은 아니었다. 바로 그들의 머리 위에서 창문 하나가 소리 없이 열리더니 수군거리는 말소리가 들려 왔다.

"아직 아무도 오지 않습니다." 아노는 그 말소리를 그다지 마음에 두지 않고 여전히 계속 걸으며 말했다. "보십시오, 말씀드린 바와 같이 아직 아무도 없습니다."

큰길 끝에서 문득 도네의 모습이 없어졌다. 모로를 앞장세우고 아노와 제임스는 길을 건너 집들 사이를 누비듯이 하며 좁은 도로를 오른쪽으로 꺾어들었다. 도로를 건너 그들은 또 높은 담에 둘러싸인 좁은 골목으로 들어갔다. 30야드쯤 나가자 제임스의 눈에 나뭇가지가 오른편 담 위로 덮이듯이 우거져 있는 것이 보였다. 이 큰 가지 그늘 부근은 캄캄하여 제임스는 동료의 모습조차도 볼 수가 없었다. 모로에게 쾅 하고 부딪쳐 겨우 목적지에 이른 것을 알았다. 라비아르 부인이 연애 중에 살았던 저택의 정원 뒤쪽에 와 있었다. 아노의 손은 제임스의 팔을 단단히 쥐고 꼼짝도 못하게 했다. 파치노도 도네에 와 마찬가지로 어느 틈에 몰래 모습을 감추었다. 세 사람은 어둠 속에 버티고 서서 귀를 기울였다. 구르넬 저택 정원에서 앤 압코트는 어둠 속에서 누군가가 자기를 들여다보고 있는 얼굴을 만졌다는 무시무시한 이야기를 했는데, 그 무서운 말이 지금 제임스의 마음 속에 되살아났다. 그 때는 거짓말을 하고 있다고 판단했으나 이제 와서 생각해 보니 그 판단을 버리지 않을 수 없었다. 자신의 두근거리는 가슴의 고동 소리가 디종 시의 사람들을 잠 깨우지나 않을까 상상되었을 정도였다.

그들은 넉넉히 1분쯤 그곳에 꼼짝 않고 서 있었다. 그런 다음 아노가 손으로 툭 치자 니콜라 모로가 허리를 구부렸다. 제임스는 모로가 손바닥으로 목재 위를 쓸고 있는 소리를 들었는데, 곧 열쇠를 열쇠 구멍에 집어넣어 돌리는 소리가 달그락 하고 들렸다. 벽에 있던 문이 소리 없이 열리고 골목에 희미한 불빛이 비쳤다. 세 사람은 잡초며 자랄 대로 자란 잔디며 떨기나무 등이 우거진 정원 안으로 들어갔다. 그 때 거리의 모든 시계가 동시에 30분을 알렸다.

아노가 제임스에게 귀엣말을 했다.

"녀석들은 아직 테르종 골짜기에 도착하지 않았을 겁니다. 가시지요!"

세 사람은 잔디며 잡초 위를 기어 저택 뒤편으로 돌아갔다. 군데군데 이끼 낀 돌층계가 테라스로부터 마당으로 내려가 있고 테라스 안쪽에는 덧문을 내린 창이 있었다. 그리고 저택 한 구석의 정원과 같은 높이인 곳에 문이 하나 달려 있었다. 모로가 다시 허리를 굽히자 문이 소리 없이 안쪽으로 열렸다. 그러나 정원은 앞쪽의 얼마쯤 희미한 어스름 속에서 빛나고 있었지만 이 문은 아주 캄캄한 어둠을 향해 열려 있었다. 제임스는 문 앞에서 저도 모르게 뒷걸음질쳤는데, 그것은 생리적인 공포가 아니라 이제 이 문에서 나올 때에는 같은 옷을 입은 같은 몸임에는 틀림없지만 알맹이가 전혀 다른 사람으로 변해 있지나 않을까 하는 생각에 소름이 끼쳤던 것이다. 가슴의 두근거림이 겨우 가라앉자 아노가 통로 쪽으로 제임스를 살짝 밀었다. 뒤에서 문이 닫히고 들릴 듯 말 듯한 소리가 문이 잠긴 것을 알렸다.

"보십시오!" 아노가 날카로운 목소리로 속삭였다. 잘 훈련된 귀가 집 안의 머리 위에서 들려오는 소리를 알아차린 것이다. 다음 순간 제임스도 그 소리를 들었는데, 그것은 규칙적으로 끊임없이 계속되는 아주 희미한 소리였다. 그러나 이 인기척 없는 집 안에서 들으니까 간이 콩알만 해졌다. 이윽고 제임스는 그 정체를 알 수 있었다.

"시계가 째깍거리는 소리로군요." 그는 목소리를 죽여 말했다.

"그렇습니다! 빈집에서 시계가 째깍거리고 있는 겁니다!"

탐정은 속삭인다기보다 헐떡이듯이 대답했는데 기묘한 떨림을 띠고 있었으므로 제임스는 그 여운의 의미를 깨달았다. 사냥꾼이 짐승의 발자국을 발견한 것이다. 이윽고 그 사냥감은 저쪽에 모습을 나타낼 것이다.

갑자기 한 줄의 광선이 통로를 따라 움직이더니 오른편 앞쪽에 있는 짧은 층계와 문을 비추고는 곧 꺼졌다. 아노는 손전등을 가만히 주머니에 도로 집어넣고는 모로를 앞질러 앞장섰다. 경첩 움직이는 소리가 불쾌하게 들리고 층계 정면의 문이 열렸다. 플로비셔는 숨을 죽이고 몸을 웅크렸는데 대체 무엇이 두려웠는지 자기 자신도 알 수 없었을 것이 틀림없다. 또 한 번 불빛이 싹 비치더니 그 광선이 이번에는 주위를 찾아 돌아다녔다. 세 사람은 자기들이 돌을 깔아 놓은 홀에 있는 것을 깨달았다.

탐정은 홀을 가로질러 가서 손전등을 끄고 문을 열었다. 경첩 위에서 건들거리는 망가진 덧문 때문에 어둠 속의 회랑이 희미하게밖에 보이지 않았다. 창문으로 아주 흐릿한 불빛이 새어나와서 건물 뒤편의 방으로 통하는 키가 큰 활짝 열리는 문이 있는 것을 알 수 있었다. 아노는 마루청 위를 돌아다니며 판장에 귀를 댔다. 한참 지나자 이제는 염려 없다고 생각한 듯 손잡이에 손을 대고 살그머니 문을 열었다. 다시 한 번 손전등을 켰다. 불빛이 높은 천장이며 무거워 보이는 빨간 실크로 짠 커튼에 덮인 높은 창문 등을 비추자 그곳에 여느 때 늘 쓰여지고 있는 듯한 방이 나타났으므로 제임스는 깜짝 놀랐다.

질서정연하고 깨끗하게 정돈되었으며 가구도 깨끗이 닦여 있어 충분히 손질이 되어 있는 방. 꽃병에 꽂힌 신선한 꽃 내음이 방 안 가득히 풍기고 있었다. 이 방의 대리석 난로 위에는 시계가 째깍거리고 있었다. 방에는 솜씨 있고 점잖게 가구가 갖추어져 있었는데, 다만

이중문이 달린 훌륭한 나무 세공의 벽장이 하나 난로가의 깊숙한 곳
에 육중하게 놓여져 있는 것이 어울리지 않았다. 지금 전등용으로 쓰
여지고 있는 듯한 거울과 테두리를 도금한 가지 달린 촛대가 수채화
가 몇 장 걸린 벽에 고정되어 있었다. 천장에서 늘어뜨려진 샹들리에
가 번쩍번쩍 빛나고 창문 쪽에는 제정시대풍의 책상과 난로, 반대쪽
벽에는 폭신폭신한 긴 의자가 놓여 있었다. 손전등의 불빛이 꺼질 때
까지 제임스는 이러한 것을 재빨리 볼 수 있었다. 아노는 방문을 닫
았다.
"어느 창문이라도 좋으니 그 움푹 들어간 곳에 숨기로 합시다."
모두들 다시 긴 복도로 나가자 아노가 소곤거렸다.
"저 덧문이 덜컹대고 있으니 우선 불을 켤 걱정은 없겠지. 우리는
그곳에서 감시하도록 합시다. 소리 내지 않도록 조심하고."
세 사람은 망가진 덧문이 달린 창문 옆의 어둠 속에 저마다 자리를
잡았다. 정원과 정원 안쪽 벽에 있는 커다란 차고 문이 희미하게 보
였다. 그들은 그곳에서 기다리기로 했다. 제임스 플로비셔는 두려움
과 기대로 몹시 긴장해 있었으므로 1초1초가 한 시간이나 되는 것처
럼 느껴졌다. 아노가 꼼짝도 하지 않는 것이 이상했다. 제임스 귀에
들리는 소리라고는 자신의 가슴에서 들리는 숨소리뿐이었다.
 조금 뒤 아노의 손이 제임스의 소맷자락을 움켜쥐고 차츰 그 힘을
세게 했다. 제임스는 졸도한 환자처럼 꿈쩍도 하지 않고 서 있었으며
아노도 맹렬한 흥분 상태에 빠져 있었다. 그 때 정원의 큰 문이 하나
소리 없이 열렸다. 문은 아주 조금 열렸다가 다시 소리도 없이 닫혔
다. 그 사이에 누가 살그머니 들어왔다. 가만가만 부드럽게 소리도
내지 않고서. 만약 큰 문 한복판에 거무스름한 얼룩과 같은 그림자가
없었다면 제임스는 다른 공상에 속았을지도 모른다고 생각했으리라.
1분전까지는 아무도 없었던 곳에 지금 회랑에서 감시하는 세 사람처

럼 조용히 꼼짝도 하지 않고 누군가가 서 있었다. 아니, 세 사람 중 한 사람은 그처럼 조용하게 있지 않았다. 갑자기 아노가 발돋움을 하여 가장 어두운 그늘로 옮겨가더니 무릎을 꿇고 몸을 도사리며 주머니에서 몸시계를 꺼냈던 것이다. 그는 윗부분을 윗옷으로 단단히 가리고 잠깐 동안 문자판을 손전등으로 비추었다. 12시 5분이 지나 있었다.

"시간이 됐군." 엉금엉금 기어서 제자리로 돌아오며 탐정이 속삭였다. "조용히!" 1분이 지나고 또 1분이 지났다. 문득 깨닫고 보니 제임스는 사진을 찍을 때 움직이지 말라고 하면 오히려 더 움직이게 되는 것처럼 온 몸이 부들부들 떨려 오기 시작했다. 이대로 기절하게 되지나 않을까 걱정스러울 정도였다. 그 때 멀리서 무슨 소리가 귀에 들려옴과 동시에 그의 신경이 순식간에 긴장했다. 오토바이 소리였다. 그 소리는 점점 커졌다. 바로 곁에서 아노가 몸을 딱딱하게 굳히는 것이 느껴졌다. 그렇다, 아노는 틀리지 않았다! 이 확신이 제임스의 마음을 사로잡았다. 제임스가 안개 속을 헤매고 있는 동안에 탐정은 처음부터 무엇이든지 다 꿰뚫어보고 있었던 것이다. 그러나 아노는 무엇을 꿰뚫어 보았는가? 그 의문에는 제임스도 아직 무어라 대답할 수가 없었다. 하지만 이것저것 머리를 굴려 생각하고 있는 동안에 제임스는 완전히 마음이 놓이는 듯한 심정이 되었다. 왜냐하면 어느 틈엔지 오토바이 소리가 들리지 않게 되었기 때문이다. 어느 가까운 길을 빠져나가 교외로 달려가고 있으리라. 희미한 엔진 소리조차도 이미 들리지 않았다. 깊은 밤의 여행자는 디종 시를 매우 다급하게 지나쳐 가고 있는 모양이다.

갑자기 긴장이 풀렸으므로 제임스는 별 하늘 아래를 눈이 부실 만큼 밝은 전조등을 비추면서 이정표를 차례로 뒤에 남기면서 질주하는 나그네의 모습을 마음 속에 그리고 있었다. 그러나 이 즐거운 공상을 한순간에 지워 버릴 만한 일이 일어나 제임스의 가슴은 꽉 죄어들었다. 그 때 커다란 차고 문이 스윽 열렸다가 다시 닫힌 사이에 사이드카를 단 오토바이가 정원 안으로 들어왔던 것이다. 그 오토바이는 여기서부터 100야드 이상이나 떨어진 다른 길에서 클러치를 벗기고 엔진을 끈 것이 틀림없었다. 길모퉁이를 돌아서 정원까지 들어오는 데는 자동차의 관성만으로도 충분했을 것이다. 그 남자가 오토바이에서 내리자 조금 전에 문을 닫았던 사나이가 옆으로 다가갔다. 두 사람은 함께 사이드카에서 무엇인가를 들어올려 땅에 내려놓았다. 감시하던 사나이가 다시 문을 열고 오토바이의 남자가 차를 밀어 내자 문이 닫히고 잠겨졌다. 그들은 한 마디도 말을 하지 않았으며 불필요한 동작도 없었다. 모든 일이 겨우 몇 초 동안에 일어났다. 망보던 사나이는 문에서 기다리고 있었다. 한참 뒤 다른 길에서 엔진 소리가 들려왔다. 오토바이의 남자는 맡은 임무는 그것으로 끝난 것이다.

그대로 가 버리게 해도 되는 것인지 모르겠다고 제임스는 생각했다. 그러나 아노는 남아 있는 남자와 어두운 벽 옆의 땅 위에 놓여진 큼직한 자루를 뚫어지게 쏘아보고 있을 뿐이었다. 남자는 그 자루에 가까이 다가가 몸을 구부리고 힘주어 그것을 들어올리더니 곧 두 팔에 안고 일어섰다. 그것은 형태가 분명치 않은 길고 무거워 보이는 물건이었다. 회랑에 숨어서 감시하는 세 사람이 알 수 있는 것은 그것뿐이었다.

정원에 있던 남자가 소리도 없이 문 쪽으로 움직였다. 아노는 두 동료에게 덧문이 망가진 창문에서 물러나도록 했다. 매우 민첩하게 숨었는데도 하마터면 희미하게 새어나오는 엷은 불빛에 비쳐질 뻔했다. 침입자는 벌써 짐을 안고 회랑 안으로 들어와 있었다. 바깥쪽 문이 열려 있었던 것이 틀림없다. 아무튼 단 한 번 민 것으로도 열렸으니까. 사나이는 발소리를 죽여 양옆으로 열리게 되어 있는 문 앞으로 움직여 갔다. 문 한쪽은 아노가 미리 열어 두었다. 남자는 방 안으로 사라졌다. 희미한 불빛이 한순간 사나이를 비추었다. 그 사나이가 누구인지는 짐작이 되지 않았지만 그가 운반하는 물건이 무거워 보이는 자루라는 것은 세 사람 다 알 수 있었다.

이번에는 무슨 일이 있더라도 아노가 뛰쳐나갈 것이라고 제임스는 생각했다. 그러나 아노는 꼼짝도 하지 않았다. 세 사람 다 수상한 남자의 발소리에 귀를 기울이고 있었으나 곧 들리지 않게 되었다. 가구에 옷자락 스치는 소리뿐이었다. 그런 다음 사나이가 자루를 푹신푹신한 침대 위에 내려놓는 듯 거의 알아들을 수 없을 정도의 부드러운 울림이 있었다. 이어서 사나이가 빈손으로 모자를 깊숙이 쓰고 문가에 나타났는데, 얼굴 부근이 희미하고 허옇게 보였다. 어둡기는 했으나 사나이의 눈이 번쩍번쩍 빛나는 것을 알 수 있었다.

'자아, 바로 지금이다!' 제임스는 마음 속으로 중얼거렸다. 아노가 어둠 속에서 뛰쳐나가 이 침입자를 때려눕혀 주면 좋겠다고 기대하면서. 그런데 아노는 이 사나이까지 놓쳐 버리고 말았다. 사나이는 다시 양쪽 문을 당겨 문을 닫고 발소리가 나지 않도록 살금살금 회랑을 나갔다. 밖의 문이 닫히는 듯한 소리는 아무도 듣지 못했으나 무언가 금속성 물건이 깜짝 놀랄 만큼 큰 소리를 울리며 건물 안의 돌 위에 떨어졌다. 제임스는 그것이 밖의 문이 잠겨지고 우편함에 열쇠가 떨어지는 소리임을 알 수 있었다.

세 사람은 창문 있는 데로 다시 기어가 침입자가 정원을 가로질러서 차고 문 한쪽을 열고 양옆을 살피면서 큰길로 나가는 것을 보았다. 다시 한번 열쇠가 돌 위에서 짤랑 하고 소리를 냈다. 큰 문의 열쇠를 문 밑에서 손으로 밀거나 발로 차서 정원 안으로 집어넣은 것이다. 시계가 갑자기 15분을 쳤다. 12시 15분인 것을 알고 제임스는 깜짝 놀랐다. 오토바이의 사나이가 큰 문이 있는 곳으로 차를 몰고

비밀의 집 311

들어온 뒤 지금까지 단 5분밖에 지나지 않은 것이다. 그리고 또다시 저택 안에는 이 세 사람 말고는 아무도 없게 되었다. 정말로 아무도 없는 것일까?

보니, 아노가 방문 쪽으로 살금살금 다가가서 그 문을 열었다. 그러자 캄캄한 방 안에서 뭔가 살아 있는 생물이 거북스럽게 몸을 움직이는 것 같은 희미한 소리가 전해져 왔다. 제임스 옆에서 아노가 후유 하고 안도의 숨을 내쉬었다. 틀림없이 그가 우선은 괜찮을 것이라고 생각했던 일이 일어나고, 그가 두려워했던 굉장한 공포는 간신히 일어나지 않고 끝난 모양이다. 그 한숨에 이어 높고 날카롭게 찰칵하는 소리가 들렸다. 용수철이 튀는 소리, 빗장을 뽑는 소리였다. 아노는 재빨리 문에 몸을 바짝 대고, 세 사람은 뒤로 물러섰다. 누군가가 어떤 방법을 써서 이 방으로 들어온 것이다. 누군가가 방 안을 가만히 돌아다니고 있는 것이다. 세 사람이 몸을 숨긴 복도 구석에서 두 짝의 문이 천천히 안쪽으로 열리는 게 보였다. 문지방에 사람의 그림자가 나타나고 가만히 선 채 귀를 기울이고 있더니 몇 초 뒤 회랑을 가로질러 창문 쪽으로 걸어갔다. 젊은 여자였다. 그 머리며 늘씬하고 미끄러운 목의 선으로 보아서는 틀림없었다. 놀랍게도 또 하나의 사람 그림자가 그 옆에 붙어서 있었다. 두 사람 다 창문으로 정원의 상황을 엿보고 있었다. 거기에는 깊은 밤의 방문자가 나갔다 들어갔다 한 기척도 없었고, 이제부터 등장할 것 같은 기척도 없었다. 두 사람 중 하나가 소곤거렸다.

"열쇠 이리 줘!"

그러자 키 작은 다른 한 사람이 홀로 가만가만 들어가서 우편함에 떨어뜨렸던 열쇠를 집어들고 되돌아왔다. 키 큰 쪽이 웃었다. 그 새가 지저귀는 것 같은 맑고 기쁜 듯한 울림을 비록 단 한순간이나마 제임스 플로비셔가 잘못 들을 리는 없었다. 손에 열쇠를 들고 이 어두운 비밀의 집 창가에 서서 계획이 모두 잘 진행되었다고 말하고 있는 것은 누구이겠는가? 베티 헐로우 바로 그녀였다. 조용한 회랑 속에 가볍게 울려오는 맑고 기쁜 듯한 이 웃음소리만큼 기분 나쁘고 협박적인 여운을 제임스는 일찍이 상상도 해본 일이 없었다. 그것은 그를 몹시 놀라게 만들었다. 그가 품고 있는 모든 신념이 와르르 허물어져 내리는 듯했다.

'그러나 뭔가 그럴 듯한 설명이 있을지도 모른다' 하고 제임스는 생각했으나, 마음은 공포 속으로 가라앉아 버리고 말았다. 이 웃음은 대체 어떤 끔찍스러운 사건의 예고인 것일까? 창가에 있던 두 개의 사람 그림자는 몸을 돌려 회랑을 가로질러 갔다. 이제는 조심할 필요도 없다고 생각한 것이리라.

"문을 닫아, 프랜시느" 여느 때와 다름없는 목소리로 베티가 말했다. 문이 닫히자 방 안에 전등불이 켜졌다. 그러나 오랫동안 쓰여지지 않았기 때문인지 문이 찌그러져서 꼭 닫히지 않았으므로 문틈으로 한 줄기 금빛 광선이 마법의 지팡이처럼 뻗쳐 왔다.

"자아, 이제부터야." 베티가 큰 소리로 말했다. "바로 이제부터야."

그녀는 또 웃었다. 그 웃음소리에 세 사람은 엉금엉금 앞으로 기어나가 방 안을 들여다보았다. 모로는 무릎을 꿇고 제임스가 그 위에 엉거주춤하게 몸을 굽혔고, 아노는 두 사람의 등 뒤에 우뚝 섰다.

비밀의 집 313

## 코로나 타이프라이터

 탐정의 손이 소리도 없이 플로비셔의 어깨에 살짝 닿았는데, 이것은 참으로 적절한 주의였다. 유리로 만든 큰 샹들리에가 마치 수많은 보석이 빛나는 듯 가지 달린 촛대의 거울 속에서 한층 더 요란하게 빛났으므로 이 작고 명랑한 방은 불타오르는 것 같았다. 그리고 이 눈부신 불빛 속에 서서 베티는 웃고 있었다. 하얀 두 어깨가 화사한 검은 비로드 야회복에서 드러나 있고, 정성들여 빗은 구릿빛 머리카락으로부터 비단으로 만든 검은 구두에 이르기까지 마치 옷상자에서 막 꺼낸 듯 정연하게 갖추어져 있었다. 그녀는 긴 의자 위 꽉 봉해진 자루를 바라보며 자못 유쾌한 듯이 웃고 있었는데, 자루는 모래밭에 떠밀려서 올라온 물고기처럼 기분 나쁘게 꿈틀거리기도 하고 펄떡거리기도 했다. 자루 속에 누군가 사람이 들어 있는 것이다. 제임스 플로비셔는 그것이 누구인지는 의심할 여지도 없다고 생각했다. 베티의 이 명랑한 웃음소리만큼 무자비하고 잔혹한 울림을 이제까지 들어 본 적이 없었다. 베티가 목을 뒤로 젖혔다. 제임스는 그 날씬하게 흰 목이 움직이며 그녀가 반짝이는 두 어깨를 기울이는 것을 보았다. 그녀는 소름끼칠 만큼 기분 좋아하며 손을 딱딱 마주쳤다. 그 소리를 들은 순간 제임스의 가슴 속에서 무엇인가가 빠져나가는 것 같았다. 과연 그것은 진심으로 우러나오는 웃음일까 하고 그는 의심했다. 그러나 베티 힐로우가 웃은 것은 이것이 마지막이었다.

"밖으로 꺼내 줘, 프랜시느." 그녀는 명령했다. 그러나 프랜시느가 가위로 자루 끝을 자르는 동안 베티는 거들떠보지도 않고 책상 앞에 앉아 서랍 열쇠를 열었다. 자루가 벗겨져 마루 위에 내던져졌다. 그러자 눈부신 무도복을 입은 앤 압코트가 두 손을 뒤로 묶이고 발목까지 무참하게 묶인 채 긴 의자 위에 누워 있었다. 머리가 흐트러지고 얼굴이 뻘겋게 달아올라 조금도 의식이 없는 듯했다. 그녀는 가슴을 들먹이며 크게 숨을 쉬었는데 한참 동안 자기가 어디에 있는지, 주위 상황이 어떠한지 도무지 모르겠다는 듯이 프랜시느를 바라보고 있다가 이윽고 베티의 등으로 눈길을 옮겼으나 뭔가 알아차린 것 같은 눈치는 없었다. 두 손목을 조금 움직였지만, 그것조차도 본능적인 움직임이었다. 이윽고 그녀는 다시 눈을 감고 더 이상 움직이지 않았다. 꼼짝도 하지 않았으므로 숨쉬는 것이 보이지 않았다면 문 뒤에서 지켜보고 있는 세 사람은 앤이 아직 살아 있다고는 믿지 못했을 것이다.

베티는 서랍 속에서 먼저 연한 노란 빛 액체가 반쯤 들어 있는 작은 병을, 다음에는 작은 모로코 가죽 상자를 집어들었다. 그녀는 상자 속에서 피하주사기와 바늘을 꺼내더니 주사기에 바늘을 꽂았다.

"준비됐어?" 그녀는 병마개를 뽑으면서 물었다.

"다 됐습니다, 아가씨." 프랜시느가 대답했다.

프랜시느는 처음에는 소리내어 웃고 있었으나 재잘거리면서 잡혀온 여자를 바라보더니 갑자기 깜짝 놀라며 숨을 삼키고 말았다. 앤이 당혹한 것 같은 말할 수 없이 기묘한 눈길로 그녀를 뚫어지게 쏘아보고 있었기 때문이었다. 대체 앤은 그것이 프랜시느인 줄 알고 있는 것인지, 아니면 알기는 하지만 무슨 영문인지 몰라 이해할 수 없는 것인지 확실치 않았다. 그러나 깜박이지 않고 뚫어지게 바라보는 앤의 눈빛에 사람을 떨게 할 만한 것이 있었으므로 프랜시느는 갑자기 날카롭게 신경질적인 목소리로 외쳤다.

"그렇게 뚫어지게 보지 마세요, 부탁이에요!" 그녀는 부르르 떨면서 덧붙였다. "오오, 무서워. 아가씨! 마치 죽은 사람이 아가씨께서 방 안을 돌아다니는 것을 지켜보고 있는 것 같아요."

베티가 호기심을 느낀 듯 긴 의자 쪽을 돌아보자 앤의 눈이 베티에게로 옮겨갔다. 앤을 제정신으로 돌아오게 하는 데에는 이처럼 눈길을 주고받는 것만으로도 충분한 모양이었다. 베티가 다시 작은 병의 액체를 주사기에 가득 넣기 시작하자 어찌할 바를 몰라 하는 암담한 표정이 앤 압코트의 얼굴에 떠올랐다. 앤은 긴 의자에서 고쳐 앉으려고 했으나 그렇게 할 수 없다는 것을 알자 자기 손목을 묶은 끈을 세게 잡아당기며 긴 의자를 발로 걷어찼다. 고통스러운 신음 소리가 앤의 입술에서 새어나왔다. 그러자 그것으로 그녀는 완전히 의식을 되찾은 듯했다.

"베티!" 앤이 불렀다. 그러자 베티는 준비가 다 갖추어진 주사기를 들고 뒤돌아보았다. 베티는 입 밖에 내어 말하지는 않았지만 대신 얼굴이 말을 하고 있는 것 같았다. 윗입술이 조금 일그러져서 이가 내다보였다. 크게 부릅뜬 그녀의 눈. 그 눈을 보고 제임스는 등골이 오싹해지는 것을 느꼈다. 실로 이 눈초리를 전에도 한 번 본 일이 있었다. 베티가 아노의 실험을 위해 헐로우 부인의 침대에 누워 있고 제임스는 앤 압코트와 함께 보물실을 돌아다니고 있을 때였다. 그 때 제임스는 이 눈초리가 뜻하는 바를 이해할 수 없었다. 그러나 지금은 아주 명백했다. 살인자의 눈인 것이다. 앤 압코트도 그것을 깨달은 것 같았다. 그녀는 어쩔 수 없다는 것을 알자 긴 의자 위에서 몸을 뒤로 물리려고 미친 듯이 더듬거리고 신음하면서 공포에 질려 부릅뜬 눈으로 베티를 쏘아보고 있었다.

"베티! 나를 이런 데 데려오다니! 일부러 르 뷔 부인의 무도회에 가게 했구나. 아아! 그 편지! 그래! 그 이름을 밝히지 않은 편지는!" 새로운 빛이 앤의 마음 속에 비치자 또다시 공포가 그녀의 온 몸을 떨게 했다. "네가 그 편지를 쓴 것이구나! 베티, 바로 네가! 네가 바로 그 '회초리'이구나!"

앤은 축 늘어져서 다시 묶은 밧줄을 풀려고 헛되이 몸부림쳤다. 베티가 의자에서 벌떡 일어나 방을 가로질러 앤에게로 다가갔다. 그 손에서 주사기가 번쩍 빛났다. 불행한 포로는 그것을 보고 소리쳤다.

"그게 뭐지?"

그리고 나서 그녀는 더욱 크게 비명을 질렀다. 이 더없는 공포로 말미암아 보통 이상의 힘이 솟은 것이다. 앤은 가까스로 몸을 일으키자 발을 마루에 짚었다. 겨우 일어나기는 했으나 선 채 건들건들 흔들렸다.

"너는 나를……?" 그녀는 도중에 잠시 말을 멈추었다. "아아, 싫어! 네가 이런 짓을, 네가!"

베티는 한 손을 뻗쳐 앤의 어깨에 올려놓고 복수의 맛을 음미하려는 듯이 한참 동안 그대로 붙잡고 있었다.

"어둠 속에서 너의 몸 위로 몸을 굽히고 있었던 얼굴이 누구의 것이었을까?" 베티는 소름끼칠 만큼 간드러진 목소리로 물었다. "누구의 얼굴이지, 앤? 맞춰 봐!"

베티는 그녀의 조용한 목소리와 마찬가지로 오싹하리만큼 상냥한 태도로 건들거리고 있는 포로를 흔들었다.

"너는 말이 좀 지나쳤어. 네 혀는 너무 위험해, 앤! 어젯밤 보물실에서 시계를 들고 무엇을 했지? 어때? 말해 봐, 이 예쁜 바보야!"

갑자기 베티의 목소리가 달라졌다. 여전히 낮고 조용했으나 그 속에 증오가 깃들어 있었다. 마음 깊숙이로부터 증오가.

"너는 용케도 내 일을 방해만 해 왔어, 앤! 우리 둘에게 감추려고 했지만 다 알고 있었어!"

그 때 아노의 손이 플로비셔의 어깨를 꽉 움켜쥐었다. 이 대목이야말로 베티의 증오를 틀림없이 설명하고 있었다. 그렇다, 앤 압코트는 모든 것을 지나치게 알고 있었다. 게다가 더욱더 알려고 하고 있었다. 그러므로 언제 진상을 모두 백일하에 드러낼지도 모른다. 그렇다! 앤의 모습이 없어지면 두려워서 도망친 것이라고 여겨질 터이고 그녀 자신이 범인이라고 자백한 결과가 되기도 한다. 틀림없다! 그러나 이러한 모든 생각보다도 한 걸음 더 나아가서 베티 헐로우의 마음을 차지하고 있는 것은 당장에 적을 벌하여 죽여 버리고 말겠다는 결의였다.

"요 일주일 동안 너는 용케도 나를 방해만 해 왔어! 이제부터 너에게 앙갚음을 해줄 테야, 앤. 그래, 네 손발을 묶어서 여기까지 운반하게 한 사람은 바로 나야. 수련 아가씨!"

베티는 앤이 밝고 화사한 드레스에 흰 비단 양말과 비단 무도화를 신고 선 채 오돌오돌 떨고 있는 모습을 뚫어지게 바라보았다.

"단 15분이야, 앤! 저 어리석은 탐정이 말한 대로야! 15분! 그 정도면 화살의 독이 온 몸으로 퍼지기에 충분해!"

앤이 눈을 커다랗게 부릅떴다. 그 흰 얼굴에 갑자기 확 핏기가 올랐다가 순식간에 사라졌으며, 그녀의 얼굴이 전보다도 한층 더 하얘졌다.

"화살의 독!" 앤이 외쳤다. "베티! 그럼, 너였구나. 어쩌면!"

앤은 앞으로 고꾸라질 것 같았으나 베티 헐로우가 그녀의 어깨를 살짝 밀었기 때문에 긴 의자 위에 쓰러졌다. 베티가 최근에 일어난 그 불길한 사건의 범인, 그것도 큰어머니 살해범이었으리라고는 앤은 지금까지 단 한 번도 의심해 본 일이 없었던 것이다. 앤으로서는 도저히 살아날 가망이 없다는 것이 분명했으므로 그녀는 갑자기 울음을 터뜨리고 말았다.

베티 헐로우는 긴 의자 위에 쓰러진 앤 옆에 앉아 악마와도 같이 명랑한 태도로 그녀를 신기한 듯이 들여다보았다. 앤의 흐느낌 소리는 베티에게 음악처럼 들렸을 것이다. 베티는 앤이 좀더 실컷 울도록 내버려 둘 생각인 듯했다.

"너는 밤새도록 캄캄한 어둠 속에서 잠자는 거야, 앤, 혼자서." 베티는 낮은 목소리로 앤에게로 몸을 구부리면서 말했다. "내일이 되면 에스피노자가 너를 부엌 바닥의 돌 밑에 묻어 줄 거야. 하지만 오늘밤에는 이대로 자게 해주겠어. 자, 알아듣겠지!"

베티는 앤에게로 몸을 구부리며 한 손으로 앤의 팔 근육을 잡고, 다른 한 손으로 주사기를 내밀었다. 그 순간 프랜시느 로라르가 찢어질 듯한 쇳소리를 냈다.

"저게 뭐지요?"

그녀는 크게 소리치며 문을 가리켰다. 문이 열리고 아노가 문지방에 서 있었다.

베티는 그 외침 소리에 눈을 들더니 갑자기 얼굴에서 핏기가 가셨다. 그녀는 납인형처럼 주저앉은 채 열린 문 쪽을 쏘아보았다. 그러나 다음 순간 눈 깜짝할 사이에 번갯불보다 재빨리 주사기를 자기의 팔에 찔렀다. 제임스는 공포에 질려 소리치면서 그녀를 말리려고 앞으로 뛰어나갔지만 탐정이 난폭하게 제임스를 가로막았다.

"방해해서는 안 된다고 주의했지요?"

그 어조는 이제까지 들어본 일이 없을 만큼 거칠었다. 베티 헐로우가 주사기를 긴 의자 위에 떨어뜨리자 그것은 곧 마룻바닥으로 굴러 떨어졌다. 베티는 발꿈치를 맞대고 두 팔을 옆으로 벌리며 벌떡 일어섰다.

"15분이에요, 아노 씨." 그녀는 허세를 부리며 소리쳤다. "당신의 신세는 지지 않겠어요."

탐정은 씁쓰레하게 웃음 지으며 집게손가락을 베티의 얼굴에 대고 놀리는 듯 빙글빙글 돌렸다.

"아가씨, 물감이 든 물로는 죽지 않습니다."

베티는 비틀거리며 간신히 몸을 가누었다.

"농담 마세요, 아노 씨!"

"이제 두고 보시면 압니다."

아노의 자신에 찬 어조는 베티를 단번에 때려눕혔다. 그녀는 재빨리 방을 가로질러 책상 쪽으로 갔다. 민첩한 동작이었으나 아노가 그보다 앞서 그녀의 앞을 가로막아 섰다.

"아니, 그건 안됩니다!" 탐정은 외쳤다. "그쪽은 좀 다릅니다!" 그는 베티의 손목을 움켜쥐었다. "모로!" 그는 부하를 불러 프랜시느를 향해 턱짓을 해보였다. 그리고 나서 그는 제임스에게 말했다.

"플로비셔 씨, 당신은 저 젊은 처녀를 자유롭게 해 드리십시오. 아시겠습니까?"

모로는 하녀 프랜시느 로라르를 방에서 끌고 나가 한 방에 가두었다. 제임스는 큰 가위를 낚아채어 앤의 손목과 발목을 묶은 끈을 잘라 풀어 주었다. 그 사이에 제임스는 아노가 책상에서 의자를 넓은 곳으로 집어던지고 버둥대던 베티가 마침내 얌전해지자, 아노가 베티를 의자 위에 누르고 제임스가 마룻바닥에 떨어뜨린 끈을 한 가닥 집어든 것을 보았다. 명령받은 일을 끝내자 제임스는 베티가 수갑을 차고 의자 다리 하나에 발목이 묶인 것을 알게 되었다. 아노는 손수건으로 손에 입은 상처의 피를 멈추게 하고 있었다. 덫에 걸린 야수처럼 베티가 탐정을 물어뜯었던 것이다.

"그러고 보니 아가씨, 만나 뵙던 첫날 아가씨가 이렇게 말씀하셨지요?" 아노는 노골적으로 빈정거리며 말했다. "나는 손목시계를 차고 다니는 것이 싫다, 손목에 차는 것은 뭐든지 다 싫다고 말입니다. 참으로 죄송한 짓을 했군요! 그만 잊어 버리고……."

아노는 책상 쪽으로 돌아와서 서랍 속에 손을 넣어 작은 보드 상자를 꺼내더니 뚜껑을 열었다.

"다섯 알 있군!" 그는 말했다. "그렇지! 다섯 알이야!"

아노는 방을 가로질러 제임스에게로 상자를 들고 갔다. 그러나 젊은이는 죽은 사람 같은 얼굴로 벽을 노려보고 있었다.

"이걸 보십시오!"

상자 속에는 하얀 알약이 다섯 알 들어 있었다.

"여섯 알째가 어디에 있는지는 알고 있습니다. 아니, 어디에 있었는가 라고 말하는 편이 좋겠군요. 그것을 오늘 분석하게 했습니다. 청산가리였습니다, 플로비셔 씨! 한 알만 입에 넣고 씹었다고 생각해 보십시오. 15분? 천만에요! 단 1초! 그것으로 깨끗이 끝나는 겁니다!"

플로비셔는 앞의 벽에 기대며 아노에게 소곤거렸다.

"그녀의 손이 닿는 곳에 놓아 드리도록 하십시오!"

제임스는 처음에는 본능적으로 베티를 자살로부터 지키려고 마음 먹었다. 그러나 지금은 베티가 제발 자살해 주었으면 하고 바라게 되었다. 더욱이 진심으로 그렇게 바라는 바였으므로 아노는 깊은 연민의 정으로 눈시울을 적셨다.

"그렇게 할 수는 없습니다." 아노는 다정하게 말했다. 그는 모로 돌아보며 덧붙였다. "구르넬 저택 모퉁이에 차를 대기시켜 놓았네."

모로가 밖으로 나가자 아노는 긴 의자에 앉아 고개를 푹 늘어뜨리고 몸을 떨고 있는 앤 압코트 쪽으로 가까이 다가갔다. 앤은 이따금 아픈 손목 한쪽을 움직여 보고 있었다.

"아가씨" 앤의 앞에 서서 탐정이 말했다. "나는 아가씨께 사정을 설명 드리고 용서를 빌어야만 합니다. 나는 사건의 처음부터 단 한 순간도 당신이 헐로우 부인을 살해한 범인이라고 믿은 적이 없습니다. 당신이 진주 목걸이에 손을 댄 일이 없다는 점도 확신하고 있었습니다. 목걸이를 찾아내기 훨씬 전부터 그렇게 생각하고 있었지요. 아가씨가 정원에서 들려주신 이야기 역시 모두 믿었지만 나는 그것을 아가씨에게 알리려 하지 않았습니다. 아가씨에게 혐의를 씌운 것처럼 함으로써 이 일주일 동안 나는 간신히 이 구르넬 저택에서 아가씨를 끝까지 보호할 수가 있었던 것입니다."

"고맙습니다, 아노 씨." 미소를 지으려고 애쓰면서 앤은 약하디약하게 대답했다. 아노는 말을 이었다.

"그러나 오늘 밤의 일은 뭐라고 사과드려야 할지 모르겠습니다. 정말 부끄러울 따름입니다. 아가씨께서 베티 양의 그 알량한 자비심으로 이곳에 다시 끌려오리라는 것은 의심할 나위도 없었습니다. 그래서 그런 자비심은 거두어 달라고 말씀드리려고 나는 여기에 온 것입니다. 무엇보다도 나는 이제까지 이처럼 어려운 사건을 다룬 일이 없습니다. 마음속으로는 확증을 갖고 있으면서도 기소할 만한 증거가 하나도 없었던 것입니다. 그리하여 오늘 밤 이곳에 와서 확증을 잡아야만 했던 것입니다. 그러나 부디 믿어주십시오. 만약 아가씨께서 이렇게 혼나실 것을 조금이라도 알아차렸다면 증거 같은 것은 물론 희생시킬 수도 있었습니다. 그 점은 용서를 빌어야겠지요."

앤 압코트가 손을 내밀었다.

"아노 씨" 앤은 선뜻 대답했다. "당신께서 와 주시지 않았다면 지금쯤 나는 살아 있을 수 없었을 거예요. 베티의 말대로 이 곳 캄캄한 부엌 밑에서 혼자 잠들게 되겠지요. 그리고 에스피노자가 삽을 들고 와서……"

그녀의 목소리가 흥분되고 심하게 몸을 떨었다. 앉아 있던 긴 의자마저 움직일 정도였다

"이런 일은 모두 잊으십시오." 아노는 상냥하게 말했다. "언젠가도 말씀드렸듯이 아가씨에게는 젊음이 있습니다. 시간이 흐르면……."

그 때 니콜라 모로가 두 경찰관과 지럴드 서장을 안내해 왔다.

"하녀는?" 아노가 물었다.

"저기 보시는 바와 같습니다." 모로가 무뚝뚝하게 대답했다. 복도에서 한바탕 소란이 일어나며 난잡한 발소리와 째지는 듯한 여자의 울부짖음 소리가 들리더니 이윽고 잠잠해졌다.

"이 쪽 아가씨는 그다지 수고스럽지 않을 테지." 탐정이 말했다. 베티는 의자에 앉아 성난 얼굴을 돌린 채 알아들을 수도 없는 말을 뭐라고 투덜거리고 있었다. 베티는 제임스가 방으로 들어온 뒤로 그를 한 번도 보지 않았으며 지금도 절대로 보려고 하지 않았다. 모로가 몸을 구부려 발목의 끈을 풀자 키가 큰 경찰관이 베티를 일어서게 했다. 그러나 그녀는 힘없이 허물어져 버려서 설 수가 없었다. 체력도 기력도 없는 듯했다. 경찰관이 어린아이처럼 베티를 안아 일으켜 문 쪽으로 가려고 하자 갑자기 제임스가 그 앞을 막아섰다.

"잠깐만!" 제임스의 목소리는 힘차게 울려 퍼졌다. "아노 씨, 당신은 아까 앤 양의 이야기를 한 마디 한 마디 모두 믿었다고 말씀하셨지요?"

"틀림없습니다."

"그렇다면 당신은 헐로우 부인이 4월 27일 밤 10시 반에 살해되었다고 믿고 계실 테지요? 하지만 베티 양은 그날 10시 반쯤 드 프이약 씨 댁의 무도회에 참석하고 있었습니다! 그러므로 놓아 드려야만 합니다."

아노는 제임스를 상대하려고 하지 않았다.

"그럼, 오늘 밤의 일은?" 탐정이 물었다. "제발 길을 비켜 주십시오!"

제임스는 잠시 동안 그곳에 버티어 서 있었지만 마침내 뒤로 물러섰다. 그는 눈을 감고 우뚝 서 있었는데, 끌려가는 베티의 모습을 보고 너무나도 비참한 얼굴을 지었으므로 아노는 어색하게 동정의 말을 하려고 했다.

"당신으로서는 몹시 고통스러우실 겁니다, 플로비셔 씨."

"처음부터 당신의 마음을 털어놓아 주셨더라면 좋았을 것을!" 제임스는 큰 목소리로 말했다.

"그렇게 했다면 당신은 그것을 믿을 수 있었을까요?" 아노가 되물었다. 제임스는 입을 다물 수밖에 없었다.

"그렇습니다, 플로비셔 씨. 나는 이야기해서는 안되는 일까지 당신에게 털어놓아, 그 때문에 꽤 중대한 위험마저 저질렀습니다. 여러 가지로 이야기했을 텐데요."

탐정은 모로를 향해 돌아섰다.

"모두 나가면 정원과 저택의 문을 닫고 열쇠를 내게 갖다 주게나."

지럴드 서장은 용액이며 피하주사기며 청산가리 알약, 그리고 잘려진 끈 등을 한묶음으로 하여 손에 들고 있었다.

"여기에 중요한 물건이 있습니다." 아노는 주의를 주며 책상 위로 몸을 굽혀 네모지고 납작한 까만 케이스를 꺼냈다. "이것이 무엇인지 아시겠습니까?"

그는 제임스에게 말하면서 그것을 서장에게 건네주었다. 그것은 코로나 타이프라이터 케이스였다. 무게로 보아 분명히 그 속에 기계가 들어 있는 듯했다.

"그렇습니다." 서장이 나간 뒤 문을 닫으면서 아노는 설명했다. "이 아담하고 깨끗한 방은 그 가공할 만한 편지를 쓰기 위한 작업장이었던 것입니다. 여기서 모든 정보가 이용 가치에 따라 정돈되어 타자되었지요. 그리고 여기에서 보내어진 것입니다."

"그것은 공갈 편지였어요!" 제임스가 소리쳤다. "돈을 강요하고 있었다구요!"

"그런 것도 있었지요." 아노가 대답했다.

"하지만 베티 헐로우에게는 돈이 있지 않습니까? 필요하다면 얼마든지 부탁만 하면 되었을 텐데요?"

"필요하다면이라고요? 아니, 그렇지 않습니다." 아노는 머리를 가로저으면서 대답했다. "공갈이란 아무리 돈이 있어도 모자라기 마련입니다. 누구나 협박당했다고 해서 그처럼 간단하게 내놓지는 않으니까요."

플로비셔는 갑자기 까닭모를 노여움을 느꼈다. 그와 아노는 이러한 범죄에는 반드시 한패가 있으리라고 의견을 모았던 것이다. 베티도 그 한 사람이었을 것이다. 그 주모자였을지도 모른다. 그러나 그렇다면 다른 사람들은 아무런 상처를 입지 않아도 된다는 말인가?

"다른 녀석들은?" 제임스가 소리쳤다. "그 오토바이의 사나이는?"

"에스피노자의 동생이지요." 아노가 대답했다. "테르종 골짜기의 갈림길에서 차를 멈추었을 때 그 사나이의 사투리를 알아차리지 못했습니까? 그 사나이는 두 번 다시 자기의 오토바이를 탈 수 없었을 겁니다. 두 번 다시!"

"그럼, 그 자루, 자루를 날라온 사나이는?"

"모리스 테브네입니다. 그는 아주 앞날이 유망한 신출내기입니다. 지금쯤은 경찰에 잡혔을 겁니다. 그 사나이는 파리에서 출세하고 싶으니 말 좀 해 달라고 나한테 부탁했습니다만, 아무래도 그런 말은 할 필요가 없을 것 같습니다."

"그럼, 에스피노자 녀석은? 내일 이리로 오게 되어 있다는 겁니까?"

제임스는 갑자기 앤에게로 눈길을 보내며 입을 다물었다.

"장 클라델을 살해한 것이 누구겠습니까, 네?" 아노는 말을 계속했다. "그 멍텅구리입니다! 어째서 카탈로니아의 나이프를 자못 카탈로니아식으로 사용했을까요?" 탐정은 시계를 보았다. "모든 일은 끝났습니다. 이미 에스피노자에게도 수갑이 채워졌을 겁니다. 플로비셔 씨, 그밖에 당신이 들어 본 일도 없는 것 같은 녀석이 또 있습니다. 오늘 밤은 비상선이 쳐져 있습니다. 걱정하지 않아도 됩니다."

모로가 열쇠 뭉치를 들고 돌아와 아노에게 건네주었다. 아노는 그것을 주머니에 넣고 앤 압코트에게로 갔다.

"아가씨, 오늘 밤에는 아가씨에게 질문 공격을 하지 않겠습니다. 내일 어째서 르 붸 부인 댁의 무도회에 갔는지 그 까닭을 들려주십시오. 몰래 도망칠 생각이었던 것으로 되어 있습니다만, 그것은 물론 거짓말이겠지요. 내일 정말 이유와 무도회에서 일어났던 일을 설명해 주십시오."

앤은 그날 밤의 일이 다시 생각나는지 부르르 몸을 떨었지만 침착하게 대답했다.

"네, 뭐든지 다 말씀드리겠어요."

"좋습니다. 그럼, 가시지요." 탐정은 기쁜 듯이 말했다.

"가다니요?" 앤 압코트가 이상한 듯이 물었다. "하지만 당신은 우리를 모두 가두어 넣어 버리지 않았어요?"

아노가 웃었다. 그는 앤을 깜짝 놀라게 하기 위해서 간단하지만 놀라운 일을 준비하고 있었다. 더욱이 이 아노라는 사나이는 자신이 생각해 낸 일이 한 사람을 놀라게 하는 것을 아주 좋아했다.

"플로비셔 씨라면 틀림없이 짐작이 될 겁니다, 아가씨. 이 블레비자르 저택은 직선 거리로 보면 구르넬 저택 바로 가까이입니다. 이 두 집 사이에 샤를르 로베르 거리의 집들이 죽 늘어서 있는 셈이지요. 이 저택은 루이 15세 시대에 당시의 국회의장이었던 지체 높은 정계의 거물 에티엔느 부샤르 드 구르넬이 지은 것입니다. 더욱이 아가씨, 이것이 중요한 점입니다만, 이 집은 구르넬 저택과 동시에 지어졌습니다.

건축이 끝나자 구르넬은 여기에 자기의 소유령으로부터 한 아름다운 부인을 데려다가 살게 했으며, 그 부인 이름을 따서 이 저택을 블레비자르 저택이라고 이름지었습니다. 추문 비슷한 것은 아무 것도 일어나지 않았습니다. 의장 각하께서는 결코 블레비자르 부인을 방문하거나 하시지는 않았는데, 거기에는 훌륭한 까닭이 있었습니다. 이 저택과 구르넬 저택 사이에 비밀 통로를 만들었던 것입니다. 아무튼 시대가 비밀 통로가 유행했던 때였으니 만큼……."

제임스는 깜짝 놀랐다. 아노는 자신이 갖지 못한 민첩함에 대하여 크게 제임스를 믿고 있었다. 그런데 그 제임스 플로비셔는 오늘 밤의 사건으로 머리며 마음이 꽉 차 버렸다. 어찌 되었든 너무나도 사건이 꼬리를 물고 잇달아 일어나 천천히 생각할 만한 시간조차 없었던 것이다.

"대체 당신은 어떻게 그런 것을 발견하셨습니까?" 제임스가 물었다.

아노는 대답했다.

"이제 아시게 됩니다. 지금으로서는 사실만으로 만족합시다. 에티엔느 브샤르 드 구르넬이 세상을 떠난 뒤 언제부터인지 이 비밀 통로에 대한 일은 잊혀졌습니다. 황폐하도록 내버려 두어 막혀 버린 것이 틀림없습니다. 그런 다음 여러 가지 일이 있어 18세기 끝무렵에 블레비자르 저택은 구르넬 저택을 소유한 사람 이외의 사람이 소유하게 되고 말았습니다. 그러나 시몬 헐로우 씨가 그 비밀을 알아내어 블레비자르 저택을 다시 사들여 통로를 수리하여 옛날의 에티엔느 부샤르 드 구르넬이 한 것과 같은 목적을 위해 사용했던 것입니다. 라비아르 부인이 그 남편의 죽음으로 자유로운 몸이 되어 시몬 헐로우 씨와 결혼할 때까지 여기서 살았으니까요. 자, 내 강의는 이것으로 끝입니다. 가시지요!"

아노는 강연자가 청중에 대하여 하는 것처럼 앤에게 공손히 절을 한 다음 벽의 우묵한 곳에 있는 큰 상감 세공 벽장의 이중 문고리를 벗겼다. 꼼짝도 않고 서서 아노의 말을 듣고 있던 앤이 몹시 놀라며 소리를 질렀다. 벽장 속은 텅 비어 있었다. 속에 선반 같은 것도 아무것도 없고, 바닥의 판자가 한쪽 끝으로 들추어져 올라가 있으며, 계단이 두터운 벽을 도려내고 아래쪽으로 이어져 있는 것이 보였다.

"자아" 손전등을 꺼내면서 아노가 말했다. "플로비셔 씨, 이것을 들고 아가씨와 먼저 가 주시겠소? 나는 전등을 끈 다음 뒤따라갈 테니까요."

그러나 앤은 이맛살을 찌푸리며 재빨리 뒤로 물러섰다. 그녀는 아노의 소맷자락을 쥔 채 놓으려고 하지 않았다.

"당신하고 함께 가겠어요." 그녀는 말했다. "저는 아직도 다리가 덜덜 떨려요."

앤은 농담처럼 말하며 웃었지만 두 남자는 그 의미를 잘 알고 있었다. 제임스 플로비셔는 그녀를 범인――절도와 살인범이라고 생각하고 있었던 것이다. 그러므로 제임스 앞에서 뒷걸음질치며 그녀가 결백했음을 믿어 의심치 않았던 아노에게 도움을 청한 것이다. 뿐만 아니라 앤은 제임스에게 믿음을 얻지 못한 일로 다른 누구에게서 받은 것보다도 더 깊이 마음의 상처를 입었던 것이다. 제임스는 알았다는 표시로 머리를 숙여 보인 다음 손전등의 단추를 누르고 좁은 계단을 대여섯 단 내려갔다. 모로도 그 뒤를 따랐다.

"됐습니까, 앤 양? 그럼!" 아노가 말했다.

탐정이 한 팔을 돌려 앤을 부축한 다음 열어 놓은 벽장문 옆의 스위치를 누르자 방 안이 캄캄해졌다. 손전등의 불빛을 따라 모두들 제임스의 뒤에서 계단을 내려갔다. 아노는 벽장문을 닫고 빗장을 단단히 걸었다.

"갑시다!" 아노가 소리쳤다. "아가씨는 돌층계에 걸려 넘어지지 않도록 발 밑을 조심해 주십시오."

아노는 맨 위 계단의 조금 내려온 곳에서 제임스를 불러 세워 손전등을 위로 비춰 달라고 부탁했다. 아노는 벽장 바닥의 판자를 미끄러뜨려 다시 제자리로 돌린 다음 판자 밑에 매달린, 쳐들게 되어 있는 문을 올리고 빗장을 걸었다.

"자, 가시지요."

다시 열 걸음쯤 가자 모두들 천장이 둥근 작은 홀로 나갔는데 거기서부터 벽돌로 포장된 통로가 어둠 속에 통해 있었다. 제임스는 이 통로를 따라서 또 하나의 다른 계단 부근까지 갔다.

"이 계단은 어디로 나가는 걸까요, 플로비셔 씨?" 탐정이 물었는데 그 목소리가 터널 속에서 기묘하고 공허하게 울렸다. "가르쳐 주시겠소?"

제임스는 그와 앤과 베티가 꽃 내음이 향기로운 정원의 어둠 속에서 앉아 있었을 때 앤의 눈이 플라타너스 그늘에 난 작은 길 쪽을 여기저기 찾아다니던 것이 생각나서 얼른 대답했다.

"구르넬 저택의 정원 안이겠지요."

아노는 소리 죽여 웃었다.

"그럼, 앤 양, 당신은 어떻습니까?"

앤의 표정이 또 흐려졌다.

"알겠어요." 그녀는 진지한 목소리로 말하고는 몸서리를 치며 망토를 살짝 어깨 쪽으로 끌어올렸다. "올라가서 확인해 보기로 해요!"

아노가 맨 앞에 섰다. 그는 계단 맨 위쪽 문을 내리고 용수철을 건드려 판자를 옆으로 미끄러뜨렸다.

"잠깐만!"

아노는 껑충 뛰어나가 불을 켰다. 앤과 제임스와 모로는 시몬 헐로우의 가마의자에서 기어나와 바야흐로 보물실 안에 서 있었다.

## 시계의 수수께끼

 경찰관 모로가 별안간 웃음을 터뜨렸으므로 모두들 어안이 벙벙했다. 바로 조금 전까지만 해도 그는 재빠르고 유능하지만 겉으로 감정을 드러내지 않는 무신경한 특색을 지니고 있었다. 그런데 지금 모로는 배를 움켜잡고 손을 비틀어대며 우스워서 견딜 수 없다는 듯이 요란하게 웃고 있었다. 한두 번 이야기를 하려 했으나 웃음을 멈출 수가 없어 말이 되지 않았다.
 "대체 왜 그러나, 니콜라?" 아노가 물었다.
 "정말 죄송합니다."
 모로는 더듬더듬 말했다. 그러나 또다시 웃음이 터져나와 도저히 말을 이을 수가 없었다. 그는 겨우 "서장님께서……" 하고 소리치며 콧잔등에 안경을 걸치는 흉내를 내더니 다시 웃음을 터뜨렸다. 이윽고 그가 웃음을 터뜨린 까닭을 토막토막 끊어지는 말로 차츰 알 수 있게 되었다.
 "지럴드 서장님께서——문에 봉인을 하라고 하며——코털을 뽑히는 줄도 모르고! '방을 마구 뒤져서는 안된다' 알겠는가, 명탐정 아노 씨가 파리에서 일부러 조사하러 오실 터이므로── 그래서 우리가 봉인을 했는데──지럴드 서장님께서는! 나 원 참, 서장님은 어쩌면 그렇게 어리석담! 린네르 끈으로 정성들여 붙들어매다니! 지럴드 서장님은 재판소에서 웃음거리가 될 겁니다! 정말이지 기가 막혀서! 지럴드 서장님은 재판이 끝나기 전에 사표라도 내야 할 겁니다."

모로의 유머는 그 자리에 있는 사람들에게는 얼마쯤 지나치게 직업적인 것처럼 여겨졌다. 더욱이 그날 밤의 사건 때문에 모두 신경이 마비되어 있어 우스꽝스러움이 충분히 몸에 스며들지 않았으리라. 그 자리에서 배를 움켜잡고 웃는 것은 모로 한 사람뿐이었다. 제임스 플로비셔는 나무 세공 벽장 위에 놓인 루이 15세식 시계로 주의가 끌리고 있었다. 그 일이 잠시도 잊혀지지 않았던 것이다.

베티 헐로우의 운명은 아무래도 이 시계에 달려 있다. 오늘 밤 어떤 심한 짓을 했다해도 베티가 헐로우 부인 살해와 전혀 관계가 없다는 것을 증명하는 의심할 여지가 없는 시계라는 증거가 있다. 제임스는 자신의 몸시계를 주머니에서 꺼내어 자명종과 대조해 보았다.

"1분도 틀리지 않는군." 제임스는 얼마쯤 의기양양하게 말했다.

"지금 1시 23분입니다."

그러자 아노가 묘하게 긴장된 얼굴로 옆에 다가왔다.

"그래요?" 그는 자기의 회중시계와 비교해 보고 제임스의 말이 틀림없다는 것을 확인했다. "그렇군요, 1시 23분입니다. 이거 마침 잘되었군."

아노는 앤 압코트와 모로를 가까이 불렀다. 모두들 벽장 둘레로 모여들었다.

"이 시계의 수수께끼를 푸는 열쇠는" 아노가 말했다. "문의 봉인을 떼고 앤이 낮의 광선으로 이 시계를 다시 보았을 때 한 말 가운데 있습니다. 그 때 어쩐지 이상했던 모양이지요? 그렇지요, 아가씨?"

"네" 하고 앤이 대답했다. "그 때는 시계의 위치가 이것보다 좀 높았던 것처럼 여겨졌어요. 지금도 역시 그런 것 같아요."

"맞습니다. 자, 시험해 보십시다!"

탐정의 시계 바늘은 그 때 1시 26분을 가리키고 있었다.

"여러분, 이 방에서 나가 어두운 홀에서 기다려 주십시오. 기억하고 계시리라고 생각합니다만 아가씨가 계단을 내려온 것은 어둠 속이었으니까요. 내가 이 전등을 끄고 들어오라고 부르면 아가씨는 4월 27일 밤에 했던 것과 마찬가지로 전등 스위치를 켰다가 곧 꺼 주십시오. 그러면 모든 것을 명확히 알게 될 겁니다."

아노는 방을 가로질러 홀로 통하는 문 쪽으로 갔다. 문은 안쪽으로부터 열쇠가 꽂혀 있었다.

"블레비자르 저택으로 가는 데 비밀 통로를 쓰려고 한다면 이 문에 열쇠가 꽂혀 있는 것이 당연하지."

탐정이 열쇠를 돌려서 문을 자기 쪽으로 당기자 그들의 눈 앞에 캄캄하고 조용한 홀이 나타났다. 아노가 곁으로 가까이 왔다.

"자, 나가 주십시오!"

모로와 제임스는 방에서 나갔다. 그러나 앤 압코트는 망설이며 아노 쪽을 호소하는 듯한 눈길로 흘끔 보았다. 앤의 어려웠던 입장은 바야흐로 모두 처리되었고, 모든 것이 이제 의심할 나위 없게 되었다. 어떻게도 할 수 없는 마지막 순간에 아노가 그녀의 목숨을 구해 주었던 것이다. 그러므로 탐정의 명령은 절대로 믿어도 되었다. 따라서 지금 그녀를 불안하게 하고 있는 것은 아주 하찮은 일이었다. 이미 도울 여지가 없는 타격이 지금 여기서 베티 헐로우에게 가해지려 하고 있는 것이다. 앤 압코트는 베티처럼 사람을 미워할 수는 없었으므로 그 타격을 주는 것이 자신일지도 모른다고 생각하니 몹시 망설

시계의 수수께끼

여지는 것이었다.

"용기를 내십시오, 아가씨!"

아노가 호의에 찬 미소를 보이며 그녀를 격려했으므로 앤은 어두운 홀에 있는 제임스들에게로 내려갔다. 아노는 문을 닫고 자명종이 있는 데로 돌아갔다. 1시 28분이었다.

"아직 2분 남았군." 아노는 혼자 중얼거렸다. "서두르면 되겠구나."

세 증인은 캄캄한 어둠 속에서 기다리고 있었다. 누군가 한 사람이 저도 모르게 부르르 몸을 떨었으므로 앤은 무서워서 이가 딱딱 부딪쳤다.

"앤" 하고 제임스가 소곤거리며 가만히 그녀의 팔을 잡았다. 앤은 잔뜩 긴장했던 힘이 다한 듯했다. 그녀는 발작적으로 제임스의 손을 움켜쥐었다.

"짐." 그녀는 나직한 목소리로 말했다. "당신이라는 사람은 정말 너무해요."

아노의 목소리가 방 안에서 앤을 불렀다.

"자, 오십시오!"

앤은 한 걸음씩 앞으로 나가더니 손으로 더듬어 손잡이를 찾았다. 겁쟁이처럼 힘주어 문을 열었다. 보물실도 홀과 마찬가지로 캄캄했다. 앤은 문을 지나 안으로 들어가자 손가락으로 스위치를 찾았다.

"자, 켜겠어요." 앤은 떨리는 목소리로 외쳤다. 순간 보물실 전등이 환하게 켜졌다. 그와 동시에 다시 전처럼 캄캄했던 어둠으로 돌아가고, 그 어둠 속에서 모두들 갑자기 떠들기 시작했다.

"10시 반이다. 틀림없어요" 제임스가 소리쳤다.

"역시 시계의 위치가 조금 높은 듯했어요!" 앤이 외쳤다.

"그렇습니다!" 모로가 동의했다.

아노의 목소리가 방 저쪽 구석에서 끼어들었다.

"아가씨, 27일 밤에 본 것도 이와 똑같았습니까?"

"네, 똑같았어요, 아노 씨."

"그럼, 다시 전등을 켜고 수수께끼를 조사하기로 합시다!"

그의 엄숙한 지시는 마치 조종(弔鐘)처럼 울렸다. 앤은 곧 손가락을 움직이지는 않았다. 그녀는 또다시 죄의식에 사로잡혀, 그 손을 움직임으로써 다시는 돌이킬 수 없는 사태를 가져오게 되지나 않을까 두려워하고 있었던 것이다.

"자, 용기를 내십시오. 아가씨!"

다시 전등이 켜졌다. 이번에는 끄지 않고 그대로 두었다. 세 증인은 방 안을 걸어 앞으로 나가 다시 한 번 가까이에서 찬찬히 바라보더니 모두들 일제히 놀라움에 찬 외마디 소리를 질렀다.

나무 세공 벽장 위에 놓인 시계가 보이지 않았던 것이다. 그 대신 벽장 뒤쪽 훨씬 높은 곳에 길다란 거울이 있고 그 거울에 시계의 그림자가 비치고 있었다. 하얀 글자판이 매우 또렷하게 빛나고 있어 이때에도 그것이 시계 그 자체로 생각되었다. 긴 바늘과 짧은 바늘의 위치가 정확하게 10시 반을 가리키고 있었다.

"다시 한 번 뒤돌아 이쪽을 보십시오!" 아노가 말했다. 진짜 시계는 아담식 난로 선반 위에서 똑바로 이쪽을 향하고 있었으며 정확한 시각을 가리키고 있었다. 정각 1시 반이었다. 긴바늘이 6을 가리키고 짧은바늘은 12의 오른편과 1과 2의 중간을 가리키고 있었다. 모두들 동시에 다시 한 번 거울 쪽을 돌아보았다. 이것으로 수수께끼는 완전히 풀렸다. 거울에 비친 짧은 바늘은 12의 왼쪽, 다시 말해서 시계가 실제로 거기에 있어서 10시 반을 가리킨다고 하면 당연히 짧은 바늘이 가리켜야 할 점을 가리키고 있었다. 글자판의 숫자가 거꾸로 되어 있지만 얼른 보아서는 그것을 알아차리기가 어려웠다.

아노가 설명했다.

"보시다시피 아무리 자질구레한 일이라도 인간의 노력을 덜어 주는 것이 자연의 이치입니다. 우리는 자명종이나 몸시계와 함께 생활하고 있으므로 날마다 빵을 먹는 것과 마찬가지로 그것은 습관의 일부가 되어 있습니다. 일부러 판단력에 호소하거나 하지 않더라도 본능적으로 바늘의 위치만으로도 시간을 알 수 있지요. 눈 앞에 있는 시계 바늘이 가리키는 시각을 척 보기만 하고 믿어 버리는 겁니다.

아가씨께서는 캄캄한 방에서 나오셨지요? 전등불이 켜진 순간 앤 양은 글자판의 바늘만을 본 것입니다. 10시 반! 그런데 플로비셔 씨도 기억하고 계실 터이지만 앤 양은 시각이 그토록 일렀기 때문에 깜짝 놀랐습니다. 앤 양은 으스스 한기를 느꼈지요. 안락의자에 앉아서 오랫동안 졸았으니만큼 어쩐지 좀더 오랫동안 잠을 잔 것처럼 여겨졌다고 했습니다. 그럴 겁니다. 정확한 시각은 1시 반이었으니까요. 베티 헐로우 양이 드 프이약 씨의 저택에서 돌아온 지 30분이나 지나 있었습니다."

아노가 의기양양한 어조로 이야기를 맺었으므로 제임스는 저도 모르게 불끈 화가 치밀었다.

"그건 좀 지나친 속단이 아닐까요? 봉인을 떼고 처음 이 방에 들어왔을 때 시계는 난로 선반 위가 아니라 분명히 나무 세공 벽장 위에 있었습니다."

아노는 고개를 끄덕였다.

"압코트 양은 점심 식사 전에 이야기를 들려주었고, 우리가 여기에 들어온 것은 식사가 끝난 뒤였습니다. 점심 식사를 하는 동안에 누군가가 시계의 위치를 바꾼 것입니다." 아노는 가마의자를 손가락질했다. "그런 것쯤은 식은 죽 먹기였지요."

"식은 죽 먹기였다고요?" 제임스는 안타깝게 되풀이했다. "그러나 그렇게 '할 수 있었다'고 어떻게 말할 수 있습니까?"

아노가 소리쳐 대답했다.

"할 수 있습니다! 그럼, 당신이 쓴 메모의 질문 중 하나에 대답해 드리겠습니다. 탑 꼭대기에서 내가 본 것이 무엇이었는가? 나는 이 집 굴뚝에 피어오르는 연기를 보았습니다. 아시겠습니까, 플로비셔 씨? 나는 이 저택, 이 창문, 이 문, 이 굴뚝에 주의를 기울였습니다. 5월 끝무렵의 따뜻한 오후, 봉인한 방의 굴뚝에서 연기가 피어올랐다고 하면——그렇다면 내가 알지 못한 비밀 통로가 있을 것이 틀림없다, 누군가가 그것을 사용하고 있음이 틀림없다고 생각했습니다. 과연 그것은 누구인가? 플로비셔 씨, 그것은 내가 자리에서 떠난 순간 구르넬 저택을 뛰쳐나간 사람입니다. 더욱이 혼자서 말입니다. 시계의 위치도 바꾸어 놓아야 하고, 틀림없이 태워 버려야 할 편지도 몇 통 있었으니까요."

아노의 마지막 말 같은 것은 거의 제임스의 귀에 들어오지 않았다. 그는 시계에 대한 일로 머리가 가득차 있었던 것이다. 그의 명추리는 무참하게 무너져 버렸으며 베티에게 불리한 모든 사실이나 가정에 대하여 어떻게든지 사실이 아님을 증명하고 싶다는 꿈도 덧없이 사라지고 말았다. 제임스 플로비셔는 저도 모르게 의자에 털썩 주저앉고 말았다.

"당신은 아주 빨리 알아차렸군요." 제임스는 슬픈 듯이 말했다.

"아닙니다, 절대로 빠르지는 않습니다! 결코 나에게 여느 사람보다 뛰어난 재능이 있는 것은 아니며 다만 내가 이런 일에 익숙해져 있기 때문일 뿐입니다. 나는 투우장에 20분쯤 있었으니까요. 그럼, 일의 경위를 말씀해 드리겠습니다."

탐정은 우스꽝스러운 미소를 띠며 제임스를 바라보았다.

"그 열성적인 젊은이 모리스 테브네가 여기에 없어서 내 강의를 들을 수 없는 것이 유감스럽군요. 그런데 무엇보다도 먼저 나는 베티 양이 여기서 뭔가 예사롭지 않은 짓을 하고 있구나 하는 것을 알았습니다. 그러나 단순히 난로가에 앉아 편지를 태운 것뿐인지도 모른다고 여겨지기도 했습니다. 하지만 좀더 무엇인가가 있을지도 모른다고 생각하며 상황을 살피기로 했지요. 그런데 앤 양이 거울 앞에 서서 시계의 위치가 좀 높은 듯이 여겨진다고 주의를 주었습니다. 그 때 내가 모든 것을 짐작할 수 있었는가 하면 천만의 말씀입니다! 하지만 나는 그 점에 흥미를 느꼈습니다. 그리고 묘한 물건이 내 눈에 띄었습니다. 아무에게도 눈치채이지 않도록 난로 선반 위의 높은 곳에 놓여 있던 벤베누토 첼리니의 세공에 걸려 있는 아름다운 펜던트였는데, 나는 그것을 내려 창가로 가지고 가서 찬찬히 살펴 본 다음 다시 난로 선반에 갖다 놓았습니다. 그리고 나는 보석이 세공된 납작한 케이스가 여기에 놓여 있었다고 말하기라도 하는 듯한 네 개의 작은 점을 선반 위에서 발견했습니다. 그 점은 저 기막히게 훌륭한 루이 15세식의 시계가 그곳——본디 놓였던 곳에 있었다면 당연히 그런 자국이 나 있을 게 틀림없었지요. 그러고 보니 난로 선반보다 조금 낮은 나무 세공 벽장 위에는 첼리니의 보석 세공이 어느 때 놓여 있었던 것 같은 자국이 나 있더군요. 누구라도 그런 것은 곧 알 수 있습니다. 여기서 나는 스스로에게 물었지요.

'호인인 아노여, 이 젊은 여성은 도구를 놓은 장소를 바꾼 것 같다.' 그러나 나는 그 까닭을 알아낼 수가 없었습니다. 플로비셔 씨, 앞서도 당신에게 말씀드렸듯이 다시 한 번 진심으로 되풀이하면 우리는 행운 여신의 하인인 것입니다. 내가 잠이 들어 있지만 않으면 행운의 여신은 참으로 훌륭한 여주인입니다. 그날 오후 여신은 나에게 미소를 보내 주셨습니다. 그 때 나는 이 사건에 대하여 정말 어떻게 할지를 몰라 홀에 버티고 서 있었습니다. 아무런 단서도 잡히지 않았지요. 등 뒤쪽의 벽에 프라이팬 같은 모양의 커다란 구식 청우계가 있고, 반대쪽 앞의 벽에는 거울이 있었습니다. 나는 마루에서 눈을 들어 우연히 등뒤의 청우계가 거울에 비친 것을 보았습니다. 때마침 내 주의가 그 거울에 끌렸지요. 왜냐하면 청우계의 바늘이 폭풍이 일 것 같은 날씨를 가리키고 있었기 때문입니다. 어쩐지 좀 이상했지요. 그래서 뒤돌아보니 청우계가 가리키고 있는 것은 맑게 갠 날씨였습니다. 나는 글자를 읽지 않고 바늘의 위치만 보았던 것입니다. 청우계를 정면에서 보면 맑은 날씨를 가리키고 있는데 뒤돌아 거울 속을 들여다보면 바늘이 폭풍이 일 것 같은 날씨를 가리키고 있는 겁니다. 그래서 알았습니다! 나는 보물실로 뛰어들어가서 다른 사람에게 방해받고 싶지 않았으므로 문을 잠갔습니다. 시계를 움직이지는 않았지요. 아니, 절대로 시계를 움직이지 않았습니다. 나는 내 몸시계를 꺼내들고 거울과 마주섰습니다. 그리고 몸시계를 거울에 비추어 바늘이 10시 반을 가리킬 때까지 바늘을 움직였습니다! 그런 다음 몸시계를 보았습니다. 1시 반이었습니다. 이것으로 알았습니다. 더 이상의 증명이 필요합니까, 플로비셔 씨? 증거는 이제 모두 손 안에 잡았습니다. 이 일을 끝내고 열쇠로 문을 여니 거기에 베티 양이 정면으로 나와 마주 서 있는 게 아니겠습니까! 그녀가 말입니다! 나는 이미 그녀에게 혐의를 두고 있었지만 그 때는 정말 너무 놀랐습니다. 웬만한 일로는 결코 놀라지 않지만 그 때만은 그녀의 얼굴에서 가면이 벗겨져 떨어졌으니까요. 그야말로 등골이 오싹했습니다. 그 아름답고 커다란 눈에서 살인자의 빛이 엿보이고 있었습니다."

탐정은 그 때의 무시무시한 표정이 생각나자 마치 몸이 묶이기라도 한 것처럼 그 자리에 못박혀 섰다.

"아아!" 그는 소리치며 물에서 기어올라온 개처럼 부르르 몸을 떨었다. 그는 목소리를 바꾸어 말하였다. "아무래도 당신은 너무 듣고 싶어하시는 것 같습니다, 플로비셔 씨. 아가씨께선 벌써 오래 전에 주무셔야만 했을 겁니다. 이렇듯 늦은 것은 당신 탓입니다. 자, 가시지요!"

아노는 모두를 홀로 쫓아내고 스위치를 눌러 불을 끈 다음 열쇠로 문을 잠그고 그것을 주머니 속에 집어넣었다.

"아가씨, 이곳 전등은 켠 채로 두겠습니다" 탐정은 상냥하게 앤에게 말했다. "모로가 이 저택을 감시하고 있으니 아무것도 걱정하실 필요는 없습니다. 모로는 당신의 방문 가까운 곳에 있습니다. 그럼, 편히 쉬십시오."

앤은 약하디약하게 방긋 웃으며 아노에게 손을 내밀었다.

"고맙다는 말씀은 내일 드리기로 하겠어요."

그녀는 지친 듯이 다리를 질질 끌며 비틀비틀 천천히 계단을 올라갔다.

"가엾군요!" 아노가 말했다 "당신도, 그녀도! 그렇지 않습니까? 하지만 결국은 아마도……."

그는 갑자기 입을 다물어 버렸다. 제임스는 얼굴을 붉히며 못 들은 척했다. 아노가 맨 마지막으로 바란 것은 제임스를 이런 특별한 상태에 놓아두는 일이었다. 아노는 말했다.

"당신에게도 사과를 드려야겠습니다. 나는 주제넘게 말이 많습니다. 만약 내가 잘못한 일이 있다면, 그것은 당신을 위한 것이었습니다. 이해해 주시겠습니까? 좋습니다! 그럼, 좀더 증거를 확고히 합시다. 내일이면 앤 양이 오늘 밤에 일어났던 일을——어째서 그녀가 르 붸 부인 댁에 가게 되었는지——여러 가지로 이야기해

줄 겁니다. 당신도 그 자리에 입회해 주십시오. 그러면 모든 일을 알 수 있겠지요.

　나도 어떻게 결론에 이르렀는지 순서를 쫓아 차근차근 이야기해 드리겠습니다. 어떤 질문에든지 대답해 드리겠습니다. 당신을 위하는 일이라면 어떤 일이라도 도와 드리겠습니다. 그리고 오늘 밤 당신이 보게 된 일에 대하여 증인으로 불리어 심문받지 않도록 애써 보겠습니다. 그리하여 일이 모두 끝나게 되는 날, 플로비셔 씨, 그것이 아무리 곤란하고 괴로운 일이라 하더라도 법을 어길 수는 없다는 것을 나와 함께 확인합시다."

제임스가 지금 눈 앞에 똑똑히 보고 있는 것은 여느 때의 아노가 아니었다. 책략도, 자만도, 어릿광대 짓도 깨끗이 없어지고 뻐기는 모습도 없었다. 일종의 위엄과 무게가 탐정의 몸에서 빛처럼 뿜어져 나오고 있었는데 그 속에 친절함과 인정미가 깃들어 있는 듯했다.

"편히 쉬십시오, 플로비셔 씨." 아노가 인사했다.

"안녕히 주무십시오!" 제임스는 반사적으로 손을 내밀었다.

제임스는 현관문을 잠그고 왠지 모르게 허전한 마음으로 홀로 돌아왔다. 큰 철문이 바람에 흔들리는 소리가 들려 왔다. 아마도 밤늦게 돌아오는 누군가를 위해서 문을 열어두었기 때문이겠지 하고 제임스는 생각했다. 그렇다, 모든 일은 지휘관이 전투 계획을 세우듯이 주의 깊게 꾸며져 있었던 것이다.

저택 안의 하인들은 모두 깊이 잠들어 있었다. 만일 아노가 없었다면 지금 이 순간에 베티 헐로우가 무서운 일을 끝내고 발소리를 죽여가며 살금살금 자신의 방으로 층계를 올라가고 있을지도 모른다. 하인들은 이튿날 아침 잠에서 깨어나 앤 압코트가 재판에 나가지 않고 몰래 멀리 도망쳐 버린 것을 알아차릴 것이다. 저녁때가 되면 에스피노자가 찾아와 보물실로 안내되어 블레비자르 저택의 둥그런 돌천장이 있는 부엌으로 그를 기다리고 있는 삽을 찾으러 갈 것이다. 실로 어처구니없는 일이다. 모든 위험은 미리 계산되고 있었던 것이다. 아노 한 사람을 빼놓고는. 아니, 아노 탐정도 얼마쯤은 그 계산에 들어 있었던 것이다! 그러므로 아노가 수사하기 위해서 파리를 떠나기 전에 플로비셔 & 허즐릿 법률사무소로 그들이 보기 좋게 속아 넘어간 지급 전보 따위를 보냈던 것이다.

"플로비셔 씨, 만일 부르실 일이 있으시면 나는 앤 양의 바로 아래 있는 계단에 있을 테니 그리 아십시오." 모로가 말했다. 제임스 플로비셔는 명상에서 깨어나 제정신으로 돌아왔다.

"고맙소."

그는 충계를 올라가 자기 방으로 들어갔다. 그러니까 그 전보는 베티에게 있어 굉장히 쓸모 있었겠군 하고 그는 쓸쓸하게 생각했다.

"그러나 그녀는 오늘 밤 어디에 있을까?"

그는 별안간 이런 부질없는 생각을 문득 멈추었다. 베티 헐로우의 계획을 철저히 못 쓰게 만들어 버린 것이 바로 그가 보기 좋게 속아 넘어갔던 그 지급 전보였음을 이제야 플로비셔는 깨달았던 것이다.

# 앤 압코트의 이야기

 이튿날 아침 아노는 구르넬 저택에 전화하여 오후의 약속을 했다. 그래서 제임스는 공증인 베크스와 함께 오전을 지내기로 했는데, 모든 이야기를 듣고 베크스는 몹시 놀랐다.
 "하지만 오늘날에는 죄수에게도 권리가 있으니까요." 베크스는 말했다. "재판관이 취조할 때 변호사가 입회할 것을 요구할 수 있습니다. 그러므로 나는 잠깐 경찰서에 갔다 오겠습니다."
 베크스는 머리를 들고 작은 가슴을 당닭처럼 내밀고서 단골손님을 위해 허둥지둥 전투를 시작했다. 하지만 전투니 뭐니 할 것도 없었다. 베크스의 불행한 고객은 당분간 면회가 허용되지 않았고 곧 판사 앞에 나서지도 않는다는 것이었다. 지금은 프랜시느 로라르의 차례였다. 아무튼 변호에는 누구나 모든 기회가 주어질 터이므로 베티 헐로우가 바라기만 하면 판사가 취조하기 전에 베크스는 그녀를 만나 볼 수 있을 것이었다.
 베크스가 에티엔느 광장으로 돌아와 보니 제임스가 침착하지 못한 모습으로 사무실 안을 돌아다니고 있었다. 제임스는 결과가 어떤가

하고 얼굴빛을 살폈으나 베크스는 아무런 좋은 소식도 가져다 주지 못했다.

"도무지 못마땅해!" 베크스는 소리쳤다. "불쾌하기 짝이 없습니다. 나는 정말 슬픕니다. 과연 경찰 사람들은 모두 정중하더군요, 그러나 하녀를 먼저 취조한다는 겁니다. 이건 좋지 않습니다." 그는 테이블을 쾅 하고 내려쳤다. "아노가 뒤에서 부추긴 것입니다. 아주 익숙한 솜씨요, 하녀들은 쉽사리 털어놓곤 하지요, 더욱이 그 프랜시느 로라르는……" 그는 머리를 저으면서 덧붙였다. "이런 형편으로는 프랑스의 제일가는 변호사라도 부르지 않고서는……."

제임스는 베크스의 일을 방해하지 않기 위해서 구르넬 저택으로 돌아왔다. '와베르스키 사건'의 이 무서울 정도의 새로운 발전에 대하여 외부에는 아직 아무것도 새나가지 않은 게 틀림없었다. 시중에서는 전혀 소문을 듣지 못했고 구르넬 저택의 문 앞을 얼씬거리는 구경꾼도 없었다. '와베르스키 사건'은 일반적으로 말해서 이미 흔해 빠진 농담 이야기가 되어 있었다. 제임스는 방에 있는 앤 압코트에게 급히 편지를 써서 자기는 짐을 다르시 광장의 호텔로 옮기지만 그녀는 이 저택에 그냥 머물러 있어 주었으면 좋겠다는 뜻을 알렸다. 이런 경우에도 앤은 제임스가 몹시 당황하며 쓴 편지를 읽고 우스워서 입술 끝을 일그러뜨렸다.

'아노 씨가 말씀하셨듯이 그 분은 아주 빈틈이 없어.' 앤은 생각했다. '게다가 너무 점잖아서 아노 씨가 몹시 유쾌해 하는 것도 무리가 아니야.'

제임스가 오후에 돌아와 보니, 플라타너스 그늘의 잔디밭이 햇살을 받아 얼룩얼룩하고 장미꽃 사이로 꿀벌이 붕붕거리는 뜰에서 앤이 또다시 몇 안되는 사람들을 모아 놓고 공포에 가득찬 이야기를 들려주고 있었다. 그 이야기 중에 군데군데 아노가 말참견을 했다.

"만일 그 익명의 편지가 오지 않았다면 저는 르 뵈 부인 댁의 무도회에 가려는 생각을 꿈에도 하지 못했을 거예요."

앤이 이야기를 시작하자 탐정은 귀를 기울이며 몸을 앞으로 내밀었다.

익명의 편지는 앤과 베티와 제임스, 이렇게 세 사람이 저녁 식사를 하려고 식탁에 앉아 있을 때 배달되었다. 그렇다면 편지는 낮에 앤이 뜰에서 처음으로 이야기한 직후에 우편함에 넣어진 것이리라. 앤은 계산서라도 들어 있을 테지 하고 생각하며 봉투를 뜯었는데 '회초리'라는 서명을 보고는 깜짝 놀라 조금 무서워졌다. 내용을 읽어보고 한층 더 당혹했지만 두려운 마음은 얼마쯤 가라앉았다. '회초리'는 앤에게 무도회에 가라고 명령하고 있었다. 10시 반에 무도실을 빠져나와 응접실에서 꽤 떨어진 건물 옆으로 통하는 전용 복도를 지나서 작은 서재의 커튼 뒤에 몸을 숨기고 있으라는 지시가 써어 있었다. 또한 만일 잠자코 기다리고 있으면 헐로우 부인의 죽음에 대한 진상을 들을 수 있을 것이며, 다만 어느 누구에게도 말을 해서는 안된다고 경고하고 있었다.

"그래서 아무에게도 이야기하지 않았어요." 앤은 말했다.

"저는 그 편지를 그야말로 '회초리'가 할 만한 대수롭지 않은 장난이라고 여기고 곧 봉투에 다시 넣었는데, 아무래도 그 일을 잊을 수가 없었어요. 어쩌면 뭔가 단서가 잡힐지도 모른다. 그런데 제가 가지 않는다면! 돈도 없고 그다지 중요한 인물도 아닌 저에게 '회초리'가 함정 따위를 파 놓을 리가 있을까요? 이렇게 생각하니 어떠한 이성적인 판단도 붙잡아 둘 수 없을 듯한 일종의 희망 같은 것이 자꾸 커져 갔어요!"

저녁 식사가 끝난 뒤 앤은 편지를 거실로 가지고 올라가 그것을 믿어 보기도 하고 또 그런 편지를 믿는 자신을 어리석게 생각하기도 했으나, 마지막으로는 믿어 보고 싶은 마음이 들었다. 앤은 이날 오후 당장에라도 수갑을 차게 될 것 같은 위험을 느끼고 있었던 것이다. 그러므로 아무리 무모하게 보이는 일이라 하더라도 자신의 혐의를 밝히는 일이라면 피하는 편이 오히려 이상했던 것이다!

앤은 베티에게 의논하기로 마음먹고 보물실로 뛰어내려갔으나 텅 비어 있었다. 그 때가 9시 반이었다. 앤은 베티가 돌아오기를 기다리기로 했다. 그 때 순간적으로 그녀는 나무세공 벽장 위에 놓인 자명종의 위치가 조금 낮은 것같이 느껴져 또다시 당황했다. 앤은 그 자리에 버티고 서서 물끄러미 들여다보았다. 그리고 그것이 자신을 위한 일이 될지도 모른다는 일종의 막연한 생각을 가지고 손목시계를 들어올렸다. 그러나 안타까운 일이었다. 아주 짧은 한순간이면 충분했을 터였다. 만약 글자판을 시계 뒤에 있는 거울로 향하게 했다면 수수께끼가 풀렸을지도 모른다. 그러나 그럴 여유가 없었다. 앤의 등 뒤에서 흐릿한 기척이 나서 그녀의 주의를 끌었다. 앤은 홱 뒤돌아보았다. 방 안은 텅 비어 있었다. 그러나 방 안에서 희미한 소리가 난 것은 확실했다. 그렇다면 그럴 만한 장소가 꼭 한 군데 있다. 반짝이는 잿빛 나무 판자와 화사한 금구슬 장식이 달린 정교한 가마의자 안에 누군가가 몸을 숨기고 있는 것이다. 앤은 무섭기보다 불안했다. 앤의 머릿속에 맨 먼저 떠오른 생각은 난로 옆에 있는 초인종을 울리는 일이었다. 가마의자에서 보이지 않게 할 수도 있었을 것이고 하인 가스톤이 달려올 때까지 계속 울릴 수도 있었을 것이다. 이 방 안에는 100명의 도둑에게 주어도 남을 만큼의 굉장히 많은 보물이 있었다. 그런데 그런 것은 전혀 생각하지 않고 앤은 좀더 대담한 방법을 취했다. 가마의자 쪽으로 살그머니 다가가서 별안간 유리로 된 정면으로 뛰어나간 것이다.

앤은 외마디 소리를 지르며 뒤로 물러섰다. 문 앞의 가로막대가 떼어지고 문이 활짝 열려 있었는데, 거기 베티 힐로우가 커다란 쿠션 위에 턱 기대어 앉아 있었던 것이다. 앤이 깜짝 놀라 크게 소리를 지른 뒤에도 베티는 태연하게 마치 그림 속의 사람처럼 쿠션 위에 앉아 있었다. 그러나 그녀는 잠들어 있는 것은 아니었다. 그녀의 커다란 눈이 가마의자의 어둠 속에서 번들번들 타올라 앤에게 까닭 모를 충격을 주었다.

"난 여기서 너의 행동을 다 보고 있었어." 베티는 아주 천천히 말했다.

어쨌든 비록 베티가 앤에게 다정하게 대하고 싶은 생각이 있었다 하더라도 이 때부터 그럴 기회는 이미 영원히 잃어버리고 말았다고 할 수 있다. 베티는 비밀 통로에서 기어 나오다가 앤이 손목시계를 거울 앞에 쳐들고 있는 것을 보았다. 앤이 그녀를 괴롭히고 있는 의문을 풀려고 마지막 한 걸음까지 거의 다 다다라 해결에 접근하고 있는 광경을!

앤은 "여기서 너의 행동을 다 보고 있었어"라는 베티의 말이 마치 자기의 사형 선고처럼 들렸다. 또한 그 말에 깃들어 있는 진정한 협박은 그녀로서 이해할 수 없었지만, 그녀의 용기를 조금 잃게 한 이 낮고 차분한 목소리에는 확실히 뭔지 모르는 무엇인가가 숨겨져 있었던 것이다.

"베티" 하고 앤이 소리쳤다. "의논하고 싶은 일이 있어."

베티는 가마의자에서 기어나와 앤의 손에서 익명의 편지를 받아들었다.

"가는 게 좋을까?" 앤 압코트가 물었다.

"내가 어떻게 알겠어?" 베티는 대답했다. "하지만 만약 나라면 당연히 가겠어. 절대로 망설이지 않을 거야. 너에게 혐의가 걸려 있다는 것은 아직 아무도 모르고 있잖아."

앤은 반대 의견을 말했다. 지금 상중에 있는 이 저택에서 떠나는 것이 온당하지 않은 일로 생각된다고.

"하지만 너는 친척이 아니잖아." 베티가 말했다. "시간이 다 되었을 때 몰래 살짝 가면 돼. 나도 어떻게든지 도와주겠어. 하지만 이것은 물론 어디까지나 너 자신의 문제야."

"어째서 '회초리'가 나를 돕겠다는 말을 하는 것일까?"

"나는 '회초리'가 너를 상대한다고는 생각지 않아. 간접적으로 상대하는 것이 되긴 하지만. 누군가를 공격하기 위해 너를 도구로 쓰는 것 뿐이야." 베티는 다시 한 번 편지를 훑어보았다. "'회초리'가 말하는 것은 언제나 옳았어. 그렇지 않니? 나라면 시키는 대로 하겠어. 하지만 난 공연한 참견은 하고 싶지 않아."

앤은 뒤로 돌아섰다.

"고마워, 가기로 하겠어."

"그럼, 이 편지는 찢어 버리기로 해."

베티가 대뜸 편지를 찢으려고 했다.

"안돼!" 앤은 소리치며 돌려 달라는 듯이 손을 내밀었다. "난 르 뻬 부인의 저택을 잘 알지 못하잖아. 안내서가 없으면 찾지 못해. 그 편지가 있어야 해."

베티는 선뜻 편지를 돌려주며 말했다.

"아무에게도 말하지 마."

그리고 나서 베티는 필요한 준비를 열심히 돕기 시작했다. 프랜시느 로라르에게 휴가를 주고 베티 자신이 앤을 도와 그 기발하고 눈부신 무도복을 입혀 주기로 했다. 그녀는 르 뻬 부인의 둘째아들이자 베티에게 가장 열렬하게 구혼하고 있는 미셸 르 뻬에게 편지를 썼다. 다행히 미셸 르 뻬는 그 편지를 간직해 두었으므로 베티의 공범자로서의 용의를 벗을 수가 있었다. 베티는 제임스 플로비셔에게 말했던 것과 같이 미셸에게도 앤 압코트의 혐의가 짙어졌기 때문에 아무도 모르게 앤을 달아나게 해주어야만 한다고 솔직하게 썼다.
내용은 다음과 같았다.

 미셸, 모든 준비가 다 되었습니다. 앤은 늦게 갈 예정인데, 그녀를 도와줄 친구들과는 작은 서재에서 만나기로 되어 있습니다. 이 사람들에 대해서는 너무 깊이 알려고 하시지 않는 것이 당신을 위한 길일 거예요. 만약 당신이 잠시 동안 복도에 아무도 없게 해주신다면 작은 서재문으로 잘 빠져나가서 이튿날 아침에는 파리에 도착해 있을 것입니다.

베티는 그 편지를 앤에게는 보여 주지 않고 봉했다.
"내일 아침 이 편지가 미셸의 손에 직접 전해지도록 사람을 보내겠어. 그런데 어떻게 가면 좋을까?"
이 점에 대해 두 아가씨는 조금 말다툼을 했다. 대형 자동차가 데리러 오게 되면 아노가 방해를 할지도 모른다. 그 탐정이라면 앤이 몰래 달아날 것을 계획하고 베티가 거기에 한몫 끼어 돕고 있다는 것을 반드시 알아낼 것이다. 그래서는 큰일이다.
"알았어." 베티가 소리쳤다. "잔느 루클레르가 데리러 와 줄 거야. 너는 금방이라도 나갈 수 있도록 준비하고 있으면 돼. 잔느가 문 밖에서 잠깐 차를 세워 줄 거야. 주위가 캄캄하니까 그냥 빠져나가기만 하면 돼."
"잔느 루클레르가!" 앤은 조금 뒤로 물러서며 소리쳤다. 화장이나 의상에는 아주 세련되고 까다로운 취미를 지녔으면서도 하찮고 점잖지 못한 사람들과 사귀고 있는 베티가 여느 때부터 앤으로서는 이상스럽게 여겨졌다. 하지만 베티는 같은 계급 사람들 사이에 있는 것

보다는 자기보다 낮은 계급 사람들 사이에서 여왕으로 받들리는 편을
더 좋아하는 것 같았다. 베티의 조심스러운 태도며 행동 뒤에는 사람
들로부터 인정받고 싶어서 애태우는 심정이 숨겨져 있었다. 사람을
턱짓으로 부리고 싶다, 사람들의 보호를 받으며 칭찬을 듣고 존경받
고 싶다는 욕망이 불꽃처럼 베티의 가슴 속에서 타오르고 있는 것이
다. 잔느 루클레르도 그러한 주위를 둘러싼 사람들 가운데 하나였다.
이 여자는 몸집이 크고 머리가 붉으며 도저히 점잖다고는 말할 수 없
었지만 어딘지 용모가 그다지 나쁘지만은 않은 점이 있어 도시의 사
교계에서 꽤 평판이 좋았다. 그러나 앤 압코트는 그녀를 좋아하지 않
았을 뿐만 아니라 믿지도 않았다. 잔느에게는 천성적으로 무언가 좋
지 않은 성질이 있다고 느끼고 있었기 때문이다.
 "잔느는 나를 위하는 일이라면 무엇이든지 해준단다, 앤." 베티가
말했다. "잔느를 고른 건 그 때문이야. 그 여자도 르 붸 부인 댁 무
도회에 간다는 걸 알고 있었어."
 앤 압코트가 양보했으므로 베티는 잔느 루클레르에게 편지를 썼다.
잔느에게 아침 일찍 구르넬 저택으로 찾아와 달라는 내용의 편지였
다. 잔느는 곧 찾아와서 9시와 10시까지 한 시간 동안 베티와 비밀얘
기를 했다. 이리하여 모든 준비가 갖추어졌다.
 그 때 제임스가 아노의 설명에 말참견을 했다.
 "하지만 아직 에스피노자 형제의 준비가 남아 있습니다."
 "앤 양은 아까 보물실에서 흐릿한 소리를 알아듣고 그런 다음 베티
헐로우가 가마의자 안에 앉아 있는 걸 보았노라고 말씀하셨지
요?"
 아노가 물었다. "베티 헐로우는 그 때 마침 블레비자르 댁에서 막
돌아온 참이었습니다. 그 날 밤 어두워진 뒤 마침 구르넬 저택의 저
녁 식사가 끝났을 무렵에 에스피노자가 블레비자르 댁에서 나갔습니

다. 그리고 그는 간베타 거리로 가서 장 클라델이 돌아오기를 기다리고 있었습니다. 그로서는 꽤 바쁜 밤이었을 것입니다. 늙다리 이리와도 같은 '법률'이 문 아래에서 코를 쿵쿵 울리고 있었으니까요. 녀석들은 그 목소리를 듣고 이제는 1초도 우물거리고 있을 수가 없었던 것입니다!"

이튿날 밤에 저녁 식사가 늦어졌던 것을 제임스는 기억하고 있었다. 왜냐하면 프랜시느가 휴가를 받아 나가고 베티는 앤이 옷입는 것을 도와주고 있었기 때문이었다. 제임스는 베티하고만 저녁 식사를 했다. 그 동안 앤 압코트는 흰 담비로 만든 망토로 아름다운 무도복을 가리고 살금살금 층계를 내려왔다. 현관문을 조금 열어 두었으므로 잔느 루클레르의 차가 문 밖에서 멈춰 서자마자 재빨리 뜰을 가로질러 갔다. 잔느는 자동차 문을 열고 기다려 주었다. 차는 곧 움직이기 시작했다.

제임스는 이 이야기를 들으면서 저녁 식사를 하는 동안 베티가 무언가에 정신을 빼앗기고 있었던 일이며 홀 문이 살그머니 닫히고 차가 샤를르 로베르 거리에서 멀어져 가자 베티가 후유 안도의 숨을 내쉰 일 등을 뚜렷이 눈 앞에 그려냈다. 앤 압코트는 구르넬 저택에서 영원히 모습을 감추었던 것이다. 이제는 앤이 베티의 일을 방해하는 일이 없을 것이었다.

잔느 루클레르와 앤 압코트는 10시 조금 지나 르 붸 부인 집에 도착했다. 미셸 르 붸가 마중 나와 있었다.

"아가씨, 와 주셔서 매우 기쁘게 생각합니다." 그는 앤에게 말했다.

"하지만 조금 늦으셨기 때문에 어머님께서는 무도실 입구에 서 계시다가 자리를 뜨셨습니다. 그러므로 조금 뒤에 서로 만나 보시도록 해 드리겠습니다."

미셸은 두 사람을 클로크룸으로 안내했는데, 거기서 나오는 도중에 에스피노자가 끼어들었다.
"춤추러 가시는 길이십니까?" 미셸이 물었다. "아직 시작하지 않았다고요? 그럼, 에스피노자 씨, 이 두 분을 식당으로 안내해 주시겠습니까? 나는 또 다른 손님들 시중을 들어야 하니까요."
미셸은 무도장 쪽으로 급히 가 버렸다. 그쪽으로부터 밴드의 음악 소리와 겨루기라도 하듯 시끄러운 이야기 소리가 들려 왔다. 에스피노자는 두 아가씨를 식당으로 데리고 갔다. 식당에는 아무도 없었다.
"아직 너무 일러요." 잔느가 낮은 목소리로 말했다. "커피라도 한 잔 들기로 해요."
그러나 앤은 그다지 달갑지 않았다. 그녀의 눈은 문에 못박혀 있고 다리가 후들거렸으며 손을 잠자코 놓아 둘 수가 없었다. 그 편지는 함정이었을까? 아니면 이제부터 몇 분 안에 과연 진상을 알 수 있을 것인가? 앤은 이것저것 생각하면서 걱정스럽기도 하고 한편으로는 마음을 놓기도 했다.
"아가씨, 커피가 식어요." 에스피노자가 재촉하듯이 말했다. "커피 맛이 제법 좋군요."
"그렇겠지요." 앤은 대답하며 잔느 루클레르 쪽을 돌아보았다.
"나를 집에까지 데려다 주시지 않겠어요? 나는 도저히 기다릴 수가 없을 것 같아요. 나중에……."
"물론 그래야지요." 잔느 루클레르는 동의했다. "준비가 다 갖추어져 있고 운전사도 부탁해 놓았어요. 그보다는 우선 커피를 드세요."
그러나 앤은 역시 마실 생각이 들지 않았다.
"생각 없어요" 하고 그녀는 말했다. "이젠 가 봐야겠어요."
앤은 그 때 잔느 루클레르와 에스피노자가 재빨리 기묘한 눈짓을 주고받는 것을 깨달았지만 그 뜻을 생각할 만한 마음의 여유가 없었다. 앤의 앞에 놓여진 커피에는 에스피노자가 식당에서 이 식탁까지 가져오는 사이에 아마도 어떤 약을 넣었을 것이 틀림없었다. 그 약의 효력으로 앤의 몸을 반쯤 마비시켜 다루기 쉽도록 하려고 계획되어 있는 것이다. 앤은 그것을 마실 생각이 나지 않았으므로 다리의 힘이 여전히 확실했다.

"망토를 가지고 오겠어요."

앤은 두 사람을 남겨둔 채 나갔다. 그리고는 식당으로 돌아오지 않았다.

커다란 중앙 홀 저쪽에 복도가 길게 뻗어 있었다. 복도 입구에 서서 망을 보고 있던 미셸 르 뻬가 앤에게 눈짓을 하자 그녀는 그의 옆으로 다가갔다.

"오른쪽으로 돌아 건물 옆으로 가십시오. 작은 서재 앞으로 나가게 될 테니까요." 그는 낮은 목소리로 말했다.

앤은 미셸의 곁을 빠져나갔다. 오른쪽으로 꺾이자 전혀 인기척이 없는 조용한 건물 옆쪽의 문에 부딪쳤다. 그녀는 문을 가만히 밀어 열었다. 안이 캄캄했다. 그러나 복도에서 불빛이 비쳐들어 벽가의 높은 책장이며 군데군데 자리잡은 가구며 한구석의 검고 묵직해 보이는 커튼이 어렴풋이 보였다. 약속한 장소에 앤보다 먼저 와 있는 사람은 없는 것 같았다. 앤은 등 뒤로 손을 돌려 문을 닫고 두 손을 벌린 채 겁먹은 태도로 앞으로 걸어갔다. 손이 커튼에 닿았지만 손에 닿는 반응이 전혀 없었다. 앤은 커튼을 헤치고 들어가 뜰을 향해 열린 큰 활 모양의 창문 밑에 숨었다. 그러자 끼익 하고 뭔가 기분 나쁘게 밀리는 소리가 들려 앤은 깜짝 놀랐다. 누군가가 이제까지 이 방에 있으면서 앤이 방으로 들어오는 것을 가만히 감시하고 있었던 것이다. 소리가 점점 커졌다. 앤이 떨리는 손으로 커튼을 조금 헤치고 내다보니 그 틈으로 앤의 등 뒤로부터 희뿌연 빛이 방에 비쳐 들어왔다. 저쪽 구석 문 가까이에 놓인 높다란 책장 위에 뭔가가 달라붙어 있었다. 그것이 조금씩 내려오고 있었다. 누군지는 알 수 없지만 무거워 보이는 마호가니 책장의 장식이 달린 위쪽 그늘에 숨어 있던 사람이 지금 책장을 사다리처럼 타고 내려오고 있는 것이다.

 앤은 비명을 지르고 흐느껴 울면서 문 쪽으로 뛰어나가려고 했다. 그러나 이미 늦었다. 검은 사람 그림자가 책장에서 펄쩍 마루 위로 뛰어내리더니 앤이 문에 손을 대려는 순간 스카프로 그녀의 입을 막아 비명을 지르지 못하도록 했다. 앤은 방 안으로 끌려갔는데, 손가락이 문 옆에 있는 스위치를 건드렸으므로 비틀거리며 쓰러지는 순간 전등이 켜졌다. 폭한은 거친 숨을 내뱉으며 그녀의 머리 뒤에서 스카프를 꽉 졸랐다. 앤은 일어서려고 몸부림치면서, 몸의 무게와 무릎으로 세게 걷어차 자기를 꼼짝 못하게 만든 폭한이 뜻밖에도 하녀 프랜시느 로라르라는 것을 확인했다. 앤의 낭패는 분노와 불타는 굴욕감으로 바뀌었다. 그녀는 그 가냘픈 몸에서 온 힘을 쥐어짜 저항했지만 입을 막은 스카프 때문에 숨쉬기가 괴로워지고 힘도 빠져 갔으므로 몽롱하게 흐려지는 의식 속에서 튼튼하고 힘센 농사꾼 처녀에게는 도저히 당해낼 수가 없다는 것을 깨닫지 않을 수 없었다. 앤이 키가 좀더 컸지만 그것만으로는 어쩔 수가 없었던 것이다. 그녀는 마치 도둑고양이에게 덤벼드는 어린이에 지나지 않았다. 프랜시느는 강철 같은 손으로 앤의 팔을 등으로 비틀어 올려 손목을 묶었다. 앤은 앞으로 몸이 수그러져서 가슴이 눌려 괴로웠으며 그 속이 무섭게 고동쳐 금방이라도 터질 것 같았다. 이윽고 앤은 온 몸에서 힘이 쑥 빠지며 축 늘어져서 저항하지 않게 되었다. 그러자 프랜시느는 앤을 반듯하게 눕히고 발목을 묶었다. 그리고 나서 프랜시느는 재빨리 일어나서 문으로 뛰어가 빠끔히 열더니 손짓을 했다. 이윽고 프랜시느가 묶여 있는 앤을 긴 의자 위로 끌고 가려고 하자 잔느 루클레르와 에스피노자가 방으로 들어왔다.

"끝났나?" 에스피노자가 말했다. 프랜시느는 대답 대신에 웃었다.

"네, 끝났어요. 하지만 아주 애먹었어요. 이 예쁜 아가씨가 어찌나 버티는지! 커피를 마시게 했으면 함께 걸어가게 할 수 있었을 텐데 말이에요. 이렇게 된 이상 날라가는 수밖에 없겠어요. 이 여자의 성질은 정말 고약해요."

잔느 루클레르는 앤의 입을 막은 재갈을 가리기 위해 그녀의 얼굴에 레이스 스카프를 감았다. 한편 프랜시느는 앤의 몸을 일으켜 어깨의 흰 망토를 씌우고 앞에서 맸다. 에스피노자는 전등을 끄고 커튼을 당겼다.

이 방은 저택의 뒤쪽에 있었다. 창문 앞으로 뜰이 넓게 펼쳐져 있는데, 프랑스의 별장식 정원이므로 가축이 창가에까지 풀을 먹으러 오게 되어 있었다. 정면 테라스 부근만이 겨우 놀이터와 아름다운 잔디밭으로 되어 있었다.

에스피노자가 창문에서 내다보니 나무가 우거진 목초지 위를 여름 밤의 어스름을 통해 소떼가 유령처럼 우글거리고 있었다. 창문을 열자 무도실에서 음악 소리가 흐릿하게 들려왔다.

"서둘러야 해!" 에스피노자가 말했다.

그는 사로잡은 처녀를 팔에 안아 올리고 뜰로 나갔다. 창문은 열어놓아 두었다. 그들은 포로를 에워싸듯이 하면서 되도록 나무 그늘이 어두운 데를 골라 잔디밭을 가로질러 저택과 문 중간쯤 되는 차도에 세워 둔 자동차를 향해 걸어갔다. 테라스와 그 앞의 정원에서 희끄무레한 한 줄기 빛이 비쳐 그들의 왼편을 밝게 하고 있었으나, 이쪽은 어느 곳이나 캄캄했다. 그들은 두어 번 걸음을 멈추고 앤을 세운 채 숨을 몰아쉬었다.
"이제 조금만 더." 에스피노자가 소곤거렸으나 곧 욕설을 씹어 삼키며 우뚝 멈춰 섰다.
그 때는 차도 모퉁이에까지 가 있었는데 바로 앞쪽에 흰 드레스가 펄럭이고 그 가까이에 담뱃불이 빛나는 것이 보였다. 에스피노자는 재빨리 앤을 팔에서 내려 나무에 기대서게 했다.
잔느 루클레르가 그 앞을 가로막고 서서 무도회장에서 빠져나온 산책자가 가까이 오자 이야기에 열중해 있는 듯 고개를 저으면서 앤에게 말을 걸었다. 에스피노자는 남자가 이렇게 말하는 것을 들었다.
"이런, 누가 있는 모양이군! 이상한데, 누굴까?"
에스피노자는 하마터면 숨이 멎을 뻔했으나 그 사나이가 차도를 가로지르려고 하자 흰 드레스를 입은 여자가 그 팔을 잡았다.
"그런 멍청한 짓은 하지 마세요." 그녀는 웃으면서 덧붙였다. "누구나 다 마찬가지인 걸요."
이윽고 두 사람은 멀어져 갔다. 에스피노자는 두 사람의 모습이 보이지 않게 될 때까지 기다렸다가 "자, 빨리 서둘러!" 하고 떨리는 목소리로 소곤거렸다.
거기서부터 몇 야드를 가자 큰 차도에서 갈라진 작은 길에 문을 잠가서 감추어 둔 에스피노자의 자동차가 보였다. 앤을 차 안으로 밀어넣자 잔느 루클레르가 그 곁에 타고 에스피노자가 운전대에 앉았다. 그들이 테르종 골짜기를 향해 출발했을 때 먼 곳에서 시계가 11시를 알렸다. 잔느 루클레르는 차 안에서 앤 압코트의 입에서 재갈을 벗기고 온 몸에 자루를 뒤집어씌워 발목에서 묶었다. 교차로에서 에스피노자의 동생이 오토바이에 사이드카를 달고 기다리고 있었다.
앤이 이야기를 끝내자 아노가 말했다.
"내가 그 이야기에 조금 덧붙이기로 하지요, 아가씨. 첫째로 미셸

르 붸는 나중에 서재로 들어가 앤 양이 무사히 파리를 향해 떠난 것으로 생각하고 다시 창문 빗장을 걸었습니다. 둘째로 에스피노자와 잔느 루클레르는 르 붸 부인 댁의 무도회에서 돌아온 순간 체포되었습니다."

## 27일 밤의 일

 "이야기는 아직 결말이 나지 않았습니다." 아노는 앤이 집으로 들어간 뒤에도 플로비셔와 잔디밭에 남아 있다가 말했다. "물론 이제 곧 결말이 날 테지만 말입니다. 다음에 해답을 필요로 하는 나의 의문은 이렇습니다. '앤 압코트가 어둠 속의 계단을 내려온 날 밤 헐로우 부인의 침실과 보물실 사이의 문이 어째서 열려 있었을까?' 그것을 알면 프랜시느 로라르와 베티 헐로우가 어떻게 단 둘이서 헐로우 부인을 살해했는지 알 수 있을 겁니다."

 "그럼, 하녀인 프랜시느 로라르도 그 범죄에 관계하고 있었다는 말입니까?" 제임스가 물었다.

 "그렇습니다." 아노가 대답했다. "내가 사건의 광경을 다시 재현케 한 그 실험을 기억하고 계시겠지요? 베티 헐로우가 부인 대신 침대에 눕고 프랜시느 로라르가 '이제 됐다'라고 소곤거렸지 않았습니까?"

 "그렇습니다."

 아노는 담배에 불을 붙여 물며 빙그레 웃었다.

"프랜시느 로라르는 도무지 침대 옆에 서려고 하지 않았습니다. 절대로! 그 여자는 침대 발치께에 서서 간신히 그 간단한, 그러나 조금 무서운 말을 속삭였던 것입니다. 그 외의 자리에는 서려고 하지 않았지요. 이 점에 의미가 있습니다, 플로비셔 씨. 그 여자는 실제로 사람을 죽인 장소와 같은 곳에 서기가 절대로 싫었던 것입니다." 탐정은 어조를 부드럽게 하여 덧붙였다. "나는 프랜시느 로라르에게 희망을 걸고 있습니다. 유치장에 2, 3일 있으면 그 길들여지지 않은 듯한 도둑고양이도 말을 하겠지요."

제임스가 물었다.

"그래, 와베르스키는 대체 이 사건에 어떤 관계가 있습니까?"

아노는 웃으며 의자에서 일어났다.

"와베르스키 말입니까? 그는 이 사건과 아무런 관계도 없습니다. 다만 그는 스스로 믿지도 않는 사건을 고발했는데, 그것이 우연히 맞아들었을 따름이지요. 그뿐입니다."

그는 두어 걸음 걸어가다가 다시 돌아왔다.

"그러나 그렇게 말하면 역시 잘못일지도 모릅니다. 그뿐이라고는 말할 수 없으니까요. 와베르스키는 확실히 이 사건에 어떠한 역할을 하고 있습니다. 그 사나이는 재판을 유리하게 하려고 서두른 나머지 어떻게든지 구실을 모을 필요가 있었는데, 운 좋게도 어느 날 아침 장 클라델의 가게 가까이에 있는 간베타 거리에서 베티 헐로우를 본 것이 생각났던 겁니다. 그것이 우리를 진실로 이끌었던 것이지요. 정말로 우리는 저 짐승과도 같은 보리스 와베르스키에게 힘입은 바가 큽니다. 플로비셔 씨, 우리는 모두 행운 여신의 하인이라고 언젠가 내가 이야기했지요?"

아노는 그날 정원에서 제임스와 헤어진 뒤 사흘 동안이나 모습을 나타내지 않았다. 그러나 공증인 베크스가 걱정하고 또한 아노가 기대했던 바와 같이 사태가 진전되었으므로 사흘째 되는 날 아노는 제임스를 경찰서 안에 있는 그의 사무실로 불렀다. 탐정은 제임스의 메모를 손에 들고 있었다.

"당신은 자신이 쓴 것을 기억하고 있습니까?" 아노가 물었다.

"이겁니다!"

아노는 제임스 앞으로 메모를 밀어 주며 한 곳을 가리켰다.

 부인의 시체에는 독약의 흔적이 없으므로 다음 두 가지 일이 없는 한 범인을 잡기는 곤란하다.
 a. 자백
 b. 같은 종류의 제2의 범행
 아노의 주장에 의하면 독살자는 상습적으로 독살을 하게 된다고 한다.

제임스는 그것을 훑어보았다.

아노가 말했다.

"이것은 정말이었습니다. 나는 이렇게 힘든 사건은 처음입니다. 한 걸음마다 허물어져 내리는 것 같았지요. 장 클라델을 잡았는가 했더니 5분도 안되어 놓치게 되고, 파리의 상점에서 유력한 증거가 들어왔는가 하면 그 상점은 10년쯤 전에 문을 닫았다는 겁니다. 언제나 구름잡는 것 같은 일뿐이었지요. 그래서 나는 잘되든 안되든 운에 맡기고 위태위태한 다리를 건너야겠다고 생각했습니다. 그것도 매우 위험한 다리를 말입니다.

 무슨 일인지 이야기할까요? 나는 앤 양이 르 베 부인 댁의 무도회가 있던 날 밤 블레비자르 댁으로 산 채 끌려오리라고 가정했습니다. 다시 끌려올 것은 의심할 여지도 없었지요. 첫째 앤 양에게 있어 그곳 부엌에 깐 돌 밑만큼 안전한 휴게실은 있을 수 없었으니까요. 그리고 사이드카의 트렁크가 있었습니다. 이 트렁크는 가볍지 않았지요. 내 부하는 에스피노자의 동생이 약속된 장소로 출발하기 전에 싣는 것을 지켜보고 있었습니다. 나는 그것이 반드시 앤 양과 같은 무게일 것이 틀림없다고 생각했습니다."

"나는 그 트렁크의 의미를 도무지 알아차리지 못했습니다" 제임스가 끼어들었다.

"그것은 소요 시간의 문제입니다. 테르종 골짜기와 블레비자르 저택 사이는 25킬로미터의 나쁜 길로 조그만 급커브가 많습니다. 그러면 빈 사이드카를 단 오토바이가 그 길을 달리는 것과 사이드카에 짐을 달고 커브를 전속력으로 달리는 오토바이는 걸리는 시간의 차이가 날 겁니다. 그들은 오토바이가 도착하는 것을 기다릴 때까지 헛되이 시간을 허비하고 싶지 않았으므로 앤 압코트를 사이드카에 태우고 달리면 얼마쯤 시간이 걸리는지 정확하게 알고 싶었던 것입니다.

하지만 그들은 좀 지나치게 신중했습니다. 우리의 보리스 씨는 꽤나 핵심을 찌른 말을 했지요. 어떤 종류의 범죄는 알리바이가 부자연스럽게 보일 정도로 지나치게 완전하기 때문에 오히려 범죄가 드러나 보인다고요. 그들은 앤 양을 다시 데리고 오려고 한 것이 틀림없습니다! 그러나 만일에 살해되어서 그녀가 끌려온다면? 하지만 그럴 리가 없지요, 절대로! 화살의 독약으로 그녀를 없애 버린다면 아주 간단합니다. 저항도 없고 피도 흘리지 않고 아무 힘들 것이 없습니다.

그러나 나는 그들이 르 뻬 부인 댁 무도회에서 그녀에게 수면제를 먹여서 반 가사(假死) 상태로 만들어서 데리고 올 것이라고 생각했습니다. 실제로 그대로였습니다. 하지만 나는 이처럼 잘되든 안되든 하늘에 맡긴다는 모험에 그날 밤 내내 불안해서 견딜 수가 없었습니다. 우리가 회랑의 어둠 속에 서 있을 때 오토바이가 와서 엔진을 껐지요? 그 때 이제는 틀렸나 보다고 생각했을 정도였답니다."

아노는 지금도 여전히 위험이 사라지지 않은 것처럼 불안스럽게 어깨를 떨었다.

"아무튼 나는 잘되든 안되든 하늘에 운을 맡기고 해보았습니다" 그는 다시 이야기하기 시작했다. "그 결과 당신의 'b'의 조건을 만족케 한 것이지요. 같은 종류의 제2의 범행, 이 사건에서는 미수에 그쳤지만."

제임스는 고개를 끄덕였다.

"그러나 지금은" 아노는 몸을 앞으로 내밀었다. "'a'의 조건도 만족시켰습니다. 자백 말입니다. 프랜시느 로라르에 의한 명료하고도 완전한 자백. 에스피노자, 잔느 루클레르, 모리스 테브네에 의한 많은 사실 승인, 이것을 자백이라고 볼 수도 있습니다. 우리는 그것들을 종합해 보았지요. 그러자 여기에 베크스 씨와 당신이 다루어야 할 사건의 새로운 국면이 나타났습니다. 살인 미수 사건이 아니라 살인 사건 그 자체, 헐로우 부인의 살해입니다."

제임스 플로비셔는 말을 가로채려다가 생각을 고쳤다.

"계속하시지요, 아노 씨!"

"어째서 베티 헐로우는 익명의 편지를 쓰게 되었는지 아시겠습니까? 우리의 친구 보리스 씨가 넌지시 비추었던 바와 마찬가지로 시골 도시에 사는 어리고 아름다우며 정열적인 아가씨에게는 인생이 너무 지루하고 심심했기 때문일까요? 아니면 부인의 병구완에 시달렸기 때문일까요? 아마도 이러한 모든 요소가 합쳐져 그녀에게 이런 일을 생각하게 만들었겠지요. 그리고 별안간 일이 매우 쉽사리 실현되게 되었습니다. 베티는 헐로우 부인의 침실에 있는 상자 속에서 메모를 한 장 발견했습니다. 파리의 바티뇰(Batignolles) 거리에 있는 건축업 샤프롱(Chapperon) 상회에서 보낸 10년 전 옛날의 수령증이었습니다. 이야기가 나온 김에 말씀드리지만, 당신은 보물실 난로의 잿속에서 타다 남은 영수증인 듯한 것을 보셨지요? 그것으로 베티는 보물실과 블레비자르 저택 사이에 비밀 통로가 있는 것을 알아냈던 것입니다. 그것은 시몬 헐로우 씨의 주문으로 통로를 수리한 건축회사의 수령증이었으니까요. 시몬 헐로우 씨가 소유하고 있는 구식 타이프라이터와 블레비자르 저택의 완전한 비밀에 의해 장난은 쉽고도 안전한 것이 되었지요. 그러나 기회가 늘면 욕망도 늘게 마련이어서 베티 헐로우는 권력의 맛을 알게 되었습니다. 그녀는 한두 사람쯤 믿을 만한 심복 동료를 만들었습니다. 하녀 프랜시느, 모리스 테브네, 잔느 루클레르, 그리고 아주 쓸모 있는 인물 장 클라델이었죠. 이리하여 일단 움직이기 시작하자 그들은 인원수를 늘리고 장난이 마침내 협박이 되었습니다. 베티 헐로우의 협박——이것이 어떤 결과가 되었습니까! 그녀는 일당의 여왕이지만 이젠 노예입니다. 테브네에게는 정부(情婦)를 선사해 주어야 하고, 에스피노자에게는 자동차와 집을 주어야 했으며, 잔느 루클레르에게는 사치품을 주어야 했습니다.

여기서 익명의 편지는 당연히 협박의 뜻을 갖는 편지가 됩니다. 모리스 테브네는 디종이나 주변 경찰당국의 사정에 정통하고 있습니다. 잔느 루클레르는 보험회사의 중역을——뭐라고 하나요? 친구라고 하나요? ——친구로 사귀고 있습니다. 이것은 결국 협박하려면 상대편의——손님이라고 하나요——재정 상태를 정확하게 아는 일이 매우 중요하기 때문입니다. 이리하여 게임은 유쾌하게 진행되었는데, 마침내 돈이 부족하여 꼼짝달싹할 수가 없게 되었지요.
 베티 헐로우는 디종을 둘러보았지만 쥐어짜 낼 만한 상대가 한 사람도 없었습니다. 그런데 한 사람! 여기서 베티 헐로우에게 공평하기 위해 이 착상이 저 앞날이 유망한 모리스 테브네에 의한 것임을 믿어 주셔야 할 겁니다. 그런데 이 한 사람이란 과연 누구였는가? 어떻습니까, 플로비셔 씨?"
 아노의 설명은 이제 거의 끝부분까지 이르러 있었지만 제임스 플로비셔는 아직 짐작되는 바가 없었다.
 "그것은 물론 헐로우 부인입니다."
 아노가 이렇게 말하자 제임스는 도무지 믿을 수가 없어서 오싹 한기를 느꼈다. 아노는 이야기를 계속했다.
 "이것은 틀림없는 사실입니다! 헐로우 부인은 드 프이약 씨 댁 무도회가 있던 날 밤 앤 압코트와 마찬가지로 저녁 식사 때 한 통의 편지를 받았습니다. 부인이 그 날 밤 침대에서 저녁 식사를 한 일을 당신은 기억하실 것입니다. 그 편지는 간호사 잔느 보던에게 보여 주어서 그 간호사가 잘 기억하고 있지요. 편지는 많은 금액의 돈을 요구하고 있었으며, 헐로우 부인이 남의 눈에 띄지 않게 주의하고 있었던 개인적인 사랑의 편지에 대해 언급되어 있었습니다. 그러나 잘 아시겠지만 노골적으로 말하지는 않았습니다. 라비아르 부인과 시몬 헐로우 씨의 연애 관계를 '회초리'는 모두 자세히 알고 있다고 변죽을 울리는 정도였습니다.
 그런데 당신을 깜짝 놀라게 할 만한 일이 있습니다, 플로비셔 씨. 그 편지는 간호사 잔느 보던이 보았을 뿐만 아니라 베티 헐로우도 그녀가 밤 인사를 하러 오면서 새로 맞춘 은빛 무도복과 은빛 무도화를 보여 주러 왔을 때 역시 보았습니다. 내가 서재에서 간단한 함정이라고 말하며, 베티 헐로우가 무도회에 간 뒤 부인이 잔느 보던에게 한 이야기의 진술서를 읽고 싶지 않다고 주장했을 때 베티가 어쩔 줄 몰라했던 것도 놀라운 일은 아닙니다. 나는 그것이 불쾌한 함정이라고는 조금도 생각하지 않았으니까요."

"잠깐만!" 제임스가 끼어들었다. "만일 헐로우 부인이 그 편지를 먼저 잔느 보던에게 보이고 그 다음 잔느 보던 앞에서 베티 헐로우에게 보여 주었다고 한다면 잔느 보던은 와베르스키가 고발했을 때 어째서 곧 예심판사에게 그 사실을 이야기하지 않았을까요? 그녀는 잠자코 있었습니다! 아시겠습니까? 그녀는 아무 말도 하지 않았단 말입니다!"

"어째서 잠자코 있어서는 안되는 거지요?" 아노가 되물었다. "잔느 보던은 선량하고 조심성 있는 여자입니다. 헐로우 부인은 잠자다가 죽었다고밖에는 생각할 수 없다는 듯한 태도였지요. 그러니까 병들어 죽었다는 것입니다. 그녀는 와베르스키의 고발 같은 것은 조금도 믿지 않았습니다. 무엇 때문에 그녀가 옛날의 추문 따위를 들추어 내거나 하겠습니까? 그녀는 스스로 베티 헐로우에게 익명의 편지에 대해서는 아무것도 말하지 말라고 부탁했을 정도였습니다."

제임스 플로비셔는 이 추리를 다시 생각해 보고 과연 그녀의 심정을 알 만하다고 인정했다. 아노는 이야기를 계속했다.

"그래서 베티 헐로우는 티에르 거리의 무도회에 가고 앤 압코트는 자기 방으로 갔습니다. 잔느 보던은 밤의 근무를 마쳤고 헐로우 부인은 혼자 있게 되었지요. 그러면 그 뒤 부인이 무엇을 했을까요? 술을 마셨을까요? 천만에요. 그날 밤만은 손도 대지 않았습니다! 부인은 앉아 생각했습니다. 시몬 헐로우 씨의 아내가 되기 전에 그와 주고받은 편지 속에서 아직도 남아 있는 것이 있었을까요? 모두 태워 버렸을 텐데……. 그러나 부인도 여자입니다. 어쩌면 몇 통쯤 따로 두었을지도 모릅니다. 만약 남아 있다면 그것을 어디 숨겨 두었을까? 그렇다, 비밀 통로 저편 끝의 저 건물 속이다, 하는 생각이 부인의 마음 속에 번개같이 떠올랐을 것이 틀림없습니다.

부인은 침대에서 일어나 화장옷과 구두를 신고는 보물실문을 열고 비밀 통로를 지나 텅 빈 블레비자르 저택으로 들어갔습니다. 거기서 부인이 본 것은 과연 무엇이었을까요, 플로비셔 씨? 여느 때에도 사용되고 있는 듯한 방, 제정시대의 물건 같은 사무 책상 서랍 윗단에 차곡차곡 정리해 놓은 부인의 편지 뭉치. 그리고 사무 책상 위에는 시몬 헐로우 씨의 코로나 타이프라이터와 서류와 익명의 편지를 쓰는 데 쓰는 봉투가 놓여 있었습니다. 그 방에 가까이 갈 수 있는 이는 오직 한 사람뿐입니다. 그것은 이제까지 부인의 편이었으며, 엄하게 대하기는 했으나 확실히 부인이 사랑하던 조카딸이었지요.

그날 밤 11시쯤 하녀 프랜시느 로라르는 헐로우 부인이 자기와 같이 침실로 들어왔기 때문에 몹시 놀랐지요. 한참 동안은 부인이 술에 취했나 보다고 생각했습니다. 그러나 곧 일의 모든 자초지종을 알게 되었지요. 프랜시느는 자지 않고 베티 헐로우가 오기를 기다렸다가 돌아오는 대로 곧 베티를 헐로우 부인의 침실로 데리고 오도록 명령받았습니다. 프랜시느가 캄캄한 홀에서 기다리고 있으니까 1시쯤 베티가 무도회에서 돌아와 그 이야기를 들었습니다. 두 사람은 자기들의 나쁜 일이 얼마쯤 드러났는지 아직 잘 알지 못했습니다. 그러나 아무튼 무슨 일인지 일어난 것만은 틀림없었습니다. 베티 헐로우는 프랜시느에게 기다리고 있으라고 이르고는 소리 죽여 계단을 뛰어올라가 자기 방으로 가서 발각되었을 경우 어떻게 할 것인가 각오를 했습니다. 그녀는 불장난을 하긴 했지만 불에 데었다고는 생각지 않았던 것입니다. 베티는 화살의 독을 준비했습니다. 아마도 자기 자신에게 쓸 생각으로, 그녀는 주사기를 독액으로 채워 장갑 낀 손바닥에 그것을 감추고 큰어머니와 대결하러 갔습니다.

자신의 로맨스와 비극을 이용당한 이 모욕 받은 부인이 프랜시느 로라르가 보는 앞에서 그 노여움을 터뜨렸으리라는 것은 당신도 충분히 상상할 수 있겠지요! 모조리 벗기우는 것은 와베르스키가 아니라 아름다운 은빛 무도복과 은빛 무도화를 신은 처녀였던 것입니다. 당신은 온갖 욕설을 듣고 처음의 생각을 갑자기 바꿀 심정이 된 처녀의 일도 역시 상상할 수 있으시겠지요? 베티쯤 되는 처녀가 재산도, 자유도, 지위도, 모든 것을 이 살인으로 구할 수 있기만 하다면 함부로 화살의 독을 자신의 목숨을 끊기 위해 쓰겠습니까? 다만 서두를 필요가 있었습니다. 부인의 목소리는 미친 사람처럼 높아져 갔습니다. 그 벽이 두꺼운 옛스러운 저택이지만 잔느 보던이나 다른 누가 소란스러운 소리에 잠이 깨어 달려올지도 모릅니다. 거기서 눈 깜짝할 사이에 참극이 벌어졌습니다. 헐로우 부인은 침대 위에 쓰러뜨려지고 그 입이 프랜시느 로라르의 손으로 단단히 덮여졌습니다. 주사기가 찔러졌습니다. '이제 됐다'라고 베티 헐로우가 소곤거렸습니다. 그런데 보물실의 어두운 곳에 앤 압코트가 서 있다가 목소리의 주인이 누구일까 하고 이상하게 생각했습니다. 마치 당신과 내가 장 클라델의 창문에서 소곤거린 목소리의 주인이 누구인지 알지 못했던 것처럼 말입니다. 그래도 앤은 이 끔찍스러운 말을 또렷하게 기억에 담았습니다. 그러나 범인들은 아무도 그러한 사실을 알아차리지 못했지요.

두 사람은 냉정하게 편지를 찾으러 나섰습니다. 그러나 그것은 발견되지 않았지요. 부인이 오래된 영수증이며 서류 등을 넣는 귀중품 상자에 넣어 두었기 때문입니다. 두 사람은 침대를 정돈하여 부인이 아직도 잠들어 있는 것처럼 꾸며 놓고 보물실로 들어갔는데, 뒤의 문을 닫는 것을 그만 잊어버렸습니다. 두 사람은 아마 틀림없이 블레비자르 댁을 찾아갔겠지요. 베티는 나머지 화살의 독과 주사기를 어딘지 안전한 곳에 숨겨야만 했습니다. 그렇다면 가장 안전한 곳이 어디일까요?

　이렇게 모든 점에 주의하면서 이튿날 아침 살인 혐의를 받지도 모를 사람의 눈에 띄기 쉬운 증거는 아무것도 남지 않습니다. 베티는 앤 압코트가 잠들어 있는지 어떤지를 확인하기 위해 살금살금 계단을 올라갔습니다. 그리고 앤 압코트가 문득 잠을 깨어 팔을 뻗치자 베티의 뺨에 손이 닿게 된 것입니다. 이상입니다."

갑자기 아노는 벌떡 일어났다.

"당신네들이 형사재판소에 맞는 사건이라고 부를 만한 것입니다. 당신과 베크스 씨가 맡아야 할 사건들입니다."

제임스 플로비셔는 이 모임 맨 처음에 하려 했던 말을 겨우 이야기할 결심을 했다.

"당신께서 말씀하신 일은 틀림없이 베스크 씨께 전하겠습니다. 나 개인이나 나의 사무소가 줄 수 있는 어떠한 원조든지 베크스 씨에게 아끼지 않겠습니다. 하지만 나는 이미 정식으로 변호하고 싶지 않습니다."

아노는 당혹한 눈길로 제임스를 바라보았다.

"납득되지 않는데요. 이제 와서 단골손님을 놓친다는 것은 생각해 볼 문제입니다……."

"네, 나도 그렇게 생각합니다." 플로비셔가 대답했다. "하지만 놓친 것은 내가 아닙니다. 베크스 씨가 나에게 가르쳐 준 일입니다만, 매우 뭐라고 할까요?"

아노가 입술을 일그러뜨리며 말을 보충했다.

"매우 분명하게."

"베티 양이 두 번 다시 나와 만나고 싶어하지 않는다고 말씀하셨습니다."

아노는 창문 쪽으로 걸어갔다. 제임스의 목소리와 그 표정에 엿보이는 비참한 심정이 탐정의 마음을 움직였다. 아노는 아주 상냥한 목소리로 말했다.

"나는 그녀의 심정을 이해할 수 있습니다. 당신은 어떤가요? 이 일주일 동안 그녀는 크나큰 모험을 위해 싸워 왔습니다. 자유와 재산과 명성과 그리고 당신을 위해서. 분명히 그렇습니다."

이때 갑자기 제임스가 테이블에 앉은 채 몸을 움직였다.

"솔직하게 말하지요, 플로비셔 씨! 그것은 당신을 위해서였습니다. 당신은 그녀의 다른 친구들과는 좀 달랐습니다. 처음부터 그녀는 당신에게 정열을 기울이고 있었습니다. 내가 구르넬 저택에 처음 찾아갔던 날 아침의 일을 기억하십니까? 당신은 그 집에 머물겠다고 앤 압코트에게 약속했지요? 하지만 그 바로 조금 전에 베티의 똑같은 부탁을 거절했습니다. 베티의 눈은 질투의 분노로 불타고 있었습니다. 그러므로 베티의 비밀을 내가 알아차렸다는 것을 눈치 채이지 않도록 나는 홀에서 일부러 큰 소리를 내어 지팡이를 떨어뜨렸습니다. 그러나 이 모험을 위해 싸우다가 실패한 이상 베티가 당신을 만나고 싶어하지 않는 것은 당연하겠지요. 당신도 베티가 수갑을 차고 양처럼 두 다리를 묶이는 것을 보셨겠지요? 나는 베티 양의 심정을 잘 알 수 있습니다."

제임스 플로비셔는 아노가 블레비자르 저택의 방에 침입한 그때 이후로 베티가 단 한 번도 자기 쪽을 쳐다보려고 하지 않았던 것이 생각났다. 제임스는 의자에서 일어나 모자와 지팡이를 집어들었다.

"베크스 씨에게 이 일을 이야기하고 나서 곧 런던의 공동 경영자에게 보고하러 돌아가야겠습니다. 그런데 다짐하기 위해 물어 보겠는데, 당신은 언제쯤부터 베티 헐로우에게 혐의를 두셨습니까?"
아노는 고개를 끄덕였다.
"그것도 이야기 해드리겠습니다. 아아, 고마워하실 필요는 없습니다. 만약 내가 예심 재판소가 내릴 판결에 확신을 갖고 있지 않다면 이렇게 유유히 내막 이야기를 털어놓을 수 없을 테니까요. 이 모든 이야기의 실마리를 당신을 위해 정리해 드리지요. 그러나 여기서는 안 됩니다."
그는 자기의 시계를 보았다.
"자아, 보십시오, 이미 벌써 점심때가 지났습니다. 다시 한 번 필립 르 봉의 전망탑을 나와 함께 올라가보시지 않겠습니까? 프랑스 땅 전체에 우뚝 솟아 있는 몽블랑을 다시 볼 수 있을 겁니다. 가십시다! 당신의 메모를 가지고 그곳으로 가 보기로 하지요."

## 노트르담 대성당의 정면

 두 번째 찾아간 날에도 그들은 행운을 얻었다. 구름이 없고 안개도 없었으며 하늘을 찌를 듯이 은빛 봉우리가 뚜렷이 마법처럼 푸른 하늘에 솟아 있었다. 아노는 검은 잎담배에 불을 붙여 물고 가까스로 먼 산으로부터 눈길을 떼며 말하기 시작했다.
 "이 사건에는 실패가 두 가지 있었습니다. 하나는 처음에 베티 헐로우가 또 하나는 마지막에 내가 한 실패입니다. 두 가지 중 용납하기 어려운 것은 내가 한 실패였습니다. 자, 먼저 첫 번째 것부터 시작합시다. 헐로우 부인이 자연사하여 매장되었습니다. 베티 헐로우가 헐로우 집안의 유산을 물려받았습니다. 보리스 와베르스키가 베티에게 돈을 요구했으나 그녀는 손가락 끝으로 탁 퉁겼습니다. 베티로서는 그렇게 하지 않을 수 없었지요. 그러나 그녀는 그로부터 일주일쯤 지난 뒤에는 자기가 손가락 끝으로 탁 퉁긴 일을 몹시 후회했을 겁니다. 와베르스키가 느닷없이 폭탄을 던졌으니까요. 헐로우 부인에게 조카딸 베티가 독약을 먹였다는 말을 들었을 때의 베티 헐로우의 놀라움을 상상해 보십시오! 이 고발은 확실히 터무니없는 것이었습니다. 그러나 그것은 또 진실이기도 했지요. 바로 조금 전까지도 그녀는 안전했으며 방해자는 아무도 없었습니다. 그런데 이렇게 되면 갑자기 그녀의 목이 위태로워지는 셈입니다. 베티는 더럭 겁이 났습니다. 그녀는 예심판사실에서 심문을 받았지만 예심판사도 그녀에게 불리한 증거는 아무것도 들 수가 없었지요. 베티가 실수만 하지 않았으면 모든 것은 안전했을 겁니다. 그런데 그만 실수를 하게 된 겁니다. 아무리 뭐라 해도 그녀는 살인을 저질렀습니다. 그녀 몸의 위험은 와베르스키가 내놓은 어떤 증거에 의한 것도 아니며, 다만 그녀 자신이 만들었던 겁니다. 이틀쯤 지나자 베티는 더욱더 무서워졌습니다. 파리로부터 아노가 불려온다는 소식을 들었기 때문입니다. 그래서 그녀는 실패를 하게 됩니다. 런던에 있는 당신에게 전보를 친 것입니다."

"그것이 어째서 실패란 말입니까?" 제임스가 재빠르게 물었다.

"내가 그 자리에서 스스로에게 이렇게 물었기 때문입니다. '베티 헐로우는 어떻게 아노가 불려온다는 것을 알았는가?' 정말이지 나는 경시청이나 디종의 나의 동료 가운데서 비밀을 누설한 이가 있나 보다고 생각하고 몹시 당황했습니다. 그러나 나는 이 전보 문구를 단 한 마디도 믿지 않았습니다. 아시겠습니까? 나는 곧 베티 헐로우에게 호기심을 가졌습니다. 그것뿐입니다. 나는 언제나 호기심이 발동합니다. 그리고 우리는 디종에 와서 그 전보를 나에게 보여 주었다는 이야기를 당신이 베티에게 하게 된 것입니다."

"네, 그렇습니다." 제임스는 인정했다. "그것은 틀림없었습니다. 확실히 기억하고 있습니다. 베티는 창틀에 매달려 있었습니다. 그렇습니다. 마치 자기를 지탱하고 있는 것처럼."

아노는 고개를 끄떡이며 대답했다.

"하지만 그녀는 곧 본디 상태로 돌아왔습니다. 베티는 그 전보를 설명해야 할 형편이 되었지요. 하지만 모리스 테브네가 허둥지둥 알렸다고 말할 수는 없었습니다. 그래서 내가 그녀에게 익명의 편지를 한 통이라도 받은 일이 있느냐고 묻자——이것이 내가 디종에서 내가 본디 하려 했던 일이라는 것은 기억하고 있겠지요?——베티는 당장 그 자리에서 '네, 일요일 아침에 받았어요. 그 편지에 아노 씨가 이 사건을 조사하기 위해 파리에서 오신다고 씌어 있었어요'라고 대답했습니다. 매우 재빠른 정보였지요. 그렇지 않습니까? 그러나 나는 그것이 거짓말이라는 것을 알고 있었습니다. 일요일 저녁 때까지 내가 파견된다는 것은 전혀 거론되지 않았거든요.

자, 베티 양은 막다른 골목에 몰리게 된 셈입니다. 내가 편지에 대해 묻자 그녀는 그것을 찢어 버렸다고 말하지는 않았습니다. 내가 그런 편지를 받았을 리가 없다고 생각하게 되면 큰일이니까요. 그녀는 이제부터 그 편지를 써서 봉인을 떼기 전에 블레비자르 저택을 지나 보물실에 갖다 놓으면 된다고 여기고서 그 편지가 봉인된 보물실에 있다고 대답했던 것입니다. 그리고 보물실에 편지가 있는 이상 그녀는 그것을 일요일 아침에 받은 것이 틀림없습니다. 왜냐하면 방이 봉인된 것은 일요일 아침이었으니까요. 베티는 나를 불러오는 문제가 대체 언제 시작된 것인지 알지 못했던 겁니다. 무턱대고 활을 쏘았기 때문에 나는 그녀가 거짓말을 하고 있다는 것을 알아차렸지요. 그리고 나는 점점 더 베티 헐로우에 대해 호기심을 가지게 되었습니다."

탐정은 이야기를 중단했다. 제임스 플로비셔가 공포에 찬 눈초리로 그를 바라보고 있었기 때문이다.

"그럼, 당신의 눈을 그녀에게로 돌리게 한 것이 바로 나였군요? 나는 그녀를 변호하기 위해 찾아왔던 것인데도 말입니다!" 제임스는 소리쳤다. "당신에게 전보를 보여 준 것은 바로 나였으니까요."

"플로비셔 씨, 만일 베티 헐로우가 당신이 믿고 있었던 것처럼 죄가 없었다면 그런 일은 그다지 문제가 안되었겠지요."

아노가 정색한 목소리로 대답했다. 제임스는 그대로 입을 다물고 말았다.

"그래서 나는 베티 헐로우와의 첫 번째 조사를 끝내고 나서 당신이 그녀와 서재에서 이야기하고 있는 동안 집 안을 샅샅이 살펴보았지요!"

"그랬군요." 제임스가 말했다.

"그러자 앤 양의 방에서 언뜻 보기에도 내 흥미를 끄는 것을 발견했습니다. 그게 무엇인지 보시겠습니까?"

아노는 이 수수께끼가 자책하는 생각에서 제임스를 벗어나게 해주면 좋겠다고 생각하면서 그를 향해 머리를 쳐들었다. 그것은 어느 정도 성공을 거둔 것 같았다.

"그거라면 나도 알고 있습니다." 제임스는 유령 같은 미소를 띠며 대답했다. "스트로판투스에 관한 논문이었겠지요?"

"그렇습니다! 화살의 독! 흔적을 남기지 않는 독! 그 독이야말로 오랫동안 나의 악몽이었지요. 그것을 처음으로 쓰는 독살마는 누구일까? 어떻게 해서 범인과 다투며 어떻게 해서 그것이 비소나 청산가리와 마찬가지로 위험하기 이를 데 없는 것이라고 설명할 수 있는가? 이것이 나를 전율케 한 문제였습니다. 그런데 갑자기 예기치 못한 때에 심장마비로 갓 죽은 사람의 집 안에 이 독에 관한 무미건조한 논문이 젊은 아가씨의 방에 있는 잡지류 맨 밑바닥에 숨겨져 있는 것을 발견했습니다. 나는 뒤통수를 한 대 얻어맞은 것 같았습니다. 무엇 때문에 거기에 그 논문이 있는 것일까? 어떠한 경로로 여기에 온 것일까? 나는 페이지를 지시한 커버의 주(註)

를 보았습니다. 페이지를 펴서 보니 시몬 힐로우 씨가 가지고 있는 완전한 독화살의 견본 설명이었습니다. 익명의 편지 같은 것은 이제 멀리 날아갔습니다. 만일 그 짐승 같은 와베르스키가 알지 못하는 사이에 힐로우 부인이 구르넬 저택에서 살해된 것이라면 이것은 틀림없이 규명해야만 합니다. 나는 그 책을 조끼 밑에 감추고 이것 저것 골똘히 생각하면서 다시 계단을 내려왔습니다.

앤 양은 스트로판투스 히스피도스와 같은 일에 흥미가 있는 것일까? 그녀는 힐로우 부인의 죽음으로 어떠한 이익이 있는 것일까? 아니면 이것 역시 있을 수 있는 일이지만, 이 책이 바로 옆 테이블 위의 잡지류 밑에 쌓여 있다는 것을 전혀 알지 못하는 게 아닐까? 나는 도무지 알 수가 없었습니다. 머릿속이 소용돌이치며 혼동되어 왔습니다. 그 때 나는 베티 힐로우가 심술 사나운 눈초리로 친구인 앤 양을 뚫어지게 보고 있는 것을 깨달았습니다. 본성을 나타낸 그 눈초리를 말입니다! 그래서 나는 베티가 절대로 성실하고 얌전한 여느 아가씨가 아니라는 것을 알았습니다. 이리하여 나는 베티 힐로우에게 더욱 의혹을 품고 구르넬 저택을 떠났지요."

제임스 플로비셔는 얼른 아노 곁에 다가앉으며 의심스러운 듯이 물었다.

"그게 확실합니까?"

"물론이지요." 아노는 이상하다는 듯이 대답했다.

"그런데 당신은 그날 구르넬 저택을 떠난 바로 뒤에 문을 지키고 있던 순경을 물러가게 하셨지요? 그걸 잊으셨군요."

아노는 냉정하게 대답했다.

"천만에요, 잊기는커녕……아무튼 흰 바지를 입은 순경 따위는 정말 우스운 이야기입니다. 우스운 정도가 아니라 아주 방해가 되는 존재이지요. 감시 받고 있다는 것을 알고 있는 사람을 감시해 봐야 무슨 소용이 있겠습니까? 그러니까 순경을 물러가게 하는 편이 오히려 틀림없이 구르넬 저택의 아가씨들을 감시할 수 있게 되는 셈이지요. 그래서 그날 오후 플로비셔 씨가 호텔에서 짐을 옮기는 사이에 베티 헐로우가 산책하러 갔기에 나는 니콜라 모로에게 몰래 뒤를 밟게 했던 것입니다. 그런데 도중에 놓치고 말았다더군요. 나는 니콜라를 나무라지 않았습니다. 너무 그녀에게 가까이 접근할 수는 없었을 테니까요. 블레비자르 저택에서 가까운 그 오솔길 부근이었습니다. 아마도 그녀는 며칠 뒤 우리가 들어갔던 벽에 붙은 작은 문으로 몰래 빠져나갔을 겁니다.

그녀는 익명의 편지를 써서 보물실의 봉인을 떼는 대로 내 손에 그것이 들어오도록 준비해야만 했습니다. 그러나 나는 아직 짐작도 하지 못하고 있었던 것입니다. 다만 알고 있는 사실은 베티 헐로우가 산책을 나갔다가 감쪽같이 없어졌으며, 한 시간 뒤에 다른 거리에 나타났다는 것뿐입니다. 한편 나는 그날 오후 아가씨들의 일상생활 상태며 사귀는 친구 관계 등을 가능한 데까지 조사해 내는 것으로 시간을 보냈습니다. 이 조사는 그다지 수확이 없었지만 전혀 무익했던 것만은 아니었습니다. 왜냐하면 베티 헐로우의 한패에 묘한 친구가 있다는 것을 알아냈기 때문이지요.

자, 이 점에 주의해 주십시오! 사회적·정치적·문화적——뭐라고 해도 좋지만 아무튼 그러한 이상을 가지고 있는 처녀들이라면 좀 색다른 친구를 가지고 있다 해도 그다지 이상할 게 없지요! 오히려 당연한 일입니다. 그러나 아무리 보아도 자신이 속한 계급 가운데서 여느 생활에 만족하고 있는 처녀라면 문제가 달라집니다. 베티의 경우 기묘한 친구는 역시 기묘합니다. 에스피노자 형제, 모리스 테브네, 잔느 루클레르——겉보기만 번드르르하고 내용이 충실치 못한 사람들——이러한 사람들을 저 화사한 중국 도자기라고 할 만한 베티가 친구로 삼는다는 것을 어떻게 설명해야 좋을까요?"

제임스는 고개를 끄덕였다. 그 역시 에스피노자와 베티 헐로우와의 친밀함에 얼마쯤 마음을 썩이고 있었기 때문이다.

"당신이 두 아가씨와 서늘한 뜰에서 유쾌하게 지낸 밤에" 하고 아노는 이야기를 계속했다. "나는 에든버러 대학 교수가 쓴 책을 읽는데 빠져 있었습니다. 그리고 나는 간단한 꾀가 생각나서 이튿날 일찍 구르넬 저택으로 가서 그것을 장치했습니다. 독화살에 관한 책을 책장 속의 사람들 눈에 잘 띌 만한 곳에 돌려 놓았던 것입니다."

아노는 설명을 중단하고 파란 담뱃갑에서 또 하나의 검은 잎담배를 꺼내어 제임스에게도 권했다.

"그런 다음 짐승 같은 와베르스키를 조사하게 되었는데, 그는 장 클라델의 가게에 가까운 간베타 거리에서 베티 헐로우를 보았다고 이상한 이야기를 했지요. 와베르스키는 거짓말을 하는 건지도 모른다, 그러나 정말인지도 모른다. 그렇다면 그가 본 것은 우연한 일인지도 모른다. 그러나 이 이야기는 내 머릿속에 달라붙어 있는 헐로우 부인 살인설에 꼭 들어맞지 않는가? 만약 그 독이 사용되었다면 누군가가 약을 조합하는 방법을 알고 있어서 화살에 칠한 독에서 용액을 만들었을 것이 틀림없으니까요.

나는 베티 헐로우에 대한 혐의를 더욱더 깊게 했습니다! 그래서 와베르스키가 떠난 순간 함정을 파 놓은 곳으로 달려갔더니 실로 기대했던 것보다 더욱 커다란 성공을 거두었습니다. 나는 에든버러 대학 교수의 논문을 손가락으로 가리켰습니다. 어제는 여기에 없었는 데 오늘은 있다, 그럼, 누가 다시 가져다 놓았을까? 이렇게 물어보아도 앤 양은 도무지 영문을 몰라 멍청해 있었습니다. 그것은 그녀가 이 책에 대해서 조금도 알고 있지 못한다는 증거이지요. 저쪽 하늘에 우뚝 솟아 있는 몽블랑처럼 명백한 사실입니다. 그런데 한편 베티 헐로우는 누가 책을 바꾸어 놓았는지 금방 깨달았습니다. 그리고 정말 운 나쁘게도 베티는 빈정거리는 말을 함으로써 자신이 그것을 알고 있다는 사실을 나에게 드러내고 만 것입니다. 베티는 내가 어제 그것을 발견하여 주욱 훑어보고 다시 제자리에 가져다 놓은 것을 알았습니다. 그러므로 그녀는 조금도 놀라지 않았지요. 대체 어디에서 내가 그것을 발견했는가 하는 것도 알고 있었으니까요. 나는 곧 와베르스키와 같아졌습니다. 나는 아직 머리로 알지 못하지만 베티가 그것을 앤 압코트의 방 잡지 밑에 밀어 넣어 두었다는 것을 마음으로 알고 있었던 것입니다. 베티 헐로우는 자기에게 혐의가 두어질 경우 그 혐의를 앤 압코트에게 뒤집어씌울 준비를 하고 있었던 겁니다. 그러나 죄를 저지르지 않은 사람은 그런 짓을 하지 않습니다.

그런 다음 우리는 뜰로 나가 앤 양의 이야기를 듣게 되었지요. 플로비셔 씨, 그 직후에 나는 위대한 범죄를 저지른 것은 모두 위대한 여배우라고 말했을 것입니다. 그러나 그 이야기를 듣고 있는 동안에도 베티 헐로우만큼 훌륭한 배우는 이제까지 본 적이 없었습니다. 글쎄, 상상해 보십시오! 남모르게 잔인한 살인을 저지른 진범인이 범인을 수사하기 위해 찾아온 탐정의 눈 앞에서 별안간 그 사건의 진짜 설명을 귀 기울여 들어야할 입장이 된 것입니다! 이야기하는 동안 내내 몸 가까이에 거의 목격자라고도 할 수 있는 인물──실제의 목격자일지도 모르는 사람이 있었습니다. 베티는 그 이야기의 맨 마지막 한 마디를 들을 때까지 몸의 안전함을 믿을 수 없었을 것입니다. 기분 좋은 뜰에 앉아 있는 그녀의 심정을 상상해 보십시오!

여러 가지 의문이 그녀의 마음 속에서 꼬리를 이어 일어나고 있었을 것이 틀림없습니다. 앤 압코트는 맨 마지막에 발소리를 죽여 살금살금 다가가 불빛이 새어나오는 문으로 안을 들여다보았을까? 앤은 진실을 알고 있는가? 그러면서도 아노와 플로비셔가 한자리에 있는 이때까지, 아무런 위험 없이 말할 수 있는 이때까지 감추어 두고 있었던 것은 아닐까? 앤이 곧 '바로 내 곁에 범인이 있습니다'라고 말하는 것이나 아닐까? 이것은 베티에게 지옥 같은 시간이었음에 틀림없습니다!"

"하지만 베티는 옴치고 뛸 수도 없는 절박한 걱정스러움을 조금도 나타내지 않았지요." 플로비셔가 덧붙였다.

"조심했던 것입니다." 아노가 말했다. "그런데 베티가 별안간 재빠르게 집으로 뛰어들어갔지요?"

"그렇습니다. 당신이 붙들려고 하신 것 같았습니다만……."

"그랬지요." 아노는 계속했다. "그러나 가도록 내버려 두었습니다. 그리고 그녀는 곧 돌아왔지요……."

"손에 헐로우 부인 사진을 들고……." 플로비셔는 말참견을 했다. 아노가 말을 가로막았다.

"오, 그 사진뿐이 아니었지요. 그녀는 앤 양 쪽으로 의자를 돌리고 손에 든 손수건에 얼굴을 묻고 앉아 이야기에 귀 기울이고 있었습니다. 아주 다정하고 동정심에 넘치는 친구로서. 그러나 앤 양이 살인이 일어난 시각은 10시 반이라고 말했을 때 그녀는 일종의 방심 상태에 사로잡혔습니다. 그렇게 되지 않을 수 없었던 것입니다. 그리고 긴장이 풀린 순간 베티는 손수건을 떨어뜨렸지만 얼른 주웠습니다. 그러나 나는 손수건이 떨어졌던 자리를 베티가 발로 누르고 있다가 이야기가 모두 끝나고 우리들이 의자에서 일어날 때 발에 세게 힘을 주어 발꿈치로 그곳을 밟는 것을 보았습니다. 물을 잘 뿌린 잔디밭에는 구멍이 생겼지요. 나는 그것을 알고 싶었던 겁니다. 베티가 손수건에 넣어 집 안에서 가지고 나와 손수건과 함께 떨어뜨렸기 때문에 아무에게도 들키지 않도록 몸의 무게로 잔디밭에 박아넣어 버린 그 물건을 말입니다. 나는 일부러 장갑을 떨어뜨렸다가 나중에 돌아와 그것을 확인하려고 했지요. 그러나 베티 양이 눈치 빠르게 알아차리고 말았습니다. 그녀는 나에게 장갑을 집어다 주었지요. 아노쯤 되는 사람이 예쁜 아가씨로부터 친절한 대우를 받다니! 얼굴이 화끈해질 일이지요. 그러나 나는 나중에 그것을 발견했습니다. 당신과 서장님과 그밖에 다른 사람들이 서재에 모여서 나를 기다려 주고 있는 동안에. 그것이야말로 내가 경찰서에서 보여 드린 청산가리 알약이었습니다. 베티는 앤이 어느 만큼 털어놓고 내막 이야기를 할는지 짐작할 수 없었던 모양입니다. 화살의 독은 블레비자르 댁에 감추어 두었지만 베티는 손 가까이에 다른 약품, 좀더 효과가 빠르며 눈 깜짝할 사이에 죽을 수 있는 약을 가지고 있었습니다. 그러므로 그것을 가지러 집으로 뛰어들어갔던 것입니다. 아시겠습니까? 자기의 입 바로 옆에 그 알약을 들고 꼼짝도 하지 않고 끝까지 앉아 있으려면 굉장한 긴장이 필요합니다. 베티 양은 새파랗게 질려 있었습니다. 그것은 당연한 일이지요. 나는 베티가 우리가 보는 앞에서 정신을 잃고 의자에 앉은 채 쓰러지지나 않을까 하고 걱정스러웠습니다. 그런데 천만에요! 그녀는 필요하다면 내가 미처 말릴 사이도 없이 단숨에 그 알약을 삼키려고 잠자코 기다리고 있었습니다. 다시 한번 말씀드리겠지만 결백한 사람은 그런 짓을 하지 않습니다."

제임스는 그 말에 반대할 수가 없었다.

"정말입니다. 베티 양은 틀림없이 장 클라델에게서 알약을 구했겠지요?"

"그렇습니다." 아노가 말했다. "그 뒤 우리는 점심 식사를 하러 가며 오후에 봉인을 떼기로 했습니다. 그전에 무언가 해야 할 일이 있었습니다. 보물실 난로 위에서 시계를 나무 세공 벽장 위로 옮기고, 태워 버려야 할 편지도 몇 통 있었습니다."

"어째서요?" 제임스가 힘차게 물었다.

아노는 어깨를 으쓱했다.

"편지를 태웠다는 사실, 이건 설명하기 힘듭니다. 나로선 시몬 헐로우 씨와 라비아르 부인이 오랫동안 주고받았던 편지가 너무 여러 번 비밀 통로에 대해 언급하고 있었기 때문이라고 생각합니다. 그러나 그때 나는 추리 중이었습니다. 점심 시간 중에 확실해진 사실은 비밀 통로라는 것이 있고, 그것은 보물실에서 블레비자르 저택으로 통하고 있다는 점이었습니다. 이번에는 모로가 실수하지 않았으니까요. 모로가 블레비자르 저택까지 베티 양의 뒤를 밟아 갔고 나는 이 탑에서 굴뚝의 연기가 오르는 것을 보았습니다. 보십시오, 저기 보이지요! 그러나 오늘은 연기가 피어오르지 않는군요."

그는 일어서서 몽블랑에 등을 돌렸다. 구르넬 저택 정원의 나무며 물매가 가파른 노란 지붕이며 굴뚝 등이 주위의 얕은 건물에서 한층 더 높이 솟아 보였다. 한 개의 굴뚝에서만 오늘도 연기가 오르고 있었는데, 그곳은 건물 맨 끝의 부엌이 있는 장소였다.

"그런데 오후가 되어 우리는 돌아왔습니다. 봉인을 떼고 헐로우 부인의 침실에 들어갔더니 나로서는 납득할 수 없는 일이 일어나 있었습니다."

"목걸이를 잃어버린 것이지요?"

제임스가 자신에게 말하자 아노는 유쾌하게 히죽이 웃었다.

"하하하, 당신에게 함정을 파 보았더니 금방 빠져 버리는군요! 목걸이라고요? 천만에요! 그건 이미 다 짐작하고 있었습니다. 앤 양에게 혐의를 씌운 것입니다. 아주 좋은 생각이지요! 독화살의 책을 앤 양의 방에 감추는 것만으로는 충분하다고 할 수 없습니다. 앤 양의 범죄 동기를 만들 필요가 있었습니다. 앤 양은 가난한데다 유산도 없습니다. 그런데 10만 파운드 상당의 목걸이가 없어졌다고 하게 되면 사람들은 이 사건에서 틀림없이 제멋대로 결론을 끌어내게 되겠지요. 아니, 내가 얼마쯤 납득할 수 없었던 점은 그게 아닙니다. 그때 베티와 호인인 지럴드 씨가 잔느 보던의 침실을 찾아가 부인 방에서 나는 고함 소리가 거기선 들리지 않는 것을 확인했지요?"

"네."

"호인인 지럴드 씨는 곧 돌아왔지요?"

"네."

"그러나 서장은 혼자였습니다. 나로서는 그 점이 좀 납득되지 않았습니다. 베티 헐로우는 어디에 갔는가? 나는 보물실로 들어가기 전에 그녀를 찾았습니다. 그러자 어느 틈엔지 그녀는 우리가 있는 곳에 매우 얌전하게 살짝 들어와 있었던 것입니다. 이것이 내 주의를 끌었습니다. 나는 그 까닭을 알기 위해 눈을 커다랗게 뜨고 있었지요."

"기억하고 있습니다." 플로비셔가 말했다. "당신은 문에 손을 댄 채 걸음을 멈추고 베티 헐로우 양을 찾고 있었지요. 나는 그때 당신이 왜 걸음을 멈추었을까 하고 이상스러웠습니다. 베티 양이 없는 것이 그토록 중대한 일인 줄은 알지 못했지요."

아노는 손을 내저었다. 그는 의기양양했던 것이다. 그에게는 예술가다운 점이 있었다. 일이 끝나고 오랜 긴장과 수고스러움에서 해방되었으니까 그러한 칭찬의 말을 들어도 마땅하다고 생각하는 것 같았다.

"그 중에서도 보물실에서 많은 힌트를 얻은 것은 아시겠지요, 플로비셔 씨? 그러나 여기서 당신의 메모에 적힌 질문에 대한 대답을 하겠습니다. 나는 방으로 들어가자 곧 블레비자르 저택으로부터 이어진 비밀 통로의 입구를 찾았습니다. 이것은 어렵지 않게 발견되었습니다. 수상한 곳은 꼭 한 군데뿐이었지요. 벽의 오목하게 들어간 곳에 얌전하게 놓여 있는 우아한 가마의자입니다. 그러나 나는 쿠션 사이를 들여다보고 돌아다니며 독화살을 찾는 바보 같은 짓은 하지 않았습니다. 익명의 편지가 들어 있는 소인 찍힌 봉투를 찾아다니지 않는 것과 마찬가지 이치지요.

만약 베티 헐로우가 이 노련한 아노에게 보기 좋게 한 방 먹였다고 생각한다면……그것도 좋겠지요! 그렇게 생각하게 해 둡시다! 다음에 우리는 2층으로 올라갔는데, 거기서 나는 베티 헐로우가 어째서 자리에서 떠났는가 하고 나를 괴롭히던 어려운 문제의 답을 발견했던 것입니다."
제임스 플로비서는 탐정을 찬찬히 지켜보았다.
"나로서는 모르겠는데요. 아무래도 오리무중입니다. 앤의 거실에 들어가 내가 펜을 집어들고 메모를 쓰고 있었는데 당신은 그것이 독화살의 대라는 것을 깨달았지요. 이 점은 확실하지만, 베티가 사라진 문제는……도무지 모르겠습니다. 아주 캄캄한데요."
아노가 소리쳤다.
"당신은 알고 있습니다. 그 펜입니다! 전날 내가 책을 발견했을 때에는 펜 접시 속에 없었습니다. 펜이 꼭 한 자루밖에 없었어요 아가씨들이 쓰는 빨갛게 물들인 보잘것없는 큼직한 깃털 펜. 그것 말고는 아무것도 없었습니다. 화살대는 나중에 거기에 놓은 것입니다. 대체 언제인가? 바로 그때였습니다. 그것은 명백합니다. 그럼, 그때까지 독화살의 대는 어디에 있었는가? 보물실인가, 아니면 블레비자르 저택인가. 베티 헐로우는 남들이 보지 않는 사이에 그것을 꺼내어 옷 밑에 감추어 가지고 있었습니다. 모두들 헐로우

노트르담 대성당의 정면 383

부인의 침실에 있는 동안 베티는 재빨리 행동했습니다. 아주 훌륭합니다! 앤의 펜 접시에 놓아두면 그녀의 혐의가 한층 더 짙어지는 거지요. 그런 다음 나는 베크스 씨와 함께 저택을 나왔는데, 그는 진주가 가득 든 성냥갑을 하수도에서 찾았다는 기막힌 생각을 가르쳐 주었습니다. 나는 과연 그렇구나 하고 찬성했습니다. 정말이지 그렇게 하는 수밖에 없었으니까요. 그것은 좋은 생각이었지요!

한편 나는 구르넬 저택과 블레비자르 저택에 관한 유력한 정보를 입수하여 그 정보를 기록 조사부의 어떤 박식한 사람에게 가지고 가서 이튿날 아침에는 위엄 있는 에티엔느 구르넬과 명랑한 블레비자르 부인에 대해 속속들이 다 알 수가 있었습니다. 그래서 당신과 베티가 테르종 골짜기에서 예행 연습을 하고 있는 사이에 니콜라 모로와 나는 블레비자르 저택에서 몹시 바빴던 거지요. 이 결과는 이미 이야기했지요. 하지만 아직 한 가지 이야기하지 않은 진주 목걸이는 책상 서랍 속에 있었습니다."

제임스 플로비셔는 전망대 위를 한 바퀴 돌았다. 그렇다, 바야흐로 제임스에게도 모든 것이 분명해졌다. 그것은 암담한 정열과 허영과 그리고 목적을 위해서는 어떤 잔인한 수단도 마다하지 않는 권력에 대한 갈망의 이야기였다. 이 정말로 음침한 이야기에는 한 조각의 희망도 밝음도 없단 말인가? 제임스는 탐정 쪽을 돌아보았다. 그는 마지막으로 감추어진 부분을 알고 싶었다.

"아까 당신은 자신이 변명할 여지가 없는 실수를 했다고 말씀하셨지요? 그것은 무엇입니까?"

"노트르담 대성당 정면을 보고 앤 압코트의 운명을 풀어 달라고 부탁했지요? 그 일입니다."

"네, 가 보았습니다만……." 제임스 플로비셔가 소리쳤다. 그의 눈은 여전히 구르넬 저택 쪽으로 돌려지고 있었는데 천천히 그 눈길을 구르넬 저택에서 왼쪽으로 옮겼다. 그는 베티 헐로우와 함께 가서 보았던 납량 회랑이 있는 르네상스식 성당을 손가락으로 가리켰다.
"저기입니다. 현관 아래에 최후의 심판을 묘사한 끔찍스러운 돋을새김이 있습니다."
"그렇습니다." 아노가 조용히 말했다. "그러나 저것은 생 미셸 성당입니다, 플로비셔 씨."
탐정은 제임스에게 방향을 바꾸게 했다. 그러자 그와 몽블랑 산 사이의 바로 발 밑 가까이에 마치 보석 세공같이 화사한 고딕 성당의 뒷모습이 날씬하게 솟아 있었다.
"저것이 노트르담 대성당입니다. 저 정면을 보러 내려갑시다."
아노는 제임스를 훌륭한 성당으로 안내하여 그 장식벽을 가리켰다. 제임스는 거기에서 보았다. 반수반인(半獸半人)의 악마며 흰 이를 드러낸 돼지인간이며 뒤쪽을 보기 위해 목을 비틀고 괴로워하는 괴물 등, 거의 상상할 수 없는 고대의 난취(爛醉)된 배덕(背德)의 광경을. 그리고 이들 괴물 사이에 한 소녀가 그 아름다운 얼굴을 찡그린 채 두 손을 꼭 모아 쥐고 기도하고 있었다. 그것은 무서운 괴물들 사이에 끼여 길 가는 사람들에게 연민과 도움을 청하는 불쌍한 포로의 공포와 신앙의 광경이었다.
"플로비셔 씨, 이것을 당신에게 보여 드릴 생각이었습니다." 아노는 엄숙하게 말했다. "그러나 당신은 이것을 보시지 못했습니다."
이 때 탐정의 얼굴빛이 친절해 보이는 밝은 표정으로 바뀌었다. 그는 모자를 집어들었다. 제임스 플로비셔가 감탄하는 눈길로 여전히 장식벽을 가만히 바라보고 있는데 등 뒤에서 앤 압코트의 목소리가 들렸다.
"이런 기묘한 돋을새김을 당신은 어떻게 생각하시지요, 아노 씨?"

"아가씨, 그건 플로비셔 씨에게 나중에 듣도록 하십시오."
앤 압코트와 제임스 플로비셔는 둘 다 몹시 당황하여 아노 쪽을 뒤돌아보았다. 그러나 이미 그의 모습은 사라지고 없었다.

# 심리적 탐정의 선구 메이슨

 1913년 벤틀리가 쓴《트렌트 마지막 사건》을 맨 처음로 하는 근대 미스터리소설은 얼마 동안 뜸했다가 1920년대에 이르러 갖가지 빛깔의 꽃을 피우기에 이르렀다.
 1920년 클로프츠의《통》, 1921년 밀른의《빨강 집의 비밀》, 1922년 필포츠의《빨강 머리 레드메인즈》, 1924년 메이슨의《독화살의 집》, 1925년 코올 부처의《백만장자의 죽음》, 필포츠의《어둠의 소리》, 녹스의《육교살인사건》, 1926년 크리스티의《애크로이드살인사건》, 1928년 반 다인의《그린살인사건》, 모음의《비밀 첩보부원》, 1929년 해미트의《피의 수확》, 반 다인의《비숍살인사건》, 부슈의《완전살인사건》——이런 식으로 늘어놓으면 미스터리소설의 대표적 명작이 이 시대에 집중되어 있음을 쉽게 알 수 있을 것이다.
 그 뒤 미스터리소설은 연대를 쫓아 더욱더 발전한 것처럼 보이는데, 한편으로는 행동적인 하드보일드 파의 성행을 초래했고 다른 한편으로는 심리적인 스릴러를 낳아 이지적인 정통 수수께끼 풀이 이야기는 아주 빈약한 현상이다. 그러한 서로 관련된 의미로도 미스터리소설 본디의 흥취를 존중하는 애호가로서는 1920년대야말로 그리운 좋은 시대였다.

더욱이 이 연대의 걸작 대부분이 영국 작가에 의해 씌어졌으며, 또한 그들 작가의 대부분이 비전문작가였음은 주목할 만한 일이다. 다시 말해서 콜린즈, 가보리오, 르루 등의 통속 로만스 형 장편은 물론 도일, 플리먼 등의 트릭 심중 단편도 매너리즘에 떨어져 싫증을 느끼게 되었으므로 《트렌트 마지막 사건》의 청신한 심리 묘사가 읽는이들에게 인식되자 종래 통속작가의 능력으로는 독자를 감당할 수 없게 되어 버렸다. 미스터리소설의 논리적 해명이 영국의 국민성과 들어맞은데다가 디킨즈, 콜린즈, 체스터튼 등 보통 문학의 쟁쟁한 대가가 붓을 잡기에 망설이지 않았으므로 미스터리소설에 대한 새로운 요청이 일반 문학자의 의욕을 부추긴 것도 당연하며 밀른, 필포츠, 메이슨 등이 잇달아 작품을 발표한 것도 결코 우연한 일이 아니었다.

앨프레드 에드워드 우들리 메이슨은 저명한 로망 문학작가이며 극작가이다. 1865년 5월 7일, 런던의 덜위치 지구 에벌레이에서 태어나 옥스퍼드 대학의 트리니치 칼리지에서 수업했다. 다듬어진 용모였기 때문에 재학 중부터 연극배우로서 활약했으며 졸업한 뒤로는 직업극단에 들어가 벤슨 일좌(一座)며 콤튼 희극단에 참가하며 영국 각지를 두루 돌아다녔다. 그리고 런던에서 버너드 쇼의 《무기와 사람》 중에서 병사 역을 맡은 일도 있었다.

1895년 30살 때 그는 무대를 물러나 작가로 전향하여 같은 해에 처녀작 《A Romance of Wastdale》를 발표했다. 이 장편 역사소설은 대부분의 비평가가 주목하는 바가 되었는데, 이듬해인 1895년에 간행된 제2작 《The Courtship of Morrice Buckler》이 아주 잘 팔려서 작가로서 일반에게 높이 평가받게 되었다. 그 뒤 차례로 발표된 작품도 호평을 받았는데, 1901년의 《Clementina》를 마지막으로 즐겨 그리던 역사적 과거의 세계를 떠나 현대 생활에서 소재를 구하고 세계 각지에서의 체험을 채택하기에 이르렀다.

1902년의 《The Four Feathers》는 동아프리카를 무대로 한 모험소설로 겁쟁이라고 비난을 받은 청년 장교가 오명(汚名)을 씻기 위해 불모의 황야에서 활약하는 이야기가 독서계에 커다란 반향(反響)을 불러일으켜 그의 대표작의 하나로 손꼽히고 있다. 이 작품의 배경이 된 곳은 그 무렵 아직 철도도 깔리지 않았으므로 여러 마리의 낙타와 말이 통하지 않는 토인병을 데리고 여행했을 정도였다.

그의 산악 취미에서 만들어진 《Running Water》는 유니크한 산악소설이고, 그에 잇달아 같은 해인 1907년에 간행된 《The Broken Road》는 인도 풍물 묘사가 아주 박력있게 되어 그즈음의 인도 총독 커어즌 경으로부터 9장에 이르는 장문의 찬사가 전해졌을 정도의 훌륭한 작품이었다. 이야기의 구상은 벌써부터 되어 있었지만 인도에 가 본 경험이 없었으므로, 집필을 위해 멀리 인도 여행까지 했던 것이다.

그 전해 그는 코벤틀리에서 선출된 자유당 의원으로서 하원에 자리를 얻었으며, 다음해인 1907년 의회에서 한 처음 연설로 주목을 받았지만 의원으로서는 거의 활약하지 않았고, 1910년에는 재입후보를 하지 않는다.

뛰어난 소설을 계속 발표하면서도 그가 청년 시절에 정열을 쏟은 무대에 대한 애착이 없어져 버렸던 것은 아니었다. 자신이 만들어 호평을 받은 작품을 희곡화(戱曲化)하는 데에서 탈출구를 발견하기도 하고, 또 새로이 희곡을 구상하여 쓰기도 했다. 그 가운데서도 일찍이 호평을 얻었던 제2작 《The Courtship of Morrice Buckler》를 극화한 것이 아주 좋은 평판을 얻어 런던을 비롯하여 각지에서 오랜 기간에 걸쳐 계속 상연되었으며, 1911년 《The Witness for the Defence》

는 그의 모든 희곡 중 가장 걸작이라는 말을 듣고 있다.

　제1차 세계대전이 일어났을 때 해군정보부에 속하여 해외에서 활약했으며, 뒤에 로열 해군 경장육전대(輕裝陸戰隊)의 소령이 되었고, 1917년에는 첨모본부 전속 장교로 임명되었다. 이 전쟁 중인 4년 동안에 발표된 것은 단편집《The Four Corners of the World》한 권뿐이다.

　전쟁 직후는 그의 옛 작품으로 처녀 미스터리소설인《장미의 별장(At the Villa Rose)》과 《Running Water》의 희곡화를 시도했고, 1920년의《The Summons》에서 서부 지중해에서의 그의 체험의 일부를 다루고 있다. 그 뒤에《독화살의 집》과《오팔의 수인(囚人 ; The Prisoner in the Opal)》이라는 미스터리소설 두 작품과 스파이 소설이라고 할 만한《No Other Tiger》를 썼다.

　또한 1930년에는 외면적으로 성공한 남자의 비극적 일생을 그린《The Dean's Elbow》를, 1936년에는 16세기의 스페인 무적함대의 내습을 클라이맥스로 하는 엘리자베드 여왕의 심복 부하인 청년 귀족의 모험담《Fire over England》를, 1938년에는 18세기의 독일 연방 영주 부인의 비련과 살인을 그린《Königsmark》를 발표하여 호평을 받았다.

　메이슨은 이와 같이 여러 분야에 손을 뻗쳤으므로 미스터리소설을 간과할 리가 없었다. 그의 제1작《장미의 별장》은 1910년에 씌어졌으므로《트렌트 마지막 사건》보다 3년 앞서고 있다. 프랑스의 온천장에서 부호의 부인이 살해되고 동거하던 경력을 알 수 없는 젊은 여성이 실종되어 그녀에게 혐의가 걸린다. 부인이 소유했던 막대한 보석을 빼앗는 것이 목적이었던 것 같았다. 이 고장에서 젊은 여성과 친해진 청년 웨더밀은 은퇴한 실업가 리커드를 통해 파리 탐정국의 아노가 나서 주기를 간청하며 그녀의 억울한 누명을 벗겨 달라고 간절히 바란다. 이어서 범행이 일어난 날 밤 드나든 사람을 목격한 증인이 피살되는데, 아노의 명찰(明察)과 민활한 행동에 의해 사건이 해결된다는 줄거리이다.

여기서 처음으로 탐정 아노가 등장하는데, 반 다인이 본명인 W.H. 라이트라는 이름으로 쓴 평을 여기서 소개해 두고자 한다.

'추리형 탐정의 주인공을 논하는 자리에서 메이슨의 아노 탐정을 빼놓을 수는 없다. 아노는 셜록 홈즈를 프랑스 사람으로 만들어 놓았다고 해도 좋다. 두 사람 다 탐정 방법은 거의 마찬가지여서, 여러 가지 물적 증거를 종합하여 즉석에서 사고하는 방법으로서 어느 쪽이나 다 논리적이고 면밀하다. 모두 범인에 대하여 기지를 써서 계략을 꾸며 다투기를 즐거움으로 삼고 또 자랑으로 여기고 있다. 아노가 활약하는 《장미의 별장》과 《독화살의 집》은 빈틈없이 구성되어 모순없이 줄거리가 진행되며 매우 교묘하게 씌어져 있다. 그 중에서도 특히 《독화살의 집》이 그러한데, 오락문학으로서의 가장 뛰어난 미스터리 소설이라고 할 수 있겠다. 아노 탐정 자신도 굉장히 많은 미스터리소설의 주인공 가운데 아주 인상적이고 뛰어난 인물이다.'

이렇게 말한 다음 '이러한 현실의 증거에 꼭 맞게 시도되는 심리적 탐정법은 미국의 새로운 작가 S.S. 반 다인의 《벤슨살인사건》《카나리아살인사건》에서 답습되고 있다' 고 덧붙여 말하여, 본명에 숨어 자기 자신까지도 소개한 것이 아주 재미있다.

마찬가지로 미국의 평론가인 하워드 헤이클래프트도 《장미의 별장》과 《독화살의 집》 중 어느 쪽이 뛰어난가 하는 것이 곧잘 논의된다고 말하고 있는데, 반 다인이 두 작품을 들어서 칭찬한 것도 《독화살의 집》에서 정평을 얻은 메이슨에 대한 찬사에서 나온 것이리라. 그러나 아노의 묘사에 주목할 만한 점은 있지만 《장미의 별장》은 역시 전세대 형식에 지나지 않으며, 결국은 새 시대의 개막을 《트렌트 마지막 사건》에 양보하고 말았다.
 제2작인 《독화살의 집》은 그로부터 10년 남짓 뒤인 1924년에 간행되었다. 앞에 쓴 헤이클래프트는 이 작품의 특색을 풍부한 분위기, 쉽게 그려진 성격 묘사, 범인의 집요하고 음습한 악념(惡念), 신랄하고도 경묘한 유머를 늘어놓아 미스터리소설에 심리적 요소를 교묘하게 채택한 콜린즈 이후 최초의 작가라고 칭찬하고 있으나, 앞서 말한 네 항목이 반드시 이 작품에만 들어맞는다고 생각되지는 않는다.
 범인측 계획에 주도면밀함이 빠져 있는 점이며 등장인물이 적어서 범인을 추정하기가 쉬운 점은 어쩐지 조금 모자란 듯한 아쉬움을 줄지 모르지만, 그것을 보충하고도 남는 것이 탐정과 범인의 불꽃 튀기는 심리 투쟁에 있다. 반 다인도 헤이클래프트도 모두 약속이라도 한 것처럼 심리적 탐정법을 운운하고 있지만, 아노는 홈즈 식으로 확대경을 사용하고 발자국이며 머리카락을 정성껏 찾는 편이다. 그는 범인이라고 지목한 자에 대하여 심리적 함정을 만들어 가는데, 이것은 범인을 알고 다시 읽으면 한 마디 한 마디 귀절에 박력이 풍부하다는 것을 통감하게 될 것이다. 이른바 범죄 심리소설의 변형이며, 서스펜스가 넘쳐흐르는 점에서도 그 유례가 적은 것이다.
 프랑스인 탐정 아노는 그보다 나중에 나온 크리스티의 탐정인 엘큐울 포와로의 선배가 되는 셈이다. 아노도 연극적인 태도가 보이지만, 포와로만큼의 불쾌감은 없다. 그 대신 포와로만한 매력도 없다.
 《독화살의 집》 다음에 쓴 작품으로는 연애 이야기가 짙게 그려진 스파이 소설 《No Other Tiger(1927)》가 있고 《오팔의 수인(1929)》이 있다. 뒤의 것은 미사에서 취재하여 배교(背敎) 신부의 살인과 유괴를 다루었으며, 또한 1935년에는 《가면(They Wouldn't Be the Chessmen)》이 있어 가장무도회 밤에 보석을 훔치려다가 위험한 일을 당하는 여성을 그리고 있다. 《장미의 별장》에 등장하는 조연 리커드가 《독화살의 집》을 제외한 여러 작품에 모습을 보이고 있는데, 오히려 그 《독화살의 집》만이 다른 작품보다 뛰어나게 우수하다.

그는 1948년 11월 22일 런던의 자택에서 세상을 떠났다. 그때 그의 나이는 83살이었다.